龙舞苗乡

胡树彬 ◎ 著

春风文艺出版社
·沈阳·

图书在版编目（CIP）数据

龙舞苗乡 / 胡树彬著. —沈阳：春风文艺出版社，2023.9
　　ISBN 978-7-5313-6524-2

Ⅰ. ①龙… Ⅱ. ①胡… Ⅲ. ①长篇小说—中国—当代 Ⅳ. ①I247.5

中国国家版本馆 CIP 数据核字（2023）第 168251 号

春风文艺出版社出版发行
沈阳市和平区十一纬路 25 号　　邮编：110003
四川科德彩色数码科技有限公司印刷

责任编辑：韩　喆　平青立	责任校对：赵丹彤
装帧设计：肖景然	幅面尺寸：170mm×240mm
字　　数：343 千字	印　　张：18.5
版　　次：2024 年 1 月第 1 版	印　　次：2024 年 1 月第 1 次
书　　号：ISBN 978-7-5313-6524-2	定　　价：68.00 元

版权专有　侵权必究　举报电话：024-23284391
如有质量问题，请拨打电话：024-23284384

目 录

开　篇	1
第一章　土司后裔	2
第二章　苗乡绝技	13
第三章　心生歹念	22
第四章　血海深仇	39
第五章　山中奇遇	54
第六章　出师未捷	65
第七章　蒙川公主	78
第八章　万众一心	90
第九章　花映俊酉	102
第十章　古道热肠	116
第十一章　情锁迷途	129
第十二章　处心积虑	137

第十三章　不辞而别	147
第十四章　燕舞双飞	156
第十五章　智斗恶徒	166
第十六章　深山传艺	180
第十七章　保家卫国	192
第十八章　袍哥解散	204
第十九章　省城奇遇	215
第二十章　严阵以待	222
第二十一章　秘密回乡	233
第二十二章　山雨欲来	248
第二十三章　兄妹重逢	262
第二十四章　飞龙滚天	275
结　尾	290

开 篇

  在我八岁那年，满头花发的爷爷脱下警服，离职休养。用他自己的话说，这叫"解甲归田"。爷爷是位传奇人物，没上过一天学，却会吟诗作对、精通武术、擅长书法，不但从安家娃子成长为人民警察，还迎娶了土目千金，当上了治安股长，要不是命运捉弄，前程受阻，说不定县公安局局长都是爷爷来当呢。

  "解甲归田"后的爷爷，每天都会坐在门前那棵最大的红枣树下，望着河坝后面草蛇灰线般隐没于荒草丛中的奢香古驿道和气势恢宏的黑戛官寨，微闭双眼，静静地发呆，似乎在回忆一段尘封已久的往事。终于有一天，爷爷诗兴大发，在红枣树下的长条桌上铺好宣纸，饱蘸浓墨，题诗一首：

    芦笙曲调寄寒凉，水箐无端遭祸殃。
    大洞油黑人作恶，蒙川文正凤呈祥。
    刀劈鼠辈力扬善，龙舞苗乡恨抑狂。
    闻道方明归故里，红旗怒卷著华章。

  题罢，爷爷指着官寨中央的黑家大院对我说："小枣，既然你那么好奇，爷爷就把龙舞苗乡的故事讲给你听吧。那真个叫惊心动魄，让人永生难忘。"

  我欢呼雀跃，缠着爷爷："爷爷您快讲吧，人们都说您特别厉害。"

  爷爷哈哈一笑："乡野村夫，夸大其词，不足为信。下面我从黑戛官家讲起，你要好好记牢，长大后如果会写文章的话，就把它整理成一本书，传给后人。"

第一章　土司后裔

　　清朝最后一年，一个初春的早晨，箐门关外海子湖畔的古驿道上，来了一老一少两个乞丐。他们衣衫褴褛，风尘仆仆，拄着棍子，晃晃悠悠地走着。绕过海子湖后，朝阳冉冉升起，眼前出现一道百丈悬崖，悬崖前挂着一帘瀑布，弯弯曲曲的山路在水帘后面沿着峭壁开凿而成，峭壁上刻着三个大字：箐门关。

　　他们越过箐门关，走出箐门谷，眼前又是一口碧波荡漾的大水潭。沿着潭边的古驿道走出两三里，来到一个三千多亩的大田坝。因为有一条小河从坝子中央穿过，这个田坝被取名为河坝，原是黑戛官家所有。一百多年前，水西苗王陶大帅联合各族农奴，反抗清廷，战斗打得非常惨烈。义军总部从韭菜坪转移到黑戛仲后，黑戛官家开始衰败，河坝被分为三股，一股依然还在黑家手中，一股被安家分走，另外一股卖给了周边豪强。

　　河坝后面，月亮岩脚，就是远近闻名的黑戛官寨。古驿道从寨子门前经过，寨子中央是黑戛老爷的官署和安黑两家的住宅。青砖黑瓦的高墙大院里，除了画栋雕梁的走马转角楼，还有月亮拱门、小桥流水、画廊凉亭和舞榭歌台。寨子里还有一排排各式各样的建筑，有木房、石房、砖房，有的盖瓦，有的盖草，有的盖石板，炊烟袅袅，鸡鸣犬吠，虽然贫富有别，但也祥和宁静。

　　这天一大早，三三两两的村民以及安黑两家的用人帮工，背着箩筐，赶着牛羊，扛着农具，离开寨子，一边唱着山歌，一边往山上走去。稍后，炊烟袅袅升起，心性刻薄、穿戴华丽的黑戛奶奶带着儿媳，前来检查下人干活，丝毫没有感觉到黑戛官家彻底没落的霉运正朝她们走来。

　　这俩叫花子一前一后，沿着驿路官道，远远地朝黑戛官寨走来。走着走着，老叫花拄着木棍，手搭凉棚，遥望前方，感慨万千地说："黑戛官寨，我终于回来了。"

"爷爷，黑戛是啥意思？"小叫花不解地问。

"彝族以黑为尊。黑彝是贵族，白彝是平民或奴仆；黑戛，就是黑彝的一个分支，属于水西宣慰使的下属土司。咱们也是土司后裔、黑戛的传人，一百多年前族中发生重大变故，先祖被迫离开家园，整整八代人了，一直以乞讨为生。"

"爷爷，咱们家祖先到底发生了什么变故？"

"咱们先祖的那个时候，黑戛的地盘、权力和财富都很有限，为了保证血统纯正、权力集中、财富稳定，只能一脉单传，如果生下两个男孩，就必须弄死一个。"

小叫花惊道："不会吧！这也太残酷了！"

老叫花呵呵一笑，接着冷冷地说："世道原本就这么残酷。那一年，黑戛官家一胎生下两个黑戛少爷，按族规只能留下一个。黑戛老爷不忍下手，决定先养养看，结果一养就养到了十八岁，黑戛老爷不幸猝死，兄弟俩为争家产，各使手段，大开杀戒，哥哥不是弟弟的对手，只好杀出一条血路，趁夜逃走，从此流落江湖，沦为乞丐。"

"爷爷，我明白了，原来这里就是咱们的家乡，原来咱们来自黑戛官家。哇，咱们的家乡真美呀。"小叫花高兴地跳了起来，挥舞双臂欢呼，"黑戛官寨，你好美呀，我们终于回家喽，我们终于回家喽！"

老叫花有些心酸地说："这是咱们曾经的家园，却不是咱们自己的家。咱们是乞丐，乞丐的家就是丐帮。祖师有训：'朝廷无情，官家无义。'走，咱们吃大户去。"

小叫花不肯走，缠着老叫花说："爷爷，你还没讲完黑戛官家的来历。"

老叫花便一屁股坐在路边的石头上："好吧，索性全都讲给你听吧。康熙初年，平西王吴三桂密谋起事，意欲踏碎乌蒙，荡平水西，将云贵两省连成一片。谋划已定，吴三桂以看上水西宣慰使安绅的小妾为由，派人前来迎娶，并送来金银珠宝与美酒牛羊作为聘礼。安绅好歹也是个三品大员'土皇帝'，怎么能受此欺侮，激愤之下打着'反清复明'的旗号，联合乌撒土司，招募明朝旧将，举旗造反。"

老叫花解下腰上的葫芦，喝了口烧酒，继续往下说："吴三桂有了借口，带领十万精兵，在云贵巡抚和四川总督的协助下，马踏乌撒，进攻水西。安绅固守箐门雄关，吴三桂损兵折将，一怒之下调来两门大炮，摆在对面的二道岩上，对着箐门日夜轰炸。征战半年，箐门关失守，水西兵马死伤大半，安绅因叛徒岔戛那出卖，被擒斩首。水西就此灭亡，安氏族人及所属土司逃散四方。"

"然后，黑戛官家就逃来此地？"

"没那么简单。十几年后，吴三桂宣布反清，自称'周王'。安绅遗腹子安胜阻召集旧部，协助朝廷平叛。吴三桂的大军一路向东杀去，朝廷调集几十万兵马拦截，水西兵也随后掩杀复仇。曾经冲冠一怒为红颜的吴三桂已经年老体衰，并且疾病缠身，估计有生之年是打不到北京城了，刚到湖南衡阳就迫不及待地称帝，总算满足心愿，过了一把皇帝瘾。可皇帝不是人人都能当的，吴三桂不是'真龙天子'，还没把龙椅坐热，水西兵马就攻入衡阳，蜂拥而至，安胜阻手刃仇敌，吴三桂一命归阴，一场轰轰烈烈的闹剧就此结束。"

"后来呢？爷爷，后来怎么样啦？"

老叫花又呷了口烧酒，咂了几下嘴巴，才接着说："吴三桂覆灭，康熙降旨：安氏平叛有功，恢复水西宣慰府；安胜阻继承祖业，受封宣慰使，官阶从三品。康熙三十六年，安胜阻病逝，因无子嗣，水西再次改土归流，拆为古定、黔宁、乌西三府。原响应朝廷平叛的水西各部，按照功劳大小，受封土目，划定区域，实行自治。黑戛仲为安黑两家共同执掌，辖地以箐门关为中心，前后左右各二十里，共有三千余户，两万多人。"

小叫花再次感叹："哇！这么大的地盘，这么多的人户，得有多少钱哪！"

老叫花淡定地说："那是分封时的数了，后来黑戛官家又吞并了十几家土目地盘，鼎盛时期达到两万多户，十几万人，一共有九里九甲，比一般的小县还要多二里二甲。"

"哇！"小叫花说，"如此说来，咱们黑戛官家比一般的县官还牛！"

"那当然了，改土归流前，咱们黑戛官家的老祖宗还是木城长官司的长官呢。前面那座很有排场的官寨，曾经就是咱们的家园。尽管不能认祖归宗，找回原有的财富，进去耍耍也是可以的嘛。"

小叫花一脸严肃，一本正经地说："爷爷，听说黑戛官家已经败落得差不多了，曾经的九里九甲最多只剩下二里二甲，咱们何不联络丐帮人马，去把它抢夺回来？"

老叫花心道：小狗崽子，野心还不小呢，你以为你真是我孙子？看来当真留你不得！

老叫花心里阴险，脸上却不露声色，假装兴奋地说："好哇，咱们这次来黑戛官寨，就是要让这官家老爷难堪，然后好见机行事。待会儿你只管触怒黑戛奶奶，想怎么干就怎么干，余下的事情我来完成。"

小叫花高兴得直跳:"太好了,爷爷!等有了这些大田大坝和高屋大房,咱们就在这住下来吧,别再东奔西跑了,我真不想做乞丐了。"

老叫花心道:小狗崽子,你想得还挺美嘛,可惜你没有那个命!嘴上却鼓励道:"好!咱们既然来了,就不走了,一定要夺回祖宗基业。遗憾的是听说安黑两家二十年前已正式分家,现在是牛角(gé)马角(gé)各顾各,要不然的话,呵呵,我还想连安家的田园财产一并搞过来呢!"

小叫花心花怒放,亦步亦趋地跟着老叫花,踏着古驿道上的马蹄印,边走边唱"莲花落"。不多久来到官寨门外,见无岗哨,直往里走。小叫花只顾观看官寨里的高楼大房和草坪花园,老叫花却微闭双眼,边走边唱:

有钱时,我也曾高车驰马穿锦袍,四书五经读朝朝。
为只为万花楼上结相好,恩爱夫妻难轻抛。
莲花莲个莲花落,你问我如今为何落到这地步?
只因银钱用完了,鸨儿将我赶出门,只落得穷途又潦倒。
我的妻不知哪去了,我落难人一无所有,因此上,打上一个莲花落。
莲个莲花落,大爷大奶奶,少爷少奶奶,盼同情则个,莲花落……

一群虎头虎脑的小屁孩,带着几只汪汪乱吠的土狗,跟在叫花子后面,拍手打脚,猴抓舞跳。黑戛奶奶听见,大声喝问:"外面闹哄哄的,哪里来了野人?"

一名养马娃子连忙跑来,毕恭毕敬地说:"回奶奶的话,是两个叫花子,一老一少,老的只管唱'莲花落',小的说这是他们的故乡和家园,他们家原来就是从这里搬出去的,如今回来接收家产。"

黑戛奶奶马脸一垮,厉声喝道:"哪里来的野鬼,居然敢冒充土司后人!马娃,去把他们赶走!"

马娃急忙跑去,但很快又匆匆返回:"奶奶,那两个叫花子,小的到处乱窜,说是要认祖归宗、接收家产;老的守在厨房门口,伸着饭碗不肯走。"

黑戛奶奶两眼冒火,大声怒吼:"这是什么世道?带老娘去看看!"

黑戛奶奶带着儿媳,跟着马娃从后院来到前院,厨房里几个正在做饭的丫头连忙垂手侧立。老叫花熟视无睹,依然伸着脏碗,嘴里不停地唱着"莲花落";小叫花被几名奴仆庄丁追赶着,也来到了厨房门口,大喊大叫:"这里是我祖宗的产业，这里是我的家，你们不要欺人太甚，不还给我的话我就要去官府上告！"

黑戛奶奶气得火冒三丈，咬牙切齿，从一名丫头手里抢过一把大饭撬，狠狠地砸在小叫花的头上，边砸边吼："我让你去告！我让你去告！我让你去告阎王！"

小叫花应声倒地，老叫花俯身去看，只见小叫花的脑浆都被砸出来了，大声嚷道："打死人了，黑戛奶奶打死人了！"

老叫花号叫着逃出官寨，像条野狗般朝箐门关外飞奔而去。

傍晚时分，残阳如血，彩霞满天，明月露出半张笑脸，羊倌牧童带着牧犬，唱着山歌，赶着牛羊和马匹，一串串地从草山牧场各回村寨。三三五五的佃户长工与娃子农人，也牵着牛绳，带月荷锄，从田间地头劳作而归，他们有的腰疼胯痛，有的疲惫不堪，有的精力充沛，其中有一个名叫白龙马的年轻人，突然停下脚步，望着天边的月亮，张嘴就唱：

九天下雨九天干，九天不见妹出山。
人人说是妹死了，妹在前方去当官。

白龙马是个随娘儿，于襁褓之中丧父，爹姓白，妈姓龙，继父姓马，于是取名"白龙马"。白龙马已有三十来岁，长得人高马大，上过三年私塾，四书五经会背不少，说了十几门媳妇，一门都没说成，因此每天从地里收工回来都会唱"水落长江归大海，妹落婆家不会哥"。时间长了，路上行人和路边住户，每到此刻都会远远地应和"水落长江归大海，妹落婆家不会哥"，然后嘻嘻哈哈，拿他取笑，他也跟着嘻嘻哈哈，半是开心，半是无奈。

这天他改换歌词，大家有点不知所措。正错愕间，只见一队黑压压的乞丐，大概有三百人，全部手持棍棒，气势汹汹地越过箐门关，走出大峡谷，绕过箐门潭，踏着河坝官道，直朝黑戛官寨扑来。

蒙川方向，也同样有两三百个乞丐，穿破轻纱雾帐，踏碎满地夕阳，就像群鸦一般，也不唱歌，也不打话，拿出急行军的速度和兵临城下的气势，与从箐门关方向来的乞丐在官寨门前汇合后，在一位八袋长老的统一指挥和两位六袋舵主的带领下，从官寨大门一拥而入，一时搞得鸡飞狗跳，人心惶惶。

听说今早黑戛奶奶一饭撬打死个小叫花，人们很不以为意，不就是个叫花子嘛，黑家有的是钱，给三五十两银子不就好啦？又听说小叫花死后，老叫花就一溜烟逃走了，人们还在心里嘲笑。黑戛奶奶打死人后，先是一愣，继而害怕，见老乞丐落荒而逃，心里松了口气，随即又蛮横跋扈起来，厉声喝道："讹诈人的贱货！给老娘把他拖出去喂狗！"

老婆子穿着绫罗绸缎，戴着金银珠宝，虽然已经人老珠黄，但年轻时的风流韵致依稀还在，只是心肠比较歹毒，人们暗地里给她取了个外号，叫"细腰蜂"。"细腰蜂"发起飙来，歇斯底里，四处乱蛰，吓得一干丫头娃子细肉发抖。几名割草喂马和抬轿打杂、看家护院的下人，手忙脚乱地抬着小叫花的尸体就往外走。

黑家下人把小叫花抬到官寨门口，扔在大路边上，转身就走。过了三五分钟，黑戛奶奶又怕小叫花变成厉鬼上门索债，拿出十两银子，吩咐二管事："去米落仲刘家湾帮我把刘阴阳请来。"

二管事问："奶奶，只是伴灵救苦呢，还是要立幡念经做道场？"

"救你脑瓜骨，去买个坛子，请刘阴阳来把他煅了！"

"细腰蜂"冷冰冰的一声断喝，二管事被吓得三魂掉了二魂，心道：我的妈呀，这是着啥子鬼了，人家好歹也是个人嘛，又不是干痨癫子，犯得着煅骨埋灰？

按照乌蒙山中的习俗，无论贫穷富贵，人死了总得伴三五天灵，救五六堂苦，然后过殿对案，祭奠开路，才发丧下葬。除非是肺结核和麻风病，害怕扩散传染，担心无药可治，才装坛煅骨，然后再打个糯米粑粑，密封深埋。

二管事尽管有些发虚，但也只好接过银钱，翻身上马，往米落仲方向疾驰而去。

当时安庄主的爹安昌昀还在，这个六十多岁的老廪生，因曾在孔子像前三拜九叩，不喜欢土司后裔与土目官家的古怪打扮，长年四季只爱穿长袍马褂与青布长衫，而且还经常教育儿子安尚余：咱们是读过圣贤书的，得遵守先师遗训与儒家规矩。安庄主在父亲的影响下，也同样只穿长袍马褂与青布长衫。

刘阴阳还未到来，安昌昀已带着儿子安尚余，叫来十几个安家下人，抬来一副简板棺材，在路边的空地上搭了个简易灵棚，将小叫花装棺入殓，然后派人通知黑戛老爷说，光天野坝的不太像样，人我给你收殓起来了，要不要伴灵救苦，老兄你看着办吧。

转回安家大院，安昌昀对儿子说："此事如不能妥善处理，黑家将会出大麻烦，搞不好会满盘皆输，就此熄火。"

安尚余问:"爹,咱们该怎么做?"

安昌昀说:"或许这是天意,不可强求,咱们也不能越俎代庖,否则会受到牵连。我已经提醒他们家,算是仁至义尽,能否度过此劫,就看黑家的造化了。"

晌午时分,刘阴阳果然穿着麻衣,顶着烈阳,带着五名徒弟,摇着师刀令牌,背着锣鼓家什,跟在二管事的马后,屁颠屁颠地赶来了,跑得满头大汗。因他是个秃子,长年戴顶旧帽子,即使再热也不好意思脱下,看上去既寒酸又好笑。

人们远远地围着,刘阴阳吩咐黑家下人搬来桌子板凳,将就安家搭建的灵棚摆了个灵坛,然后焚香烧纸,吹响号角,敲锣打鼓,磕头请圣,念了半天往生咒,画了几道煅人符,叫人搬来柴火坛罐,打开那口楸木薄棺,将小叫花的尸体抬了出来,剥光衣服塞进坛子里,然后架在柴火上。刘阴阳一手挥舞令牌,一手摇着师刀,口中念着收邪咒,隔空画着煅人符,突然大吼一声:"云鬼风雷急丧丧,天师电火显罡煞。一道烟熏镇邪魔,魂归坛罐永无差!"

念完扔出两片竹卦,小徒弟弯腰捡起,躬身报道:"阴爻!"

刘阴阳端起碗来,朝着柴火喷了口水,然后大声吩咐:"可以烧了,幺们!"

得到师父的命令,刘阴阳的大徒弟连忙点燃柴火,一霎时烟云滚滚,烈焰冲天。不多时,尸骨焚烧的气味弥漫开来,附近七八个村庄同样阴风惨惨,臭气熏天。人们于心不忍,纷纷私下指责:"真是太狠毒了,这个黑戛官家。"

安昌昀关上房门,叹息一声,对儿子说:"这下黑家没得救了。"

安尚余问:"爹,你既然洞若观火,怎么不明示他家?"

安昌昀摇摇头翘着胡子说:"良善之家,必有余庆。黑家如此歹毒,必然会遭天谴。二十年前我坚持分割财产,彻底脱离旧规矩,就已经非常明白地暗示黑家了。还有今天,按说又不在我的锅里碗里,我还跑去给他装棺搭棚,这个暗示已经够明白了吧,可黑戛老爷早已被黑戛奶奶的狐媚邪功彻底收服,一切都只听那个狐狸精的,谁的忠告也没用。既然天意如此,我们也毫无办法,还是各人自扫门前雪,随他去吧。"

无数乞丐如乌鸦般源源不断地拥来,安昌昀吩咐儿子与下人:"天庭已经震怒,黑家合当败亡,各人关锁门户,不许招惹是非!"

安尚余遵令,立即招呼所有丫头娃子和长工用人,关锁门窗,守在院里,那道月亮门虽然依约不关,但也派了十几名家丁进行封堵。还好,那些乞丐只是冲黑家而来，对安府及寨伍邻居秋毫无犯。

平时喜欢狐假虎威、仗势欺人的黑戛家丁，此刻被来势汹汹的乞丐大军分割包围，全被打伤在地。在水西大地上辉煌了两百多年的黑家大院，此刻到处都是打砸声、呻吟声、告饶声、求救声，只差没有杀人放火了。黑戛老爷和黑戛奶奶躲在暗房里不敢出来，全寨村民都在暗中鼓掌喝彩，心道报应终于来了。

黑戛老爷骂道："死老婆子，平时你凶得很，现在你凶不起来啦？啊？平时乞丐讨饭，给他两碗不就打发走了嘛，你不但不给，还要黑风丧脸地羞辱人家，现在招惹了这帮穷鬼，打死了人，叫我如何开交？"

不可一世的黑戛奶奶也被吓傻了，哆哆嗦嗦地说："哪个晓得会这样？官府不是有规定嘛，乞儿不能到官家门前讨饭，只能在寨门口等候施舍。再说那个小乞儿，还叫嚣黑戛官寨是他家的呢，看那个样子还想把咱们赶出去。"

黑戛老爷不想再理睬老太婆，只是黑着脸在心里盘算对策，可是乞丐越来越多，越来越多，天黑透了，还有人踏着月色，源源不断地赶来增援。安昌昀叫下人搬来两架木梯，和安尚余通过高墙上的风眼朝黑家那边观看。安尚余惊讶地说："爹，好像大部分乞儿都是寻常百姓假扮的。"

安昌昀也看出来了，长声叹道："唉，最近几十年黑家仗势欺人，得罪的人实在太多了，此刻见丐帮出头，全都赶来出气，估计不下千人。"

无数真假乞丐源源不断地朝黑戛官寨拥来，寨上或周边其他土豪大户全都出来观看起哄，甚至公开给叫花子们出谋划策，提供方便。黑戛老爷和黑戛奶奶不敢出来，只好派二管事骑着快马，连夜向古定官府告急求援。

又是日出日落，上千名叫花子占领了黑戛官寨，打打砸砸，胡吃海塞，搞得无比奢华的官家大院乌烟瘴气，不成体统。

直到第三天中午，古定知府才带着师爷衙役，举牌鸣锣，乘轿而来。看到昔日气派巍峨的土目官寨变得满地狼藉、污秽不堪，知府大人摇头晃脑，仰天长叹："兴衰有定，富贵在天，不管多么雄势，也有倒运的一天。真是翻身无须几挠板，背时只要一饭撬，黑戛官家的百年基业，看来真要毁于一旦。"

知府感叹完毕，下令集合。众花子在长老的指挥下，搬出小叫花的骨灰，全体下跪喊冤，请求青天老爷为民做主。

知府判令："黑戛奶奶手狠心黑，打死乞丐，血债血还！黑戛老爷放纵家丁奴才，煅骨扬灰，毁尸灭迹，与黑戛奶奶同罪！其余一干家奴，全部押赴大牢，等候处理！"

知府话音刚落，几名如狼似虎的捕快，把黑戛老爷和黑戛奶奶从暗房里拖了出来。黑戛奶奶早已吓得半死，黑戛老爷和黑戛少爷跪地爬行，以头抢地，祈求出钱保命。

知府改判："黑戛奶奶失手打死乞丐，死罪可免，但须赔偿死者家属白银万两。黑茄，你服还是不服？"

黑戛老爷连忙磕头谢道："下官服判，下官服判。"

知府又判："凡来为死者申冤者，每人赏银百两。丐帮长老、舵主另加黄金百两；各大小首领班头，各加黄金十两。"

黑戛老爷两眼一黑，晕倒在地。黑戛少爷和黑戛少奶奶呼天抢地，捶胸顿足，那些依附黑家，生活过得还算滋润的家丁奴仆与丫头娃子，此刻见官府向着乞丐，黑家已经完蛋，美好生活已到尽头，也跟着呼天号地，如丧考妣。

知府下令："查封黑戛土目所有财产，拍卖黑家山林田园和商铺，赔偿丐帮。"

拍卖大会持续了整整一个月，才把黑戛官家的良田好土与草场商铺拍卖完毕，刚好够赔丐帮。不再拥有万亩良田、十里青山、几十个商铺的黑戛老爷，随即被革去官家资格，收缴土目印信。稍后，清政府垮台，古定废府为县，黑戛仲改为水箐乡，黑戛奶奶在日夜惊恐中悔恨而死。

家道败落后，黑戛老爷扛不住从土目到庶民的失落，很快就颓废下去，终日借酒浇愁，两年后郁郁而终。黑戛老爷归西的当晚，黑戛少奶奶诞下一儿。由于生得蹊跷，取名也挺奇怪，黑戛老爷叫黑茄，他叫黑小茄。乡人脑筋不笨，稍微联想一下，认为是黑戛老爷投胎转世，于是都叫他茄儿腿腿。

这让黑戛少爷非常不爽，整天生搥死打，拿个婆娘出气。黑戛少奶奶不堪受辱，在茄儿腿腿周岁那天服毒自尽。黑戛少奶奶死后，黑戛少爷突然犯起横来，带着几个家奴，趁别人接亲之际，将心仪已久的邻乡女子强掳而来，纳为继室，为此又赔了不少银钱田地，家业更加凋敝，剩下的长工奴仆纷纷离去，另谋衣食。

黑戛少爷的继室贤惠勤俭，善于持家，人称黑二奶奶。黑二奶奶执掌家业后，家境渐有起色。黑戛少爷却一病不起，临终将茄儿腿腿交托给黑二奶奶。黑二奶奶心地纯良，将茄儿腿腿视如己出，悉心照料。但茄儿腿腿并不领情，对黑二奶奶抵触仇视。

黑戛官家早已败落，良田好土几乎全被周边的乡绅豪强买走，山林和坡地则被黄鹤坝蒙家打包拍去，然后捐赠给水箐苗家耕种狩猎。在黑二奶奶的勤俭操持下，黑戛官家又开始积累财富，回购部分田产，找人帮忙耕种，邻村年轻力壮的程小杵，就这样成为黑家长工。

其实黑戛老爷在世时，程小杵就是黑戛官家的帮工了。黑戛官家在败落之前，曾经拥有三十六个娃子、二十三个丫头、四十九个庄丁、五十七个长工和九个老妈子。此外，黑戛官家还有大片大片的田地出租给佃农耕种。

尽管如此，每逢农忙时节，黑家还得再请上百个短工，才应付得过来。程小杵从十五岁开始，就经常跟随父亲到黑戛官家帮工干活，挣钱补贴家用。

程小杵不但年轻力壮，还眉清目秀、粗通文墨，与黑二奶奶年龄相仿，意气相投。他俩一个年轻守寡，一个尚未婚配，一来二去就产生了情愫。如此过了几年，在安庄主的撮合下，程小杵入赘黑家，黑二奶奶生下二公子程方明。

自从有了程方明，茄儿腿腿更加叛逆。黑二奶奶将他送进庄塾，他一言不合就殴打老师、欺负同学，被安庄主下令捆绑，吊在树上教训。尽管被打得遍体鳞伤，茄儿腿腿一不求饶，二不忏悔，反而翻着白眼，口吐血沫："你们都跟我招呼到，我会十倍还给你们的。"

安庄主骂道："砍脑壳的，黑戛老爷家财万贯，富甲一方，在世时都没有这么嚣张，难道你会一飞冲天？"

茄儿腿腿白了安庄主一眼，不屑地说："安尚余，你狂什么，自古以来，整个黑戛仲都是我黑家的，要是我黑戛官家不败落，你不过是个管家而已，只配给我牵马提鞋。如今奴才捆主子，世道人心在哪里？"

在水西地区，土司的规制不同一般，每仲土目均有正副，正的叫官家，副的叫管家，这里的官家和管家，只有正副之分，没有主仆之别，茄儿腿腿如此胡说，安庄主差点被气晕。

黑戛老爷被判令拍卖所有山林田产赔偿丐帮的当天，安家父子知道黑家气数已尽，于是参与竞拍，拿出大部分积蓄，拍下几千亩田地，加上原有财产，一举成为黑戛仲最大的土豪。黑戛老爷过世后，黑戛官寨更名为黑家庄，安家因财力雄厚，安昌昀被推举为庄主。数年后安昌昀因病去世，安尚余接任庄主之位。

安庄主听茄儿腿腿如此胡说，心里更加恼怒，下令继续鞭打，黑二奶奶和程小杵及时赶来求情，他才把茄儿腿腿放了。但茄儿腿腿鼓着眼睛对黑二奶奶说："就是你们这些贱人和丐帮串通一气，买通官府，坑害黑戛官家，把我家的十里青山、万亩良田都抢了去。现在倒好，鸦雀扛草来砌起，八哥来争现成窝。"

　　程小杵站立一旁，始终一言不发。从那以后，茄儿腿腿再也不上学了，跟着一班地痞混混儿，整天练功习武、耍刀弄棒，看见家里有什么好东西拿着就走。

　　黑家庄离古定城还有一百四十里，但五十里外有个好去处，名叫蒙川镇。蒙川是个大集镇，曾经驻有两百汛兵，负责镇守古定西部，监视各家土目。清廷败亡时，蒙川汛早已不复存在，古定西部却以此为中心，逐渐形成集镇。当地乡绅豪强多次上书省府和中央，请求将西部五区从古定析出，成立蒙川县。由于军阀混战，烽烟四起，省里派系斗争激烈，中央政府忙得不可开交，一直无暇理会。

　　但无论上头理不理会，蒙川始终不急不缓地向前发展。商铺、客栈、烟馆、赌馆、饭馆、酒馆、武馆、茶室、书屋、琴行等等如雨后春笋拔地而起，再加上三家当铺与两处钱庄，渐渐有了县城规模。

　　茄儿腿腿拿了家里的东西，直奔蒙川，投入当铺，有了钱就呼朋唤友、喝酒吃肉、抽烟嫖妓，要么就到赌馆豪掷，到武馆打架，往往弄得身无分文、鼻青脸肿才肯罢休。如此混了几年，茄儿腿腿到了十八岁，长成一名五大三粗、凶狠横蛮的小伙子，不但经常欺负比他年小九岁的程方明，还动不动就对继父程小杵拳打脚踢。

　　随着年龄增长，安庄主越来越管束不住茄儿腿腿，只得仰天长叹："爱刀刀上去，爱枪枪上亡，随他去吧。"

第二章　苗乡绝技

　　黑家庄往东北方向十五里处，有一座名叫坡戛的苗寨，三面被黑洋大箐包围，寨门前只有一条不算宽敞的土路，一头通往黑家庄与水箐乡公所，一头经龙家庄，过黄鹤坝，通往古定西部五区的经济文化中心蒙川镇。

　　苗寨中央有一个坐北朝南的院坝，院坝两边各竖着一排箐木架子，架子上插着弯刀、砍刀、捞镰、长矛、棍棒等武器，此外还挂着一排排竹管芦笙。芦笙上扎着红绳，以此作为装饰。其中有一支芦笙非常特别，由十根长短不一的管子组成，最长的一根长达二米六七，扎着六道红绳。

　　院坝中间倒插着六把雪光闪亮的双刃尖刀，六把刀分六个方位围成梅花状。禄寨老吹响一支普通六管芦笙，先是跳了几圈寻常舞蹈，然后围着梅花刀阵，忽前忽后，接连翻了十几个筋斗，突然朝后一仰，以头着地，瘦长的身子弓成一座拱桥，一边吹奏芦笙，一边不停地翻滚，最后将芦笙换成砍刀，道道刀光裹着瘦削的身子，就像一条飞龙，在云雾中穿行，在风雨中狂舞。

　　禄寨老表演完毕，一群孩子鸦雀般叽叽喳喳地围了上来。这群孩子一共有三十八名，是从全乡三十六个苗寨中精挑细选出来的，除了戈戛和坡戛，一个苗寨只有一个名额，而且没有特殊照顾，只能通过比赛产生。

　　一名长得虎背熊腰的少年一脸好奇地问："这是什么舞哇，太难学了。"

　　禄寨老说："这是咱们水箐苗乡的秘传绝技地龙滚荆。三年一届，每届只招三十八人，能到这里来学习，证明你们都是苗乡新秀，以后苗乡的安定繁荣就靠你们了。为防绝技外传，影响苗乡安全，老祖宗规定，只有苗王和寨老才有资格传授，其他人如果私自传授，就会遭受剥皮抽筋的酷刑，最后还要被熬油点天灯。"

　　孩子们被吓得小脸煞白，面面相觑。禄寨老又说："地龙滚荆是老祖宗传下的镇乡之宝，既是可供观赏的芦笙舞，又是上阵杀敌、保命逃生的武术绝技，所以大家要用心练习，学得好的，长大后可以竞选寨主和苗王。但参选苗王是有条件的，武艺必须高强，为人必须正派，处事必须公平，还要为苗乡立下十大功劳。参选寨主也一样，偷奸耍滑之徒，为非作歹之辈以及碌碌无为者，永远都没机会！"

禄寨老意犹未尽，又补充道："这地龙滚荆扎实①难学，每三年才开一届，你们都是百里挑一的好后生，不但聪明好学，而且有着不错的武术基础，只要勤学苦练，将来必定是武林高手、苗乡栋梁。"

孩子们得到夸奖，无不欢呼雀跃。寨老突然神色一凛，一脸威严地吼："是谁？给我滚出来！"

一名穿着麻布褡褛、身上背着砍刀、腰间插着短枪的汉族青年，从一道矮墙后面闪身而出，双膝跪在禄寨老面前，战战兢兢地说："干爹，孩儿来给您老请安。"

这青年是三十里外龙家庄庄主龙从高的独生子，大名叫龙尚全，小名叫滚地龙。在水箐，龙是小姓，经常遭受别族大姓欺侮，龙庄主为了保护家产，自小就让滚地龙习文练武，可惜这个独生子对文章不感兴趣，对武艺却很痴迷，十几岁了才粗通文墨，武功却在同龄人中罕逢敌手，于是整天东游西荡，聚众斗殴。

每次拜访，滚地龙都不会空手而来。这次也一样，双手递上一个钱袋，假装诚惶诚恐地说："这是两百块大洋，可以买十几头牯牛，孩儿特意带来孝敬干爹。坡戛苗寨不是缺钱修筑寨墙吗？这点钱还可以帮干爹救急。"

禄寨老摆了摆手，上前一步，厉声喝问："你，偷学了地龙滚荆？"

滚地龙连忙否认："没有，干爹，孩儿不敢。"

"那你为啥要躲在墙后偷窥？"

"我原本是要进来的，又怕打扰干爹，只好躲在墙后。我发誓，我没偷看一眼，要是真偷学了，一定会遭枪催炮打，死于野岭荒山。"

禄寨老见他发下毒誓，口气缓和过来，淡淡地说："起来吧。"

滚地龙连忙站起身来，放下钱袋，匆匆离去。

月牙寨老，不但是苗王之师，还兼任武术总教练，一般只能由卸任苗王担任。曾经的苗王，怎么会收一名汉族地主的小孩做干儿？说来有点话长。

---

① 扎实：云贵方言，非常、特别的意思。

在乌蒙山中，历来都是彝族土司的天下，因为他们拥有土地和军队，苗族从遥远的地方辗转迁徙而来，因土司的同情和庇护，得以在此繁衍生息，但得向土司缴纳地租税赋，甚至还得服兵役劳役。改土归流后，原来的土司被分解成大大小小的土目，权力和势力同样被分化瓦解，汉人逐渐走上统治地位。很多汉族官员卸职后选择留下，于是就有了大大小小的汉族地主，与彝族土目争权夺利，平分秋色。

但居住了上千年的苗族，依然一无所有。种地得交租，打猎得上税，层层压榨之下，苗民苦不堪言，于是爆发了一场声势浩大的苗民起义。战争打到后来，双方伤亡惨重，只好坐下谈判。土目和地主做出让步，官府居中调停，划出部分山地给苗家耕种，让他们直接向官府缴纳皇粮国税；同时还将几座人迹罕至的原始森林，完完整整地划给苗家，让他们自主经营，不用缴税。

此后，在苗民的大力争取下，官府又勉强答应，苗民也可以到彝族或汉族的林地里打猎，但得按猎获的十分之一上缴林主，或者以寨为单位，给林主缴纳年例。慢慢地，年例也不用缴了，在整个乌蒙山东麓，除了专属森林黑洋大箐，苗民还可以到任何一座森林里去无偿狩猎，彝、苗、汉三个民族，关系逐渐解冻，慢慢融洽起来，但总的来说，汉、彝始终占据主导，压着苗家一头。

因此，苗家始终住在高山之巅，生存环境比较恶劣，经济文化发展缓慢，直到清朝灭亡，才有规模较大的苗寨创办私塾，请精通苗语的汉族文人前来执教。

龙庄主的哥哥，是黑戛仲有史以来的第五位秀才，虽然在乡试中屡考屡败，但也是个饱学之士，加上会说苗话彝语，在当地名声很响，无论汉人地主还是彝族土目，都争相请他去坐馆教书，最后还是禄寨老亲自出马，在龙庄主的劝说下，才把他请上坡戛苗寨。

因为禄寨老与龙庄主不但是好朋友，还是结拜弟兄，他们的结拜缘于一场人豹大战。

很多年前，禄寨老艺高胆大，独自进山狩猎，无意之中闯进豹窝，被两头护崽心切的金钱豹前后夹击。他砍伤公豹，自己也被母豹抓伤，连忙施展地龙滚荆，在地上不停地翻滚。那两头豹子剽悍灵敏，又召来同伴围攻，禄寨老始终难以摆脱，被逼到了悬崖边上。

危急关头，一个三十来岁的汉族猎人带着几个青年伙计，手持梭镖火铳，飞奔而来，一枪打死母豹，接着又杀了两头前来增援的豹子，其余豹子惊慌逃窜。公豹悲恸欲绝，跳崖而亡。三只幼豹被他们带回家里，养至半岁放生。

禄寨老与汉族猎人就此相识，结拜为异姓兄弟。几年后，禄寨老当选寨主；又再过了几年，禄寨老当选水箐苗王。那汉族猎人也凭自身能力与财势，在父亲退隐和哥哥的谦让下当上了龙家庄庄主，统管五十几户三四百人。

再后来，禄寨老卸任苗王，退为寨老。龙庄主因为接连死了三个女人，无人再愿与他续弦结亲。为了延续香火，龙庄主租用三十里外、海子湖畔花鱼洞花老板的第七房小妾，并与花家签署协议，如果此女在龙家被命克死，那就白死；如果没被克死，头胎生下女孩，付现银五十两，将女人退还；如果生下的是男孩，则付现银两百两，同样将女人退还。

这小妾原本是个长工之女，因有几分姿色，被花老板纳为妾侍。花老板年岁太大，小妾七八年间毫无生育迹象，加上随着青春消逝，人也不再水灵，乐得将她典当出去，还能换几百两银子。结果这女人来到龙家不到半年就大了肚子，生下滚地龙后，龙庄主如数付了花家两百两银子，但提出要将女人留用十年，一是还想再生，二是孩子需要哺育。

两家再次谈判，老态龙钟的花老板说再留十年也行，但必须再给上等水田五亩，或上等好地十五亩。龙庄主犹豫再三，咬牙将土地切割出去。

一次联合狩猎结束后，龙庄主将禄寨老请到家里吃饭，只有五岁的滚地龙目不转睛地盯着禄寨老腰间的那支六管芦笙，嚷着要禄寨老跳舞给他看，龙庄主也用祈求的目光看着他。禄寨老无奈，只好取下芦笙，跳了一曲。滚地龙兴奋得拍手打脚，又喊又叫，禄寨老刚刚跳完，他就跪下磕头，拜认干爹，请求禄寨老传授芦笙舞。

禄寨老见他聪明伶俐，便爽快地答应了。之后，禄寨老将滚地龙带回苗寨，让他穿上苗族服装，跟着寨上的孩子们一起学吹芦笙，学跳苗舞，学说苗话，但不许他偷学地龙滚荆。

转眼十年期满，花老板早已离世，其子继承家业，人称花二老板。花老板虽然死了，但当初立下的字据还在，花二老板便来龙家要人。龙庄主不想放人，女人也不愿回去。花二老板说："不回去也行，反正回去也没什么用，再给我十亩上等好地或三亩上等好田，咱们从此一笔两清。"

此时龙家家境已大不如前，加上花老板已经不在人世，龙庄主便百般抵赖。花二老板铩羽而归，越想越气，组织族人庄丁，强行将龙家土地划拨过去。龙庄主不服，同样组织族人庄丁前往理论，继而发生械斗。花姓是大族，人多势众，花二老板激愤之下，将龙庄主当场砍死。

此事轰动全县，县长大人前来处理，判令花家如数退还龙家银钱土地，女人继续归龙家所有。之后，花二老板坐了两年监牢，花龙两家逐渐败落下去。

龙庄主死后，滚地龙浪迹江湖，到处拜师学艺、结交朋友，誓言必报此仇。十八岁那年，滚地龙纠集一帮地痞流氓和狐朋狗友，明火执仗地闯进花鱼洞，诛杀了花二老板，掳走了花家全部财产和女人，然后占据油黑大洞，打家劫舍，成为土匪。

占山为匪后，他几次以送钱孝敬寨老为名，翻墙越脊，偷窥苗族少年习练地龙滚荆，离开苗寨后立即找个隐蔽所在，挥舞砍刀，认真练习。

这天，滚地龙跑出苗寨，穿过漫山遍野的苞谷林和荞麦地，跑进一个四周无人的小山坳，脱下苗衣，高举双手，仰天长啸，先是练了一番拳脚，然后拔出背上的砍刀，接连翻了十几个筋斗，一边狂舞一边在地上不停地翻滚。

滚地龙滚累了，将刀插在地上休息。休息了一会儿，又在四周插上七八根树枝，然后从腰间拔出手枪，一边翻滚一边开枪射击，枪枪命中目标。

滚地龙振臂高呼："地龙滚荆，我终于学会你了！"

呼声在群山里回荡，一群土匪高举刀枪，牵着一匹高头大马，兴高采烈地飞奔而来。

五六里外的坡戛苗寨，形貌飘逸、白发苍苍的禄寨老，正一丝不苟地指导孩子们练习地龙滚荆，边教边说："为什么这套绝技要取名为地龙滚荆？因为在千百年前，咱们的祖先逃难到此，被树丛荆棘挡住了去路。前无去路，后有追兵，青壮年男子只好用树皮藤蔓将全身缠裹起来，在地上滚出一条血路，给老弱妇孺通过。"

一个小男孩以质疑的口气问："寨老，那咱们怎么会留在这里呢？"

是呀，既然已经滚出了一条血路，为什么咱们还会留在这里？禄寨老从未思考过这个问题，一时张口结舌，不知如何回答。正尴尬间，有人来报，黑家庄安庄主即将到访。

禄寨老连忙吩咐："打开寨门，列队迎接。"

咚，咚咚——大主事祝明芳接到命令，亲自敲响钟鼓楼上的那口黄铜大钟。钟声清澈辽远，两短一长，表示有贵宾来访。听到钟声，嬉戏耍闹的孩子、浆洗浸麻的妇女、蜡染刺绣的姑娘、田间劳作的男人，一律停下手中活计，连忙收拾东西，返回家里。

稍后，男人们披上战袍，女人们身着盛装，刚刚还灰头土脸的孩童，已被洗得白白净净，换上干净衣裳，在大人们的带领下，手提六管芦笙，到寨子门前集合。听说即将到访的贵客是黑家庄安庄主，苗民们翘首以盼，一脸兴奋。

安庄主系罗甸王济济火的第六十一世孙，安绅兵败之前，其先祖一直是水西宣慰府的高官，安胜阻协助朝廷剿平吴王叛兵后，安尚余的祖辈受封为黑戛管家，迁来水箐，成为黑戛仲的二官家，父死子替，一直世袭到清朝灭亡。二十多年前，十八岁的他考中秀才，本想继续博取功名，无奈朝廷废除科举，此路从此断绝。

等了大约二十分钟，山下传来一声呼哨，那呼哨声婉转悠扬，动听至极。听见唿哨声，祝明芳高举右手，大家一齐举起芦笙；祝明芳的右手猛力一挥，所有长长短短、大大小小的芦笙一齐奏响，呜噜呜噜的乐曲，犹如大河淌水，滔滔不绝；又像山泉瀑布，时而叮叮咚咚，时而又狂泄直奔。

这就是坡戛苗寨最高礼仪中的迎宾曲《高山流水》。一曲吹罢，安家队伍才踏着秋阳，缓步行来。他们只有五个人，两匹马，另外还有两头牛，五只羊。骑在马上的，自然是安庄主和他的宝贝女儿安宁，另外三个没骑马的，都是安家的佣工兼保镖，为首之人名叫白桥保，虽然只有十六七岁，但已长成五大三粗的壮小伙。

白桥保只是家奴身份，但由于精明能干，深得庄主器重，将其视为子侄，每次出门，总要带在身旁。与白桥保相较，另外两名随从就显得老实多了，他们一个是土著白人，一个是汉族娃子，都一样家贫无依，反应比较迟钝，只能做牵马挑担、割草撑羊等粗笨活路，以忠诚、勤劳和汗水，保住祖宗留下的衣食饭碗。

安宁是个十一二岁的小姑娘，长得雪肤花貌，聪明伶俐，被安庄主视为掌上明珠，自五岁那年母亲去世后，无论走到哪里，安庄主都要把她带着，以便时刻教导。

主仆五人，赶着牛羊牲畜，挑着布匹礼品，离寨门还有半里之遥，祝明芳双手一拍，一群花枝招展的年轻姑娘，犹如鸟群一般，呼啦啦地从寨子里鱼贯而出，花衣花鞋百褶裙，金钗银饰红头绳，再配上如花笑靥和如火青春，不知爱煞了多少年轻人。

姑娘们清纯如水，天真烂漫，吹响芦笙，踏着舞步，排成二路纵队，形成夹道欢迎之势。挑着篮筐走在队伍前面的白彝娃子白桥保抬眼望见，不由得满脸通红，略微紧张。

姑娘们吹着芦笙，跳起欢快的芦笙舞。禄寨老带着熊寨主和祝主事，脸上堆满笑容，昂首阔步地迎上前去；三名容貌清秀、身材高挑的苗家姑娘，一人抱着酒坛，两人捧着牛角酒杯，笑意盈盈地跟在后面。

歌舞声中，安庄主父女策马渐近，两名小伙手脚麻利地跑来接过缰绳，另外两名小伙则弓着身子，充当下马凳。安庄主父女悠然下马，禄寨老等人连忙抱拳作揖，安庄主拱手回礼。

芦笙曲热情欢快，姑娘们的舞蹈摇曳多姿，看得白桥保和安宁嘴角含笑，目不暇接。禄寨老道："庄主，半年不见，您老依旧神采飞扬，看来又有喜事临门了。"

安庄主连忙说："哪里哪里，犬子无才，无意追求功名，准备于九月十六圆臻结配，不好贸然叨扰，安某亲来告知，届时务请光临。"

禄寨老抱拳道："庄主亲来，是我寨无上荣光。坡夏三千苗民，全赖安府关照，才有今日温饱，我们禄、熊、祝三家，世代感恩，没齿不忘。"

禄寨老说完，祝酒歌响了起来，浓郁酒香中，三名妙龄少女施施然上前敬酒。

芦笙呜噜，欢歌笑语，气氛热烈，场面壮观，面对热情好客的苗家人，平常连甜酒都不太爱喝的安宁，也勉为其难地干了一小杯，脸上泛起一片红霞，看上去就像春天的桃花，无比娇艳。

苗家迎客的酒杯是用黄牛角雕琢而成，分别为大杯、中杯、小杯，角质光滑温润，握在手里就像握着民泰粮丰。这酒是用荞麦兑上高粱酿造而成，经过高温蒸馏后，又放入刺梨浸泡，埋入地下至少三年才能启封，所以色泽淡黄透明，酒液黏而不稠，口感舒适，入喉生津，简直如饮玉液琼浆。

安庄主分别与禄寨老、熊寨主、祝主事各对饮一大杯，每杯约有二两，喝完，已然醺醺微醉，连道："好酒，好酒，如此人间佳酿，就算大清不亡，御厨还在，也不可能酿造得出，安某今朝真是开了眼界，饱了口福，安逸，安逸。"

禄寨老笑道："庄主，这叫苗家荞麦刺梨酒，陶大帅聚众起事那阵，因伤亡极其惨重，会酿造此酒的杜师不是亡于战场，就是重伤残疾，这门绝艺基本处于失传状态。后来在贵府的关照下，我们水箐苗乡又逐渐有了起色，解决了温饱，于是找出残牒旧谱，经过多年试验，终于重新酿造出来，今天还是首次开坛。"

熊寨主接道："酿造此酒，不但工艺极其复杂，还要配合天时地利，窖藏三年，所以难度很高，产量有限，本次也就酿成十坛，先留两坛给蒙举人，再留两坛给庄主带回去，其余的咱们今天开怀畅饮，不醉不休。"

安庄主扫视全场一眼，只见三千苗民人人眉欢眼笑，个个身着盛装，都在尽情吹笙跳舞，用最古朴、最真诚、最盛情的仪式来欢迎他，一时感慨万千，心想就算当了皇帝又如何？这里山高水寒，闭塞边远，皇帝是不会来的，省长也不会来，据说苗家的这个欢迎仪式，只有县长以上官员才能享受，蒙举人和他纯属例外，因此他们也不会轻易前往苗寨，免得劳烦人家。

但是这次，经过再三思虑，他还是来了，而且刚下决定就派人通知，自己随后带着女儿随从骑马赶来。因为再过三天，就是安忠的大喜之期。

自从与黑戛老爷一起受封掌管黑戛仲，两百多年来，黑安两家都是一脉单传。传到这一辈，黑家已完全退出历史舞台，只有安家还以庄主身份保有部分田园财产，尽管家财势力早已今非昔比，但依然还是称雄一方的名门大户。按说以安家的高贵出身与富裕家底，公子安忠应该娶个门当户对的媳妇才对，可这不争气的家伙，偏偏与一佃农闺女好上了。光好上了不说，还把对方的肚子搞大了，把安庄主气得脸青嘴干，骑虎难下。

让他娶吧，感觉有点丢人；不让他娶吧，万一对方生下的是个男娃，不就更加麻烦？安庄主试图找人说和，让那女孩把娃打掉，然后给她一笔钱或者几坝地，可那姑娘性格倔强，说她爱的不是安家的房屋地产与金银财帛，她喜欢的只是安忠这个人，因为他踏实本分，从来没有公子哥儿的骄奢习气，能够把贫苦佃农当人看待。

这是多么可贵的品质，而且安忠也曾对她表态，要走一起走，要死一起死，大不了咱俩私奔，或上云南四川，或下顺城林城，哪里都可以安身立命。一个富甲一方的公子哥居然对一个佃农闺女如此付出真爱，此情天地可鉴，姑娘九死无悔。再问安忠，态度毅然决然，非此女不娶，否则他说出的话全是放屁，做人还有什么尊严？

直到此刻，安庄主还未见过准儿媳，伤心烦恼之余，决定看看再说。于是他打破常规，让佃农带闺女黄小雀前来安府，只见那姑娘身材窈窕、肤白貌美，肚子已经明显凸起，依旧不亢不卑、落落大方。问了几个问题，居然知书识礼，思维见解甚至远远超过了很多名门闺秀。这哪里是佃农闺女，分明是上天赐给他的礼物。

安庄主大喜过望，感慨一番，然后撇下客人，来到香烟缭绕的堂屋，取出那副祖传竹卦，默默祈祷一番，随手一丢，一上一下，是个顺卦，当即返回客厅，对亲家翁说："既然娃娃们如此有缘，咱们只好顺从天意，成全他俩。"

佃农黄贵山原本忐忑不安，此刻见安老爷如此大度，一时心花怒放，差点跪地磕头，连忙点头答应。

安庄主说："都说十五的月亮十六圆，期程我已经看好了，十天之后，九月十六，大吉大利，适宜圆臻结配，你有什么要求就尽管提吧。"

黄贵山连忙说："没要求，没要求，老爷您怎么安排都行。"

安庄主道："咱们已经是儿女亲家，以后就别叫我老爷了。你虽然不提要求，但我还是要表示表示的。从今往后，凡你租种的田地，都归你了，算是闺女对你的一片孝心。"

黄贵山刚要推辞，黄小雀咚的一声双膝跪下："公爹，从今往后，小雀就算当牛做马，也会好好服侍您。"

安庄主示意丫鬟把她扶起，叫管家乔芝拿来十两黄金和三百两白银，交给黄贵山说："自古以来，开亲开戚都要讲究三媒六证，从套口气、相亲、看家底到吃欢喜酒、丢把凭、烧香、送猪腿等等，一套规矩下来，没有一年半载办不妥，今天咱们两家算是打破陈规陋习，两个老者几句白话就成就了一门好亲事，若干年后让后人谈论，也算是一段佳话喽。"

当天晚上，安黄两家正式行财过礼，见证人为乡长王明阶。王明阶的祖父曾是黑蛮官家的用人，几十年前黑安两家分家时，在安家的帮助下脱身出来，由于头脑灵活，聪明能干，慢慢集聚财富，置地建房，孙子还当上了全县面积最大、人口最多的水箐乡乡长。在整个西二区，王明阶的财势仅次于老主子安庄主和区长路明轩，三人随便跺跺脚，全区都会抖三抖，堪称大腕乡绅。

黄家张灯结彩，大红蜡烛粗如手臂，王明阶一脸郑重地把安家划给黄家的七十亩地契交到黄贵山手里，黄贵山也一脸郑重地把女儿黄小雀的生辰八字交到王乡长手中。王明阶将黄小雀的庚帖转交给安庄主，然后大声宣布："官寨安家与野坝黄家已正式结为儿女亲家，两个寨子从此亲如一家，今后须相互照应，相互提携。十天之后，九月十六；吉星当头，圆臻结配；生儿育女，富贵绵长。"

在一片祝福声中，黄贵山吩咐摆酒上菜，笑呵呵地向安庄主和王乡长敬酒。

第三章　心生歹念

太阳已经偏西，凉悠悠的山风吹在又粗又长的巴茅草上，发出呜呜呜的声响，土匪们围成一圈，举着刀枪，群魔乱舞，鬼喊辣叫。滚地龙又练了几遍地龙滚荆，才在众土匪的簇拥下，翻山越岭，爬沟过坎，兴高采烈地朝蜂子包包走去，边走边狂吼乱叫。

上山两年，滚地龙已经聚集了四十几名身负血案的土匪。这两年中，他们打家劫舍，绑票杀人，然后又将抢来的钱财烟土拿到云南或四川换取枪支弹药。

滚地龙出身书香门第，在棍棒的逼迫下念了几年私塾，熟读了《三国演义》和《水浒传》，自诩深谙谋略心计，知道不能一直为匪，有机会必须将身份洗白。但要洗白身份，只有两条路可走，第一条是自立为王，夺取江山，以刘备、孙权为榜样。可是，他没有这种雄才大略与雄心壮志，几番权衡思考，觉得唯有招安一途适合自己，因为宋江就是这么干的。但要得到招安，必须将动静闹大，让官府无可奈何。要想将动静闹大而官府无可奈何，必须谨记五条：一、手下须是精兵强将，而且身负血案，谁也不敢轻易叛变。二、自己必须技压群雄，成为打不死的汉子和永远的老大。三、要学会审时度势，做事留有余地，不得招惹实权人物与地方豪强。四、可以吃喝，但不能嫖赌，更不能抽鸦片。因为一旦染上，永远无法戒除。五、除非蓄意报复，千万不能抢劫附近村庄与贫苦佃农。因为那样会激起民愤，得不偿失。

在滚地龙的心目中，区长乡长不算啥，得罪就得罪了，至少要县长以上才叫实权人物。在西部五区称得上豪强的，只有"安黑蒙路"四大家族。但这四大家族中，安家势力分散，黑家早已败落，路家根基不足，唯有蒙家，才是真正的一方诸侯。于是他经常告诫手下：遇到安家绕着走，遇到黑家让一让，遇到路家打招呼，遇到蒙家赶紧跑。至于其他区长乡长与土豪乡绅，不抢他们抢谁去？普通百姓穷得要命，身上榨不出油水，不到万不得已不要下手。

因此尽管作恶多端，滚地龙一直处于安全地带，唯一的缺点就是喜欢女人，并且声称除了蒙川公主与安二小姐，只要看得上，谁他都敢要。尽管如此声称，"安黑蒙路"四大家族里的女子他还是不敢去动，而且被掳走的女人，最多十天半月，还会放还回来。

那些女儿媳妇被掳走的人家，要打打不过，要找无法找，只得淌眼抹泪，烧香拜佛，祈盼早日放回。女子大都讲究贞洁，即使放得回来，也不愿苟且偷生，要么投崖跳河，要么悬梁吊颈，已经死了好几个了。

但这些滚地龙就不管了，反正只是借用而已，人已洗得干干净净的放回来，看不住是你自己的事情。为此，滚地龙还沾沾自喜，每隔一段时间就会得意扬扬地给土匪们上课："你们看，我滚地龙还是挺讲规矩的，上山落草也不是为了杀人放火，要不是花二老板打死我爹，我也不会砍他脑袋，睡他女儿，杀他全家。这叫杀父之仇，不共戴天。"

众匪做出一副虔诚状，滚地龙继续卖弄："我爹好歹是个庄主，我伯还是个秀才，我们龙家虽然比不上'安黑蒙路'四大家族，也还算丰衣足食。如果政府有能力管好治安，如果各路豪绅都讲求信义，如果大家都安分守己、诚实做人，咱们用得着上油黑大洞当土匪吗？天下之大，咱们的出路只有一条，那就是积聚力量，等待招安，到时候我当上团长县长，你们就是营长区长，至少也是个连长或者乡长，那些保长甲长，只配给咱们提鞋！"

这群土匪也知道不可能世代为贼，唯有招安洗白才是正途，而且还能混个一官半职，何乐而不为呢？最关键的是，他们都有命案在身，不听老大的，只有死路一条。

滚地龙又说："谁说老子是个草包浑球？我也上过几年私塾，读过四书五经，学过诗律对仗，看过人心险恶。谁说我是个草莽粗人，不懂人情？其实我也有过相好的女人，可为了报仇雪恨，从小就混江湖，最后又上山落草，我喜欢的姑娘还能喜欢我吗？既然喜欢的娶不了，多玩几个女人，又有何妨？"

你可以玩女人，我们为什么不可以？土匪们心里不服，但谁也不敢提出疑问，因为在油黑大洞，滚地龙就是主子，就是皇帝。再说他武功高强，枪法奇准，单打独斗谁也不是对手，就算大家合力围攻，也不一定能赢，只得乖乖听他吹牛。

滚地龙喜欢翻开旧账，口若悬河地讲述他曾经的逸闻趣事，无非是他如何机智勇敢，不费吹灰之力就将某人拿下，还顺便睡了人家的媳妇或女儿，别人无法插话，更不敢质疑。因为在这个山洞里，只有他有权吹牛和教训别人，其他人只能洗耳恭听、点头称是，并且还得感叹几声，赞美几句。

　　吹牛完毕，滚地龙再次重申油黑大洞的规矩，其核心内容就是三大规矩、五条谨记。五条谨记前面已经说过，三大规矩无非是老大的命令严格执行，老大的女人不许乱动，抢来的东西必须交公。

　　为了庆祝老大学成苗乡绝技，众土匪特意为滚地龙掳来三个漂亮姑娘，安置在吴王大坪子深处的蜂子包包，准备让他"日娶三门"，喜上加喜。直到日落黄昏，这群土匪才用步枪担着财物食品，就像凯旋的将军，簇拥着滚地龙来到蜂子包包，眼前的景象却让他们全都怔在当场。

　　三个如花似玉的姑娘不见了，掳掠而来的牛羊马匹不见了，好好支起的帐篷和喜气洋洋的婚房不见了，金银绸缎与种种举行"婚礼"的器物不见了，就连那两名全副武装、忠心耿耿的留守弟兄也失去了踪影。

　　小头目战战兢兢地说："大哥，肯定是那两个狗家伙，一时花心动摇，反水私奔了。"

　　大家就这样沉默着，眼睁睁地看着太阳落山。夜幕降临，山岚陡起，滚地龙遥望星空，终于打破沉默，阴恻恻地说："从今天开始，我准许你们也可以玩玩女人；从今天开始，凡是被我玩过的女人，一律处死！"

　　群星璀璨，月色如练，多么美好的夜晚哪，滚地龙的这番话让土匪们如蒙大赦，雀跃欢呼。可是，他们刚要转身离去，突然砰的一声枪响，小头目惨叫一声，栽倒在地。滚地龙就地一滚，大声吼道："隐蔽，赶紧给我隐蔽！"

　　可是已经来不及了，四面都是枪声，子弹犹如飞蝗一般，土匪们惊慌失措，倒了一地。

　　滚地龙连滚带爬，落荒而逃，逃出很远后，听到枪声已经停歇，才敢站直身子，骂道："今天是遇到啥子鬼了，老子这么倒霉！"

　　上山为匪两年，滚地龙还是第一次吃败仗，而且吃得稀里糊涂，到底是什么原因，被谁打了伏击都一概不知。同时，他又非常恼恨手下这帮脓包，一个个又是长枪，又是短炮，武装到了牙齿，可是人家枪一响，全都变成了靶子，连卧下隐蔽都不会，还号称杀过人呢，原来全是废物！

　　滚地龙爬上一座小山包，朝着刚才倒了血霉的地方张望，只见皎洁的月光下，一队穿戴整齐的兵丁，约有六十人，正排着整齐的队伍，雄气昂昂[①]地有

---

　　① 雄气昂昂：云贵方言，雄赳赳、气昂昂的意思。

序撤离。

滚地龙看呆了，直到对方全部走完，才仰天感叹："这次虽然全军覆没，但是输得不冤，也输得及时，就算当土匪，也要好好组织训练才有战斗力，否则以后还会像今天这样，怎么死的都不知道。"

滚地龙本想大声质问你们是谁，张着嘴巴却叫不出声音。因为他知道，不管他武功有多高，地龙滚荆有多厉害，都拿对方毫无办法。好在他看不出对方的来路，对方也不知道他是谁，这一切都是那该死的小头目惹的祸，好端端的要搞什么庆祝仪式、营地娶亲，说起来真是一个笑话，一生的败笔，简直丢人现眼，让人笑掉大牙。这群成事不足、败事有余的蠢货死就死了，可恨的是自己辛辛苦苦积攒的家底，就这样打了水漂。

那可是十二条汉阳造步枪，外加三把意大利盒子炮，全靠花高价从川军手里倒腾而来，少说也得值上千块大洋，可以换上百亩上等好地或几十亩上等水田。

滚地龙心里在滴血，眼里在流泪，等对方兵马过尽，突然想出一副对联，高声念道：

> 寂寞月夜，野岭荒山，满目蜂包皆成趣；
> 浩瀚星空，枪林弹雨，盖世英雄也胆寒。
> 横批：一群蠢猪！

念完，大笑三声，走下山包，抬头遥望星空，认准方向，头也不回地大步离去。不知走了多久，才来到小街丫口，听见马蹄声响，连忙闪在路旁，隐藏起来。

原来是安庄主一行从坡戛回来了。白桥保手握短枪，在前面开路；安庄主父女骑着马走在中间；两名庄丁挎着腰刀，担任后卫，不时回过头去，警惕地环顾四周。

滚地龙知道，安庄主是正宗的土司后裔，安家能在水箐数百年不倒，一定有他的原因和道理。安庄主的那手飞刀绝技，在整个乌蒙山中从无敌手，据说他还精通巫蛊玄术，擅长算命打卦。再说了，人家好歹也是个秀才，脑筋灵光得很，要不是清廷取消了科举制度，以他的本事考个举人应该不成问题。

想起这些，滚地龙差点跑出来跟他打招呼、行大礼，毕竟他和伯父是一届的秀才与多年的好友，尊他为长辈也是应该的。可是不行，人家不但是一庄之主、正人君子，还是家财万贯、德高望重的乡绅，而自己早已沦为土匪草寇，人人得而诛之，还是算了吧。

月光下，看着骑着白马、一脸宁静的安宁，滚地龙心里一酸，忍不住泪流满面。他也曾深爱过这样一位邻家女孩，那位女孩也很喜欢他，可是，为了报仇雪恨，他从小远走江湖、苦练武艺，等到学成回乡，女孩已经在父母的逼迫下，嫁给黑家庄一个小地主的儿子，生下一对双胞胎儿女。血海深仇与情场失意，迫使他带人来到花家，大开杀戒。

安庄主一行已经走远，滚地龙才从暗影里钻了出来，拖着沉重的步伐，一步步地朝油黑大洞走去。那里才是他的大本营，还留有大部分武器和三十个弟兄。

吴三桂败亡后，黑戛受封土目，携带妻儿奴仆，先将驻地设在水箐街上，后因水箐街上以汉人居多，还杂有白、蒙古、仡佬、布依等民族，心里难免彷徨，于是又在河坝后面与月亮岩脚的开阔地带重筑治所，取名黑戛官寨。

清咸丰十年，水西苗王陶大帅率领数万苗民起义，很长一段时间里，义军总部就设在水箐，将油黑大洞作为后军营垒。起义失败后，官兵将油黑大洞及大洞周围的寨栅、营房等全部烧光销毁，进山道路就此荒废。滚地龙占据油黑大洞后，抓来上百名村民和各类工匠，用了半年时间，才将寨栅、营房及防御工事恢复，成为固若金汤、易守难攻的匪巢。

滚地龙走出几步，突然斜刺里钻出一个人来，拦在大路中央。滚地龙吃了一惊，拔出手枪，大声喝问："谁？"

"我，黑戛公子黑小茄。"

滚地龙哈哈一笑，问："外号叫茄儿腿腿的，就是你啦？"

"正是在下。"

滚地龙问："黑公子，你也想拦路抢劫不成？"

茄儿腿腿哈哈笑道："阁下是油黑大洞大名鼎鼎的大当家，方圆百里无人不晓，令人闻风丧胆，就算借我十个胆子，也不敢打您龙老大的主意。"

滚地龙寻思，两百多年来，黑戛官家一直是水箐全乡的老大，除了安家可以跟他平起平坐外，其余地方豪强都得向他交租上贡，直到二十多年前彻底败落，这种局面才被打破。但瘦死的骆驼比马大，黑家毕竟是统辖一方的官家，即使败落了，也非一般土豪乡绅可比，黑公子落到这步田地，也是咎由自取，不值得同情，于是嘲讽道："如今这方山水已经不归黑戛官家管辖，公子不会不让龙某过路吧?"

茄儿腿腿又是哈哈一笑，抱拳施礼道："岂敢岂敢，小弟对龙爷景仰已久，佩服不已。小弟家破人亡，一直闲游戏耍，不大会料理财产庄务，如今所有房屋田产，全部被人巧取豪夺，如果龙爷能为小弟出口恶气，小弟愿投奔山寨，遵从龙爷号令。"

滚地龙把枪插回腰间，问："你怎么知道我今晚会在这里?"

茄儿腿腿说："龙爷神龙见首不见尾，油黑大洞又是个万分险恶之地，千军万马也不一定打得下来，谁敢来撩拨虎须？小弟虽然也学过几手功夫，但跟龙爷比起来，简直连昆虫蚂蚁都不是。只是生性浪荡惯了，刚从米落仲赌钱泡妞回来，走了黑路，听见马蹄声响，知道是安家父女从坡戛返回，怕被撞见，才倒退回来，躲在路旁。"

原来是这么回事，害老子虚惊一场！滚地龙心想，人生无常，世事难料，今后还是不要单独行动，免得稀里糊涂地被人瞅着空子，下了黑手。

滚地龙消除疑虑，问："黑公子，你的仇家是谁?"

茄儿腿腿满怀怨恨地说："往大处说，黑戛仲方圆百里内的土豪乡绅与大官小爷，都是我黑家的仇敌。"

这不连我龙家也算上了吗？滚地龙心里非常不爽，茄儿腿腿接着往下讲："想当年，安胜阻一命归西，朝廷以其无嗣为由，强行撤销水西宣慰府，水西地区再次改土归流，但康熙老儿不是很笨，下旨抚恤曾在反击吴三桂的战争中立有战功的水西各部，依照功劳，封为大大小小几百个官家，每家管辖一仲，每仲多则几千户，少则几百户。当时我们黑家功劳不小，所以黑戛仲是三千户的大仲，统管如今的水箐全乡；但朝廷很不放心，又从安氏旁支派了个管家，名为协助，实为监督，两家共同执掌，均分利益。"

滚地龙带着质疑的口吻说："这个我知道，但官家和管家还是不一样的，你们黑家不是一直都压着安家一头吗？好像你们两家是按六四分成。还有你说的也不太对吧，水箐境内还有米落仲、白泥仲、花鱼仲。"

茄儿腿腿不屑地说："那都是些几百户人的小仲，后来全都归属黑戛仲了。"

"所以说你也不必恨谁，自古以来就是这样，鱼大鱼吃虾，虾大虾吃鱼，要想称雄一方，唯一的办法就是不断强大自己，用实力说话。说句不该说的话，也是你们黑家当初太过头了。"

"此话怎讲?"

"听说你出生的当天，爷爷就去世了；你三岁那年，父亲又走了，家族传承不顺，一定是祖上做了缺德事，我不妨给你讲讲。话说当年，因黑戛仲是三千多户的大仲，而且一半以上是苗族，朝廷担心单凭你们黑家弹压不住，就从安氏旁支派人协助。安家毕竟是水西正主，余威犹在，只要姓安，百姓就服。你们两家密切配合、相互尊重，几十年间不但将辖地经营得风生水起，还慢慢吞并了其他几个小仲，成为水西第一大仲。这原本是件好事，可是因为有安家存在，你们黑家一直心存芥蒂，而且行为比较乖张，不太会约束自己，最后才导致家破人亡，彻底败落。"

"您……您……"

"你先听我说完。据说苗王反叛之前就曾出过险化[①]，不知当时的黑戛老爷是你的天祖还是高祖，从小鼻子就有病，成天鼻涕邋遢，影响了官家老爷的威严和形象，心里非常烦恼，不知找了多少名医、花了多少银钱，就是治不好。突然有一天，黑戛官寨来了个江湖术士。这江湖术士不是一般人物，据说是学过茅山道法的，挺有本事，听说黑戛官家悬赏千两白银治疗顽疾，就从千里之外赶来了。江湖术士径直来到黑家大院，声称是特意来给黑戛老爷治病的。黑戛老爷非常高兴，挂着两条鼻涕接见了他。黑戛老爷的那两条鼻涕也真奇怪，常年四季都吊在鼻孔下面，差点就要掉进嘴里，黑戛老爷一吸气，它就往上一收，钻入鼻孔；黑戛老爷一松气，它又刺溜出来，吊在鼻孔下面，又滑稽又好笑。黑戛老爷不胜其烦，那江湖术士一看却乐了，在心底欢呼：'真是踏破铁鞋无觅处，得来全不费功夫。'"

说到这里，滚地龙忍不住哈哈大笑，茄儿腿腿正听得津津有味，问："龙大爷，您笑什么，怎么不接着往下讲？"

滚地龙笑道："好，好，我往下讲，我往下讲。原来那个江湖术士一眼就看出来了，黑戛老爷鼻孔下面吊着的，是两条'小白龙'，是大富大贵的宝器，如果好好养息，下一代是要出巡抚和总督的，而且是两个！"

"啊！原来是这样?!"茄儿腿腿惊呼一声，问，"那后来呢？后来怎么样啦？"

滚地龙叹道："唉，算来算去，原来一切都是天意呀。那江湖术士喜出望外，连忙说：'老爷，您这是百年痼疾，莫说水西八部的寻常庸医，就是京城御医也毫无办法，只能用我们茅山道法才能根除。'黑戛老爷诚恳地说：'先生，

[①] 险化：云贵方言，预兆的意思。

只要你能给我治好，千两白银，一毫不少。'说完，还真叫人用一个雕花红木盘，端来二十只大元宝，每只五十两，摆得整整齐齐的。看看白花花的银两，再看看那两条可爱的'小白龙'，贪心十足的江湖术士略微思考，就有了办法，说：'老爷，治这个病得用两样宝物，一是金剪刀，二是金盘子，不知府上有没有？'黑戛老爷连忙说：'有，有，这两样东西都有。'原来你们这些官家老爷，都备有金盘子和金剪刀，金盘子是用来装水果招待贵宾的，金剪刀是用来修剪指甲的。黑戛老爷立即吩咐下人将这两样宝器端来，江湖术士拿起剪刀，说：'老爷，如果能根治您这顽疾，除了千两白银之外，我还想要这个金盘子。'一个金盘子也就百来两银子的价钱，黑戛官家管着九里九甲……"

"九里九甲？"茄儿腿腿再次打岔，"不会吧，这么大？"

"你不知道是吧？我告诉你，当时黑家地盘不断扩张，黑戛仲比你想象的还要大得多，几乎整个西部五区，都是你们黑戛官家的地盘。黑戛老爷家大业大，根本不在乎一个金盘子，连忙应允道：'好，好，只要能帮我根除这个病患，除了一千两白银，还附赠这个金盘子。'江湖术士闻言，不由得心花怒放，叫那下人端稳盘子，从随身携带的黄布包里掏出纸钱符箓，打火点着，然后号号舞舞、念念有词地作起法来。江湖术士舞弄了半天，突然拿起金剪刀，咔嚓咔嚓，就将吊在黑戛老爷鼻孔下面的两条'小白龙'剪断，掉入金盘中。那掉下之物不停地在金盘里游动挣扎，将下人吓了一跳。下人受到惊吓，双手一抖，金盘一偏，一条'小白龙'掉到地上，瞬间消失得无影无踪；下人心里更加害怕，全身不由自主地颤抖，金盘失去平衡，碰到嘴边，剩下的那条'白龙'看见有洞可钻，猛地一游，就游进下人的嘴里去了。"

"哈哈哈——"茄儿腿腿忍不住笑了起来。

滚地龙摇头叹道："活该你们黑家要倒霉，一百多年了，还是这个鸟样！黑戛老爷见下人居然将他的鼻涕吃了，同样哈哈大笑，只有那江湖术士捶胸顿足，万分惋惜，然后连说三声天意，就收起银子金盘，飘然而去。他原本想把那两条'小白龙'带走的，结果修行未到，愿望成空，徒增惋惜。据说你们黑戛官家的那个下人，原本也是土司后裔，因发生变故，家道败落，只好屈尊降贵，来到你们黑府打杂。十年之后，那下人攒足本钱，开始学做生意。又过了十年，生意越做越大，不但购置了大片山林田园，儿子还考中举人，最后当上知府，财富名声，都远在你们黑家之上。"

茄儿腿腿愣了半天才问："您说的，是不是黄鹤坝蒙家？"

"是的，就是他家。一百多年前，黄鹤坝以及整个蒙川镇和西三区，都是你们黑戛官家的产业，最近一百年却归蒙家所有。"

茄儿腿腿气得胸脯直扯风箱。滚地龙安慰道："你怪不得别人，要怪只能怪你们黑家没有这个福气，好好的两条'小白龙'为啥要废掉呢？"

"不，龙大爷，您说的这些都是毫无依据的传说，是那些下贱刁民故意编派我黑戛官家，其实蒙家在协助安胜阻反击吴三桂时，也是立了大功封了土目的，只因发生灾祸，败了家业，才来我们黑戛官家帮工。我恨的是，后来这些不择手段谋取我黑戛官家田园财产的卑劣之徒！"

滚地龙正色道："传说归传说，不过这也说明了你们黑家的败落，完全是因为德不配位。'白龙事件'发生前，你们黑戛官家依仗势力，巧取豪夺，一共兼并了包括原来蒙家在内的几十家大小土目，在整个水西地区辉煌一时，风光无两。'白龙事件'发生后，又接着发生了'血藤事件''双蛇事件''瞎子事件'等，这一连串事件的发生，慢慢毁掉了黑戛官家的基业，让黑戛官家的地盘越来越小，最后被打回原形，只剩下黑戛仲，也就是如今的水箐乡。"

茄儿腿腿说："以前怎么样我可以不管，毕竟是一百多前的事情了，但是我爷爷和我爹手里失去的，我必须要拿回来！"

月亮已经偏西了，滚地龙略显疲惫，说："要想拿回来可以，必须靠实力说话。今天太晚了，我先打道回洞，咱俩后会有期。"

滚地龙说完，不等茄儿腿腿答话，就迈开大步，急匆匆上山去了。

凄清的月光下，茄儿腿腿目送滚地龙走远，才折转身子，往黑家庄走去，边走边想：两百多年来，黑家与安家一直都是一荣俱荣，一损俱损，为什么最近几十年，特别是民国以后，我黑家一蹶不振，荣华成为过眼烟云，安家虽然也风光不再，滚地龙却不敢轻易招惹？

想着想着，茄儿腿腿高举拳头，大声吼叫："老天不公！老天不公啊！"

此时，安庄主正准备躺下休息，听到夜空里传来茄儿腿腿的号叫，对前来服侍他的乔芝说："这个黑小茄，看来是真走火入魔了。"

乔芝说："老爷，夜已经很深了，您早点歇息吧。哦，天气一天天变凉了，要不要我去把乔花姐姐叫来给您焐脚？"

安庄主严肃地说："乔芝，不许乱来。"

乔芝说："老爷，乔花姐姐真想跟您重修旧好。"

安庄主道："她的心意我知道，但我已经年近半百了，儿大女成人的，已经没有那个心思了。"

"老爷,别家的老爷哪个不是三妻四妾,只有黄鹤坝的蒙举人和您,只娶一妻。就算不愿续弦,也应该替乔花母子着想,她这些年过得不容易。"

提起蒙举人,安庄主不由得精神一振,接着又有些遗憾地说:"天上一颗星,地上一举人,蒙举人是天上的星宿下凡,我怎么能跟他相提并论?"

"老爷,如果您早生五年,蒙川又多了个举人。"

安庄主叹道:"如果我能考上举人,蒙举人就能考上进士。几十年了,咱们水箐安家与黄鹤坝蒙家水火不容,互不往来,真是要命。"

"老爷,安蒙两家本无过节,老一辈虽然曾有误会,那也是因为黑家和蒙家为争夺地盘、发生械斗而引起的,咱们安家名义上和黑家是一伙,但实际上并未参与黑家打压其他家族和土目,无心霸占或侵吞他们的田园财产,更没有和黑戛官家坐地分赃、贪占黑钱。如今黑家早已败落,黑戛官家早已不复存在,安蒙两家,早就应该冰释前嫌,团结互助。"

"好吧,我心里有数了。"安庄主顿了下,又接着说,"都说蒙举人一字值千金,趁这次给安忠办喜事的机会,我也派个人去,向他求副对联吧。乔芝呀,夜已经很深了,你辛苦了一天,也早点安歇去吧。"

乔芝还想说什么,安庄主挥了挥手,她只好退了出去。

窗外月明如素,隐隐地传来安宁吟诵诗词的声音:

昨夜寒蛩不住鸣。惊回千里梦,已三更。
起来独自绕阶行。人悄悄,帘外月胧明。

白首为功名。旧山松竹老,阻归程。
欲将心事付瑶琴。知音少,弦断有谁听。

每天睡前,不管多晚,安宁都要吟诵几首唐诗宋词,才能安然入睡。以前安庄主也有这个习惯,七年前老伴去世后,变得雅兴全无,此刻听到"欲将心事付瑶琴",心里不由得为之一颤,唤道:"乔芝。"

乔芝连忙推门进来:"老爷,有什么事?"

安庄主撑了起来,在床头坐好,说:"那就麻烦你,帮我把乔花叫来吧。"

乔芝喜笑颜开地说:"好的,老爷。"说完就风一样离去。

黑家大院与安家大院不但紧挨着,里面还有小门相通,一旦发生变故,可以相互策应。茄儿腿腿一路号叫着走进黑家大院,来到与安家大院相连的月拱门边,大声吼道:"安庄主,安尚余,你这个伪君子,你不是好人!"

自从来到这里,安黑两家就有过约定,这个月拱门永不关闭。虽然永不关闭,门里门外毕竟属于不同的主人,没有紧急事务,不能随便乱窜,于是两边各有一名家丁看守。黑家败落后,就没必要也养不起家丁了,只有安家的人依然保留,但已经从原来年轻力壮的三班倒,变成一老一少的祖孙俩,还要兼巡逻打更。

此刻爷爷已经熟睡,只有孙子安诚值守,见茄儿腿腿侮辱主人,便隔着月亮门问:"黑公子,你是什么意思?我们家老爷又没招惹你。"

茄儿腿腿说:"是呀,安尚余是没有招惹我,但他对不起一个人。"

安诚说:"你这话不对!在方圆百里西五区,别人为人咋样我不晓得,但我们家老爷,不是你说的那样。你看他经常修桥补路,常年接济穷人,对我们下人从不打骂,谁有个三长两短还会尽量帮助和抚恤。更让人佩服的是,咱们黑家庄的庄塾开销,都由他一力承担,庄里无论姓安的也好,姓黑的也好,还是其他杂姓也好,不分民族,不论贫富,只要子弟愿意读书,他都免费让其入学,如果能够读到外面去,家庭贫困的他还会极力资助,莫说在水箐乡,就是在整个古定县,也没几人做得到。"

茄儿腿腿愤怒地说:"如果他不这样虚伪,我们黑家能败落下去吗?都说安黑两家一荣俱荣、一损俱损,为什么我们黑家二十几年前就已经完全败落了,你们安家却越过越滋润?这其中一定有鬼!"

"有鬼?我们安家堂堂正正,有鬼的是你们黑家!要不是你高祖父心黑手辣,两圈板砸死长工吴老八,长阳坝子会被赔出去吗?要不是你曾祖父忘恩负义,虐待湖南风水先生,路家会半道称雄,压过黑家风头吗?要不是你爷爷无知莽撞,听信风水邪师,搞什么二龙献宝割断血藤,害死几十名无辜百姓,你们黑家会输掉箐门关外、海子湖畔的三万亩田园农庄?要不是你奶奶心胸狭窄、气量狭小,一饭撬打死叫花子,引来上千名乞丐闹事,会被知府大人判赔十万两白银,倾家荡产吗?"

茄儿腿腿恼羞成怒地吼道:"小崽子,你有完没完?"

安诚说:"我讲的都是事实,三两棉花四两线,不信你去'纺纺'团转①人。"

---

① 团转:云贵方言,周围的意思。

茄儿腿腿恶狠狠地说:"老子纺你个锤子!再跟老子啰唆,老子就两泼脚踢死你!"

安诚毫不客气地回怼:"你凶啥子凶,莫说是你茄儿腿腿,就算你爷爷黑襄老爷活爬起来,我也不虚火!"

茄儿腿腿眼里凶光一闪,露出杀气,作势欲扑,突然嗖的一声,一道寒光划过,一把飞刀扑的一下钉在身旁的木柱上,一个略显苍老的声音说:"黑公子,古言说'德行相配,福禄双至;欺天辱地,祸不单行',要想重振雄风,必须放下仇怨、行善积德、发愤图强、勤劳苦奔,你这样怨天尤人、落拓放荡,终究不是办法!"

茄儿腿腿虽已被这手飞刀绝技镇住,但还是语气强硬地说:"我知道,你们安家不但飞刀厉害,还精通巫蛊邪术,在整个水西地区,无人敢来作对。不过三十年河东三十年河西,再过二十年你且看,这水箐蒙川,到底谁主沉浮!"

"好,我好好看着。我们安家一不偷、二不抢,安分守己,耕读传家,我倒要看看你黑公子如何浪子回头,重振祖辈雄风。"

茄儿腿腿自讨没趣,只好悻悻地回屋睡觉去了。安庄主在屋内听着这一切,叹道:"有这样的不肖子孙,真是何其不幸。"

安宁的夜读声依旧传来:

何处望神州?满眼风光北固楼。
千古兴亡多少事?悠悠,不尽长江滚滚流。

年少万兜鍪,坐断东南战未休。
天下英雄谁敌手?曹刘,生子当如孙仲谋。

听到"生子当如孙仲谋",安庄主莞尔一笑,乔芝开门进来说:"老爷,乔花来了。"

安庄主披衣起身,拨亮灯光,说:"让她进来吧。"

乔芝退出门去。身段苗条、一身素衣的乔花走进门来,弯腰鞠躬,小心翼翼地说:"老爷,乔花给您请安。"

安庄主看着她那张俏丽如昔的脸蛋说:"这么多年过去,你还是青春年少的样子。"

乔花道:"托老爷的福,这些年乔花清心寡欲,心静如水,所以变化不大。"

安庄主说:"过往种种,不管谁对谁错,都让他统统过去吧。我在蒙川镇上有栋房子,共有十五六间;此外还有两百多亩旱地、七八十亩水田、五头耕牛及一应农具家什,一并拨付给你,明天你母子二人就搬到那边去吧,从此不要再来黑家庄了。"

乔花哭道:"老爷,这么多年了,您还不肯原谅我吗?再说,再说——乔银贵他——他也是您的骨肉哇。"

安庄主把脸一沉,有些恼怒道:"你还有脸说!当年老夫诸事不顺,借酒浇愁,你乘虚而入,以致酒后乱性,酿成大错。一栋木瓦大房,三百多亩上等田地,再加五头耕牛,一年至少可以产十几万斤大米苞谷,已经是中等大户了,你还想要什么?"

乔花连忙跪下:"老爷,您不要撵走我们好不?求求您了,老爷。"

安庄主语气坚定地说:"第一,我曾经许诺,此生不纳妾,不续弦。第二,我是酒后乱性,犯下错事,必须补偿。第三,我从未承认与你有任何关系,更从未承认有银贵这个孩子。第四,蒙川镇的那份产业,已是我安家十分之一的财产。第五,那份产业是我最近几年秘密置办的,从未正式纳入安家版图。有了以上五条理由,你还不愿去吗?"

乔花抹去眼泪,磕了三个响头,说:"乔花愚笨,不懂玄机。但乔花母子永远感谢老爷恩典!"

"再过三天,就是安忠的大喜日子,等过了酒期,我再去办理交割手续。"

乔花不再说话,起身默默地开门出去。返回房间,乔芝来问:"姐,他还是不肯留你?"

乔花一脸忧伤地说:"他说了,他不承认我们母子,但是答应给我们一份产业,明天必须搬过去。"

"产业?哪里的产业?"

"蒙川镇上,有一栋房子和三百多亩田地,另外还有五头耕牛和一应农具家什。"

"蒙川镇上安家还有产业?我怎么不知道?"

"他说了,这是他最近几年秘密置办的,还未纳入安家版图,所以你不知道。"

乔芝明白了,她是今年才接手的,名为管家,其实对安家的财产并非知根知底,于是开心地说:"好哇姐姐,虽然当不成庄主夫人,但也有房有地了。蒙川是个好地方,地势平坦,田土肥沃,通行也便利,这份产业可以养活四五十口人，多少大户都没有这么厚实的家底，你们母子俩不但衣食无忧，甚至连子孙后代的衣禄也有了。"

乔花埋怨道："都怪你，要不是当初你出的那个馊主意，我也不会走到这一步，安老爷也不会有这么重的心理负担。他是个很爱面子、一诺千金的人，如今搞得很难堪。"

乔芝冷笑："呵呵，姐，你还怪我呢！咱们家的情况你又不是不晓得，白彝血脉，世代为奴，还好身在安家，待遇优厚，比较自在，但即使再优厚，能一下子当上富户吗？你做春秋大梦去吧！现在你倒好，得了一场富贵，还怪起妹妹来了，要是真做了庄主夫人，会不会把我赶走？"

乔花急道："乔芝，你红口白牙，不可胡说！我只是觉得咱们的手段有点卑鄙，对不起老爷，如果知道是你故意设计害他，他一定会恨咱们的。"

乔芝安慰道："姐姐，你放宽心吧，他不会知道的。不管怎么说，你也给他生了个儿子。安家世代单传，如今又是乱世，要是安忠有个三长两短——噢——"说到这里，乔芝定定地望着乔花，"姐姐——你是不是背着我做了对不起老爷的事？"

乔花怒道："乔芝！你说到哪里去啦？你是不是因为安家世代单传，就怀疑我和别人私通？我告诉你，我生是安家的人，死是安家的鬼！"

乔芝喃喃自语："看来世道真要变了。我差点忘了，老爷不但身怀飞刀绝技，还精通巫蛊之术，对阴阳命理、奇门遁甲也有所研究，对这些有悖常理的事情不可能不知道，怪不得他坚决不让孩子姓安，还暗中购置产业，把你们迁往蒙川，一定是为了避讳。既然如此，你们母子就好自为之、安心生活吧，别再有非分之想。"

乔芝说完，起身回屋休息。远处传来梆梆梆的敲打声，这番折腾下来，已是三更天了，四野一片沉寂，黑家大院这边却未消停。

茄儿腿腿回到屋里，把厨子钱七斤叫来。钱七斤睡得正香，被茄儿腿腿半夜叫醒，又是不满，又是无奈地问："少爷，你想吃点什么？"

茄儿腿腿看谁都不顺眼，唯独觉得这个厨子还可以，但还是气呼呼地说："老子今天什么也不想吃。黑家败落后，丫头娃子和雇佣帮工全都走光了，只有你家留了下来。你们家世代在黑府当差，一定知道黑戛官家的不少秘密，因此老子想问问，我黑家到底造了啥子孽，才败落到这般田地？"

钱七斤说："少爷，现在还算好了，你不知道二十年前的黑家，那才真是倒霉呢，这些年多亏有二奶奶妥善经营，又一点点地回购田园地产，才恢复些许气象。"

茄儿腿腿怒道："她逼死我妈，鹊巢鸠占，还成了功臣？"

钱七斤道："少爷，饭可以乱吃，话不能乱讲，二奶奶的为人，莫说我们黑家庄，就是在整个水箐乡，都没人敢说一个便（pián）①字。大奶奶是被老爷生捶死打打死的，大奶奶死后，老爷才娶的二奶奶。还不是明媒正娶，而是在人家娶亲的路上抢来的。"

茄儿腿腿怒目圆睁，咬牙切齿地说："正因为是抢来的，她才害死我爹、招赘程小杵是吧？程小杵就是她原来的'亲夫'，对不对？"

"不对，少爷，程二爷和他老爹，原本都是黑家的帮工，二奶奶原来许配的那家姓何，而且还是隔壁乡的，两家毫无干系。当年老爷抢了二奶奶后，何家告到县衙，县长派人来把老爷抓去，关进古定大牢，还是二奶奶卖了最后两百亩上等好田，才把他给捞出来。经此牢狱之灾，老爷回来后一病不起，不久就撒手人寰，把您托付给二奶奶。那时黑家已经彻底败落，除了这座宅院和几十亩坡地，几乎一无所有了，黑家曾经的大田大坝与九城店铺，全都被西部五区与水西各县的土豪乡绅们低价买走；黑家所有的丫头娃子、雇佣帮工，除了我们钱程两家，全都走得一干二净。这些年要不是二奶奶勤耕苦奔、精打细算、饲养家畜、经营茶酒，然后又将盈余慢慢回购部分田地，哪里会有今天的气色。"

"我知道，这一切都是你们做的局。"

"少爷，您怎么能这样说呢？您冤枉小人也就算了，可千万别冤枉二奶奶。如果没有她，说不定黑家已经断根绝后了。"

茄儿腿腿怒道："她设局害死我爹，侵吞了黑家所有资产，还要我认贼为母，感恩戴德？"

钱七斤耐心劝道："少爷，黑戛官家原本就是土司，土司有土司的规矩，每天经历的事情，都会由记师记录下来。黑家败落后，记师秦白龙用数代积蓄购买了一百多亩田地和一大片草山，彻底脱离黑家。因笔杆过硬，又精通算术，如今被蒙举人聘为蒙川书院的先生，您可以去找他问问。"

莫说黑家已经风光不再，就算还是官家老爷，借给茄儿腿腿十个胆子，他也不敢去黄鹤坝撒野，因为蒙家那几十条枪不是吃素的。再说蒙家祖孙两代都是举人，其祖父蒙成举还当过数地知府，在整个水西地区，无论官方还是民间，

---

① 便：云贵方言，差的意思。

都得敬仰几分。特别是最近十几年，蒙举人创办了蒙川书院，免费招收西部五区的优秀学子，本人又被推举为西三区区长兼蒙川镇镇长，光凭这份功德与官位，莫说茄儿腿腿了，就连滚地龙等横行霸道的绿林土匪，都不敢靠近黄鹤坝，万不得已路过，也必须噤声而行，不得吹风打哨，不得大声喧哗，更不能骑马打枪。他们怕冲撞了神灵与天星，从而遭到天谴和报应。

茄儿腿腿沉吟半晌："这个事情或许有，但我不好去找秦白龙，麻烦你明天帮我跑一趟，就说我黑少爷想看看这两百年来，他和他的祖先到底记录了什么，目的嘛，就是为了了解黑戛官家的家事。"

钱七斤心知茄儿腿腿日嫖夜赌，德行有亏，不敢前往黄鹤坝，只好点头答应："好，明天一早小人就去。"

茄儿腿腿从身上摸出两块银圆，扔给钱七斤说："不许跟二奶奶和程小杵说，明天一早骑我的马，快去快回。"

两块银圆，已经是两个月的工钱了，钱七斤笑嘻嘻地点头哈腰："谢谢少爷，谢谢少爷。"

钱七斤回到自己的房间，把银圆往床上一扔，冷哼一声说："全行家业都败光了，还把自己当官家少爷呢，这钱一定是偷家里的东西出去典当得来的，明朝禀明二奶奶清查一下，看看又少了些什么。"

钱七斤走后，茄儿腿腿迷迷糊糊地睡去，梦见从未见过面的爷爷对他说："小茄，咱们黑家被人设计陷害，才败光家产、一落千丈，你一定要大干一场，收回黑家的大田大坝，重振黑戛官家的昔日雄风！"

茄儿腿腿醒来，已经日上三竿了，想起梦中的场景及爷爷的"嘱托"，又在心里盘算起来：如何才能称雄一方？像蒙举人那样，考个举人，当个区长，办个书院，买几十条枪，养一群家丁，让万人敬仰，是万万做不到的，自己也不具备那份智商与能力。学本区的路区长和本乡的王乡长？对不起，他们都是踩在黑家的身上站起来的，不但拥有万贯家财，还拥有强大的家族势力作为支撑，路家护路队虽然从人员素质到武器装备都比不上蒙家保商队，但也不是一般的乡绅豪强可以比的。

如此盘算了半天，茄儿腿腿突然发现，那些区长不光家财万贯，还养有私人武装，多的有百余条枪，少的也有五六十人，或叫保商队，或叫护路队，也有叫护矿队的，虽无军饷拨付，但有县政府颁发的关防牌照，算是合法队伍。本乡王乡长无权组建民团，但王家庄的护寨队也有几十号人马，十几条步枪，寻常土匪山贼同样不敢骚扰，平时去区县开会或者巡游全乡，也会挂着二十响盒子炮，带两名庄丁背枪护卫，同样有头有脸，风光八面。其他乡的乡长，也基本是这个款式。

茄儿腿腿算来算去，认为黑家要想翻盘，除非组建一支私人武装，有枪有人有子弹，才能占领地盘，夺回财产，否则一切都是做梦。但真要组建民团，却比登天还难，首先要当上区长，才能向县政府打报告；县政府审查合格后，还得向保安司令部报批；保安司令部审核批准后，县政府才能发放牌照，授予番号。他也打听过了，组建保商队或护路队，是要按人头缴纳保证金的，每人一百块大洋，五十人的队伍，就得缴纳五千块。他也问过了，这钱主要是保证合法经营，不得伤害无辜，不得损坏公私财物，不得破坏生产，不得妨碍公务与村规民俗，凡此种种，一旦违反，除了追究法律责任，还得从保证金里扣缴罚款或赔付金、抚恤金，扣缴当日，必须立马补足，否则予以解散，强行缴枪。而且，保证金不是押金，不予退还。除了缴纳保证金，还得完成政府摊派的剿匪、清乡、征粮、抓壮丁等任务，积极配合正规部队与地方保安团队作战。

真他妈烦，组建一支民团，交钱不说，头上还有那么多紧箍咒，时刻听从政府的号令和指挥，不如去当土匪，一不用交钱，二不受约束，想怎么干就怎么干。目前在西部五区，大小土匪也有好几股，听说最棘手的就是盘踞在油黑大洞的滚地龙，真是老天有眼，神灵暗助，昨晚碰巧见了个面，双方还算谈得来，干脆投奔他算了！可是滚地龙早就立下规矩，要入伙可以，得先杀一个人，以此明志并自绝后路。

茄儿腿腿又开始在心里盘算，到底先拿谁开刀？直到定下人选和计策，才沉沉睡去。

第四章　血海深仇

　　太阳已经照在当空了，还不见茄儿腿腿起床。黑二奶奶隔着窗户问："小茄，你安叔叔家大后天给安忠哥接媳妇，今天就要送猪腿，你看能不能过去帮下忙？"

　　按照老规矩，女方家办酒用的猪肉，必须要男方家送过去，俗称送猪腿。大方的话就送一头三百斤以上的肥猪，实在不行也得送两条后腿，但要满七七四十九斤，上不封顶。安家是土目乡绅，要家底有家底，要面子有面子，当然要送整头猪了。

　　执行送猪腿任务的，一般都是新郎的同辈族人或堂弟兄，安黑两家是世交搭档，利益相连，两百多年亲如一家，而且都是一脉单传，黑小茄和安忠应该算是同辈弟兄，按说猪腿应该由他送去，他却没好气地说："老子懒得去！"

　　黑二奶奶劝道："小茄，两百多年来，安黑两家都是连在一起的，你没有族兄，安忠也没有堂弟，你不帮他谁帮他？再说咱们已经不再是土目官家，今后大小事务都要寨伍邻居们帮忙，你不去帮人家，到头谁来帮你？"

　　黑小茄道："要帮你们去帮，不要来烦我。"

　　黑二奶奶叹息一声，只好转身去找钱七斤，找了半天也没找到，于是抱怨道："这个钱七斤，往常一上午都在，今天怎么不见啦？"

　　正要赶着牛羊上山的老羊倌杨成五说："天刚亮时我起来上茅厕遇到他出门，问去哪里也不说，骑着马着急慌慌地走了。"

　　现在的黑家，虽然回购了两百多亩田地和四五百亩荒山，还请了三名长工，养了两个丫头娃子，放着十几头黄牛和两百多只山羊，但家底还不能骑高头大马，架不住茄儿腿腿吵闹，只好给他买了匹大理马，平常用来拉车送货，赶场赴宴和走亲串戚时才骑出去摆样子，今天倒好，居然让一个厨子骑着跑了！

　　黑二奶奶虽然恼火，但想起钱厨子世代跟着黑家，平时工作认真负责，也就懒得说了。

在乌蒙山中,无论土豪乡绅,还是小门小户,都没有吃早餐的习惯,午餐就是早饭,所以早上起来,厨子钱七斤的任务就是喂喂鸡鸭,到菜园转转,除除草灭灭虫,然后采回一天所需的菜蔬,再到磨坊里去,帮老婆推推磨,碾碾米,然后就开始做饭了。

但凡请得起仆人的人家,吃饭都是有讲究的,主人和仆人必须分开,饭菜也不同档次。主人饭桌必须摆三盘四碟,吃白米饭,顿顿见荤;仆人只能一汤一菜,吃苞谷饭,汤只能是酸菜汤,菜只能是炒洋芋片,除非逢年过节或主人开恩,否则是没机会吃肉的。年有大年和小年,大年是大年三十到正月初五;小年是正月十四和十五。节日除过年外,每月只有一天,分别为二月十五、三月三、四月八、端午(五月初五)、六月六、七月半(七月十三)、中秋节(八月十五)、重阳节(九月初九)、十月初一、冬月十三、腊月初八。其中冬月十三是原黑矗官家的祭祖日,虽然如今男主人是程小杵,女主人是黑二奶奶,但毕竟黑家还有继承人,所以每年冬月十三照样祭祖,照样当成节日,长工仆人照样能够吃上香喷喷的猪肉,喝上热辣辣的烧酒。

比较富裕或仁慈的人家,二十四节气和家人生日也算节日,也让长工仆人吃肉喝酒。此时的黑家虽然不算富豪,但二十四节气和家人生日,还是给长工仆人加荤添酒,这些细微之中的福利,也让长工仆人比较贴心,干活更加带劲。

这天是九月十三,重阳节刚刚过去几天,恰逢二公子程方明十岁生日,是要摆酒加荤的,三名长工和两个仆人都很高兴。黑二奶奶一大早就拿出一套亲手缝制的新衣服,给程方明穿上说:"方明,再过两天就是安忠哥的大喜日子,小茄哥不愿去送猪腿,你就代替他去吧,大后天跟随接亲的一道回来。"

两天后,茄儿腿腿混杂在安家门前的人群中,看着安家宾客如云、喜气洋洋的热闹场面,不由得投来怨毒的目光,在心里冷哼道:安忠只比老子大两岁,要不是我黑家被你们设计,败了家财,老子也一定会有金榜题名时、洞房花烛夜!

鞭炮声中,花轿在寨子门前停下,穿着白色婚纱的黄小雀,在数千双眼睛的聚焦下,缓缓地迈出轿门,宛如仙子下凡,果然不同凡响。从早晨到现在,人们一直眼巴巴地等着,为的就是看新娘穿着红袍、蒙着盖头、款款下轿的那一瞬。谁也没有想到,等来的却是一身雪白、笑靥如花的另类新娘,人们先是惊愕,继而欢呼。穿着黑西装、扎着花领带的安忠连忙迎上前去,挽起新娘的手臂，缓缓地朝寨门走来。一群穿着五彩衣裙和各色西装的姑娘小伙不知从哪里钻了出来，排成两行，一行六人，人人手捧鲜花，跟在新郎新娘后面，搞得女方家的送亲客不知所措，非常尴尬，最后只好在一名管事的引导下，到"店子"休息去了。

安庄主站在寨门中间，张开双臂，安忠和黄小雀分别从左右两边钻了进去，那群伴郎伴娘，也按男左女右，从安庄主的双手下面，微笑着鱼贯而入，男的风度翩翩，女的多姿多彩。乡长王明阶和区长路明轩带头鼓掌，人们赞叹不已，雀跃欢呼。

一位老者叹道："老夫活了七十年，首次见到这样的进亲仪式，真是开眼界了。"

另一老头说："这叫移风易俗你懂不？安少爷是在省城念过书的，世面见得多，不玩点新花样有啥看头？"

先前说话的老者连连点头称是，路区长和王乡长待伴娘伴郎过完后，一左一右地站在安庄主身旁。王乡长大声宣布："进了这个门，就是安家人，从今天开始，荒坝的黄小雀，就是安忠的媳妇了！"

大家鼓掌欢呼，路区长宣布："进亲仪式结束，挂红仪式开始！"

路区长话音刚落，乐曲响起，早已等候多时的三亲六戚，迫不及待地朝寨门拥来。路区长摸出一张红纸，大声说道："各位女士，各位先生，请别拥挤，大家都是安庄主安先生的高人贵客、亲朋好友，都是来祝贺安公子和黄小姐喜结良缘，咱们还是依个规矩，讲个秩序。下面第一个入场的，是原黑戛官寨的主人，黑二奶奶！"

随着路区长的话音，穿戴一新的黑二奶奶大大方方地站在第一个位置，她身后便是一脸憨厚的程小杵，程小杵手里抱着不到三岁的女儿小恬恬，再后面就是他们家的丫鬟长工，端着贺匾礼盘。贺匾用红布盖着，不知写的是什么字，礼盘上放着一对金元宝，两对银元宝，此外还有一条金项链，一对银手镯。

按规矩，首先进场的一般都是新郎母亲的娘家，俗称老外家，因为每逢红白喜事，老外家都会格外受到尊重，但安庄主不是普通人家，而是水箐乡乃至西二区首屈一指的乡绅，自然还有比老外家更重要的宾客。安庄主思虑再三，将老搭档、老伙计黑家列为首席嘉宾，而黑家如今的当家人是黑二奶奶，黑二奶奶自然就排在最前面了。可惜队伍里少了两个人，一个是程方明，一个是黑小茄。这两位公子爷，一人到黄家送猪腿，此刻还跟在送亲队伍的最后面；一人不知躲在哪个旮旯角落，不肯参加挂红祝福。

紧接着是蒙家、路家、王家、熊家、祝家、史家，然后才是老外家和本区或邻区的各家土豪乡绅以及新郎的七大姑八大姨。其他堂亲、远亲、干亲、挂角亲、拐弯亲，挂红也可，不挂红也可。挂红的自觉排队，但得送牌匾、端礼盘、请乐队，没有三五十元银洋打底，谁也不敢凑热闹。

因蒙举人作为乡绅代表被省主席召见，去了省城，千金蒙莹接了保商任务，远赴昆明未归，由管家蒙山代表蒙家前来挂红祝贺，并送上蒙举人亲笔所书的对联：惟求爱永恒，一生同伴侣；但愿人长久，千里共婵娟。铁画银钩，力透纸背，见字如面。安庄主喜出望外，连忙将对联挂于厅堂之中，果然熠熠生辉，喜气满堂。

安家家大业大，亲友也多，非富即贵，排队挂红的少说也有上百家，差不多排去里把路。路区长一声令下，挂红队伍鱼贯而入，来到安家大院，先到收礼台登记，然后到指定位置坐下，等候安排酒席。各家所请的乐队则轮流演奏，尽情展示才艺，表现突出者还会有奖，奖金一般由新郎发放，多的十来块，少的三五块。三块银圆就可以买一头过年猪了，安家是全区首富，不会吝啬那几块小钱。吹唢呐的、拉二胡的、弹月琴的等等全都倾情表演，毫无保留。其中来自坡裹的熊祝两家、跳花坡的张禄两家、神仙坡的花王两家，还吹着芦笙，载歌载舞，赢得了不少掌声，也拿到了不少赏钱。

挂红队伍过完，嫁妆才源源不断地搬进来。作为送猪腿的小伙计，程方明背着个小背篓，只能最后一个归来。看着他蓬头梢脑、一脸烟尘的样子，大家乐得哈哈大笑。很多人不愿送猪腿，主要原因是送猪腿的男孩往往会被女方家的管事安排在灶火旁边帮忙守汤锅，寨上未婚的姑娘们，全都可以跑来调戏，三天两夜的骚扰，谁也吃不消。

有人大声问道："二少爷，荒坝的姑娘好玩不？有没有把你拉进花房去？"

程方明无精打采，只管低头走路。人们又说："按道理应该是你哥黑少爷去的，要是你哥去了，说不定还会白睡几个女娃回来，播撒几枚茄儿种子呢！"

茄儿腿腿在一旁听见了，心里后悔得要死，狠狠地剜了程方明一眼，掉头转身离去，十几天后才返回黑家庄。

回到家里，茄儿腿腿随手拿了几样东西，提刀走出村口，优哉游哉地往水箐街上走去。

时近中午，上山干活的农人正陆续回家。茄儿腿腿饿极了，随便走进一家小饭馆，有气无力地说："店家，赶紧给老子上饭、上菜。"

第四章　血海深仇

饭馆老板是个三十多岁的四川人，见是茹儿腿腿，连忙笑脸相迎："黑爷，想吃什么尽管点，小的立马端来。"

茹儿腿腿心情糟糕透顶，没好气地说："滚开，让老板娘来。"

老板娘三十来岁，颇有姿色，上前招呼道："黑少爷，您想吃什么尽管点。"

"黑少爷"这称呼让茹儿腿腿非常受用，心情立马好了许多："大姐，有什么就上什么吧，反正也是一个人吃。"

老板娘应了声好嘞，就招呼小二上菜。上了一份红烧猪蹄，一份清炖萝卜，半只烧鸡，外加半瓶烧酒，一碗米饭。茹儿腿腿吃完，从衣兜里摸出一把银圆，稀里哗啦地散在桌上，大大咧咧地说："连以前欠的一块结账吧。"

老板夫妇原本是不指望他还钱的，只求他不来惹事就行了，如今见他主动还钱，连忙把账本拿出来，找到属于他的那一页，噼噼啪啪算盘一打，两年间一共欠下四十三餐，合计十二元三厘五毫，抹去零头，收了十二块银圆，将剩下的两块退还回去。

茹儿腿腿收下老板退回的银圆，一脸肃杀地走出饭店，提刀往赌馆走去。饭店老板愣着眼睛目送他走远，才长长地舒了口气，对老板娘说："估计今天水箐街上又要死人了。唉，世道乱了，人心也乱了，大家都杀红眼了。"

老板娘朝茹儿腿腿的背影望了一眼，说："爱刀刀上去，爱枪枪上亡，这样的落魄子弟、地痞流氓，一般都不会有好下场。"

茹儿腿腿走到赌馆门口，约好的几个地痞也到了。茹儿腿腿把砍刀一挥，大伙气势汹汹地闯进赌馆，围住老板。赌馆的几名保镖也手握刀枪围了上来。

赌馆老板面不改色地问："黑兄弟，黑少爷，您这是——要干啥？"

茹儿腿腿面无表情地说："你看见这把刀了吗？磨石沟磨石王梁老板的杰作，三万六千锤打造，三十六次淬火，吹发即断，渴血难耐，每年的元宵、端午、中秋等三节，必须要用人血来祭，否则它就会像张弥拉的桃架[①]，满天飞旋。今年中秋早已过去，它还没喝过人血呢，还不快还我的三百块银圆来！"

老板在水箐、蒙川、古定、乌城等地一共开了五家赌馆，整整三年了，茹儿腿腿都是这五家赌馆的常客，之前一直都很直爽，无论输赢从不计较，这次到底是怎么啦？赌馆老板的眼珠子骨碌碌地转了两圈，随即笑眯眯地说："哎哟，黑少爷，您好好说嘛，莫说才是三百块，就是五百块我也会立马还给您。

---

① 弥拉：神汉，亦称马脚；桃架：神汉的法器，由生长在悬崖峭壁上的桃树杈制作而成。

么们，不许哪个胡来，赶紧收起刀枪，拿五百块银圆出来，双手献给黑少爷。"

一名花枝招展的美女，端着个银盘款款地走来，盘子里放着十封银圆，一封五十元。茄儿腿腿将银圆全部放进钱袋，赌馆老板又吩咐下人，给茄儿腿腿带来的混混儿每人发放五元利市，众人哈哈一笑，簇拥着茄儿腿腿走出赌馆。

来到街上，茄儿腿腿拿出一封银圆拆开，当众分发，然后吩咐大家："谢谢弟兄们帮忙，大家先回去吧，我要去办点私事，估计要三四天才能回来请大家喝酒。"

混混儿们手握银圆，喜笑颜开，相互抱拳示意，转眼烟消云散。茄儿腿腿满目惆怅地扫了眼水箐大街，迈步朝油黑大洞走去。

群山陡峭，树木阴森。两名身穿黑色制服的土匪突然从草丛里跳出来，端着刀枪大声喝问："站住！你是什么人？"

呵呵，土匪还有服装？真是土包子穿官服，人模狗样。

茄儿腿腿哈哈一笑，点头哈腰道："我是黑戛仲的少东家，有事找你们龙老大商量。"

茄儿腿腿说着，分别朝两名土匪扔去两枚银圆。二匪先是一愣，随即眉开眼笑，连忙把枪甩到背上，拱手道："久闻公子大名，请容我等通报一声。"

群山拱卫中，油黑大洞就像一张巨大的老虎嘴，四周的悬崖上和山洞口修筑有坚固的碉堡和防御工事，五六个土匪散布各处，站岗放哨。老虎嘴里盖有七八栋砖木结构的房屋，房屋圈成一个院坝，院门口站着两名岗哨，七八个土匪正在院子里练武，滚地龙腰挎盒子枪，身背大砍刀，站在旁边指点。

一趟拳脚练完，众土匪肃立场中，滚地龙训话道："咱们油黑大洞的名声，为何会这么响亮？因为老子不但武艺高强，还精通地龙滚荆，打得赢就打，打不赢就滚，纵横水西，来去自如，莫说保安民团与官府警队，就是孟马刀我也不虚火。大家听好了，要想跟我混，必须学会地龙滚荆，否则运气不好的话，一趟活路就把小命报销了。半个多月前，老子们刚刚吃了一次亏，十几个弟兄全被一伙来路不明的正规军收了，只有我孤身逃回来，靠的是什么？就是苗乡绝技地龙滚荆。"

说完，滚地龙从背上拔出砍刀，在地上翻滚腾跃，舞起一片刀光，将全身护得风雨不透。众土匪兴高采烈，拍手叫好。滚地龙刚刚表演完毕，一个土匪就匆匆跑来报告："龙爷，黑戛仲的少东家黑小茄求见。"

滚地龙皱了皱眉，声如破锣地说："有请。"

几分钟后，一个土匪带着茄儿腿腿穿过三道岗哨，走了进来，对着滚地龙打躬作揖："龙爷，黑公子带到。"

茄儿腿腿也跟着打躬作揖："小弟黑小茄，十多天前在小街丫口有幸和龙爷月夜偶遇，今朝特来拜望。"说着，双手将六封银圆捧过头顶，"区区薄礼，敬请笑纳。"

滚地龙冷冷地打量了茄儿腿腿几眼，示意土匪将钱收下，然后把茄儿腿腿带到房间，大马金刀地坐在虎皮靠椅上，问："你就是黑家庄臭名远扬的茄儿腿腿？我怎么不认得？"

茄儿腿腿望着滚地龙那张沉静阴森的面孔，讪笑道："龙爷，小弟祖父就是黑夐老爷。也许您贵人多忘事，九月十二那天晚上在小街丫口，咱们不但月下偶遇，还闲聊了几句。"

滚地龙当然记得这回事，只是当时太过狼狈，不愿承认，于是说："我这人比较健忘，请别见怪。俗话说瘦死的骆驼比马大，黑夐官家曾经辉煌了两百年，可谓富甲一方、人强马壮，如今虽然败落了，但听说依然家资颇丰，这区区三百块银圆，好像不是拜山之礼。"

茄儿腿腿连忙从衣袋里掏出三根金条，恭恭敬敬地递上："这三条大黄鱼，已经是小弟的全部家当了，还望龙爷海涵。我们黑家已经败落二十年了，就算有心孝敬龙爷，也拿不出更贵重的东西了。"

滚地龙眼睛一亮，伸手接过金条，仍旧阴沉沉地说："黑公子果然是个爽快人。黑公子，今日上山，不知所求何事？"

"我要入伙，更要复仇。"

"你有何大仇要报？"

"我祖父生前一直怀疑有人勾结官府和丐帮，设计陷害黑夐官家。"

"按照油黑大洞的规矩，没有命案，拒绝接纳。要想入伙报仇，你先去杀个人来。"

茄儿腿腿连忙呈上一张字条，滚地龙看后说："老鹰不打窝下食，兔子不吃窝边草。干我们这行也是有规矩的，不翻三个大垭口，不过五个大村庄，是不能做买卖的。在西部五区，'安蒙林路'四大家族，我们从不招惹，以后也不会招惹，免得自找麻烦。"

茄儿腿腿微微一笑，说："龙爷，你可要想清楚了，这是三条大黄鱼的买卖。"

滚地龙犹豫了半天，问："黑家不是败落二十年了吗，你怎么还有这么

45

多钱?"

茄儿腿腿说:"那年发生乞丐事件后,古定官府几乎将我家的田园店铺拍卖一空,但黑家大院以及大院里收藏的古玩字画却得以保留,这些年被我偷偷顺出去不少。如果龙爷答应帮忙,我这就去筹办。"

滚地龙在心里骂道,真是个败家子,但还是点头答应道:"好吧,你先把金子送上山来,我答应帮你干一票,但不包括黑二奶奶,更不会去招惹安庄主。"

茄儿腿腿连忙拱手致谢:"那就有劳龙爷了,小弟马上就去办理。"

黑家庄向西十几里有个名叫小乌猪箩的小山村,村里有个中年男人,专门贩卖猪崽,人们都叫他吆猪匠。吆猪匠是个驼背,耳朵又不太好使,四十多岁了还没娶上老婆。这天麻麻亮时,吆猪匠就吆起九只猪崽上路了,他要去蒙川赶集。

走出村庄,天色逐渐亮了起来。过了几条沟坎,翻了两座山,太阳才冒出山头,阳光普照大地。慢慢地,前面豁然开朗,出现一个大村庄,那就是曾经无比显赫的黑戛官寨。走到官寨门口,只见一名气宇非凡的中年男人,正在指挥一群小伙,将题有"黑戛官寨"的旧匾牌从寨门上摘下来,再将一块只有三个字的新匾牌挂上去。

吆猪匠感到好奇,上前询问:"兄弟,这块匾牌怎么少了一个字?"

小伙子抬起头来,有些嫌弃地说:"么,是吆猪匠啊,你身上臭烘烘的,全是猪屎味,给我站远点。那块匾牌原是古定知府题写的,快有两百年了。黑戛官家已经败落二十年了,官府不许再挂,要求换成'黑家庄'。"

是呀,黑戛土目已经被撤二十年了,黑戛官寨早已不复存在,就连黑戛仲也改成了水箐乡,土目职权已由乡长行使,这块匾牌早就应该更换了。吆猪匠不识字,但想想也是这个理,便不再理会,继续吆着猪崽赶路。

吆猪匠的身影渐渐远去,一阵蹄声犹如鼓点惊雷,由远及近。突然砰的一声枪响,滚地龙戴着面罩,骑着高头大马,带着十几名蒙面土匪,旋风般直闯过来。

大家各自逃命,安庄主挺身上前,甩出两把飞刀,将两名土匪毙于官寨门前,见对方来势凶猛,估计难以抵挡,只得赶紧撤离,边跑边喊:"蛮人来了,大家快躲!"

整个村庄鸡飞狗跳,人喊马嘶。土匪径直冲进黑家大院,砍死茄儿腿腿的继父程小杵,抢走程小杵和黑二奶奶的女儿小恬恬。

除安家大院外，庄上其他大户也遭到洗劫，还被绑走一名年轻媳妇。黑二奶奶哭喊着追了出来，安庄主组织几十名青壮年男子，提着大刀长矛，准备和土匪拼命。滚地龙指挥土匪将所掳财物及两具死尸（土匪的）装上马驮，然后放了一排枪，击退安庄主等人（打死三人，打伤五人），从容不迫地撤走。

土匪没有直接返回油黑大洞，而是朝着蒙川方向，走了十几里才离开大道，拐进山路。吆猪匠远远地听见马蹄声，跑上一座土包向后望去，见是土匪队伍，连忙把猪崽赶进树林，找个地方躲藏起来。合该他要倒霉，刚好选中土匪进山的小路。

黑家庄赫赫有名，庄里有不少富裕人家，土匪劫掳的财物实在太多，连滚地龙的马都用来驮东西了，只好徒步赶路。众土匪走得有点累了，见此地比较隐蔽，又有草坪，便停下脚步，坐在路边的草坪上，喝水解渴吃东西，吆五喝六地玩骰子。

小恬恬被一名身背砍刀、肩挎短枪的土匪抱着，哭着喊叫妈妈。滚地龙听得心烦，走过来扇了她两巴掌。小恬恬不敢哭了，滚地龙招了招手，两名土匪从一匹马上扛来一只麻袋，打开，是个年轻漂亮的女子。小恬恬认得那女人，激动地喊道："小六婶子。"

滚地龙又一巴掌挥过来，小恬恬赶紧伏下身子。滚地龙扇了个空，嘻嘻笑道："小丫头，还很机灵嘛，干脆不要卖了，留她长大做压寨夫人。"说完抱着吓得脸色苍白、软成一团的女人，朝树林走去。

负责看守小恬恬的土匪见大家玩得不亦乐乎（滚地龙禁止手下土匪出去赌博，但内部玩玩不加控制，就当是解闷娱乐），心里痒得难受，恶狠狠对小恬恬说："给我老老实实地坐着别动，不然我一刀砍死你！"

小恬恬连忙点头答应，押她的土匪迫不及待地跑开，加入赌鬼们的战团。小恬恬见没有土匪注意她了，扭头四望，想要逃走。吆猪匠躲在十几米外的一丛灌木下面，见小女孩机灵可爱，动了恻隐之心，连忙向她使眼色，传暗号。但小女孩看不见，也听不懂。吆猪匠急了，伸手在脚下摸了块石子，朝她扔去，小恬恬才反应过来，看见了他。

吆猪匠将九只猪崽全部放出，土匪们看见这群白白胖胖的小猪崽，连忙放下骰子来抓。猪崽带着土匪，在草坝上奔跑乱窜，小恬恬趁机跑向吆猪匠，钻进树林。吆猪匠用拴猪崽的米草绳将小恬恬捆在背上，背着往树林深处逃去。

滚地龙抱着女人，来到树林里，解开面罩说："小桂琴，你看看我是谁？"

那女人听见声音，打了个激灵，抬脸一望，激动地说："尚全哥，怎么会是你？"

滚地龙黑着脸说："怎么不会是我？你还有脸叫我尚全哥？"

女人哭道："你出事后，不是我不等你，是爹妈逼着我嫁人。"

滚地龙面无表情地说："你们都以为我回不来了是不是？现在我回来了，而且是个土匪头子。俗话说，杀一个人是罪犯，杀十个人是恶魔，杀一百个人是好汉，杀一千个人是将军。我注定要杀满千人，才能当上将军。你说，你是愿意回黑家庄继续当地主婆，还是愿意跟着我上油黑大洞做压寨夫人？"

女人跪下磕头："尚全哥，放了我吧，求求你了，我还有两个小孩要养！"

滚地龙冷冷地说："想当初，咱们红公鸡黑狗儿，赌咒发誓，永不分离。"

女人哭道："可是——可是——你后来不是杀人逃跑了嘛。"

滚地龙怒道："于是你就以为我再也回不来了，于是你就改心嫁了别人？哼，还记得咱们曾经一起做过的事吗？"

"记得，记得，咱们除了赌咒发誓，还拜过堂，成过亲。虽然那是小孩子过家家，但我是真心的。求你放过我吧，尚全哥。"

滚地龙双手死死地掐住她的脖子，大声吼道："既然咱们已经拜堂成亲了，你为何还要嫁别人？"

女人毫无反抗之力，甚至连哼都无法哼出声，只是鼓着一对惊恐的大眼睛，身子慢慢变冷，一缕冤魂轻悠悠地飘走了。

这是滚地龙第一次亲手杀死女人，而且还是自己最喜欢，也一直记挂着的女人。女人死了，他并没有解恨，也没有失落，有的只是怒火。他还要杀人，他要亲手杀死小桂琴的父母，是他们逼她嫁给别人；他还要杀死小桂琴的丈夫，是他霸占了他的女人。

滚地龙钻出树林，到处都是围堵捉拿小猪崽的声音。滚地龙背着砍刀，提着手枪，爬上一座小山，四处遥望，早已失去小恬恬和吆猪匠的身影，于是命令土匪赶紧追寻。

吆猪匠背着小恬恬，高一脚低一脚地在森林里走着，突然一阵山风吹过，前方十几米处蹿出一头张牙舞爪的老虎。

"嗷——"一声虎啸，吆猪匠被吓倒在地，老虎将头一低，两只粗壮的前脚往地上一按，腾空飞跃，朝吆猪匠和小恬恬直扑过来。

嗖嗖嗖，三支利箭带着冷风，从吆猪匠的头上飞过，就在老虎起跳的瞬间，分别射进老虎的咽喉、胸膛和肚皮。老虎惨啸一声，重重地摔在地上，翻了几个骨碌后，靠着一根几抱粗的老树桩，慢慢地咽了气。

一名身穿麻布衣服、身材又高又壮的中年男人，带着十几名小伙，手握弓箭，身背砍刀，从隐蔽处走出。吆猪匠有气无力地喊："熊寨主，救命！"

熊寨主叫两名小伙把吆猪匠和小恬恬扶起，一脸憨厚地问："你是小乌猪箩的吆猪匠吧，怎么来了这里？哦，是不是拐了人家的小孩？"

吆猪匠声音虚弱地说："熊寨主，你别乱讲，这个孩子是被滚地龙抢来的，半路被我救了。他们人多势众，又有刀枪，我俩走投无路，只好逃进黑洋大箐。"

熊寨主呵呵笑道："黑洋大箐是我们苗家的天下，你算是来对了。这里是乌蒙山巅，离小乌猪箩少说也有三四十里，天很快就要黑了，你身上还受了伤，回去的道路非常艰难，不如先到我家住几天，养好伤再走。"

吆猪匠连忙拱手致谢，一名小伙背起小恬恬，大家抬着死老虎，跟着熊寨主，很快就走出森林，往坡戛走去。

黑夜慢慢过去，太阳照常升起，熊寨主又带着一群青壮年男人和十几只猎狗，唱着飞歌，进山打猎。他将青壮年男人分成若干小组，每组五人，或挖陷阱，或设弓弩，或下套子，做好记号，分头蹲点守候。

将大伙安排分派完毕，熊寨主带着三个人、两只狗，背着弓箭刀斧，在森林里巡游。突然，两只猎狗汪汪叫着朝前跑去，一名年轻人指着前方惊呼："寨主，您看！"

熊寨主抬眼一望，不由得倒吸了口凉气。只见前方一片血腥，至少有两百只死狼。他们迎着令人作呕的腥风走去，只见狼群中间，散落着十几具被啃得干干净净的白骨与十几堆破衣布片，此外还有十几支步枪、两把盒子枪和十几把大砍刀，刀上刻着一条飞龙。

熊寨主道："全是土匪，滚地龙的人。"

年轻人一脸迷惑："他们不是学会地龙滚荆了吗？怎么还逃不出狼群？"

熊寨主道："他们基础薄弱，不会其他武艺，也不会燕双飞，更不会彝家迷人心智、无影无形的巫蛊之术和苗家见血封喉、闻味闭气的金竹标，光凭地龙滚荆适当躲躲刀箭子弹还行，面对狼群进攻，只有死路一条。因为，地龙滚荆是在地上滚，刚好与狼群的身高差不多，人滚得再好也没有狼群灵活，必须配合燕双飞以及其他武术招式，才能逃出狼群攻击。但是，人的体力是有限的，如果狼实在太多，最好的办法就是施放金竹标。但金竹标毒气太重，容易扩散伤人、污染环境、滥杀无辜，几百年前老祖宗就传下禁令，无论何时何地，无论遇到何种险境，任何人都不许施放金竹标，违令者斩首示众，家属逐出苗寨，任其自生自灭！"

年轻人点了点头，随即拔出钢刀，在地上舞了起来，熊寨主露出欣慰的表情，从随身携带的口袋里摸出一根爆竹点燃。

咻——爆竹带着一道青烟，飞向天空，一声炸响，然后散开。

几分钟后，陆续来了几十人，熊寨主指挥他们收好刀枪，挖坑将死狼和白骨一起埋葬。

土匪走后，茄儿腿腿才哼着小调，吊儿郎当地返回黑家庄，只见程方明守着父亲的尸体号啕大哭，黑二奶奶跪在安庄主面前，求他派人去找小恬恬。

安庄主无奈地说："我已经核实清楚，刚才来的是油黑大洞的土匪，匪首滚地龙不但武艺高强、枪法奇准，还学会了苗家的地龙滚荆，号称乌蒙山中无敌手，连孟马刀他都不放在眼里，咱们连根像样的长枪都没有，简直拿他毫无办法。不过请你放心，有生之年，我一定会铲除滚地龙，救回小恬恬，否则我就不配当庄主。"

黑二奶奶哭道："庄主，你不是会巫蛊之术吗？听说只要施展开来，刀枪不入，鬼神难近，为了给小杵和庄民报仇并找回恬恬，求你施展一次吧。"

安庄主说："二奶奶，你快起来吧，那都是传说中的事情，如果真有这么大的威力，国家就不用养那么多部队了。巫蛊之术是有，但必须要依地依时而用，否则要么不灵，要么会伤及无辜，如果没有适当的时机与适当的地形地物，是施展不出来的。"

黑二奶奶继续哭道："庄主，要不我们大家出粮出钱，你再去买些枪来，操练一批年轻人，守卫村庄，剿灭匪患，为民除害。求求你了，庄主。"

安庄主沉吟半响，既不答应，也不拒绝。黑二奶奶大喊一声："滚地龙，我跟你拼了！"然后发疯般地朝寨子外面跑去。

安庄主看着她憔悴的身影，一脸沉痛地说："去几个人把她拦回来，好好安慰安慰。黑家庄遭受打杀劫掳，是我一生的奇耻大辱，我已经决定了，血债要用血来还。我捐三千块大洋，先买二十支步枪和两千发子弹回来，然后操练兵马，组建护寨队，有朝一日，我要看着滚地龙人头落地，一命归阴！"

茄儿腿腿被安庄主身上的凛然正气所震慑，从来不敢跟他正面相对，此刻远远地站着，听见他如此发誓，只能撇撇嘴，表示轻蔑，抬眼看见几名妇女扶着失魂落魄的黑二奶奶，虚虚飘飘、跌跌撞撞地朝黑家大院走来，冷哼一声，扭头就走。

在安庄主的组织下，人们将被土匪杀害的三个彝民按照彝家习俗安葬，程小杵是汉人，丧事则按汉人的规矩操办。出殡那天，程方明身穿麻布孝衣，头戴三角纸幡，手持白纸做的引魂幡，走在棺材前面，一步一声地哭喊着："爹！爹！"

西风骤起，满眼肃杀，送葬的乡亲们人人眼含泪水，只有茄儿腿腿远远地跟着，露出一脸得意的笑容，等送葬队伍走远了，他才返回家里，翻箱倒柜，拿着几件比较值钱的东西，又朝蒙川方向浪荡去了。

在外面浪了几天，茄儿腿腿又回到黑家庄，撬门砸锁，翻箱倒柜，继续寻找财物。找了半天，从夹墙中找到一只小木箱，用刀撬开，原来一对晶莹剔透的玉佩，高兴得眉欢眼笑。

突然一个声音冷冷地传来："把东西放下。"

茄儿腿腿抬眼一看，见是程方明，淡淡地说："这是我家祖传的宝贝。"

程方明冷冷地说："败家子，你不配。"

茄儿腿腿依旧淡淡地说："据说，这对玉佩是康熙大帝赏赐给我爷爷的爷爷的爷爷的，值钱得很。"

程方明依旧冷冷地说："败家子，你不配。"

茄儿腿腿语气如故："小时候我爹给我说过，这是黑夷土目的传家宝，叫我好好保管，将来传给子孙。我已经找了好久，一直都没有找到，今天终于到手了。呵呵，真是苍天有眼，物归正主。"

程方明还是冷冷地说："败家子，你不配。"

茄儿腿腿双眼一翻，露出杀气："我怎么不配啦？这是我家祖上平叛有功，皇帝奖赏的宝物。"

程方明命令道："这是我妈妈的东西，你赶紧放回去！"

茄儿腿腿把玉佩收了起来，大声骂道："小兔崽子，赶紧让路，不然我弄死你！"

程方明把门堵住，依旧冷冷地说："你已经快把家里的东西偷卖完了，那是你爹临终亲手交给我妈的，请你立即把它放回去！"

茄儿腿腿大怒，指着程方明说："小狗崽子，你跟你爹一副臭德行，想把我家的财产全部据为己有！"说完一拳朝程方明打来，二人随即扭打在一起。程方明不是对手，被打得头破血流，晕倒在地。茄儿腿腿一不做，二不休，提起程方明走出房门，高高地举过头顶，大骂一声，往两米多高的清坎下抛去。

程方明就像一条破麻袋，砰的一声，重重地摔在院坝里的青石地板上。黑二奶奶闻声跑来，见程方明无声无息，就像死了一般，大声尖叫着朝茄儿腿腿扑去。

茄儿腿腿骂道："死老太婆，你们汉人没有一个是好东西，你不但背叛了我爹，还招引男人霸占我家财产，我早就想弄死你了。来吧，滚地龙不肯杀你，就让本少爷亲自动手，送你去和那死鬼男人做伴！"

茄儿腿腿骂完，飞起一脚，朝刚刚爬上清坎的黑二奶奶踢去。黑二奶奶就像一只黑乎乎的孵蛋母鸡，晕头晕脑地朝清坎下面的青石板飞去，额头被砸出血洞，鲜血汩汩地流淌。

茄儿腿腿见黑二奶奶已经活不成了，仰天大笑，高声喊道："我报仇了，我们黑戛官家终于得报大仇了，凡是整垮我黑戛官家、侵占我黑家土地房屋的，这就是你们必然的下场！"

程方明慢慢苏醒过来，看见母亲一动不动地躺在不远处，哭喊着拼命地爬过去。茄儿腿腿跳下清坎，走过来拦住他。程方明大声骂道："茄儿腿腿，你这个忘恩负义的畜生，你给我滚，你不是人！"

茄儿腿腿目露凶光，拔出匕首，恶狠狠地说："程方明，老子告诉你，你们不应该来到黑戛官家，更不应该霸占我家的房屋和财产。你爹是我用三十两黄金收买滚地龙带人杀死的，你妹妹也是我叫他抢走然后带往外地卖给妓院的，你妈是我踢死的，反正杀一个是杀，杀两个也是杀，现在我要杀了你，然后上山当土匪去。"

程方明大喊："茄儿腿腿杀人了！茄儿腿腿杀人了！"

茄儿腿腿上前两步，一把提起程方明，朝着肋下就是一刀。不巧的是，这两天安庄主出门办事去了，危急关头，守护月拱门的老头闻讯赶来，甩出一把飞刀，刚好扎在茄儿腿腿的右臂上。匕首哐当一声掉落在地，茄儿腿腿连忙放下程方明，拼命逃出黑家大院，逃出黑家庄，边跑边吼："安兴槐，你这个老浑蛋，你给我招架着！"

安忠安宁随后赶到，连忙将程方明扶起，进行包扎施救。人们听到喊叫声，也纷纷朝这边跑来，见黑二奶奶和程方明满头满脸都是鲜血，全被吓得浑身颤抖。

程方明哭喊着扑向妈妈，安兴槐一脸凄然地将黑二奶奶察看了一番，摇了摇头，叹息一声说："没救了，茄儿腿腿这个狗崽子，造孽造大了，必遭天谴。"

程方明高举双手号哭："茄儿腿腿，我一定要杀了你！"

大家一边咒骂茄儿腿腿，一边七手八脚地帮忙处理黑二奶奶的后事。黑二奶奶也是汉人，丧葬仪式依照汉人规矩。安庄主不在家，程方明年纪小，安忠只好担起重任，在老家人安兴槐的指点下，一边指挥装棺入殓，一边派人前往米落仲刘家湾，请刘阴阳前来操办丧事。

三天后安庄主返回黑家庄，在黑二奶奶的葬礼上痛心疾首地说："据可靠消息，黑小茄不但正式加入了油黑大洞的匪帮，昨天晚上还带队洗劫了蒙川镇，打死打伤十几名商户，幸好蒙举人的千金蒙川公主蒙莹带领蒙家保商队前来救援，才没造成更大损失，没想到我黑家庄也会出这样的败类！"

顿了下，安庄主郑重宣布："从今天开始，我安尚余与滚地龙和茄儿腿腿势不两立，不共戴天！"

第五章　山中奇遇

听说蒙川镇遭到土匪洗劫后，不但民众筹款修建城墙，还组建了保警队。黑家庄也每户认捐五到十块银圆，不够的由安家补足，然后全庄上下一齐动手，开采石料，砍伐树木，修补寨墙，在木寨门后面又加了道铁寨门，派人二十四小时轮流把守，天黑后就关闭寨门，禁止出入。

寨墙修补好后，安庄主订购的二十支长枪、四支短枪和两千发子弹也运到了，再找磨石沟的梁铁匠打造了一批梭镖砍刀，招募四十名青壮年男子，组建护寨队，任命安忠为队长，安葵为副队长，聘请一名退役军官，带领大家日夜操练。

安忠安排护寨队员，不分白天黑夜在寨墙上巡逻瞭望，只要听见锣声，队员们立即到寨子中间的院坝紧急集合，其他青壮年男人则操起大刀长矛和弓弩灰瓶，在安庄主的统一指挥下，上墙御敌。如此演练了两个月，黑家庄全民皆兵，人人提刀弄棒，个个提高警惕，严密防守茄儿腿腿和滚地龙前来侵扰。

黑二奶奶过世后，黑家大院和安家大院并在一起，所有事务均由安庄主统一调度。转眼春节过去，清明到来，程方明祭扫过父母，再次来到练兵场上，要求参加护寨队。

安忠语重心长地说："方明，你年龄不够，还不能参加护寨队。"

程方明不服气，在安忠面前演示了一番武艺。安忠看后说："我知道你报仇心切，可你一是年龄太小，二是武功太弱，怎么打得过滚地龙和茄儿腿腿？"

程方明离开护寨队，找到安庄主，双膝跪下说："安伯伯，我程方明身负血海深仇，时刻都想手刃仇敌、找回妹妹，请您收我为徒，传我绝技。"

安庄主将他扶起，面有难色地说："我不能收你为徒，更不能违背祖宗留下的规矩将巫蛊之术与飞刀绝技传授于你，因为你不姓安，也不是彝人。再说光凭武术和飞刀，已经奈何不了滚地龙和茄儿腿腿了，因为他们手里有枪，甚至还有机枪。但你毕竟是黑家大院的少当家，两百多年来，安黑两家同气连枝，理应传你功夫才对。好吧，你也不用拜师，就跟着护寨队操练吧，我再抽时间点拨你。"

自此，程方明每天早上都会跟着护寨队，或在庄前的练兵场上，或在庄内的祠堂大厅，向安庄主父子学习拳术与刀法。同时，安庄主还让他继续到庄塾读书，并对他说："诗书传家久，耕读继世长，要想打败滚地龙和茄儿腿腿，不读书是不行的，不读书就是夹二倒憨的睁眼瞎，不知典故，不识计谋，不懂筹划，光凭一身蛮力，根本办不到。"

转眼五年过去，安忠已生下二男一女，长子四岁半，取名安守道，浓眉大眼，手脚矫健，颇有祖父雄姿；长女两岁半，取名安华歆，面容清秀，聪明伶俐，就像安宁小时候一样惹人喜爱。安庄主含饴弄孙，生活充满乐趣。

安忠的第二个儿子只有半岁，还在襁褓之中，出生那天安庄主有点闷闷不乐。王乡长一大早就前来贺喜，不解地问："安兄，安家世代单传，如今好不容易有了两个孙子，应该万分高兴才对，你怎么反而一副心事重重的样子？"

安庄主叹道："先祖有言，若我安氏一如既往，一脉单传，十里青山与万亩田园就能安然无恙，可以继续享受富贵荣华，如果哪天出现异状，生下两个男孩，则财富岌岌可危，不是散与他人，就是倾光败尽。"

王乡长闻言，有些不以为然："呵呵，那都是封建迷信，不一定准确。反正添丁加口不是坏事，只要经营得法，不做亏心之事，这大田大坝，怎可能易手他人？多子多孙自多福，关键是怎么教育培养，只要培养得好，说不定还会光宗耀祖、光大门楣呢！"

安庄主道："那就托兄吉言，但愿如此。其实我担心的不是他们的成长，而是天要变了，还不是一般变法。"

王乡长惊问："是个什么样的变法？"

"天翻地覆，改天换地。自古奸贼横行，刀兵四起，必定会改变秩序，扭转乾坤。"

王乡长淡然一笑，说："我知道了，你们家祖上精通巫蛊之术，在水西八县无人能及；再说我们王家，也是在安府的扶持下才有今日气象，加上你老兄又是末代秀才、饱学之士，眼光谋略无不高人一筹，今后你怎么做我就跟着学，不求别的，只求顺应天意，保命安身，延续血脉。"

安庄主笑道："那就好，那就好。任何事物都有正反两面，因果报应，乐极生悲，否极泰来，都是自然而然的事情。天下大势，浩浩汤汤，人不可逆天而行，更不可逆势而为，只要上应天理，下顺民心，跟随社会潮流，坚守公平正义，就能积德享福。"

王乡长深以为然，两人喝了几盏热茶，品评了一番古玩字画，再叙些家长里短，讨论一番国际国内时局，然后用罢午餐，拱手道别。

五年过去，程方明已长成一名精壮少年，尽管努力假装老成，但脸上的稚气依然难以掩饰。王乡长刚刚起身，他就前来请安问好，向安庄主请求上山剿匪。安庄主说："刚刚王乡长前来拜访，提出想与我开亲联姻，我已经明确拒绝了。我已经五十岁了，忙活了半辈子，只想过点安稳日子，不想再招惹是非。"

程方明急道："可是——可是滚地龙杀过咱们黑家庄的人，糟蹋过咱们黑家庄的妇女。"

安庄主道："那些都已经过去了，最近五年，他们的势力壮大了数倍，始终未来袭扰过黑家庄，咱们还是井水不犯河水，让大家过点安稳日子吧。岁月静好，自当珍惜。"

程方明还是不死心："那是因为最近几年，咱们护寨队天天都在操练，庄里也经常搞防御演习，土匪才无机可乘。可这样下去也不是办法呀，这叫被动防御，天天提心吊胆，土匪不灭，迟早还是要来。土匪就是土匪，永远不会变成好人，就像黑洋大箐里的豺狼虎豹，永远都想下山吃羊，不会因为羊的善良而改变它们的本性。"

安庄主依旧固执己见："算了吧，留得青山在，不怕没柴烧。千好万好，平安最好，只要大家都活得好好的，辛苦点和担心点怕啥？"

程方明一脸正色道："安伯伯，您也是土司后裔、一方豪杰，曾经连黑戛老爷都对您言听计从，黑戛官家的房屋田产、山林店铺等全都交给您经营打理，您才是真正的黑戛老爷，我父母生前对您千般依赖、万般敬仰，黑戛官家遗留的东西，只要是您或庄上需要，他们都会无私奉献。"

安庄主一脸无奈地说："我也想替他们报仇雪恨，但我知道这个仇报不了，因为咱们根本就不是人家的对手，无论强攻还是巧取，凭咱们黑家庄的力量，不但难以成功，而且只能白白送死，一旦把那帮双手沾满鲜血的土匪惹毛了，咱们黑家庄的末日也就到了，为了不让乡亲们遭受无妄之灾，我劝你还是算了吧。放下仇恨，好好活着。我想，九泉之下，你父母最大的愿望，就是你好好地活着。只有好好地活下去，一切才有希望。"

第五章　山中奇遇

程方明高举双臂,大声怒吼:"不!我一定要报仇!我一定杀了滚地龙和茄儿腿腿,找回被他们抢走的妹妹!"

程方明离去后,安庄主叫来安忠兄妹:"集合所有护寨队员,安宁带一半人保护村庄,安忠带一半人化装成山贼模样,暗中跟着程方明,老程家只有这根独秧苗,即使拼了性命,也要保他周全。"

安宁道:"爹,他是想去油黑大洞找茄儿腿腿和滚地龙拼命。"

安庄主一脸沉静地说:"这个你不用管,让安忠去跟踪保护,你带人守好庄子就行,要确保本庄人马不再受到伤害。"

安忠安宁齐口答应,然后退出房间,分头行动去了。

程方明跑回家里,背上一把砍刀,别着两把匕首,走出庄门,怒气冲冲地朝油黑大洞奔去。

自从茄儿腿腿入伙,滚地龙就很少亲自下山了,他的主要工作除了吃肉喝酒玩女人,就是购买枪支弹药,传授地龙滚荆,检查各处哨卡,加强戒备防务。

每隔一段时间,茄儿腿腿就会带着一伙匪徒到周边各县打劫,同时掳掠妇女,以供自己和滚地龙淫乐。被他们劫持上山的女子,都是姿容秀丽的少妇或少女,玩厌之后,再赏给手下喽啰,充当性奴。

如此过了五年,油黑大洞迎来辉煌时期,发展到一百多人、三百条枪,库存银洋五六万元,黄金几十公斤。这群土匪无不在心里想,万一哪天散伙,至少也能分到一大笔钱,随便走到哪里,都可以洗白身份,落户安身。

那天,茄儿腿腿带人下山抢劫回来,怕有人尾随而至,安排十余名土匪在五里外埋伏。果然,茄儿腿腿刚回到油黑大洞,屁股还没坐稳,程方明就杀上山来了。

砰!枪响了,隐藏在暗处的安忠扣动扳机,将瞄准程方明的土匪当场击毙,另一名护寨队员也及时出手,将旁边的土匪打伤。

听到枪响,程方明毫不惊慌,扑上前去咔嚓一刀,将受伤的土匪当场砍死。设伏的土匪见己方已被打死了两人,全都呐喊着冲了出来。安忠沉着应对,指挥护寨队员开枪射击,进行火力压制。

滚地龙和茄儿腿腿听到枪声,连忙拔出手枪,冲出房间,吹哨集合,出洞增援。安忠挥舞手枪,冒着弹雨,独自冲上前去,一脚踢翻程方明,大声命令:"撤!"

程方明大声吼道:"我要报仇!"

在大家的掩护下，两名身强力壮的护寨队员立即上前，将程方明拖了下去。安忠一边开枪射击一边大声吼道："你们赶紧撤走，我来断后！"

这一仗，土匪三死五伤，还丢了两条好枪，对方却连毛都没留下一根，血也没流下一滴，滚地龙气得吹胡子瞪眼睛。

茄儿腿腿自鸣得意地宽慰："大哥，请别生气，小弟早就料到他们一定会尾随而来，于是在五里处设下埋伏，否则损失更重。"

滚地龙没好气地说："你连他们的影子都没看到，知道是谁吗？"

茄儿腿腿不以为意地说："蒙山保警队呗，因为咱们刚刚洗劫了西四区的大土豪陈仲武，陈仲武是林耀先的老丈人，不是他们是谁？"

滚地龙摇头否定："未必。"

茄儿腿腿愣了下，有些迷茫地问："难道大哥知道他们是谁？"

滚地龙道："只要不是坡戛的老苗，谁来都无所谓。我偷学了他们的保命绝技，他们不可能无动于衷，迟早会来找我算账。这么多年了，他们也该来了。"

茄儿腿腿接话道："我听说，坡戛苗寨的禄永真曾经是水箐苗乡的第七代苗王，因与日本武士交手，身受重伤，提前让位，成为寨老。寨老是本乡苗族的精神领袖，名为寨老，其实是太上苗王，大哥是从他手里偷学的地龙滚荆，我想的其实也跟你想的差不多，他一定会前来找你算账。难道，这次真的是他？"

滚地龙再次摇头否定："不可能是他。据我所知，苗家还不会使用火器，官府也不允许他们拥有枪支弹药。但只要这老头还活着，我就不得安生，吃不香睡不着，真难受。我已经决定了，明天亲自下山一趟，直奔坡戛苗寨，不干掉这个老苗绝不回来。"

当晚睡到半夜，茄儿腿腿感觉不太对劲，始终放心不下，于是起床穿衣，带着两名亲随，来到洞外查哨。执勤的土匪战战兢兢，生怕掉了脑袋，因为在不久前的一次巡查中，茄儿腿腿亲手砍了两名吊儿郎当的老土匪和一名行为懒散的小土匪。

突然，外围又响起枪声，那边刚接上火线，这边就紧急集合，立即出动。

战斗持续了两个多小时。这次前来攻打的果然是蒙川保警队和各区民团武装，一共有三百多人。战后统计，保警队伤亡二十余人，油黑大洞只死了三名弟兄。虽然打了胜仗，滚地龙还是不开心。他说："还好苗民没有参加，否则咱们就惨了。"

茄儿腿腿连忙安慰："大哥请放心，那些苗民是不会和彝家汉人裹在一起的。"

滚地龙道："不防一万，只防万一，我还是要早点动手，越早越好。"

茄儿腿腿说："我已按照大哥吩咐，挑选了四十五名精兵强将，明天一早随大哥进攻坡戛苗寨。祝大哥旗开得胜，马到功成。"

众土匪高呼："旗开得胜，马到功成！油黑大洞，雄霸乌蒙！"

也就是这天，禄寨老召集熊寨主和三名主事议事，一脸苍凉地说："我已经七十岁了，有件事情必须要去了结。"

熊寨主说："我跟您去。"

禄寨老摇头道："不，你不能去，将来水箐苗乡还需要你来统领。"

三名主事异口同声："寨老，我们跟您去。"

禄寨老坚毅的目光从他们的脸上一一扫过，说："你们仨必须留下一个，我带两个去就行了。"

三名主事都争着要去，禄寨老脸色凝重地说："油黑大洞异常凶险，而且枪多弹足、人强马壮，咱们这次出马，不成功便成仁，所以你们都不要争，听我吩咐就行了。"

众人默然。禄寨老问："熊刚，找到练习燕双飞的新人了吗？"

熊寨主恭恭敬敬地回答："找到了，一个是吆猪匠的养女小恬恬，一个是大主事祝明芳的长子祝兴贵。"

禄寨老赞道："好，好，他们俩一个八岁，一个十岁，全都聪明机智，正是习练燕双飞的最好年龄。只要两人配合得好，燕双飞也能克制地龙滚荆。"

熊寨主试探道："听说，咱们族中还有一门绝技，是地龙滚荆的克星？"

禄寨老一脸深沉地说："是有这门绝技，但历来只传苗王，当世会这门绝技的，只有我和现任苗王张恒宣。"

禄寨老沉吟一会儿，抬脸对大主事说："祝明芳，你性格稳重，淳朴善良，但不适合在战场上厮杀，只适合坐镇指挥，现在交给你一项任务：从明天开始，接替我给坡戛孩童传授武艺，同时担任水箐苗乡的武术总教练。"

数百年来，在水箐苗乡，武术总教练均由苗王或当过苗王的寨老担任，禄寨老要祝明芳担当此职，显然是跟现任苗王商量过的。按照规矩，新苗王必须要向老苗王行拜师礼，以便向老苗王学习最高绝技。同样的道理，新任总教练也要向卸任总教练行拜师礼。

祝明芳连忙双膝跪下，向禄寨老拜了三拜。行过拜师礼后，禄寨老继续交代："除了传授武艺，你还有一个重要任务，那就是抚孤养残、匡扶正义、光大苗乡。"

这等于是交代后事了，祝明芳内心凛然，连忙点头答应。

禄寨老接着说："既然大家都没意见，那就这样确定了。熊彬祝林，你们两个抓紧去准备，兵在精而不在多，明朝咱们仨一早出发，直插油黑大洞，铲除滚地龙和茄儿腿腿。"

熊彬与祝林齐声答应，立即回去准备。

禄寨老对熊刚说："你也回去休息吧，我想跟明芳单独聊聊。"

第二天一大早，滚地龙骑着高头大马，带着四十五名全副武装的土匪，走出油黑大洞，在蒙蒙薄雾中快速下山，往坡戛苗寨进发，刀柄上的红绸迎风飘舞；禄寨老也带着熊彬和祝林，携带飞镖毒箭，身背弓弩弯刀和绳索挠钩，走出苗寨，往油黑大洞方向大步而来。

半道上，只隔一道山梁，他们就要狭路相逢，禄寨老看了眼山势，对两名主事说："这些天我仔细研究了一本残书，上面说七十多年前，陶大帅曾经在油黑大洞驻扎兵马，有条毛狗小路穿过燕子大箐和深谷暗河，直抵油黑大洞洞底。光凭咱们三个人是无法强攻进洞的，必须要走这条暗道，杀他个措手不及。"

两名主事点头称是，寨老指着官道旁边的一条小道说："这就是那条毛狗小路的入口，燕子大箐是彝家的地盘，遍布蛊虫毒蛇，各人须加小心。"

熊彬说："昨天晚上我俩已经按照您老的吩咐，做好了防范措施。"

说完，三人打上绑腿，扎紧领口衣袖，戴好豹皮帽子，系好丝绸围巾和狼皮腰带，再相互往身上喷洒雄黄酒和烟骨油，然后拔出弯刀，一人在前面开路，一人在后面护卫，将寨老夹在中间。三人踏上小路，小心翼翼地往密林深处走去。

禄寨老的身影刚刚消失，滚地龙就打马疾驰而来。

"吁！"来到毛狗路的入口处，滚地龙突然勒住坐骑，招呼后面的人马停下，从随身携带的行军包里掏出一张地图，打开对着四周的山梁察看，跳下马来，仔细观察路口，对身旁的土匪队长说："黑爷入伙时，除了金条银圆，还献给我一张地图。这张地图，一百多年前出自一位异人之手，一直为黑戛官家所有，不但详细描绘了水箐全乡的所有村寨、山川、河流、森林、池塘、矿山、道路，甚至连溶洞、暗河、牧羊路、毛狗路等全都画得一清二楚。地图上，有一条毛狗路从这里直通油黑大洞洞底，可以说是油黑大洞的命脉。昨天晚上我接到密报，水箐苗乡的禄寨老将于近日前来偷袭，我才带众位弟兄出来拦截。可惜咱们来晚了一步，他们已经从此路抄咱们的老底去了。"

土匪队长连忙请命："龙爷，让我带领弟兄们从后面追击，保证让他有来无回。"

滚地龙说："从这里进去，不到二里就是燕子大箐，那是彝族猎手的地盘，森林里除了岩羊野猪，就是蛊虫毒蛇，连老虎都不敢进犯，我等进去无异于送死。"

土匪队长惊道："那——那帮老苗不是去送死吗？"

滚地龙说："月牙寨老禄永真，四十岁就当上了水箐苗王，绝非等闲之辈，估计早就有了破解之法。咱们分成两队，一队随我秘密返回油黑大洞，瞒住众人，深入洞底，严阵以待；一队由你指挥，在此阻击前来接应禄永真的苗寨人马。"

土匪队长高声答应，滚地龙拍着他的肩膀赞道："黑爷真是个人才，把你们训练得规规矩矩，这身黑皮一穿，还真像正规军人。"

滚地龙说罢，留下那挺唯一的轻机枪，大手一挥，拨转马头，带着一半土匪，原路返回。

滚地龙走后不到十分钟，前方隐隐地传来嚓嚓嚓的脚步声，一土匪登高瞭望，连忙跑下山来，慌慌张张地说："不好了，队长，前方来了一队人马，肯定是去攻打咱们油黑大洞。"

土匪队长问："有多少人马？"

"不多，只有五六十人，不过看样子是正规部队。"

土匪队长略微迟疑，大声命令："将马匹赶进山谷藏起，然后抢占地形，准备战斗！"

土匪们连忙分头行动，占据有利地形，摆好枪支弹药。

几分钟后，土匪队长举起右手，狠狠地向下一切。砰！随着一声枪响，走在最前面的士兵连忙卧倒在地。

嗒嗒嗒，土匪架设在土岗上的机枪吐着火舌，朝着山下疯狂扫射。可那队士兵非常机灵，一转眼全部没了踪影。土匪失去目标，一时手足无措，全都傻眼了。

"这是什么部队？一下子全不见了，不会是天兵下凡吧！"土匪队长握着王八盒子，骂骂咧咧；土匪们全都心慌意乱，预感到死神已经降临。突然一阵枪响，土匪纷纷倒下，最先倒下的就是那名机枪手。

一队天兵从三面包抄过来，一边开枪一边大喊："我们是红军，缴枪不杀！"

剩下的土匪从未见过这种阵仗，惊慌失措中，连忙将手中的枪高高举起。一名十八九岁、身穿麻衣、戴着一顶红军帽的新战士，操着本地口音大叫："他们不是民团，是油黑大洞的土匪！"

麻衣战士说完，抄起土匪的机枪，嗒嗒嗒，愤怒的枪弹瞬间洞穿那几个土匪的胸膛。土匪队长倒下前抬头看了麻衣战士一眼，断断续续地说："郭——郭根有，算——算你——有种——"

麻衣战士放下机枪，跪在地上，磕了三个响头，遥望着东北方向的莽莽青山，大声哭喊："爹！娘！我给你们报仇了！红军队伍给你们报仇了！"

打扫完战场，战士们坐在山坡上休息。稍后，一支大部队扛着红旗，浩浩荡荡地朝这边走来，看样子不下千人。

大部队马上就要靠拢，这支小部队又重新启程。麻衣战士恋恋不舍地回头遥望，然后扛着缴获的机枪，大踏步地跟着战友们向前走去。半个小时后，山里出现一个岔路口，麻衣战士对为首的红军说："连长，左边的是大路，通往黑家庄，越过箐门关，沿着海子湖，下到长阳街，穿过小坝子和五里坪，再翻越水牛大坡与丰家丫口，就是木城县了；右边的路会越走越窄，然后又会出现一个岔路口，一边通往米落仲，穿过果倮木，翻越神仙坡，通过铁索桥，进入木城县，另一边则通往土匪窝窝油黑大洞。刚才我在路上已经听到老乡们说，从箐门关到水牛大坡与丰家丫口一线，全都有白军把守，估计有五六千人。"

红军连长听后，在路口上做了个标记，然后带领大家，沿着右边的道路走下去。

听到后面传来枪声，紧随其后的护卫队长提醒滚地龙："龙爷，弟兄们肯定是跟坡戛的老苗干上了。"

滚地龙依旧马不停蹄，边跑边说："不是老苗，是保警队，坡戛的老苗没有枪，只有标标杆杆和砍刀弓箭。"

护卫队长又说："他们的毒箭见血封喉，厉害得很，老虎野猪和金钱豹子，擦破点皮都要死。"

滚地龙不以为然："不要听他们瞎吹，我又不是没在苗寨待过，没那么玄乎。还是彝家的蛊毒凶险，能杀人于无形，所以要特别提防黑家庄的那帮干彝，再也不能招惹，万一哪天把安尚余惹毛了，无须他亲自出马，只需把安忠安宁或那守门的老头派出来，咱们全都得去见阎王。三匹纸钱三炷香，几句咒语一念，什么阴箭蛊毒五雷火，幻象迷魂绞心刀，平常枪炮根本无法抵挡。"

护卫队长惊问："那么厉害呀，上次他怎么不灭了咱们？"

"既然是秘传绝技，又属于玄幻巫蛊，不到危急关头，他们也不敢擅自使用，否则就会遭天谴。据说，当年就是安尚余的祖先动用了玄幻蛊术，水西兵马才打入衡阳，冲进皇宫，活捉叛徒岔戛那，吓死反王吴三桂。"

护卫队长又问："黑爷是黑戛仲的少当家，他会不会放蛊？"

"他当然不会了，他是黑彝，是土司后裔，是黑戛老爷的孙子，怎么会那种勾当？会放蛊的基本都是白彝，是那些专门进山打猎的农奴娃子，不过那只是最低级的手段，还算不上巫蛊之术，整个水西八县甚至乌蒙山区，唯一会巫蛊之术的，只有安尚余一支，他的祖先就是凭借这一绝技奠定了数百年的富贵根基。据黑爷讲，好像这门玄幻神秘的巫蛊之术，早已一代不如一代，但为安全起见，咱们还是别去招惹为妙。"

护卫队长还是不放心："可是我听说，白彝娃子的蛊毒是用来猎杀野兽的，黑彝官家的蛊毒是用来迷惑人心的。"

滚地龙愣怔了下，问："你是说，我中了黑爷的蛊？"

护卫队长趁机进言："龙爷，难道不是吗？自从黑爷入伙，您什么都听他的，每次都是他带领弟兄们下山打劫，您都快成梁山泊的晁天王了。"

滚地龙呵呵笑道："如此说来，难道他是宋江不成？我跟你说，我之所以不下山，不是喝了他的顺心蛊，而是害怕遇见我的苗子干爹禄永真，他的弓弩毒箭比手枪还快。他曾经做过苗王，听说会一套水箐苗乡最绝的刀法，专克地龙滚荆。要是真撞见他，我打又打不过，跑又跑不脱，你说怎么办？光凭你们五人的武功枪法，真能保护我吗？"

护卫队长深知，滚地龙之所以要选拔五名贴身护卫，无非是壮壮声威，配几个鞍前马后服侍他的小老幺而已，这五个护卫加起来也不是他的对手，连他都打不过、跑不脱，配这几个护卫又有何用？此刻听他如此一说，不由得好奇地问："水箐苗乡还有比地龙滚荆更厉害的武功？"

"我跟你讲，阴阳五行相克相生，没啥子东西绝对厉害。比如说，燕双飞就比地龙滚荆厉害，但是不适用，属于杂技表演，而且还需男女搭配，男的是配角,女的是主角,厉害的可以叠五六层,一个个女孩子身轻如燕,吹着芦笙嗖嗖嗖地往上飞,就像传说中的轻功一样。不过,那还不是最厉害的,最厉害的是一男一女,双剑合璧。如果男女二人配合默契,把芦笙换成砍刀,也能克制地龙滚荆。但这个不用担心,他们很难练到这种境界。"

"如此说来,龙爷唯一忌惮的,就是月牙寨老了?"

"还有现任苗王张恒宣。地龙滚荆是水箐苗乡的看家本领,很多人都会,所以克制地龙滚荆的奇诡刀法,一般只传苗王,而且是由老苗王传给新苗王。这就像丐帮最厉害的功夫打狗棒法一样,如果每个长老都会,就会发生内讧,甚至无法收场。"

护卫队长道:"龙爷,我懂了,学会那套刀法,就能克制地龙滚荆,就是水箐苗王,可以号令整个苗乡。"

滚地龙得意地说:"所以,只要干掉坡戛的老苗禄永真,然后再干掉现任苗王张恒宣,哈哈哈,我就可以横扫乌蒙,独霸水西,带领弟兄们离开油黑大洞,扯旗招兵买马,也弄个团长甚至旅长来当当,把水西八部全部踩在脚下!到时候,你王桥关想要营长我就给营长,想要连长我就给连长,想当区长老子都给你。哈哈哈——"

滚地龙的笑声在山谷中久久回荡,护卫队长王桥关也跟着仰天大笑,因为他坚信不久的将来,水西八县都是他们的天下。

第六章　出师未捷

禄寨老带着熊彬和祝林，用弯刀砍开毛狗小路，艰难前行。树上的山蚂蟥纷纷往他们身上掉，他们抖落山蚂蟥，继续往前走；野猪毒蛇遇见他们，纷纷躲避让路。

走了三四里，禄寨老说："停下，再往前走，就是白彝娃子的禁地了，毒蛇野兽不怕，机关陷阱难防，咱们还是进洞吧。"

禄寨老观察了半天，用手一指，熊彬用弯刀砍开藤蔓荆棘，果然有个一人多高的洞口。三人点燃火把，钻进洞内。山洞曲曲弯弯，一会儿狭窄，一会儿宽敞；一会儿是陡坡，一会儿又是暗河。三人利用随身携带的绳索、弯刀、羊皮筏等，攀越悬崖，渡过暗河，走了七八里，来到一条非常狭窄的峡谷中。沿着峡谷走了一二里，翻过两道悬崖，又进入一个穿洞。穿洞不是很长，几分钟就走完了。走出穿洞，又是一道三丈多宽、百余丈深的峡谷拦在眼前。两旁均是滑不溜秋、高不可攀的悬崖峭壁，古人搭建的那座独木桥早已腐朽断掉。山风呼啸，云雾缭绕，面前只有两个选择，要么回头，要么过去。

已经走了那么远的路，经历了那么多艰难险阻，回头，谁也不甘。禄寨老观察了一会儿，站在悬崖边，将绳子绑在飞爪上，呼呼呼，飞爪在头顶上盘旋几圈，突然朝对岸的一棵大树飞去。

咚！飞爪深深地嵌入树干，禄寨老使劲拽了几下，将绳子绑在身后凸起的崖石上，开路先锋熊彬搓了几下长着厚茧的手掌，从口袋里掏出半截专用皮带，率先吊上绳子，嗖地滑了过去。熊彬把飞爪拔下来，将绳子重新绑在树干上，拍了两下手掌，禄寨老试了试，确认牢固后，也吊着绳子轻松滑过。

三人过了峡谷，吃了几块干粮，喝了几口冷水，将那根绳子留下，继续砍开道路往前走。翻过一道山垭，走在最前面的熊彬眼睛陡然一亮，前面看见一座小桥，几户人家。篱笆围成的院子里，还有五六只山鸡、两三个孩童、一只小狗，正在嬉闹玩耍。禄寨老看到的却不一样，只见几十米外，出现一座宫殿式建筑，青瓦重檐，气象恢宏，还隐隐地传来梵音佛曲。祝林看到的是一条弯弯小河，河边有一群年轻姑娘，一边浆洗衣服，一边嘻嘻哈哈地说笑，靓音袅袅，风情万种。

祝林有点迷糊了，朝着她们大声问道："喂，小妹，去油黑大洞的路怎么走？"

他这一喊，才把禄寨老和熊彬惊醒过来，不由得吓出一身冷汗。原来眼前又是一道百丈悬崖，他们正站在悬崖边上，再上前两步，必定会粉身碎骨。

一位姑娘目送秋波，柔情款款地说："哥哥，蹚过河，再往前走就是了。"

祝林满心欢喜，正要往前奔去，禄寨老连忙一把将他抓住。祝林清醒过来，差点被眼前的景象吓傻。倏忽之间，刚才的幻象又产生了，小河流水叮咚，姑娘千娇百媚。禄寨老见祝林又陷入幻境，连忙叫熊彬将他按住，然后腾出手来，从随身携带的皮匣里掏出几粒药丸，三人分吃下去，眼前重新出现小路痕迹。

熊彬放开祝林，挥起弯刀，拼命地砍路。这次他施展出地龙滚荆，就像一条黑色大蟒，在荆棘丛中翻滚。祝林彻底清醒过来，连忙举起弯刀，扯开把式，预防不测。

道路砍开，三人继续前行。祝林不解地问："寨老，咱们起身时已经喝了解蛊药，据说能管三天三夜，怎么还会中蛊？"

禄寨老解释说："只能说这个放蛊之人，本领非常高强，已经远远超过了安庄主。还好我有他高祖父亲手所制的解蛊药，不然咱们已经没命了。这药只能管两个时辰，咱们要尽快脱离险境。"

熊彬和祝林心有余悸，再无言语。又走了十几分钟，前方出现一条叮叮咚咚的山泉，泉水异常清冽，祝林紧张地问："寨老，这又是蛊阵吗？"

禄寨老长长地吁了口气，说："终于走出燕子大箐了，沿着这条小溪再走二三里，就是油黑大洞的洞底。七十多年前，为防官兵偷袭，陶大帅派人将洞底堵了起来，先父就是堵洞之人。走吧，越早越好，不除掉滚地龙和茄儿腿腿，我将愧对列祖列宗。"

滚地龙带着二十二名精壮土匪，返回油黑大洞后直奔洞底，整整埋伏了个把小时，才听到下面传来敲击石壁的声音。

黑暗中，滚地龙传令："各位注意，待会儿我枪一响，大家就跟着开火，不要心疼子弹。"

众人答应，静心等候。

当年禄寨老的父亲在封堵洞底时，曾经埋下几百斤炸药，用来做最后一搏。就在洞底即将挖穿时，禄寨老用命令的口气说："你们两个赶紧出洞，沿原路返回，不管听到什么，都不许回头。"

熊彬和祝林一脸茫然地问："为啥子？"

禄寨老语气坚决地说："这是消灭滚地龙的最好机会，你们赶紧走！"

熊彬带着哭腔道："不！起身时我们是当着全寨人发过誓的，一定要保您平安回去！"

祝林同样一脸悲壮："我已跟父母家人交代，如果危险来袭，一定要用生命保护您的安全，所以，我也不会回去！"

禄寨老拔出月牙弯刀，大声命令："你们必须赶紧走，时间已经不多了，再拖就回不去了。你们还年轻，我已经够本了。走！赶紧走！"

月牙弯刀，象征着苗王之命，苗乡之人，不得有违。熊彬和祝林，只得跪下，朝寨老磕了三个响头，然后含泪退出。

洞底响声越来越大，土匪们睁大眼睛，紧张地盯着前方。突然，轰隆一声巨响，洞内浓烟滚滚，石屑纷飞，滚地龙带来的二十余名土匪，当场被炸死一半，余下的全都身负重伤，奄奄一息。

响声过后，洞底很快就被掏开，禄寨老舞着弯刀，闪身跳了进来。洞里黑乎乎的，伸手不见五指，数名重伤土匪还在微弱地呻吟，禄寨老只得背靠岩壁站定，将刀挡在胸前。

滚地龙推开死人，举枪瞄准。由于在洞里待了很长时间，滚地龙早已熟悉洞底的地形和光线，禄寨老看不见他，他却看得见禄寨老，虽然不是很清楚，但那身形，那弯刀，不是老苗王禄永真是谁？

禄寨老一动不动，滚地龙却哈哈笑道："死老头，你倒是很会算计嘛，只是没想到我滚地龙的确不是好惹的，连阎王爷都要敬畏三分，每次走到鬼门关都会放回来。"

禄寨老也哈哈一笑，中气十足地说："你这个十恶不赦的匪徒，我只恨没把你炸死！"

滚地龙扬扬得意地说："估计你做梦也没有想到吧，吃猪匠是我派往苗寨的奸细，你要从洞底偷袭的信息，就是他传递给我的。"

禄寨老道："怪不得一个驼子会逃进黑洋大箐，并成功将我们集体蒙蔽。"

滚地龙哈哈一笑，说："你以为吃猪匠是个歹人？我告诉你，他真名叫彭一顺，是黑二奶奶的远房表哥，年轻时是乌蒙山中的顶级棒客，曾经在顺城赤手空拳打败三名日本武士，接着与一名柔道九段高手展开生死对决，对方死于非命，他亦重伤致残，成为驼背，武功基本被废。吆猪匠一直暗恋黑二奶奶，我将要杀死黑二奶奶作为威胁，他自然就答应了。至于那个小女孩嘛，茄儿腿腿为了报复程小杵和黑二奶奶，希望我们把她抢走后卖到妓院，但我见她长得实在太可爱，舍不得卖，觉得另有妙用，就让吆猪匠带进黑洋大箐，'巧遇'熊寨主。她的可爱果然打动了你们，让吆猪匠成功待在苗寨，为我通风报信，传递消息。"

禄寨老仰天笑道："哈哈哈，真是人算不如天算，既然连阎王爷都在关照你，要杀要剐，随便你吧。"

滚地龙道："禄永真，不是我无情，而是你这个干爹太不够意思，枉我送了那么多钱财孝敬你，你一直把好心当成驴肝肺，认定我是坏人。我的今天，都是你这个伪君子一步步逼出来的。所以，不杀你我就永远不得安宁；不杀你我就无法在乌蒙山中出人头地；不杀你我就无法干出一番惊天动地的大事来。"

突然，禄寨老鬼魅般地出现在滚地龙面前，刀光一闪，滚地龙的脑袋就掉在了地上。几乎是在同一瞬间，砰的一声枪响，禄寨老胸部中弹，血流如注。

叮当声响，弯刀落地，禄寨老一手捂着胸口，一手指着对面："滚地龙，你——你——"

滚地龙阴恻恻地说："死老头儿，我才是真正的滚地龙，刚才你用从安昌昀那里学会的彝家蛊术迷惑的，只不过是我的替身。现在告诉你还来得及，其实我早就不相信吆猪匠了，接到你要从洞底偷袭的消息，我就知道你们一定商量好了对付我的计策，于是我将计就计，将你铲除。哈哈哈，现在只要杀了张恒宣，世上再也没人能够克制地龙滚荆，再也没人是我的对手了。"

滚地龙说完，禄寨老靠着石壁，软软地坐下，睁着眼睛咽下最后一口气。一世英雄，死于宵小之手。

茄儿腿腿正和劫掳而来的女人寻欢作乐，突然一声巨响从洞底传来，连忙放下怀中美女，胡乱套上衣衫，带着一队人马往洞底跑去，赶到洞底时滚地龙正举着手枪，一枪一个地将身受重伤的土匪全部毙掉。

茄儿腿腿心内悚然，颤声问道："龙爷，这是怎么回事？"

滚地龙淡淡地说："把洞底重新封死，把他们全都抬出去埋掉，然后通知各大小队长开会，准备攻打坡戛苗寨。"

第六章 出师未捷

黄昏时分,熊彬和祝林一脸悲伤地回到坡戛。熊寨主集合护寨队员说:"这次寨老刺杀滚地龙,无论成功与否,油黑大洞都会前来报复,所以从现在开始,大家必须提高警惕,磨亮刀枪,严阵以待。"

动员结束,熊寨主立即分派任务,一半人马由熊彬和祝林指挥,负责守护寨子;一半人马由他和祝明芳带领,前往半路设伏。分派完毕,寨门大开,熊寨主和祝明芳带着一百多名护寨队员,扛着标标杆杆,背着弓弩利箭,到半路埋伏去了。

果然当晚下半夜,由茄儿腿腿带队,二十余名土匪悄无声息地骑马下山。不过他们不是去报复苗寨,而是要去木城县抢劫。那里有一家姓汪的土目,据说富得流油,银圆多得要命,他们早就想去捞一票了。可惜还未拐上去木城的大路,就进入坡戛苗寨的埋伏圈。嗖嗖嗖,熊寨主一声令下,护寨队员们就开始射箭。一时箭如雨下,马灯滚落一地,反应稍慢的土匪纷纷中箭,倒下十五六人。人叫马嘶中,茄儿腿腿无心恋战,组织土匪还击了一阵,见无人追来,便撤了回去。还好苗人未用毒箭,土匪们只是受伤,没有死人。

此后一连十几天,油黑大洞都没人出山;又再过了十几天,还是没人出山。坡戛苗寨又恢复正常,祝明芳专心致志地履行武术总教练的职责,一丝不苟地向孩子们传授武艺,同时单独将祝兴贵和小恬恬叫到一起,教他们练习燕双飞。

苗寨立有规矩,习武的目的是强身健体、保卫家园,严格禁止争强斗狠、加入匪盗团伙与黑恶组织,因此除了抵御强敌,所有绝技都只能以芦笙舞的形式来表演;一旦有外敌入侵,才将芦笙换成武器,但习惯形成自然,没有芦笙伴奏,往往效果不佳。

一个多月过去,一直不见土匪前来报复,苗寨逐渐放松警惕。突然有一天,寨子中间最高的那幢木楼上,响起了沉闷的钟声。全寨闻声而动,护寨队员们紧急集合,未编入护寨队的男人也都提着梭镖砍刀,前来听从调遣。

熊寨主刚刚部署完毕,滚地龙就骑着高头大马,带着几十名全副武装的土匪气势汹汹地杀上门来了,站在距离寨门百余米远的地方喊话:"熊刚你听着,禄永真已经死了,我与坡戛再无瓜葛恩怨,因此我们无须征战,只要你们乖乖交出吆猪匠就行。"

熊寨主挺立墙头,大声回话:"禄寨老是我们的尊长,更是曾经的苗王,他的仇必须要报。吆猪匠是我们的朋友,更是行大义的英雄,他的安全我们也要保障。"

滚地龙怒道:"那你们会付出惨痛代价,而且永远达不到目的。"

滚地龙马刀一挥，三十匹快马如离弦之箭一般朝苗寨狂奔而来，护寨队员还未来得及放箭，他们就已经冲到近前，放了一排枪，二十余名弓箭手应声倒下。

滚地龙再次喊话："熊寨主，我没有说谎吧，你们根本就不堪一击，你们那些弓箭对付野兽还行，在我们骑手加枪手的面前，简直就是木耳炒瘦肉——小菜一碟。这次我已经手下留情，只伤人，不要命。熊寨主，你不是曾经抱怨嘴皮太长吗？既然来了，我就帮你修修吧。"

滚地龙插回手枪，取下马枪，砰的一声枪响，几十米外的寨墙上，熊寨主捂着嘴巴，鲜血直流。苗寨墙头，所有人都蒙了，他们不但见识到了现代武器的厉害，同时也被滚地龙的枪法所震慑，谁也不敢轻举妄动。

空气仿佛凝固，气氛异常诡谲，突然有人大喊："滚地龙，你不是要找我吗？你们退后百步，并且答应撤兵，永不侵犯苗寨，我就出来由你处置。"

"哈哈哈！"滚地龙仰天大笑，应声答道，"好，彭一顺，我答应你，只要我滚地龙还在油黑大洞当老大，就不再侵犯坡戛苗寨。"

滚地龙把手一挥，土匪们依次勒转马头，向后退出一百余步。苗寨墙头，熊寨主正在包扎处理枪伤，祝明芳接替他指挥。吆猪匠正要往下跳，祝明芳连忙将他拦住："彭兄，你不能去。"

吆猪匠慨然道："你没看见他们是冲我来的吗？我不出去他们就会强攻寨子，那要死多少人？兄弟，小恬恬就交给你了。我原本就是个废人，用一个废人换取一个村庄的安全，值！"

吆猪匠说完，纵身一跃，跳下寨墙，弓着腰杆，脑袋一拱一拱地向滚地龙走去。看着他一步步远去的佝偻的身影，护寨队员们无不眼含热泪，有的甚至失声痛哭。

滚地龙举枪，瞄准。护寨队员们不忍再看，全都闭上眼睛，寨墙之上，一片悲泣。

听说土匪来了，坡戛苗寨十六岁以上的男丁全都拿着武器，准备迎敌，老弱病残妇和十六岁以下的孩童，则在祝雯的统一指挥下，躲进寨子后面的山洞里。

这个山洞，洞厅有十七八丈宽，四五十丈长，挤满的话，可以容纳两三千人。奇妙之处在于，洞厅后面还有无数个岔洞，形成地下迷宫，万一有敌人强攻进来，还可以躲进岔洞，保存自己，消灭敌人。如果敌人实在过于凶猛，洞中还有三条密道，分别通往寨外。

吆猪匠作为残疾之人，也应该跟着进来才对，可是小恬恬找了几圈，还是看不见他的身影，于是慌了起来，大声呼唤："爹爹！爹爹！"

小恬恬急得哭了起来，边哭边朝洞外跑去。祝雯连忙将她拦住，耐心地劝说："妹妹，外面在打仗，非常危险，不能出去。"

小恬恬哭道："祝雯姐姐，我要去找爹爹，我要去找爹爹，我不能没有爹爹。"

祝兴贵跟上来说："姐姐，让我跟她出去吧，找到吆猪匠叔叔，我们立刻返回。"

祝雯只好答应道："好吧，但你们不许上寨墙，也不许出寨门。"

他俩答应一声，就手拉手跑了出去。他们找遍整个村庄，都没看见吆猪匠的身影，只好爬上寨墙去找，刚好看见吆猪匠跳下寨墙，朝土匪走去。

"爹爹！爹爹！"小恬恬大声哭喊着，朝着吆猪匠跳墙的地方跑去，祝兴贵则紧紧跟在她后面。

砰！砰砰！

滚地龙连开三枪，吆猪匠扑倒在地。小恬恬大声哭喊："不要杀我爹爹！"随即翻身往外跳。祝兴贵来不及阻拦，跟着要跳，被熊彬一把拽住。

滚地龙看见小恬恬，大声笑道："太好了，真是太好了，小丫头，老子以为你早就死了呢，原来是被吆猪匠骗了。既然出来了，那就跟我乖乖回去，养大做我的压寨夫人吧！老子玩了百十个女人，还从未见过这么清秀的！"

滚地龙说完，拍马迎面走来。护寨队员们齐声高喊："滚地龙，你不讲规矩！"

滚地龙边走边说："这个小女孩，原本是我五年前抢来的，今天必须要带回去，否则这辈子就是白活了。"

祝明芳大声怒吼："滚地龙，你真无耻，再上前一步我就放箭了！弟兄们，换毒箭！"

护寨队员们立即换上毒箭，一齐瞄准滚地龙。

滚地龙勒马止步，哈哈大笑："祝明芳，你真他妈愚蠢，弓箭的射程，难道会超过马枪？"说完手一挥，一队土匪打马上前，在弓箭射程之外站住，举枪瞄准寨墙。

小恬恬勉强站了起来，一边哭着喊爹爹，一边跛着脚向前走去。春暖花开，阳光灿烂，她身上的七彩衣裙迎风招展，就像一道亮丽的彩虹，或一簇盛开的杜鹃，但更像一只受伤的蝴蝶，正艰难地扇动翅膀，缓缓地向前飞去。

见小恬恬已经受伤，滚地龙大声怒吼："老子得不到的东西，你们也休想得到。"

滚地龙举枪瞄准哭喊着一瘸一拐地走向吆猪匠的小恬恬。熊彬一把推开祝兴贵，翻身跳下寨墙，大声喊道："滚地龙，你放了她，我来任你处置！"人与话音，几乎同时落地，连续几个翻滚，挡在小恬恬面前。

砰！滚地龙开了一枪，熊彬摇摇晃晃地倒下了。

祝林跳下寨墙，奔上前挡在小恬恬面前。

砰！滚地龙又开了一枪，祝林也摇晃着倒下了。

寨墙上，人们纷纷跳下寨墙，挡在小恬恬面前。

滚地龙已经连续枪杀了七个人，祝明芳高举砍刀，大声吼道："弟兄们，咱们跟他拼了，全体准备，地龙滚荆！"

祝明芳话音未落，突然枪声大作，土匪纷纷落马。

滚地龙惊慌失措，连忙下令："撤！赶紧给老子撤！"

土匪仓皇而逃，苗民们跳下寨墙，呼喊着向吆猪匠、小恬恬及中弹倒下的乡亲们奔去。

两三百名全副武装的士兵蜂拥而来，为首的军官骑着高头大马，走在队伍前面，大声喊道："苗族弟兄们，大家不要惊慌，我们是来保护你们的！"

熊寨主嘴唇受伤，不能张口说话。祝明芳迎上前去，作揖道谢。

为首的军官说："我们是孟旅长的手下，我姓马，新一团三营营长。"

祝明芳激动地问："长官，您说的孟旅长，是不是林城城防司令孟马刀？"

马营长哈哈一笑，说："老哥，你猜对了，不过现在他已经不是城防司令了，而是旅长，统辖三个团，本次奉命带领新一团，来水西地区剿匪清乡，我们三营刚好路过这里。"

祝明芳再次致谢："非常感谢马长官，要不是你们来得及时，我们今天不知还要死多少人呢。"

马营长调头问身后的副官："刚才击毙了多少土匪？"

副官回答："打死九人，打伤六人，抓到两人。"

马营长吩咐："把土匪押过来！"

几名士兵将两个受伤的土匪押了过来，马营长问："你们是哪股土匪？"

一名土匪哆哆嗦嗦地答:"我们是……是……油黑大洞的。"

马营长笑道:"什么油黑大洞,难道你们只会吃柴火烤肉?呵呵,土匪穿制服,也算是乌蒙山中一怪,只是那身黑皮不伦不类的,怎么看都觉得恶心。我们官兵历来最讲规矩,坦白得关①,抗拒得完,我再问你一句话,必须老实回答,否则后果非常严重,轻则枪毙,重则割肉。你们两个,有没有奸淫过良家女子?"

土匪听说坦白得"官",抗拒得"玩",又听说如果不说实话,轻则枪毙,重则割肉,心想这位马长官还真好玩,应该会说话算话,于是老实回答:"有,不过只有五次,这在我们油黑大洞里根本算不了什么,我都不好意思说出去。"

马营长道:"莫说五次,一次也不行。"说完抬手一枪,把那个受伤土匪毙于马前。

另一个土匪连忙跪下求饶:"长官,你不能开枪,我们已经投降了!"

马营长冷冷地问:"谁说的?为啥子投降了就不能开枪?"

土匪道:"我们老大,也就是龙爷和黑爷,他们都经常这样说,官兵是不杀俘虏的,还发银圆放回家。"

马营长哈哈笑道:"他们说得对,我们孟旅长的确是这样规定的,不过那是在战场上,是两军对垒,是军人之间的公平协定。可你们是军人吗?你们是土匪!是无恶不作、十恶不赦的土匪!要是孟旅长在场的话,一定会挖你的眼睛,割你的舌头,挑你的脚筋,砍你的脑袋!本营长就给你来个痛快的吧,好歹留个全尸。你别害怕,我们还是讲究仁义道德的,一定不会让你抛尸荒山喂野狗。"

说完,抬手又是一枪,土匪当即毙命。

为防土匪反扑,马营长命令部队在坡戛苗寨驻扎,并让军医给熊寨主及其他受伤的苗民治伤。吆猪匠仗义捐躯,坡戛苗寨为他举行了隆重的葬礼,马营长亲自参加。

小恬恬无法接受残酷现实,跪在吆猪匠与熊彬、祝林等人的灵前哭晕过去。葬礼结束后,祝明芳宣布将她收为义女,并举行了收养仪式。同一天,水箐苗王张恒宣宣布,未经他本人和武术总教练祝明芳同意,任何人不能将外人带入苗寨,更不能在外人面前表演地龙滚荆,以防被歹人偷学,危害百姓。

---

① 此为乌蒙山俗语。

几天之后,熊寨主的嘴唇开始愈合,但上嘴唇的缺口无法修补,成了个"兔子嘴",人们见到,既觉得好笑,但又不敢笑,同时更加仇恨滚地龙和油黑大洞的土匪。

几天相处下来,祝明芳见这队官兵军纪严明,秋毫不犯,跟以前见到的有点不像,心下有些怀疑,于是找到马营长,试探性地问:"马长官,我看你们不像是孟马刀的部下。"

马营长的脸色微微一变,随即恢复正常:"何以见得?"

祝明芳道:"我从来没有见过你们这么好的官兵,那些我以前见过的官兵,走到哪里就吃到哪里,嫖到哪里,赌到哪里。尽管孟将军治军严格,也同样有人浑水摸鱼,可你们不一样,你们不吃老百姓的饭菜,不下老百姓的门板,不睡老百姓的床铺,不进老百姓的屋门,甚至不抽烟、不喝酒、不打牌、不赌博。你们只睡墙根下、屋檐脚、祠堂里。你们买卖公平,说话和气;你们官兵一致,谁也没有特殊享受。"

马营长一脸严肃地说:"你说对了,我们真不是官兵。"

"那贵部是——"

"我们是红军游击队,化装成官兵,以清乡剿匪为名,奉命迎接大部队到来。噢,我们队长姓熊,名叫熊朴。"

"对不起,我们固守苗寨,孤陋寡闻,从未听说过。"

马营长耐心解释:"我们因反对军阀混战,在乌蒙山中苦苦追寻了五六年,才找到正途,接受共产党的领导,成为红军游击队。"

祝明芳又问:"贵部一共有多少人马?"

马营长道:"八百余人,九百条枪。"

祝明芳恍然大悟:"噢,我想起来了,听说你们主要驻扎在黄鹤坝后面的杉木箐,官兵几次前来围剿,都损兵折将,铩羽而回。"

马营长哈哈笑道:"你又说对了,祝兄。其实我们熊队长跟你一样,都是苗家人,都是穷苦人出身。"

祝明芳笑道:"马长官,恕我直言,您——也并非姓马。"

马营长又是哈哈一笑,当下承认:"我是在马帮长大的,喜欢马,所以就暂时姓马了,真实姓名叫华永前,中华的华,永远向前的永前。部队已经集合完毕,我们马上又要开拔了,谢谢贵寨几天以来的热情款待,我们将永远铭记于心。"

"马营长"说罢,跃上"副官"牵来的战马,带领部队,离寨而去。熊寨主闻讯，亲自赶来送别，一直送出两三里。全寨老幼纷纷提着煮熟的鸡蛋、烙好的荞粑、崭新的麻鞋等，前来和战士们话别，拼命把东西往他们的怀里塞。

看着如此和谐的场面，祝明芳喃喃自语："得民心者得天下，这江山迟早是共产党的。"

华永前走后，熊寨主问祝明芳："这个'马营长'，怎么不带部队去剿灭滚地龙？"

祝明芳叹道："谈何容易呀，滚地龙武艺高强，枪法奇绝，又精通地龙滚荆，号称乌蒙山中无敌手，水西八县一豪雄。如今，这厮又招揽了一两百名杀人越货的亡命徒，倚仗油黑大洞的凶险地形，构筑了坚固的防御工事，还养了几十匹高头大马，武器装备又好，来如闪电去如狂风，没有攻坚武器和足够的兵力，简直拿他没办法。"

熊寨主点头称是："那帮土匪的武器的确比'马营长'他们的还好，在这里占着天时地利人和还有胜算，如果真要去攻打油黑大洞，我看再多几倍兵力也打不下来。哎，要是在他成气候之前下手就好了，可是当初谁也没想到他会变成这个样子，等咱们反应过来，他已经占洞为王、称霸一方了，特别是茄儿腿腿的加入，更是让他如虎添翼。如今他手下的匪徒，大部分学会了地龙滚荆。难道，就没人能制住他了吗？"

祝明芳道："我曾经和安庄主探讨过，不是没有办法，而是要等待时机。现在国共两党针锋相对，东洋鬼子又占我河山，世道很不太平。有朝一日国家大局稳定，政府腾出手来对付土匪恶霸，咱们便积极配合，先打垮他的队伍，再逼他出来单挑，然后以寨老秘传的绝技，一举将他擒获。"

熊寨主一脸黯然地说："这个恶魔存在一天，咱们苗乡就得提心吊胆一天。作为寨主，我真不想让大家过这种担惊受怕的日子。"

"逼他出来的办法倒是有一个，只是不到万一，不能使用。"

"什么办法？"

"火攻。"

熊寨主大吃一惊："你是说，放火烧山？"

"是的，只要从四面放火，再施以驱赶和围堵毒蛇猛兽的毒药，就算躲到洞底也没用，大火一起，方圆十几里的毒蛇野兽都会逃往洞里，有多少土匪都抵挡不住。"

熊寨主摇头说："不行，这招太损了。禄寨老生前就曾想过火攻，但最后还是放弃了，因为那样一来，会使万千生灵葬身火海和毒气，咱们的罪过太大了，一定会下地狱的。"

祝明芳道："不用火攻，就没有别的办法了，只有慢慢地熬，慢慢地等，等'马营长'他们赶走小鬼子，打败国民党，然后再来剿匪清乡。"

熊寨主："咱们可以去请一个人。"

祝明芳："谁？"

"黔军旅长孟马刀。"

"怎么请？咱们与他素不相识，更无人引荐。"

熊寨主微微一笑："我想你也应该知道了，刚才带队离开的那个'马营长'，其实并非官兵，更不是孟马刀的部下，他们只是穿了官兵的衣服而已。"

祝明芳与马营长交谈时，熊寨主并不在场，于是惊奇地问："老熊，你怎么知道？"

"前些日子我去瓢井办事，夜宿枪杆岩。就在那天，一支红军队伍从枪杆岩突围，在附近苗寨驻扎了一夜，然后从西四区进入水箐乡，经米落仲过神仙坡往木城方向去了。听说他们在枪杆岩下面的猫场，遭到国民党的部队围攻，伤亡非常惨重，危急关头，就是这个'马营长'带队前来解围。当天晚上，我也加入了抢救伤员和掩埋阵亡将士的队伍，并见到了'马营长'，只是没想到他竟然还留在乌蒙山中，没有跟随大部队行动。"

"噢，我明白了，后续还会有红军部队到来，由他们负责接应和掩护，为了隐蔽身份，只好穿着官兵服装，假装清乡剿匪，实则是有重要任务。"

"望靠'马营长'去说服孟马刀是不可能的，因为他们原本就不属于同一阵营，但有一个人可以去请孟马刀，而且只要他去，孟马刀就会出兵进剿滚地龙。"

"谁？谁有这么大的面子？"

"黑家庄黑家大院的少公子——程方明。"

"他？一个十五六岁的小屁孩，孟马刀会答应？"

"听说孟旅长特别喜欢孝子，而据我了解，程方明就是个十足的孝子，为报父母大仇，不但勤练武功，还多次上山剿匪，只可惜每次都铩羽而归。但他矢志不渝，屡败屡战，要不是安庄主派人暗中救应，早就死在油黑大洞了。"

祝明芳叹了口气，幽幽地说："关于黑家庄，咱们只和安庄主有交情，对于黑家大院，素来缺乏联系，特别是茄儿腿腿上山为匪后，更是断绝往来，这关键时刻，如何才能说动他？"

熊寨主胸有成竹地说:"这个不用担心,我已经派熊飞去了,只要告诉他孟马刀是个疾恶如仇、正直无私的好官,而且兵多将广、武器先进,一定能帮他报仇雪恨,他肯定会立马去找。以这愣头小子的执拗劲,不到黄河心不死,九头牛也拽不回。"

"好吧,那咱们就静候佳音,到时如果需要协助,就集合全寨人马,准备好弓弩毒箭,全力出击,背水一战,不将滚地龙干掉,咱们苗家就永远不得安宁。"

"联络的事我在负责,准备打仗的事你去操办,咱俩分头行动。"

第七章　蒙川公主

提起熊朴，西部五区无人不知。这位曾经在周军长部下当过特务营长的苗族汉子，七年前带兵开了西五区首富陈观久建在蒙川镇上的粮仓，救济广大饥民。听说了熊朴的壮举后，蒙举人亲自前往蒙川街上，向正在主持放粮的熊朴送去匾牌，称赞他不畏强权，救济百姓。

蒙举人亲自前来送匾，熊朴激动不已，连忙放下米袋，立正敬礼。这两人一个年近五旬、气质儒雅，一个正当壮年、威猛剽悍，凑在一起正好相映成趣。

陈观久的长女陈婉如嫁给周军长做九姨太，陈观久告到省城，熊朴随即被解职关押，直到周军长在黄果树争夺战中被滇军打死，才重获自由。出狱后，熊朴收拢旧部，拖枪回到乌蒙山区，"迎娶"了陈观久的小女儿陈小婉。

重返蒙川的那天，熊朴卸下武装，一脸虔诚地跪在蒙川书院门口，他手下的三百多名士兵，也全都放下钢枪，垂手肃立。蒙举人身穿青布长衫，缓缓地走出书院大门。熊朴高喊："蒙先生，熊某穷途末路，报国无门，特来请您指点迷津。"

蒙举人先将熊朴扶了起来，然后让士兵们背好钢枪，缓缓地说："要在蒙川地区落脚并不难。一、不许叨扰古定县境及周边各县乡镇。二、不许侵犯普通民众与开明士绅。三、不许破坏生产与工商秩序。只要能够遵守以上三条，没人会来为难你们。"

以上三条意见熊朴全部接受，并当场要求部下严格遵守，如有违反，轻者责打二十军棍并撵出队伍，重者当场枪毙绝不饶恕。熊部三百余人高呼口号，宣誓严守纪律，如有违反，甘受处罚，蒙举人才指着十几里外莽莽苍苍的大山说："杉木箐方圆数十里，山高路陡，林深草茂，可进可退，易守难攻，近百年来一直是我蒙家的领地，随便可以屯驻两三千人。你们先栖居此山，养精蓄锐，然后等待时机，出山报国。"

熊朴再次拜谢，然后带领人马，开往杉木箐去了。整整五年，熊朴一直遵守当初的誓言，从未在古定及周边数县做出越轨之事，就算在其他地方，也只是打击民愤极大的贪官污吏、土豪劣绅与恶霸地主，不但没人将他们称为土匪，反而有了豪杰侠士之谓。官兵几次前来进剿，都只是做做样子，空放几枪，交差了事。

这几年油黑大洞的滚地龙和茄儿腿腿无恶不作，猖狂至极。有人曾去杉木箐请求熊朴出兵剿匪，但熊朴回话说，剿匪是官兵的事，他们与土匪井水不犯河水。人们又去求蒙举人，蒙举人沉吟半晌才说，熊朴是绿林队伍，不听调动，只能随他所愿。

蒙举人都这样说了，大家也不去争辩，想想还真是这个理：人家一不骚扰地方，二不接受粮饷，凭什么要去帮你卖命打仗？有人想通了，赶紧联络一批乡绅豪强，筹集银圆粮食及猪羊牛马，在西二区区长路明轩的带领下，从竹箩庄上杉木箐，请求熊朴出兵剿匪。

熊朴不便出面，叫手下一位连长回话说："剿匪是官兵和地方保安团队的事，我们已经不再是官兵，就不抢他们的功劳了。无功不受禄，请把粮饷带回吧。"

路区长感觉很没面子，但也不便发作，只好带领大伙怏怏下山。下山之后，路区长把自家护路队和全区的地主武装集合起来，统一操练了几天，三百余人浩浩荡荡地杀奔油黑大洞。可他们气势汹汹，却不堪一击，一场火线打下来，半根匪毛都没捞到，反而白白牺牲了十几名弟兄。

在古定西部五个区中，西二区地盘最大，人口最多，路明轩雄心勃勃，心想一旦蒙川建县，就算当不成县长，当个商会会长或副县长也是蛮有把握的，谁知他的队伍在油黑大洞被打得落花流水，搞得名声扫地。路家兵败回来不久，茄儿腿腿夜袭蒙川镇，促使蒙川商会和蒙川保警队提前成立。因有败绩在前，路明轩只能屈居副会长。蒙川保警队由蒙川商会提供后勤保障，队长的肥缺只能由会长指定，如此一来，路区长更加心灰意冷，同时又有些不服，于是四处煽风点火，联合另外两个区长和各路土豪乡绅，纷纷来到蒙川书院，请求蒙举人督促林会长和保警队尽快出兵，全力剿匪。

林伯森在四面楚歌中，为了保住会长位子，不得不硬着头皮，要求每区各派五十人枪，配合蒙川保警队和林家护路队攻打油黑大洞。一场恶仗打下来，虽然击毙了两名土匪，但己方也伤亡二三十人。伤亡人员各区都有，为了收买人心，巩固地位，林伯森大包大揽，全盘抚恤，而且非常优厚。如此一来，各区区长及伤亡家属也都无话可说。

奇怪的是，在路明轩和林伯森大败而归的同时，油黑大洞还发生过好几次战斗，每次土匪都有伤亡，进攻者不但全身而退，而且毫发无损。人们纷纷猜测，这支队伍要么是杉木箐熊朴的，要么是黄鹤坝蒙家的，谁也没想到他们竟然是程方明和黑家庄护寨队。

随着红军与中央军先后入黔，王家烈被迫去职，第四行政公署与第四保安司令部又派人来到杉木箐，洽谈招安之事。这次官方说得情真意切，大意是红军主力部队虽已西去北上，但后续还有两三万人马，正朝乌蒙山扑来，大有圈地赤化之意，凡我第四行署辖下之军民，均有守土之责，恳请熊先生率队下山编练，并出任保安副司令兼保安第三团团长之职。

熊朴请教蒙举人，蒙举人说再等等吧，改编为地方部队只能防一城一地，上不能抵御外辱，下不能造福百姓。于是熊朴回复："招安可以，但我部只接受中央军改编，不接受地方政府管辖。"

招安之事再次告吹，行署专员兼保安司令马凌恼羞成怒，亲自率领两个保安团、三个保安大队和两个直属保警队，共三千余人，浩浩荡荡地来到蒙川镇上。县长高达泉带着蒙举人、林会长等地方名流列队欢迎，设宴款待。

席间，马凌问高达泉："堂堂六十万人之大县，为何大军到来，不见你们一兵一卒？"

高县长回道："我县偏居一隅，交通闭塞，经济落后，兵力有限，总共只有两个保警队，不到三百人，全都分散在全县区乡执行任务，未能及时收拢，恳请上峰见谅。"

马凌依旧不悦："我几次三番邀请你处熊朴下山，委以保安副司令兼保安三团团长之要职，将其所部与古定和蒙川保警队合编为保安第三团。若能如愿，又可多一劲旅，可熊朴这个狗东西，耀武扬威，倨傲至极，你们认为该如何处置？"

高县长做沉思状，林伯森假装听不懂，蒙举人说："天兵下凡，必定马到成功，打呗。"

马凌做出一副居高临下的样子，语气严肃地说："打，肯定是要打的。明天天黑以前，务必将古定两个保警队及全县所有民团集合起来，临时编成第四保安大队，高县长兼任大队长，蒙区长兼任副大队长，林会长负责后勤保障，由我统一指挥，对熊开战！"

这不是要古定人打古定人吗？高县长有些不满地说："熊朴虽然倨傲，但其部出自黔军正规部队，和一般土匪武装有着本质区别，从不叨扰乡民，也从未攻击政府。我建议还是先打油黑大洞吧，那窝土匪烧杀抢掠，无恶不作，民愤极大。"

马凌怒道："既然如此，你们保警队是干什么吃的？"

高县长悻悻地说："打过了，可惜我们装备太差，人员不足，而对方匪众悍勇，装备精良，凭借天险，普通民团与地方武装根本不是对手。"

马凌嘲笑："堂堂一县之长，上不能报效国家，下不能保境安民，要你何用？"

高县长连忙举杯赔笑敬酒："卑职无能，还望上峰海涵。我干杯，您请随意。"

马凌自恃酒量还行，一脸奸笑道："来，大家一起来，干了这杯团结酒，后天一举拿下杉木箐！大家听我命令，第四保安大队为第一梯队，从吊水岩进攻北大门；保安一团为第二梯队，从竹箩庄进攻西大门；保安二团为第三梯队，从张家湾进攻南大门；保安第一、第二大队为第四梯队，从花家坝进攻东大门。四路大军从四面夹攻，我看熊朴能够支撑多久。"

县长是省管官员，马凌无权任免，但毕竟官大一级，盛气凌人。马凌看着高县长，语气严厉地说："按照省政府和省保安处的要求，非常时期每个县必须组建一个保安团或保安大队，团长或大队长均由县长提名、保安司令部委任，一为防红防共，二为剿匪清乡，不能成立保安团或保安大队的，也要凑足五百人枪，成立临时保安大队，由县长兼任大队长，一有战事必须冲锋在前，贪生怕死者就地免职，贻误战机者撤职查办，吃里爬外者格杀勿论！"

宣布完毕，马凌似乎出了口恶气，将杯里的酒一饮而尽。众人跟着干杯，马凌又拿着酒杯说："我再补充一句，保安团也好，保安大队也罢，粮饷弹药，各自供给，行署和司令部只负责调配部分之必须枪支。至于到何处执行任务，所有经费粮饷，均由该地负责。本次到蒙川剿匪，高县长和林会长请抓紧动员各地主乡绅，分摊粮饷物资，不得怠慢。"

马凌话音刚落，在场诸君无不头大，特别是高达泉和林伯森，更加心烦意乱。

酒席散后，高达泉在西三区区公所召集西部五区区长、蒙川保警队及各家护路队和保商队队长召开紧急会议，统计人马。

蒙举人建议："保警队不能动，咱们几家民团加起来有四百多人，各自留十几人看家护院，还有三百多人，再从各村组建的护寨队抽调人马，凑足五百人枪应该不成问题。"

高县长说："别以为马专员姓马就马大糊涂，其实他精明得很，他知道熊朴部下几乎都是古定人，就让咱们打头阵。说是四面夹攻，其实他们只是夹而不攻，因为咱们是第一梯队嘛。"

林伯森叹道："唉，叫老子出钱出米，他却组织几千人前来观摩古定人打古定人。打仗就要死人，这种毫无意义的仗，打也不好，不打也不行。"

蒙举人说："打还是要打的，真打不行，咱们就来个假打吧。"

高县长问："怎么个假法？"

蒙举人说："叫他们连夜下山，只留少数人员假装和咱们对抗。战斗打响后，先行下山之人化装成油黑大洞的土匪从后面攻击咱们，咱们假装抵御不住，只好撤出战斗，然后他们两股合为一股，往油黑大洞方向转移。"

林伯森举起拇指赞道："高，真不愧是举人！这样一来，就会将马凌的三千大军引往油黑大洞，借机歼灭那股顽匪。"

高县长道："好吧，就这样定了，这就叫'引狼入室'，或叫'一石二鸟'，不管能不能成功，都可以让熊朴保存实力，咱们又免遭责罚。可是，派谁上山去和熊朴接洽？"

蒙举人说："还是由我来吧，我跟他比较熟。"

高县长道："好，就这样安排。大家赶紧分头行动，明天中午在此集结。"

散会后，蒙莹问蒙举人："爹，您要亲自上山？"

蒙举人捻须沉吟道："要不这样吧，你带两个精明伙伴，替爹跑一趟杉木箐。"

日正中天，化装成采药村姑的蒙莹带着两个帮手，背着箩筐，提着药锄悄悄进山了。进山之后，蒙莹对两名小伙伴说："人多进去不便，你们在此等我。"

两名伙伴遵命，蒙莹只身深入，刚到第一哨就被下了枪带往西门总哨。负责四门守卫的华永前刚好巡查到此，立马喝住两名负责押送的士兵："抓了什么人？给我带过来！"

士兵闻声抬眼一望，见是华营长，连忙立正敬礼。

蒙莹也认出了华永前。华永前小名华二，其外祖父华秀才十年前被蒙举人聘到蒙川书院教学，他也跟着前来读书，与蒙莹是同班同学。五年前，华永前

第七章　蒙川公主

从蒙川书院毕业，怀揣蒙举人的介绍信上了杉木箐。五年枪林弹雨的磨炼，华永前已经成长为一名标准军人，但眉眼之间始终保持着同窗时的那份机灵与喜感。五年来，蒙莹也从一位天真烂漫的少女，成长为独当一面的蒙家保商队队长，完成了一次次保商重任，曾经数次带着弟兄们成功从云南昆明将大批贵重物资护送到四川重庆，经历了多场惊心动魄的激烈枪战。

蒙莹兴奋地喊道："华二哥，我是蒙莹。"

故人重逢，华永前喜出望外，连忙高呼"公主"，奔跑过来。哨兵见这"村姑"竟然是大名鼎鼎的"蒙川公主"，吓得魂飞天外，连忙把腰杆弯成九十度，恭恭敬敬地把枪还给她，声音颤抖着说："实在对不起，请公主恕罪。"

蒙莹接过枪说："没事了，你去忙你的吧。"

哨兵还未反应过来，华永前呵斥："还不快去！"

哨兵连忙一溜烟跑了，蒙莹才说："我这次上山，有重要情报需要亲自交给你们熊司令，这下可好，终于见到了故人，就请带路吧。"

华永前连忙毕恭毕敬地说："好的，公主请。"

半个小时后，蒙莹见到了传说中的绿林首领熊司令及压寨夫人陈小婉。熊朴姓熊，人也长得像头熊，属于高大威猛型；虽然威猛，但无凶相，反而一脸温厚淳朴，待人接物彬彬有礼，看上去就像老大哥一般，怪不得能吸引那么多人追随。

号称蒙川一枝花的陈小婉，果然天生丽质，不同凡响，虽身处深山，深居简出，但其风流韵致，依然楚楚动人。蒙莹出身名门，饱读诗书，人称"蒙川公主"，但在陈小婉面前，也不得不自认要矮三分，于是在心里叹道：原来只有这样的女子，才有真正的女人味道。

蒙莹喜欢武艺，经常打扮成一副侠女形象，其实内心里边，她还是希望自己更像女人一点，更温柔纯朴一些。但生为土司后裔，她没有温文尔雅的权利，也无温柔贤惠的资格，因为父亲曾经对她说："咱们家业还算兴旺，在水西八县至少能排进前十；你两个哥哥的仕途也还顺利，至少能当上师长。可是我心里始终不踏实，感觉这是最后的繁荣、末世的妖花，很有可能是回光返照，不能久长。我已经快六十岁了，半截身子钻进了泥巴，将来归宿如何，怎样盖棺论定，一切都是未知。我最大的愿望，是你能够平平安安，过此一生，可生逢乱世，哪里由得自己。命运从来都无法掌握在自己的手上，何去何从，只能走一步看一步。但无论如何，做人要讲仁智礼义，做事要讲正义公平。忠君爱国，但忠的不是昏庸残暴之君，爱的也不是腐朽污浊之国；勤政爱民，勤的不是搜刮民脂民膏之政，爱的也不是愚蛮贪婪之民。作为土目，我能做的就是尽量体恤民情、反哺社会、尽忠报国。可是这个'国'已经破碎不堪，咱们要尽己之力，挽大厦之将倾。"

为此，蒙莹心里灰暗了好长一段时间，父亲又教导她说："世界就是这样，越是昏庸无能或无欲无求之辈，日子过得越是快乐，他们不是目光短浅，只顾今日不管将来，就是稀里糊涂，得过且过，跟他们谈什么理想责任与家国情怀，纯属对牛弹琴。可咱们不一样，咱们是土司后裔，是领过朝廷敕命的土目，也算是个小小诸侯，是世代承袭照耀一方的火把，必然会燃烧到最后一刻。所以，不管将来时局如何变幻，咱们都要做好一方表率，保境安民也好，保家卫国也罢，不要辱没了土司名声。"

自此，蒙莹总算明白了"土司"的含义和"土目"的责任，在享有地位、财富与特权的同时，还应承担起责任。黑家在数百年的传袭过程中，逐渐忘却了这些，最后导致家破人亡，只好退出历史舞台。茹儿腿腿不服气，想要夺回曾经拥有的一切，可惜心术不正，逆天而行，最终只能彻底走向灭亡，成为过眼云烟。然而蒙家能否在这个波谲云诡的世界，继续演绎激荡风云、令人膜拜的传奇？为了保持本色，续写新篇，唯一的办法就是老少接力，不辞辛劳，努力前行。

陈小婉听说眼前的这位女孩就是"蒙川公主"，也忍不住在心里赞叹：果然是个标致美女，不愧"公主"雅号，这样的女孩也只有蒙举人培养得出，自古红颜多薄命，但愿她能找个好人家，别像我这般命苦。这些年来，陈小婉除了抚育孩子，就是以阅读闲书打发时间，当读到《水浒传》三打祝家庄时，不由得泪流满面。书中那位长得最漂亮、武功也最高强的女中豪杰扈三娘，仿佛就是自己的翻版，真是可悲、可怜、可叹。可是有什么办法呢？人心那么诡诈，世界那么凶险，因果循环，弱肉强食，要想活命，很多时候只能人前强咽伤心泪，忍气吞声度年华。

但同时她又隐隐地感到，蒙举人既然派蒙莹上山，必定有非常重要的情报。听说第四行署专员兼保安司令带领几千人马进驻蒙川，准备围攻杉木箐。对于那群乌合之众，熊朴根本就不放在眼里，分别在四条进山的道路上设好了伏兵，埋好了地雷，钉好了竹钉，挖好了陷阱，准备好了滚石灰瓶，只等官兵前来送命。

五年了，小孩都两个了，她非常了解熊朴，对于地方官府民团及周边土匪，他的宗旨是人不犯我我不犯人，人若来犯，必将其消灭在进山的路上。总之一句话，朋友来了有好酒，敌人来了有刀枪。

作为蒙川人，她也跟别人一样，对蒙举人充满了崇敬之情，也知道熊朴能够在此安身，完全仰仗蒙举人的包容和关照，当听蒙莹说了马凌的进攻部署后，不由得为今后的前程和命运捏了把汗。

蒙小姐亲送情报，熊朴既感恩又激动，连忙吩咐安排酒宴招待。蒙莹摆摆手说："大战在即，我得赶紧下山，免得让别人怀疑，抓住把柄。"随即将蒙举人的计划和盘托出。熊朴毫不犹豫地说："好，就这样办，能够把马凌的兵马引到油黑大洞，也是一件功劳。"

交代完毕，蒙莹就要下山，陈小婉连忙包了几根金条和几件奇珍异宝，作为见面礼。蒙莹婉言谢绝，陈小婉只好说："那我先暂时替您保管好，如有需要，随时来取。"

太阳将要落山，夕阳染红了天边，熊朴吩咐华永前，必须将蒙莹安全送到山下。下山路上，夜风习习，月华似水，纵有千言万语，华永前也无从说起。已走过一段很长的山路，蒙莹才问："华二哥，你成家了没有？"

她这一问，反而引起了他对心酸往事的回忆。五年前，他曾经在好友毛三面前夸过海口，说陇卧寨的那位姑娘一定会等着他的，结果上山不到一年，悄悄回去探访，人家早就嫁给别人了，从此心凉如水，反倒经常被毛三嘲笑。此刻被蒙莹问起，只得老老实实地回答："没有。还没有遇到情投意合的。"

他本来也想问："你呢？你有婆家了吗？"但他怎么敢开口啊，只能闷在心里。

蒙莹说："我也一样，上门求亲的很多，只是我一个都看不上。我跟我爹有个约定，别的事情我都可以听他安排，但婚姻大事必须让我自己做主。"

华永前道："在我们的心目中，蒙举人就是圣人的化身，他的眼光、他的选择、他的决定等等都是非常正确的；他的每一句话都是真理，他的每一个动作都值得我们模仿，你应该听他的才对。"

蒙莹说："不，不是这样的。对于外界，他的确是个开明士绅，但对我来说，他只是一名父亲，一名合格的父亲，这样的父亲应该尊重子女的选择才对。"

华永前深有感触地说："是的，蒙举人之所以受人敬重，不仅仅是因为他散尽家财，创办蒙川书院，造福蒙川人民，更重要的是他能放下举人老爷和土目官家的身份和架子，懂得尊重别人、尊重生命。佛家人常说众生平等，但在整个蒙川乃至水西，我认为真正做到众生平等的不是那些和尚尼姑与方丈住持，而是蒙举人，有这样的父亲，是你三生修来的福分。"

蒙莹道："其实，这种福分也是一种负累，我有责任有义务去坚守它，甚至不惜为之抛洒热血，牺牲生命。"

华永前动情地说："我虽愚笨卑微，但也是一名蒙川人，五年来一直都在享受蒙举人的恩惠，如果有机会，我也会用生命来保护蒙举人，保护蒙川地区的和平、安定和荣誉，才不枉穿这身军装，才不愧对手里的钢枪。确切地说，我甘愿用生命来保护的，是家乡的水土之恩以及蒙举人的超然智慧与奉献精神。"

蒙莹突然停下脚步，转过身来，张开双臂将他紧紧抱住。华永前先是一愣，随即福至心灵，连忙将她搂紧。她搂住他粗壮的腰，将脸埋在他宽阔的胸前，任月光倾洒，任时光飞逝。他也静静地沉浸在这突如其来的幸福中，身体没有种种想象中的变化，有的只是一种令人沉醉的安宁，就像这水一样的月华，在光阴里轻轻地流淌。

好半天她才松开手说："在我所有接触过的男子中，只有你能说出这种话，只有你亲口说出甘愿用生命来保护蒙川，保护咱们祖先流传下来的超然智慧与奉献精神，就凭这句话，华二哥，你就是我想要找的人。"

华永前原本已给自己筑好了一条牢固的堤坝，将深藏已久的心思欲念全部拦截甚至封锁起来，但蒙莹的这句话就像一枚重磅炸弹，瞬间将这条牢固的堤坝摧毁，万千欲念犹如滚滚长江奔涌而出，原本已经放开的双手再次将她紧紧抱住，不管不顾地朝她晶莹温润的脸上深情吻去。蒙莹一把将他推开，说："华二哥，大战在即，枪炮无眼，各自小心。"

蒙莹说完，满心慌乱，头也不回，连忙朝山下跑去。

半夜三更，霜寒露重，熊朴指挥部队，开始疏散下山，隐藏到水牛大坡、黑洋大箐和吴王大坪子等地，第二天化装成油黑大洞的土匪后还举行了一场演习，华永前扮演滚地龙，毛三扮演茄儿腿腿，分别挂着手枪，背着砍刀，骑着骏马。为了演得更像些，二人还画了脸谱，搞得青面獠牙。

林伯森刚刚招拢兵马，还没编排好战斗序列，马凌就派人前来通知开会。

参加会议的还是那么多人：一个县长、两个团长、三个保安大队长、两个直属保警队长，外加蒙川地区的五个区长。马凌宣布："接省保安处通知，当前咱们的主要任务不是剿匪，而是防共，暂时可以放过熊朴。孟马刀部即将前来驻防，最迟明天上午九点前，保安一团、二团必须开拔，前往大湾镇和燕子口；

三个保安大队各回原地，守卫县城；直属保警队散会后跟我回乌城，其余各部原来干什么的，继续干什么去吧，一旦接到我的命令，必须立即集结，参加战斗，阳奉阴违与贻误战机者，格杀勿论！"

马凌杀气逼人，语气强硬，众人只得起身立正，齐声答道："是！"

会议简短有力，草草结束。走出会议室，两个直属保警队长立即吹响哨子，集合部队，保护马凌乘马离去。三个保安大队也跟着集合启程，离开蒙川，渐渐远去。

看着两个直属保警队训练有素、装备精良的几百名官兵有序撤离，蒙举人忍不住摇头叹息。林伯森站在身旁，一脸纳闷，轻声地问："蒙兄因何叹息？"

蒙举人说："这么好的部队没能用在正途，可惜，可惜。"

林伯森哈哈一笑，说："这是保安司令部的直属部队，马凌的命根子，比亲生儿子还要亲，当然占尽了先机与便宜。不过你别惋惜，等时机成熟，由小弟牵线搭桥，帮你把他们拉上杉木箐去，如何？"

蒙举人心里一惊，随即平静地说："只怕杉木箐容纳不了这么多人。"

林伯森说："杉木箐容纳不了，但中央军容纳得了。"

蒙举人莞尔一笑："军人以保家卫国为天职，如能走上正道，就是国之大幸。我担心的是，他们食人民俸禄，拿群众军饷，又干出伤天害理之事。"

林伯森语气沉重地说："说实话，小弟也是这么想的。咱们每年上缴那么多税赋去供养他们，如果他们不知保家卫国，反倒将枪口对准百姓或者你我，你能忍我可不能忍，到时候恐怕会刀兵相见，就像吴王剿水西那样，拼个鱼死网破。其实，只要咱们'安蒙林路'四大家紧密联合，以你老兄马首是瞻，还是能做一番大事的，至少，没人敢在西部五区撒野。"

蒙举人道："林兄说得很有道理，请问咱们该如何联合？"

林伯森说："面对蒙兄，小弟不敢隐瞒，那三个保安大队长，有两个是小弟的远房亲戚，不久的将来都会是保安团长，如果咱们能结成亲家，那不全都是一家人了吗？"

蒙举人道："林兄你是知道的，小子都在军中任职，而且都是有妻室了的，休妻再娶，有违家规。小女虽还待字闺中，但其性格非常倔强，凡事得理不让，由不得父母做主。再说按民国法典，鼓励自由恋爱和自主婚姻，父母也不好干预。"

林伯森哈哈一笑，说："都说老兄你是水西大儒和思想权威，怎么倒把老夫子的父母之命和媒妁之言给忘了？如果是看不起我们林家，明说不就好了嘛，用不着打马虎眼。"

这下倒把蒙举人给将住了，干脆直言道："那就这样吧，以前叫举人的，如今都叫大学生，你家三个小子，谁能考上大学，谁就来我家提亲吧。"

这不是故意难为人吗？就林家那仨小子，耍枪弄棒还行，让他们读书算数简直要了命，莫说大学了，连蒙川书院也考不上。但人家说的也是道理，蒙举人的乘龙快婿，怎么说也该是个大学生才对。林伯森冷笑道："看来，咱俩的这个亲家还是做不成了。"

转眼之间，蒙川镇上的数千官兵走得一个不剩，高县长也大声宣布本县临时保安大队解散，各区长、乡长将各自带来的民团带回各家，一场原以为轰轰烈烈的剿匪行动，就这样戛然而止，让不少想看热闹却没看成的人深感遗憾。

情况有变，得及时通知山上的部队。当天晚上，蒙莹再次来到杉木箐，哨兵们告诉她说，华永前下山了。华永前的确下山了，假扮滚地龙去了。太阳很快就落山了，月亮又出来了，蒙莹一脸惆怅地来到昨晚与华永前有过片刻温存的地方。往事历历在目，现实却远远超出想象，仿佛是在做梦一般。一直以来，缺乏母爱的她在父兄的宠爱下，用坚硬的外壳包裹着柔软的内心，让别人看上去是那样坚强，充满威仪，凛然不可侵犯，可是此刻，她心里既苦闷焦灼，又感到孤独无依，于是决定在此等候，等华永前上山，然后再好好跟他聊聊。

前尘往事纷至沓来，今后何去何从，却毫无头绪。长期以来，由于身为蒙府千金，人称"蒙川公主"，这种与生俱来的光环，让她在同龄人中独享尊荣，有种高处不胜寒的感觉，心里有很多很多的话要说，可惜没有合适的倾诉对象。到目前为止，只有这位看上去油腔滑调、吊儿郎当的绿林军官，敢在她面前镇定自若，轻松说话，而且还拥抱了她。

想起被华永前拥抱，蒙莹又是羞惭，又是激动，心里被一种莫名其妙的暖流与酸楚包裹着。一直以来，她梦中的白马王子都是英俊潇洒、英勇无畏、完美无缺的，但始终没有在现实生活中出现过，今后会不会出现，她无法预料，到目前为止，只有杉木箐的这个小营长，比较接近那个曾因春心萌动幻化而出的影像。她想跟他再次接触与交谈，看看有无继续发展的必要和空间。

蒙莹就这样静静地坐着，等不到她下山的两名小伙伴，按照之前的约定，悄悄上山接应她来了。那两名小伙伴，一个叫蒙纯，一个叫蒙艺，是一对叔伯姐妹，都是蒙家长工的女儿，因与蒙莹同岁，自幼被蒙举人收在身边，成为蒙莹的玩伴。蒙举人让她们一起读书，一起练武，从小到大，她们仨没有主仆隔阁,只有姐妹情深。

听到她俩的脚步声,蒙莹打了个暗号。蒙纯蒙艺连忙朝她靠拢。她告诉她俩,想要在山上过夜。两名女孩连忙动起手来,不大一会儿就搭了个简易帐篷,铺上一张油毛毡子。

在乌蒙山中,所有的护路队和保商队都会接受护路保商的差事,相当于旧时的镖局和如今的武装押运公司的工作。在保商护路的途中,难免会风餐露宿,因此只要出门,她们都习惯带上帐篷、军毯和油毛毡。三人就跟平时野营一样,吃过干粮后,两人休息,一人放哨。

不知不觉,就到了午夜时分。蒙莹和蒙艺睡觉,蒙纯站岗。月光皎洁,蒙纯抱着一支枪,静静地站在一棵小树下,警惕地聆听着夜空里发出的天籁。突然轰隆一声巨响,震得地动山摇,一发发火红的炮弹,从吊水岩那边的山上,拖着长长的尾巴朝右侧飞来,飞行途中发出刺耳的尖啸,但很快就被轰隆轰隆的爆炸声所掩盖。

火光照耀大地,蒙纯尖叫着扑向帐篷。蒙莹和蒙艺已被惊醒,看着对面山上尖啸着飞来的炮弹,听着从四面八方传来的枪炮声,蒙莹狠狠地骂道:"姓马的,你不得好死!"

蒙艺不解地问:"马专员不是宣布撤兵了吗,怎么偷偷摸摸地打起来啦?"

蒙莹冷笑道:"兵不厌诈呗,说明马凌对高县长和咱们西部五区的区长们谁也不信任,否则就不会玩阴谋诡计了,这种毫无诚信、靠玩阴招起家的,往往都死无葬身之地。"

蒙纯问:"小姐您是说,他早就知道咱们与熊朴有交往?"

蒙莹一脸沉静,好半天才点头说:"这招真阴毒,先假装撤兵,让对方放松警惕,再趁夜包围,用大炮摧毁防御工事,然后集中兵马,从四面围攻。还好他们已经提前下山,只留下少数人员防守,反正咱们也帮不上什么忙,干脆找个安全的地方躲一下,免得被流弹击中,成为枉死冤魂。"

第八章　万众一心

　　这场战斗一直打到天亮才结束，战斗的结果是马凌的军队将杉木箐全部踏平，自身也伤亡了八百余人，其中五百多人阵亡，两百余人受伤。看着前线总指挥、第四保安司令部副司令兼保安一团团长张寅珪拟写的战报，重返蒙川镇上的马凌大发雷霆，对身旁的刘副官说："赶紧给老子叫路明轩！"

　　几分钟后，西二区区长路明轩气喘吁吁地赶到马凌的指挥部，上气不接下气地喊报告。马凌愤怒地拿起战报，狠狠地砸在路明轩的头上，大声吼道："路明轩，你谎报军情，该当何罪？还想当县长呢，我看你当个区长都不够格！"

　　路明轩连忙捡起掉在地上的战报，只见上面写道："午夜零时，我军两个保安团、三个保安大队、两个直属保警队，在炮营的支援下，先用四门山炮、十二门迫击炮摧毁匪帮防御阵地，然后从四面发起猛攻。激战到天明，彻底消灭杉木箐之顽匪，共毙敌五十二人，俘敌二十六人，经确认，熊朴及其手下八大金刚均被击毙。缴获长短枪七十余支、轻机枪四挺、迫击炮一门，弹药、粮食、布匹若干，烧毁营房七座、库房五间，号称六百余人之熊朴匪部已彻底覆灭。"

　　路明轩急道："马专员，马司令，这个战报不对。"

　　马凌怒道："哪里不对？"

　　路明轩道："杉木箐的土匪，至少不下六百人。"

　　马凌厉声喝道："胡说！你谎报军情也就算了，还想邀功请赏？没门！刘副官，将这份战报修改一下，在前面加上'据古定西二区区长路明轩多次密报，说杉木箐匪首熊朴，聚集六七百人，杀人越货，打家劫舍，无恶不作，请求第四专员公署及保安司令部调集兵马，前来进剿，我地方民团冲锋陷阵，全力配合'。"

　　刘副官高声答应，然后从全身颤抖、汗流浃背的路明轩手里收走战报。路明轩哀求道："马专员，请看在卑职女婿的薄面上，战报上不要加那段话，行不？"

　　马凌霸气地说："看谁的面子都不行。你谎报军情，将不足百人的匪帮说成六百多人，怪不得老子几次招安，许了团长许司令，姓熊的就是不肯下山，原来是人马不足，心里虚火。老子枉自精明，白被你欺骗，不但不能领功，还有欺骗上峰之嫌。都是你这个短命私儿害的！反正老子升不了官，你也别想升官了！"

路明轩还想辩解，刘副官大声吼道："还不快滚?!"

路明轩觉得憋屈，还不想走。马凌的警卫拔出手枪，马凌摆了摆手，警卫才横眉竖眼地把枪插回腰间。路明轩知道，再不走就要吃"花生米"，只得狼狈而出。心想这下完了，杉木箐的绿林至少有一半是西部五区的子弟，从未在本乡本土做下什么坏事恶事，那份战报一出，自己还怎么混下去？唉，偷鸡不成蚀把米，想以此立功投靠马凌，谋个县长来当，这下搞砸了，县长当不成不说，还将成为蒙川地区千夫所指的叛徒，不但辱没了祖先名声，还会遗祸子孙后代，不如自我了结，死在马凌的门口。

路明轩身为土司后裔和富甲一方的土豪，绝对不是省油的灯，只要想到就一定会做到，随即从怀里摸出一把小手枪，抵住自己的太阳穴。

一声枪响，一命呜呼，脑浆迸流。听见枪声，马凌的警卫和哨兵、副官等奔跑过来。马凌听闻路明轩自绝于指挥部门前，愣了一下，吩咐刘副官："将刚才拟加的那段话改为路明轩私通土匪，已被正法。"

日近中午，马凌整顿队伍，准备撤离蒙川，来时的三千兵马，只剩下两千余人。真是尸横遍野、血流成河。

掩埋好阵亡士兵，枪毙了抓来的俘虏，两百多名伤兵无处安置，便交给林伯森说："林会长，这些兵都是为了造福蒙川百姓而受伤的，你务必给他们治好枪伤，安抚回家，否则我撤销你的官职，抄没你的财产，治你个通匪反叛之罪。"

路明轩就是前车之鉴。林伯森战战兢兢，连忙恭恭敬敬地回答："卑职遵命，卑职遵命，请司令放心，卑职一定会不惜代价，将他们治疗安抚好。"

伤兵们全被安排在西三区区公所门前的大院里，发出阵阵哀号，一时整个蒙川镇上阴风惨惨，死气沉沉，令人不忍心痛。

听说路明轩已被马凌枪毙，蒙举人、林会长等人遭到扣押，人们奔走相告，渐渐朝蒙川聚拢，不到两个小时，蒙川镇被围得水泄不通。

马凌下令开拔，刘副官告诉他说："司令，咱们走不了了。"

马凌问："什么情况？"

刘副官道："司令，蒙举人之女蒙莹小姐，您还有印象吗？"

马凌露出一脸色相，馋涎欲滴，哈哈笑道："有，怎么没有？那么漂亮的女孩，要身材有身材，要相貌有相貌，要气质有气质，不愧是'蒙川公主'，简直是古定县花，只要是个男人，谁见了心里都会发痒。难道她想把我留下，做蒙府的上门女婿？那可不行，我一来年龄太大，二来贵为专员，怎么好意思去倒插门？你跟她说，如果想做我的姨太太就送货上门，我保证蒙举人平安无事，还能当上县长。"

刘副官一脸囧样，哭笑不得："司令，不是您想的那样，蒙莹发布'蒙川公主令'，咱们已经被包围了。"

马凌笑道："呵呵，这妞真是痴情，强扭的瓜不甜嘛，还真怕我跑了，下令把我围了起来。你跟她说，本司令准了，决定在蒙川多待几天。李白不是写了嘛：'云想衣裳花想容，春风拂槛露华浓。若非群玉山头见，会向瑶台月下逢。'让她好好梳妆打扮，今晚我要和她共度春宵！'春宵一刻值千金，花有清香月有阴。歌管楼台声细细，秋千院落夜沉沉。'我真佩服李白，居然能写出这么美的诗句来，只是跟蒙川公主相比，这些诗句还要逊色三分。哈哈哈……"

刘副官急得满脸通红，已经顾不上恭敬了，大声吼道："马司令，马专员，您搞错了，蒙莹不是爱上您，而是要杀了您，咱们已经被包围了，生死攸关，危在旦夕！"

马凌这才醒悟，恼羞成怒地吼道："啊！想杀了我？没那么容易！去看看是谁的部队？到底是谁吃了熊心豹胆，敢来撩拨虎须？！"

刘副官说："他们不是熊，也不是豹，而是西部五区的老百姓。当地百姓接到'蒙川公主令'后，源源不绝地赶来，将蒙川镇围了好几层，而且人越来越多，已经聚集了几万人。"

马凌又恢复正常，冷哼一声，然后笑道："呵呵，好一个'蒙川公主令'，我还以为是千军万马，有飞机大炮呢！蒙川百姓真好哇，咱们剿匪有功，正要凯旋，他们都是来欢送咱们的。有没有拉横幅，喊口号，送猪送羊来犒赏部队？"

"不，司令，"刘副官一脸严肃地说，"他们手里都有枪，没有枪的也有大刀长矛和弓弩。听说那些手持弩箭的，就是水箐苗乡的苗民，他们的弩箭是用蛇毒浸过的，不但百发百中，而且见血封喉，射程之内比子弹还猛。我担心的还不是苗家的弩箭，而是彝家的蛊毒，十里之内，随心所欲，可杀人于无形，简直防不胜防，黑家庄的安家和黄鹤坝的蒙家，都是此道高手。不过这还不是最恐怖的，万一把那些老苗惹毛了，干脆放起毒来，只要半壶竹叶青，咱们的几千人马顷刻之间全得报销，那将是水西历史上最惨的一天，我等就算侥幸逃脱，万一上峰怪罪下来，也是死路一条，说不定还会殃及全家老幼，请司令三思。"

马凌厉声喝问:"去问问,他们到底想干什么?"

刘副官说:"我问清楚了,他们不相信路明轩会私通土匪,需要您出示证据。"

马凌冷笑道:"嗯,这还不简单?伪造一个不就好了嘛。这事就交给你了,连这点小事都办不好,你也不要来见我了。"

刘副官也冷然一笑,说:"司令,这还不是主要的,他们一致要求无条件释放蒙举人和林会长,同时严厉惩办陷害路区长之人,拉走所有伤兵,赔偿被损坏的庄稼房屋等。"

马凌问:"如果我不照办呢?"

刘副官道:"半小时内如不放人,他们就要开战了。路家、林家、史家、王家、蒙家、安家等西部五区的民团武装全部集结在此,此外还有以水箐为中心的数万苗民,在苗王张恒宣的号召下也赶来了。我再说一遍,他们的蛇毒毒性极强,只要释放出来,咱们这些人全都将尸骨无存。还有,水西八部正神代言人、乌蒙第一巫师安尚余已经手持祖传烟杆,在城门外开始作法,万千乌鸦兵已在燕子大箐集结,随时都会向咱们发起攻击!"

马凌的那张马脸,瞬间变得苍白起来,好半天才有气无力地问:"如此人神共愤,难道咱们剿匪剿错了吗?"

刘副官道:"是的,司令,咱们真的剿错了,外面的百姓都说,真正的土匪在油黑大洞,不在杉木箐。"

马凌怒骂:"老子被这条老狗害惨了!还啰唆什么?赶紧放人,抬走伤兵,抬不走的就设法弄死!"

刘副官打了个寒噤,问:"那路明轩的事怎么处理?还有老百姓的损失怎么赔偿?"

马凌的脸色渐渐恢复正常,轻蔑地笑了下,说:"这还不好办?抓两名卫士和一名副官,就说是他们诬陷和杀害了路区长,将这三人当众枪毙,并宣布西二区区长由路明轩的长子路恒源接任,现场发给路家三千块银圆做丧葬费用,再拨一万块银圆做抚恤;至于老百姓的损失,也承诺加倍赔偿,不就好了吗?反正羊毛出在羊身上,只要灵活机智不要脸,没有解决不了的问题。哼!想跟我玩阴招,他们还嫩了点!小刘我跟你说,凡是能用金钱摆平的,都不是什么事,怕就怕只要命,不要钱。"

蒙莹是在战斗结束后才下山的,匆匆忙忙地回到家里才知道,父亲已经被马凌派人来抓走了，因为有人告发他纵容熊朴在杉木箐安营扎寨。

蒙莹深知情况不妙，也不知道要去哪里找熊朴和华永前他们，恰好这时传来路明轩被执行枪决的消息，她立马以"蒙川公主"的名义号召西部五区民众，前来蒙川营救被扣押的四位区长，并为被无端枪决的路区长讨回公道。

消息迅速传播出去，听说蒙举人被马专员抓走了，整个西部五区全都沸腾了，百姓纷纷拿起武器，以村寨为单位，以民团为先锋，潮水般地朝蒙川镇拥来。

杉木箐的绿林队伍，依照蒙举人的安排，只留下一个连队，由松武指挥防守，大队人马兵分三路，分别转移到水牛大坡、吴王大坪子和黑洋大箐，只等第三天早上马凌发动进攻，就将其部引往油黑大洞。岂料"官有十条路，九条人不知"①，反而落入马凌设计的圈套，被他杀了个措手不及，在十余门大炮的狂袭下，四条路口的防御工事全被摧毁，数千名敌兵气势汹汹地冲了上来，区区一百余人如何抵挡？等接到消息，救援已经来不及了。

一切都乱了。熊朴捶胸顿足，预料到蒙举人肯定凶多吉少，正与华永前等人商量如何营救，蒙莹的"公主令"已经开始传播，百姓闻风而动。熊朴悲愤地说："蒙举人已经安全了，替松武和阵亡弟兄们报仇的机会也来了，趁西部五区百姓围堵蒙川镇之机，咱们抓紧时间运作设伏，将这个奸诈小人消灭在回城的路上。"

作战参谋连忙打开地图，众人研究好伏击地点，华永前和毛三双手握拳，铿锵发誓，一定要为阵亡弟兄们报仇雪恨。会议刚刚结束，松武就带着三十多名弟兄，突出重围，找到了他们。再次相见，恍如隔世，三人紧紧拥在一起。

刘副官站上蒙川城头，只见四面八方乌泱乌泱的，全是自发前来的百姓和民团武装，无数条道路上，还有成千上万人正源源不断地拥来，无数个枪口一齐瞄准了他。

蒙莹高举桃源兵马令旗，骑着一匹骏马来到城门下，左边站着手握祖传烟杆的安庄主和提着祖师棍的刘阴阳，右边站着身背砍刀的水箐苗王张恒宣和手捧整壶竹叶青的熊寨主。在他们身后，第一圈是蒙川警备队以及蒙家、路家、林家等上千名全副武装的民团士兵，五门迫击炮蓄势待发；第二圈是穿着战袍、身背砍刀、手握弓弩的苗民；再往后，就是成千上万的，不分民族、不论男女老幼的普通百姓，他们群情激愤，一个个高举大刀长矛和锄头镰刀，看见城头上的刘副官便齐声高呼口号。

---

① 此为乌蒙山中的俗语。

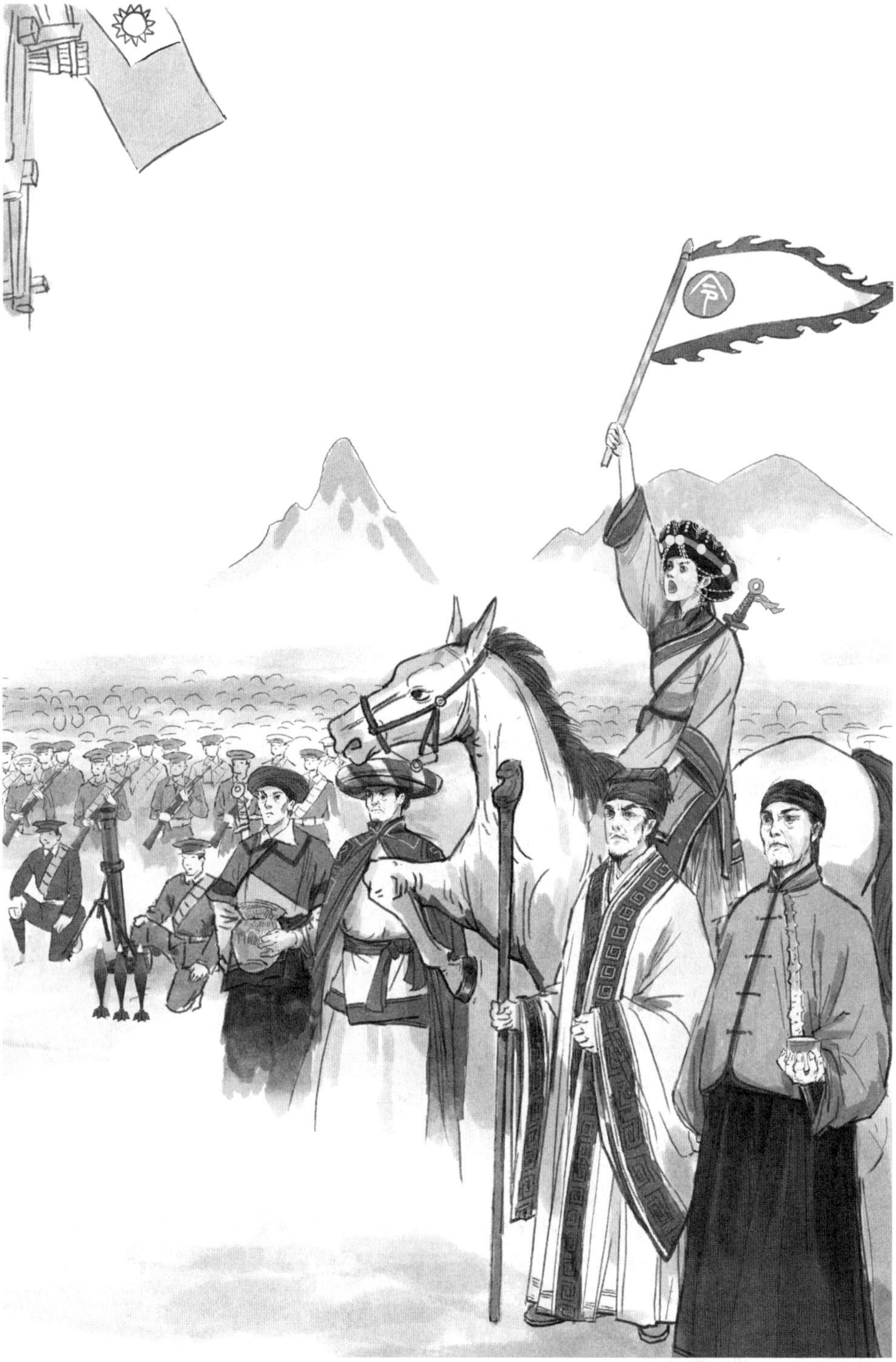
令

刘副官举着一只铁皮喇叭，大声喊道："老乡们，请先安静一下，马专员已经查清了，路区长是被坏人冤枉陷害的，现在坏人已经抓来，立即枪决，以血还血。"

说完，一队士兵将五花大绑的两名卫士和一名副官押上城头，刘副官拔出手枪，砰砰几枪，将这三个冤大头枪毙于城门之上，三具黑乎乎的尸体从城头倒栽下来。

人们发出雷鸣般的呼声。刘副官又宣布道："马专员决定，拨给路家三千元丧葬费，一万元抚恤金，西二区区长由路大公子路恒源接任。"

"释放蒙举人！释放林会长！"

人们对谁当区长并不在意，他们最在意的是蒙举人的安危。刘副官举着铁皮喇叭说："蒙举人是蒙川地区人民敬仰的民众领袖，马专员以礼相待，有事相求，才派本人把他老人家从黄鹤坝请来，没想到造成了这么大的误会，小人深感惶恐和惭愧，在此向各位父老乡亲磕头赔罪。"

刘副官说完，搬来一张大方桌，真的双膝跪在桌子上，朝情绪高涨的乡亲们磕了三个响头。全场寂静，人们完全被他的表演搞蒙了。见表演已经奏效，刘副官站起身说："现在，请各位父老乡亲，恭迎蒙举人、林会长及各位区长乡绅回家！"

城门徐徐打开，一身青布长衫的蒙举人缓缓地走了出来。在他身后，林会长及一同被捕的十几名区长、乡长等鱼贯而出。人们欢呼雀跃，完全忘记了要求赔偿之事。蒙举人带着一干被营救出来的区长乡绅，站成直溜溜一排，朝乡亲们鞠躬致谢。

城门缓缓地关上，刘副官宣布道："马专员说了，损害百姓的财物，等完全清点出来后，必须加倍赔偿。现在事情已了，请乡亲们让出一条大路，马专员和剿匪大军，即刻就要开拔，回守乌城。"

乡亲们见蒙举人和林会长等全部安全脱险，连忙让开一条道路，喜笑颜开地将他们护送回黄鹤坝，然后才逐渐散去。若干年后王乡长在回忆录中写道：

民国二十四年五月十八日，蒙举人及十余名区长乡绅被糊涂专员马凌抓捕扣押，我亦在其中。西部五区百姓闻风而动，其他区乡甚至邻县也有人前来助威，万千百姓包围了蒙川城，马凌不得不将我等释放。护送蒙举人回家的群众从蒙川镇一直排到黄鹤坝，真是人山人海，盛况空前，可见人民的力量才是最伟大的。

　　万千民众如潮水一般，来得汹涌去得也快，让马凌心里很不是滋味。这位从南京调任而来的少将旅长，一个劲地指责身边的参谋和副官们没有为他搞准情报，也没有侦察好敌情，轻而易举地上了路明轩的恶当，用三千人马外加一个炮营来对付区区七八十人的土匪，这传出去还不让人笑掉大牙？更加可恨的是，还拘押了西三区区长兼蒙川镇镇长蒙文正，结果引来万千民众的自发包围，要不是自己灵活机智，牺牲了从南京带来的三名随从，还真下不了台。不，下不了台还是小事，搞不好会全军覆没，尸骨无存，遗臭万年！

　　刘副官嚅嚅地说："司令，这也怪不得咱们，一切都是路明轩搞的鬼。情报是他提供的，也是他举报说蒙文正、林伯森等人与杉木箐的土匪有勾结。现在倒好，土匪已经剿灭了，姓路的也一命呜呼了，一切都死无对证。"

　　马凌怒道："刘明礼，你一个死无对证就完结了，可是老子辛辛苦苦地从南京来到这个穷乡僻壤鬼地方，闹了这么大的笑话，以后还怎么做人？还怎么升官？还怎么发财？我升不了官发不了财，你们会有好日子过吗？"

　　刘副官仗着老婆跟马凌有一腿，理直气壮地说："司令，那咱们就不当这个专员和保安司令，带着炮营和直属保警队（马凌原旅部直属特务营）回去继续做旅长，或者换个地方当城防司令也行，总比在这里强。"

　　马凌骂道："没用的东西，简直跟妇人一般没有见识！你不知道老子托了多少人情，花了多少银子，费了多大精力，才从委员长那里讨来这个专员的差使，上头特批带了旅部原班人马和一个炮营来撑腰。这下好了，就算老子不想走，别人也会撵老子走。老子还可以回去做旅长，可是你们呢？如果真到了那一步，全都给老子滚蛋！还高参呢，真是白养了你们这帮饭桶！"

　　马凌骂完，下令开拔。一团在前，二团殿后，中间依次是炮营、直属保警队、指挥机关、战地医院和保安大队。马凌还临时征用了数百名蒙川百姓抬伤兵。这些伤兵全都来自外省或省内其他县，蒙川百姓恨之入骨，哪里还会好好去抬？没走多远就死一个，没走多远就死一个，还没走到熊朴预设的埋伏圈，两百多名伤兵就死了一大半。马凌听闻，心内大喜，下令好好安葬。

　　大队人马以营（保安大队和直属保警队为营级建制）为单位，数百名民工也临时编为民工营，营与营之间间隔二里。

　　熊朴设伏的地段位于蒙川至乌城之间的打磨冲，距蒙川镇四十华里，距乌城七十华里,两边都是高山密林,中间是古驿道。这条山谷因出产上等青石(制作石磨的最佳材料),且周边数县所用的石磨大都来源于此,而得名打磨冲。山谷中间的古驿道宽三米,原本由青石铺就,非常平整。但数百年过去,当初平整的路面早已破损,大部分地段成为砂石土路,晴天还行,一到雨天就泥泞不堪。

由于地处乌城经蒙川前往木城之间的交通咽喉,往来客商与马帮背夫均要在此歇脚,距打磨冲入口五里处,几十年前就形成一个商铺林立、人烟稠密的山间小镇,名曰磨子镇,镇长由西五区区长史升云兼任,由史家护路队维持治安。出了打磨冲,再往北五华里,过了旮旯河,就属于乌城县了。夕阳西下,史家护路队参与解救蒙举人和史区长等还未返回,保一团侦察连已经来到冲口。马凌下达命令,直属保警队和指挥机关夜宿磨子镇,保安一团必须要在天黑前顺利通过打磨冲,跨过旮旯河。

保安一团是在原乌城保警队的基础上组建而成,是全省二十个保安团中战斗力最强的部队,也是马凌到来后极力打造的主力部队,拥有三个步兵营和一个特务营,特务营下设侦察连、工兵连和火力连。自从来到水西地区,马凌所到之处,特务营必然是先头营,为其侦察敌情,扫清障碍。

第四保安司令部副司令兼保一团团长张寅珪接到命令后,立即做出部署:保一团团部宿营旮旯河畔的建新村,断黑前特务营必须越过旮旯河担任前哨警戒,三个步兵营快速跟进,通过打磨冲后,一营、二营分列两翼,团部居中,三营后卫,就地宿营。

夕阳西斜,侦察连长年继勋举着望远镜四处查看了一番,还是放心不下,命令机枪手架起两挺轻机枪,朝着两面的山梁胡乱扫射一通,然后再派两个班,分别爬上最近的峰头瞭望,见无异状才安下心来,命令部队快速通过。

侦察连在前,工兵连及营部随后,火力连跟进,整个特务营三百余人,排着两路纵队,依次进入打磨冲,队伍摆到一里地以外。

山谷长约三公里,两边还有无数条小山谷向大山深处延伸,一个个采石场就藏在大山之中。这条大山谷其实就是一条通道而已,道路两旁多是沼泽地,因而荒无人烟。山谷中部是一个面积数十亩的野草坝,由于地势比较开阔,风景异常优美,行人到此都会停下歇息,因此被熊朴设为伏击中心。渐渐地,踏着夕阳,踩着马粪,保一团侦察连来到野草坝,人困马乏的士兵们见此地天高气爽,心旷神怡,忍不住坐下歇息。

侦察连长年继勋见士兵们的确太累,估摸天黑之前赶到指定位置不成问题,也就同意休息片刻。侦察连坐下休息了，紧随其后的工兵连和火力连也跟着休息，营长姚嘉禄不知是不是晕了头，不但不加以制止，还让营部官兵也跟着享受一番。

特务营都是些兵油子，屁股一挨草地就抹下帽子，取出色子，吆五喝六地赌起钱来，个别军官也笑呵呵地加入活动，原定休息十分钟的，赌瘾来了怎么也控制不住。也有不抓色子的，但行为更加出格，居然取出烟枪，吞云吐雾地抽起大烟，直到跟在后面的一营到来，才在长官们的谩骂与呵斥声中，恋恋不舍地爬起身。

一营看见如此光景，也想休息一下。一营长见特务营刚刚休息过，将走未走，挤成一团，也就同意部队稍事停留，但不得超过二十分钟。

十几分钟后，太阳已经落山，天色逐渐变暗，特务营才拉开距离。后面的二营已经到来，一营长赶紧命令部队出发。就在特务营即将走出山谷，一营已经离开野草坝，二营正坐下休息，三营全部进入山谷之际，熊朴扣动扳机，随即枪声大作，爆炸声震荡山谷，毫无防备的保一团乱成一锅粥，顷刻之间倒下一大片。侦察连长年继勋和特务营长姚嘉禄见势不妙，急忙连翻带滚，不幸陷入沼泽地，跟许多士兵一起成了活靶子。

团部跟随二营行动，骑着高头大马、厉声呵斥士兵的张寅珪早已被华永前锁定，枪法极佳的他握着全队唯一的那支狙击步枪，发令枪一响就率先扣动扳机。随着一声枪响，一枚子弹滋——地画出一条优美的弧线，扑地射进张寅珪的胸膛。由于距离较远，子弹没能将其穿透，但这个曾经作恶多端、通过招安成为保警队长，后来又通过不择手段打压同僚、巴结马凌而成为副司令兼保一团团长的土匪加兵痞，中弹之后一个倒栽葱摔下马来。部队突然遇袭，而且对方枪弹密集，炮火猛烈，士兵们抱头鼠窜，可怜张寅珪奸诈一生，最终竟被部下踩踏而亡，死状甚为凄惨。

主将已死，部队失去统一指挥，大部分士兵于慌乱之中误入沼泽，进退两难，只好束手待毙，鬼哭狼嚎之声不绝于耳。

跟在保一团后面的是马凌从南京带来的炮营。这个靠"围剿"红军起家的小军阀，被调到乌蒙山中后把旅长职位交托给弟弟马素，自己却带走了最为精锐的警卫部队和一直引以为豪的炮营。当上专员后，由于已经不是旅长，不能再明目张胆地保留那么多警卫人员，只好将从南京带来的警卫部队一分为二，扩建为两个直属保警队。

炮兵营还是原来的建制，下设两个炮连和一个保障连，每个炮连配置两门山炮和八门迫击炮，保障连专门负责运送弹药物资，全营共有三百多人和八十余匹骡马，是马凌手里的王牌部队。

马凌命令，炮兵营夜宿打磨冲冲口，由直属第一保警队进行警戒；指挥机关及野战医院夜宿磨子镇，由直属第二保警队进行警戒；后续部队则分散驻扎。到了打磨冲冲口，炮兵营停止前进，就地扎营。稍后，直属第一保警队也到了。

打磨冲冲口有个两百余户上千口人的大村庄，先头部队还未到来，老百姓就逃进山里去了，粮食和牲口全都藏了起来。满天霞光中，这两支经常一起行动的部队配合特别默契，一边占据村里的祠堂、庙宇以及大户人家的宅院，然后安放辎重、收拾床铺、生火做饭，一边派人到周边村寨去采购物资。说是采购，其实跟抢劫没有多大区别，看到粮仓就撮，看见鸡鸭就抓，到手后只是象征性地付点钱钞。

其实马凌也没坏到这个地步，饭钱还是会给的，只是层层克扣下来，已经所剩无几，加上负责采购的人员也想揩揩油，就只好半抢半买了，比土匪稍稍好点。于是靠近大路的村庄，只要听说有保安团过路，老早就坚壁清野，逃进深山。如此一来，往往遭殃的都是位置比较偏远、消息不太灵通的村寨。

这边刚刚安顿下来，那边就响起激烈的枪炮声，第一保警队队长李承荣连忙组织增援，命令一中队往左，二中队往右，企图抢占两旁的山梁，自己则带领三中队朝山谷冲去。可是，熊朴部居高临下，冲口已被封死，里面的出不来，外面的也进不去。两条山梁非常陡峭，冲口处多为悬崖峭壁，强攻上去根本不可能。

第一保警队属于警卫部队，每个中队（连级编制）只配备了三挺轻机枪，火力不是很猛。李承荣请求炮火支援，但没有马凌的命令，炮营不敢擅自行动，只好派人骑马返回磨子镇报告情况。马凌接报大惊，立即奔赴冲口，命令炮营摆好架势，准备开火。可是，等炮营摆好架势，天已经断黑了，月亮又还没有升起来，炮兵失去准头，胡乱开了几炮，山谷里的战斗也就结束了。

三个保安大队随后赶来，摸黑控制了两面的山梁，第一保警队举着火把，进入山谷，搜索前进，只见到处都是尸体，到处都是伤兵，哭爹叫娘之声不绝于耳，吵得人心烦意乱。伤兵大部分陷在泥沼里，对于无法施救的，李承荣只好下令补枪，打死算了。

月亮慢慢升了起来，月光冷冷清清的，就像鬼魅一样。从冲头搜救到冲尾，全团九百余人（原本有一千多人，攻打杉木箐时伤亡了两百余人），毫发无伤的一个没有，断手断脚和身负重伤的全部处理了，轻伤的还有二三十个，而且多为连排长，营长以上的军官一个不剩。第四行政督察区最强大的保一团，就这样全军覆没了。

凄清的月光下，马凌一脸落寞地对着黑黝黝的冲口，沉默不语。从军二十余年，从白手起家发展到八千精兵，做到了少将旅长，一路走来经历了多少枪林弹雨，剿灭了多少刀客匪帮，他已经无法细数也无法计算。连续六年，刚当上团长就奉命"进剿"红军，每一场都是恶战，每一场都互有伤亡，即使不输不赢，也会被记功授奖。可是自从来到乌蒙山中，短短一年时间，辛辛苦苦、煞费苦心，好不容易才编练出这支还算满意的部队，原想凭借这支部队和自己的足智多谋再加上在枪口刀尖上滚出来的各种本领，在这个文化落后、人才匮乏的地方再次建功立业、大展宏图，然后过过省主席的官瘾，才不枉为人一世、奋斗一场。哪料想，首次出师就败得如此凄惨，被一群乡巴佬玩弄于股掌之间。

耻辱！简直是奇耻大辱！原以为山中无老虎，猴子称霸王，其实这里满山都是虎！罢，罢，罢，山地丛林、沟壑遍布、峭壁悬崖，还真不是自己玩得转的。先是自作聪明，动用三千步兵加一个炮营围剿区区七八十人的绿林队伍，闹出了天大笑话；接着听信小人谗言，扣留了蒙川领袖蒙举人及十几位区长乡绅，引来十万民众围城讨伐，差点骑虎难下；然后又稀里糊涂、莫名其妙地在一条山冲里让人打了伏击，被消灭了整整一个主力团，甚至还不知道对方是谁，有多少人马。

马凌尽管开始怀疑人生，但也深深地知道，吃了这场败仗，行署专员已经当到头了，只能灰头土脸地卷起铺盖转回南京，还不知道那个"旅长"能不能要得回来。

果然，三天后蒋某人接到消息，大发雷霆，接连骂了三声"娘希匹"，然后签署一道命令，将马凌撤职查办，押回南京受审，另外委派一名得力干将，从江西带着手下原班人马，立即赶赴乌蒙，接管第四行政专员公署，兼任第四保安司令部司令。

几个月后，孟马刀奉命带着他亲自编练出来的新编第一团，辗转入驻蒙川。

第九章　花映俊酋

黑家庄护寨队一共有四十八人，但只有二十支步枪、三支手枪，大部分队员只能用大刀长矛作为武器。因为县政府严格规定，乡村护寨队不属于民团武装，不能参加商业活动与军事行动，也不用缴纳保证金，但必须严格控制武器数量，不能超过二十支长枪、五支短枪。一旦超限，一律按图谋不轨与通匪通共论处。

这天，在安忠兄妹的带领下，大家操练了一阵，全都坐在树荫下歇息，只有程方明还在苦练刀法。为了发泄心中的仇恨，他扎了两个茅草人，一个身上写滚地龙，另一个身上写茄儿腿腿，刀刀都往他们身上招呼。安宁走过去劝说："方明，你先休息一会儿吧，过度练功是没有效果的，只有劳逸结合，才能管用。"

程方明看了她一眼，默默地坐在太阳底下。安宁劝他坐到树荫下去，他说："我连死都不怕，还怕什么太阳？只有你这样的千金小姐，才会怕晒。"

安宁扑哧一笑，继续劝道："你不是喜欢听我朗诵吗？到树荫下来，我给你朗诵几首诗词。"

程方明望着她俊秀的脸庞说："安二姐，你不要摆我哟。"

安宁心里一酸，说："我什么时候摆过人？我五岁丧母，黑二奶奶在世之时，一直把我当成亲闺女。记得她曾经对我说，做人要讲信义，她就是靠执着与信义，再加上勤耕苦奔，才让黑家起死回生，可惜出了个狼心狗肺的黑小茄……唉，不说了，一说我就会淌眼泪。说真的，我也跟你一样，恨不得亲手杀了滚地龙和茄儿腿腿，为黑二奶奶报仇！为黑家庄死去的乡亲们报仇！"

程方明感动地说："谢谢你，安二姐。我也知道，这个世上对我最好的，就是你们一家了，如果没有你们，我肯定活不到今天。你们的大恩大德我无以为报，唯一能做的就是拼命练武，早日除掉滚地龙和茄儿腿腿，让乡亲们过上安稳日子。"

"可你才十五岁，今后的日子还很漫长。凡事要讲究策略才能成功，要想练好武艺，必须遵守规律、循序渐进，蛮干不是好办法，只会伤身害体。你不是最崇拜民族英雄吗？听我的，先到树荫下休息，我给你朗诵岳武穆的《满江红》。"

程方明提着砍刀，来到那棵似乎已看透了人世沧桑的古树下。安宁穿着紧身衣裤，腰间扎着皮带，左边挂着匕首，右边插着飞刀，那把飘着红绸的驳壳枪，就像程方明的性格一样，威武而又执拗地占据中间位置。安宁的这身装扮，看上去既英姿飒爽，又妩媚多姿，不知爱煞多少公子少爷。如果是寻常人家，媒人早已踏破门槛，可安家不但富甲一方，还是书香门第、土司后裔，拥有高贵的血统，自从乡长王明阶的大公子碰壁后，谁也不敢上门取辱。

安宁在树荫下站定，伸开双手，昂首挺胸，高声吟诵：

  怒发冲冠，凭栏处、潇潇雨歇。
  抬望眼，仰天长啸，壮怀激烈。
  三十功名尘与土，八千里路云和月。
  莫等闲、白了少年头，空悲切！

  靖康耻，犹未雪。臣子恨，何时灭！
  驾长车，踏破贺兰山缺。
  壮志饥餐胡虏肉，笑谈渴饮匈奴血。
  待从头、收拾旧山河，朝天阙！

安宁意气风发，声情并茂，程方明心中的英雄情结全被激发，也高声吟道：

  遥望中原，荒烟外，许多城郭。
  想当年、花遮柳护，凤楼龙阁。
  万岁山前珠翠绕，蓬壶殿里笙歌作。
  到而今，铁骑满郊畿，风尘恶。

  兵安在，膏锋锷。民安在，填沟壑。
  叹江山如故，千村寥落。

何日请缨提锐旅，一鞭直渡清河洛。
却归来、再续汉阳游，骑黄鹤。

吟到最后，程方明挥舞砍刀，飞身而起，朝着几抱粗的老树干奋力劈去。咚！砍刀深深嵌入树干，费了好大的劲才将它拔出。

大家又操练了一会儿，安忠集合队伍，总结训话，然后各自回家，只有程方明还在继续苦练。熊飞带着阿金阿银，背着几床凉席，拉着两条土狗，沿着官寨门前的古驿道远远地走来，边走边吆喝："凉席换狗——凉席换狗——"

熊飞来到程方明近旁，高声赞道："好！好刀法！"

程方明停下身来，见是三个苗族小青年，淡淡地问："这位大哥，有何指教？"

熊飞靠近他说："程兄弟，我是坡戛熊寨主的二公子熊飞。恕我直言，你武艺练得再好，也杀不了滚地龙和茄儿腿腿，因为他们有枪，有马，还有油黑大洞。"

"依你看我该怎么办？"

"听说过孟马刀吗？"

"当然听说过。听说凡是为非作歹、大逆不道之人被他抓到，一律砍头，绝不饶恕。"

"那你为何不去找孟马刀，求他派兵清剿油黑大洞？"

"可是我两手空空的，拿什么去求他呢？"

"孟马刀生性耿直，疾恶如仇，爱刀如命，只要听说有五马六盗之徒、大奸大恶之辈，一定不会放过。再说人家不但当过师长，还当过城防司令，管过全省治安，只因黔军被红军打败，才被降为旅长。这么大的官，什么古董字画金银珠宝没收藏过？所以你啥也不用带，提脚提手地去最好。如果他不肯出兵，就有损'孟马刀'之名；如果他真不出兵，我就做你家的一头牛，穿鼻子给你牵。"

程方明没想到一个只比自己大一两岁的苗族兄弟，居然有如此见解，于是怔怔地看着他，犹豫了好半天才说："好吧，人算不如天算，没有试过怎么会知道结果。不管他会不会答应，我都先去求求再说。"

"凉席换狗——凉席换狗——"

第九章　花映俊酋

熊飞和他的两个小伙伴，拖声长气地吆喝着，沿着古驿道，往箐门关方向渐行渐远。程方明返回家里，带上行李盘缠，用麻布裹着砍刀，背着就出门走了，直到第二天下午，才来到古定县城。数百年来，古定一直是水西地区的政治、经济和文化中心，丰厚的文化底蕴凝成一种浓郁的氛围，是其他县城无法比拟的。而在此之前，程方明只到过蒙川。

在古定西部五个区，蒙川是最大的集镇，最近几年又依山傍险，垒起城墙，但跟古定县城比，就像麻雀和天鹅，有着天壤之别。程方明没有流连于古定城内的繁华和鳞次栉比的商铺，更不会去关注那些比黑家大院还要气派的高官府第与土司衙门，他心里装的只有报仇雪恨和找回妹妹两件事，一进城门就去寻找孟马刀了。

在城里转了两圈，虽然也遇见三三两两的巡逻士兵，但穿的都是保警队的衣服，扛的也是捅火棍一样的土枪，根本不像是传说中的正规军。他早就打听过了，孟马刀的部队，普通士兵手里拿的，都是乌黑锃亮的汉阳造；此外还有捷克式机枪和德国小钢炮，甚至还有山炮，得用几匹马驮，炮管跟小草梁一样粗。可是在古定城里，连一杆像样的步枪都没看到，连一件标准的军装也没发现，更别说孟马刀带领的千军万马了。

一位四十余岁的算命先生叫住他，轻言细语地问："小兄弟，我看你眼神凌厉，风尘仆仆，是不是想要当兵？"

程方明打躬作揖，彬彬有礼地说："大叔，实话实说，好男不当兵，好铁不打钉，我日子过得还可以，有田有地有房子，还有商铺和山林，吃穿不用发愁，就是心里苦闷。我要寻找孟马刀孟将军，有事求他帮忙。"

算命先生又将他打量了两眼，有些惋惜地说："唉，我看你相貌堂堂，虎背熊腰，这身板不当兵真是可惜了。'天下兴亡，匹夫有责'，像你这样的热血青年，应该身着戎装，建功立业才对。不过人各有志，不必强求。哦，原来你是想找孟将军，可惜他已经不在古定，去打鼓新场了。"

"他的部队呢？也带走了吗？"

"是的，都带去了。因娄山关之战一败涂地，黔军已彻底瓦解，从军长、师长到旅长、团长全被一抹光。老蒋念他疾恶如仇、作战勇猛，保留少将军衔，给了个旅长职位，算是降级使用。他名为旅长，手下其实只有一个团，另外两个团还在编练中。"

程方明由衷赞道："先生能说会道，对军队又如此熟悉，绝对不是一般的江湖浪人。"

算命先生哈哈一笑，隐隐约约地露出两颗虎牙："小兄弟，看你穿着讲究、气宇轩昂、举止得体，我猜不是土司后裔，便是乡绅子弟，一定出生在富贵人家。老夫也曾是行伍出身，可惜毫无建树，不过还算有点人脉，认识不少黔军军官。如今黔军虽已编散，但那些老友故旧，还有不少混杂在中央军中，都是营长连长，要不我给你张字条，说不定也有用得到的时候。"说着，还真递给他一张字条。

程方明拿着字条匆匆离开，走出城门展开一看，笔力遒劲的蝇头小楷只写着一句话："打倒土豪劣绅！"

"什么打倒土豪劣绅，我只想打倒土匪恶霸！"程方明刚想把字条扔掉，算命先生突然出现在他面前。

程方明涨红了脸，场面有些尴尬。算命先生说："这里的日子看来也不好混，我得赶紧搬家。喏，相逢就是有缘，我这里还有一封信，如果遇见刷写这句标语的人，请把这封信交给他们，不知小弟能否帮忙。唉，我想如果去当兵的话，以你的资质才能，将来的成就一定不会输给孟马刀。"

程方明接过信件，愣了下说："您是说，我也能当将军？"

算命先生一本正经地说："我看你剑眉虎眼、宅心仁厚、豪气干云，再加上天庭饱满、身手矫健、心正口直，必然是建功立业的好儿郎，最适合在军中发展。"

程方明说："我身负血海深仇，加上还要找寻妹妹，所以不能远离家乡。先生的好意我已心领，请您放心吧，这封信我一定会送到，这张字条我也会好好收藏。"

见他态度如此坚决，算命先生叹息一声，就急匆匆地向北而行。程方明对着他的背影，大声问道："老先生，请问高姓大名？"

算命先生头也不回地说："字条背面写得有。"

程方明连忙将字条翻转过来，果然真有签名，只是字很小，"应止戈"三个字，就像刀凿斧刻。程方明五岁就进安庄主创办的庄塾读书，一直读到十二岁，为了集中精力练武才中断学业。尽管只上了七年学，尽管不知道应止戈是何许人，但也能理解"止戈"的含义：止戈，不就是要阻止战争吗？阻止战争，不就是想要和平吗？记得安庄主曾经说过，和平不会轻而易举地实现，往往只有通过战争手段才能达到目的。也就是说，真正的和平都是打出来的，而且必须要打赢。要打胜仗，就得有强大的军队，难道，这家伙想拉部队搞事？

程方明心里一惊，蓦然想起那位算命先生，看上去已有四十余岁年纪，但听声音，却只有三十来岁，瞬间明白过来：他一定是乔装改扮的。正自胡思乱想，两名军官骑着高头大马，带着一队保警兵冲出城来。

程方明连忙闪到路边，一名当官的在他面前勒住坐骑，气势汹汹地问："小伙子，有没有看到一个穿青布长衫的算命子①，背着一个蓝布挎包往哪个方向走了？"

古定城比较特别，只留有南北两个城门，北门除非遇到紧急情况，一般是不会开的，四面八方的道路，都只能在南门前面交会。程方明看着那名军官，做出非常害怕的样子，指着东南方向的大路说："他——他往那边去了，听说要去顺城。"

那两个军官也不多想，连忙带着人马朝东南方向追赶。程方明咧嘴笑了下，立即往东北方向大步而去。因为他问清楚了，打鼓新场位于古定东北面，临近川黔边界，位于川盐要道，来往客商较多，百里特产云集，是个比蒙川还大的集镇，可惜路途遥远，至少有一百多里。

紧赶慢赶，又过了两天，程方明才来到打鼓新场。一问，孟部在这里驻扎了几天，又开往瓢井去了。瓢井置有特大盐号，为水西八县的供盐中心，无疑又是个大集镇。越是人烟稠密的富庶之地，军队越是喜欢驻扎，因为有油水可捞。

在街上询问一番，从打鼓新场到瓢井，又是一百余里。歇了一宿，天刚放亮，程方明正要启程，突然看见小旅馆对面的街边，三个人背着枪拎着石灰桶，正在墙壁上刷写大字：打倒土豪劣绅。程方明连忙跑过去，把算命先生的信交给他们。

顾不上说话，程方明又匆匆上路了。等到瓢井一问，孟马刀又开拔走了，去了哪里没人知道。因为几个月前有支红军队伍来过这里，消灭了一百多名盐防兵和保警队，打了十几家大土豪，分了不少钱财盐米给穷苦百姓，白军已经没有油水可捞了。

程方明沿着孟部行军的轨迹一路追踪，一走就是十几天，没想到跟了一大圈，反而回到家门口的蒙川附近。程方明不想错过机会，连忙朝孟马刀的驻地奔去。

孟马刀是个有名的孝子，即使行军打仗，也要带着七十高龄的老母，以便随时请安伺候。他还有个规矩，剿匪清乡，从不住城里。在蒙川也不例外，他

---

① 乌蒙山区对算命先生的俗称。

将指挥部设在镇外的文昌阁。

文昌阁建于一座土岗之上，可以俯瞰蒙川全镇，不但是本地文人饮酒作诗、吟风弄月的风景胜地，还是一座非常理想的兵营，易守难攻，左前方与蒙川镇隔河相望，一座已有八十多年历史的石拱廊桥，将两岸连接起来。

这条河不算大河，只有六七十米宽，一年四季，绿波荡漾，传说曾有狮子泅渡，所以名唤过狮河；因地处蒙川镇西，又叫西津渡。这座石拱廊桥非常特别，不但立着廊柱，盖有屋顶，桥两头还分别安放着一对雌雄狮子，桥两边的护栏上，各有十五只幼狮。

桥头碑记云，大清道光二十年，蒙川地区终于考取了第一个举人，那就是蒙举人的爷爷蒙成举。中举之后，蒙成举以土司后裔的身份参加铨试，名列第一，成为朝廷命官，初授迪功郎；又过了十余年，官至江西某地知府。蒙成举当上知府后，为弘扬祖德，造福乡梓，出资建造了文昌阁与过狮桥，连接两岸驿路，以供百姓游赏通行。

那三十六根廊柱上，镌刻着十八副楹联，写尽了蒙川风土人情与风景名胜。廊桥两头的匾牌上，"过狮桥"三个大字，据说就是蒙举人的爷爷蒙知府的墨宝，笔力遒劲，入木三分，恰似飞龙在天，宛如雄狮劲舞。

廊桥两头各有一副楹联，均出自时任古定知府的袁大人之手，东头写道：

> 锦绣江山，满目苍翠，原本是胸中有谱；
> 磅礴乌蒙，千里沃野，只因为书上无题。

西头却题：

> 西风古土，分郡而治，蒙川本属一隅；
> 民族团结，定国安邦，匹夫均有其责。

过狮桥两头的岩壁上，还有几十幅摩崖石刻，均为建桥之后数十年间历任知府赞叹蒙川风物的诗句，也有本土文人及外地到访名家的作品，其中第一幅为蒙成举所书：

> 自古兴邦靠政仁，蒙川道上尽酸辛。
> 奢香罗帕挥北斗，武侯羽扇渡西津。

第九章　花映俊酋

　　耸翠千峰言豪壮，沉渊万壑语宜珍。
　　文昌筑就诗词赋，从此春风恋旧尘。

第九幅出自安庄主的爷爷安邦贵之手：

　　古渡西津逾显秋，千川稻禾逞风流。
　　孝廉铨试悬明镜，知府归乡造彩舟。
　　两岸猿啼声渐远，百般美誉势难收。
　　书生本应学成举，万朵鹃花映俊酋。

　　蒙成举，字显秋，致仕后朝廷敕造"俊酋"牌坊，立于古定城中，位于通衢闹市，以此表彰其作为土司后裔与彝区乡宦的示范作用，安邦贵的这首七言律诗，既为这位乡贤歌功颂德，向他表达由衷敬意，同时也抒发了自己作为一名读书人的基本理想，那就是以蒙知府为榜样，修身齐家治国平天下。可惜他刚刚考中秀才，以陶大帅为首的苗民起义爆发，很快席卷整个乌蒙山区，最多时拥兵二十余万，并与太平天国遥相呼应，翼王石达开也率领数万大军，从箐门关蜂拥而入，在蒙川一带与陶大帅联手对抗清兵。整整闹腾了三年，直到石达开在川西大渡河全军覆没，水西苗民起义才被平息下去，朝廷震怒之下，严格限制暴动核心区的民众子弟参加科考，彝族和汉族也不例外，尽管安邦贵享有世袭九品土目的特权，连续几次报考，均未获通过。

　　来到过狮桥头，看着琳琅满目的诗句题字，匆匆扫了一眼，程方明唯独对以上两首七律深表赞许。可惜他不会作诗，空有一腔热情，却不知如何表达，搜肠索肚，几次张口，最终一个字也没吟出，只得摇头苦笑，自言自语："熟读唐诗三百首，不会吟诗也会吟，要是安宁在的话，一定会出口成章，满目锦绣。算了吧，这吟诗作赋的风流韵事，看来与我毫无缘分，还是赶紧去求孟马刀出兵剿匪吧。"

　　程方明急慌慌地朝廊桥奔去，两名荷枪实弹的士兵，挺胸收腹，一脸严肃，看上去既雄壮，又威武。几十米外的另一头，同样站着两名武装士兵。看见有人奔来，哨兵连忙用枪拦住，大声喝问："站住，干什么的？"

　　程方明打躬作揖，恭恭敬敬地说："两位老总行行好，我是来找孟将军的。"

　　哨兵喝道："报上名来。"

程方明说："草民姓程，禾呈程，小字方明，乃本县西二区水箐乡黑家庄人氏。"

哨兵极不耐烦地说："看你年纪不大，说话却啰里啰唆，估计是墨水喝多了。简单点讲，找我们旅座有啥事？"

"求他派兵剿匪。"

"流寇还是山贼？"

"山贼，很凶很凶的山贼。"

一名副官刚好带着两名士兵从蒙川镇上回来，哨兵连忙立正敬礼，大声报告："何副官，这位小哥想见旅座。"

何副官将程方明打量了一番，问："见我们旅座有何事？"

程方明简明扼要，态度诚恳地说："请他派兵剿匪。"

何副官问："流寇还是山贼？"

程方明将刚才的话重复一遍，何副官哈哈笑道："小兄弟，你还是请回吧，我们只捕流寇，不剿山贼。"

程方明愣了半天，一脸失望地问："孟马刀名震四方，难道也怕了滚地龙不成？"

何副官再次将程方明打量了一番，说："小兄弟，看你乳臭未干，说话却如此老练，绝非等闲之辈，我就实话跟你说吧。我们这次名为清乡，其实是来'防红剿共'的，对土匪山贼不感兴趣，如果你有本事硬接孟将军三刀，或许他会考虑出兵。"

程方明昂首挺胸，语气坚定地说："为了剿匪，我死都不怕，甘愿接他三刀。"

何副官微微一笑，竖起拇指说："好，蒙川自古多豪杰，有志不怕年龄小。既然不怕死，那就跟我来吧。"

时已近午，穿着笔挺军装、佩戴少将军衔的孟马刀，刚刚处理完军务，踏着青石地砖，走出文昌大殿，来到后院伸展拳脚，随后抽出马刀，舞弄了几下。那把马刀长逾二尺，通体雪亮，锋利无比，据说丧命在这把刀下的土匪山贼和忤逆恶霸，已有六七十名。

孟马刀身材高大，矫健结实，浓眉之下，一双鹰目炯炯有神，射出两道凌厉的光芒。只见刀风霍霍，四周全是刀影，仿佛水泼不进。

嚓嚓嚓，副官带着程方明来到院门前，喊了声报告。孟马刀收刀立定，头

第九章　花映俊酋

也不回，中气十足地问："带了谁来？"

副官道："一名十五六岁的少年。"

孟马刀又问："姓甚名谁，何方人氏？"

副官道："本县西二区黑家庄人氏，名叫程方明，是个没落土目的少当家。"

孟马刀再问："所求何事？"

副官道："派兵剿匪。"

孟马刀转过身来，强大的气场让程方明感到那是一座难以逾越的高山，有点被压得喘不过气来。孟马刀将程方明打量了一番，一脸严肃地问："小伙子，看见我这把马刀，你怕，还是不怕？"

程方明一脸坦然地说："不怕！我一不偷，二不抢。堂堂正正做人，认认真真做事，问心无愧，何怕之有？"

孟马刀脸上绷紧的肌肉骤然放松，微笑着点了点头："你小小年纪，就有这等胆识，确实难得。我且问你，你来找我，想要杀谁？"

"我不是想要杀谁，我从来就没有杀心，但我爹娘全被油黑大洞的土匪杀害了。还有我妹妹，不到三岁就被他们掳走，不知卖到哪里去了，至今杳无音讯。我不想滥杀无辜，只想铲除恶魔，找回妹妹。"

孟马刀抚着他心爱的马刀说："父母之仇，不共戴天；寻回妹妹，乃兄长之责。我看见了，你年纪虽小，却是个大丈夫、好男儿。大丈夫胸怀天下，好男儿志在家国，不该只报一己之仇，逞一时之快。"

"孟将军，您大概领会错了，我不是为了报一己之仇才来求您。还有很多乡亲，已被他们杀害；还有很多良家妇女，已被他们奸淫。撇开私仇，我也会与他们为敌，因为自小我就崇拜您这样的英雄豪杰。剿灭油黑大洞，绝对是除霸安良的壮举，将军疾恶如仇、威名远震，来到蒙川不打油黑大洞，有点说不过去。"

孟马刀叹道："军人以服从命令为天职，没有上峰的命令，我不能随意用兵。"

程方明突然跪下，含泪恳求："孟将军如肯出兵剿匪，方明甘愿接您三刀。"

孟马刀上前两步，将他扶了起来："我平生最敬三种人：第一种是清官老爷、开明士绅；第二种是忠臣良将、民族英雄；第三种是乡野贤达、真诚孝子。这段时间，我率部行来，每到一处都有不少地主老财、土目乡绅前来求我出兵剿匪，但一听说出兵可以，得接三刀时，就很少有人说话了。哎，人心哪，都是自私的。"

程方明再次申明："草民程方明，愿接将军三刀，替西部五区全体乡亲请求出兵。"

孟马刀哈哈大笑，豪放地说："好！好！我就喜欢这样的少年！我看你又累又饿，估计走了不少路程，不如先用餐，再比武。"

程方明道："为了寻找贵部，我从水箐赶到古定，从古定赶到打鼓新场，再从打鼓新场赶到瓢井，又从瓢井赶到乌城，最后又从乌城转回蒙川，不知翻越多少座高山，蹚过多少条河流，风餐露宿，披星戴月，整整走了十几天路程。"

孟马刀笑道："艰难困苦集于成，我不会让你白跑的。何副官，通知厨房，准备用餐。"

孟马刀是个崇尚节俭的将军，这顿午餐并没有程方明想象的丰盛，仅仅是一荤两素。素菜是清炒白菜、麻婆豆腐，荤菜是红烧肉。连续十几天的奔波，程方明也算饱餐了一顿。饭毕，士兵端来茶水，休息片刻，来到院里。孟马刀抽出马刀，对着程方明比画了一下，突然一名女孩大叫一声，扑了进来，两名士兵连忙将她拽住。

程方明听见安宁的声音，回过头一看，见果然是女扮男装的她，跑过来问："安二姐，你——你怎么也来啦？"

安宁帽子脱落，头发蓬乱，双手被士兵们反扭到背后，对孟马刀怒目而视。孟马刀一脸惊讶，命令道："放开她！"

士兵们原以为她是个英俊少年，此刻看见那万缕青丝，心里惊得怦怦直跳，听到将军命令，连忙松开双手，闪到一旁，一脸惶恐。孟马刀最恨好色之徒、不肖之辈，凡是侮辱女性者，必受严惩，轻则罚打军棍，重则就地处决。

孟马刀将目光落在院门外的熊飞身上，命令士兵："把他放开，让他进来。"

熊飞抬脚迈进门槛，孟马刀盯着他的脸说："你是何人，为何要装神弄鬼？"

熊飞抹了几把脸，挺直腰杆，倏忽间从四十余岁的游学先生变成十六七岁的英俊少年。士兵们无不在心里惊呼：真是见鬼了，今天在过狮桥头抓住的两个人，一个不但身上藏得有枪，还从小伙子变成大姑娘；一个更玄乎，居然返老还童，从四十多岁变成十六七岁。

程方明打量着熊飞，一脸狐疑地问："你——你怎么也来啦？"

孟马刀哈哈笑道："原来你们都认识？"

程方明介绍道："这位小姐，是黑家庄安庄主的千金安宁；这位兄台，是坡戛苗寨熊寨主的二公子熊飞。"

孟马刀问："龙排长，怎么把他们给捉来啦？"

龙排长连忙交出从安宁身上缴获的手枪，战战兢兢地说："他们在过狮桥头鬼鬼祟祟地偷窥，我们以为是歹人，带来请旅座发落。"

孟马刀道："把枪还给人家，然后放走。"

安宁说："我不走。"

孟马刀问："为何？"

安宁一把将程方明拉过来，上前一步说："我来换他。"

众人一脸愕然，孟马刀打量着安宁："你要换他？"

安宁昂首道："他们家只有这棵秧苗了，让我来换他去死。听说，您每次出兵剿匪，都要拿人祭刀，而且只要年轻人。"

众人哑然失笑，孟马刀一本正经地问："安小姐，你听谁说的？是不是有人故意造谣，污蔑孟某的名声？"

安宁道："没人造谣，是我爹说的。他邀集十几位乡绅前来请求出兵，将军您不但要拿人祭刀，而且还要砍三刀才算。大家想想，孟马刀是何等英雄，一刀足以要命，三刀，就算有三条命也不够死。我爹原本愿意死在您的刀下，换取一方安宁，可是您说，'你年纪太大了，还是换个年轻人来吧。'谁舍得让自己的孩子去死？于是我爹就此作罢。现在，我已经站在您面前，就让我换下程公子吧，他的爹妈全都被土匪杀害了，妹妹也被土匪抢走了，您再把他砍死了，他家就没人了。"

熊飞上前两步，先对安宁说："安小姐，你别抢功，只要有我熊飞在，要死也轮不到你。"然后转向孟马刀，朗声说道："孟将军，如果真要拿人祭刀，就请您砍我吧，我家弟兄多，少一个无所谓；再说我们苗家人命贱，与其被滚地龙一枪打死，还不如给大名鼎鼎的孟马刀祭刀，说不定还会名留青史，更有意义。"

孟马刀仰天大笑，笑够了才举起拇指说："好！好！你们一个有情，一个有义，我孟醒就喜欢这样的年轻人！我这次领兵出征，上峰严令禁止进山剿匪，以免消耗战力。我与上峰据理力争，上峰勉强答应，但规定最多只能出动两次，每次只能出动一个连。机会难得，弥足珍贵，才有了试刀之说。我部所到之处，匪盗遁迹，远避深山，我虽痛恨，可惜各地士绅无不惜命，无人愿来试刀。没想到刚到蒙川，就来了五十余岁的蒙举人，然后又来了熊寨主和安庄主，全都要求以身试刀；今日又有你们三位，我已经心满意足了。"

程方明解开麻布，抽出砍刀，向孟马刀鞠躬致意："将军正气凛然，晚辈深感敬佩，为了不坏规矩，晚辈愿接三刀。一来为了验证晚辈的武艺修为，二来也不愿将军授人以柄。"

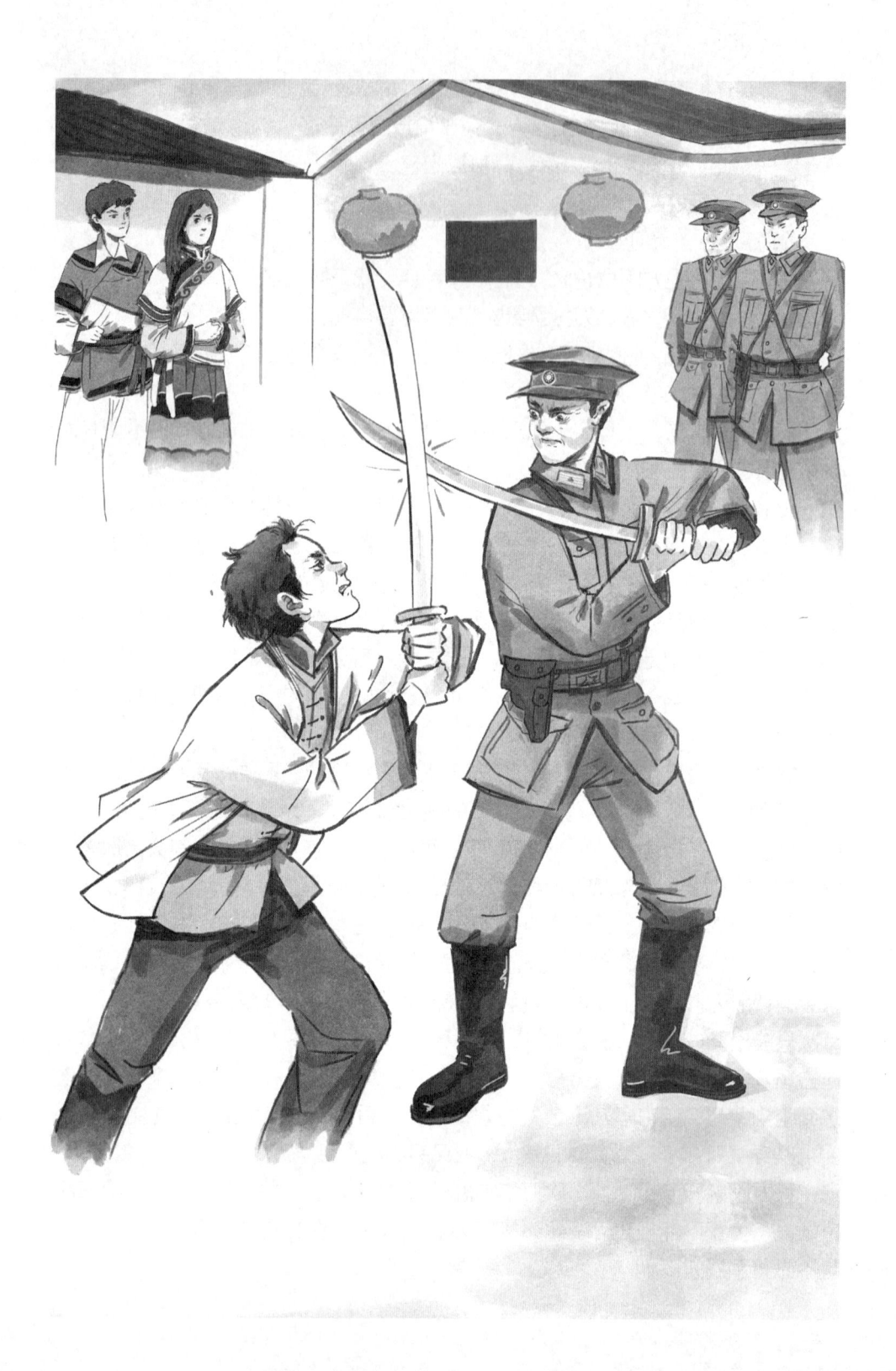

大家一齐看向孟马刀。孟马刀略一沉吟，举起马刀说："安小姐，熊公子，我孟醒平生喜交英雄豪杰，程公子气宇非凡、豪气冲天，想必一定有真才实学，还是让我们试试刀吧。以三招为限，点到为止，不论输赢，我都答应出兵。"

说完，众人散开，腾出场子；二人扎起把式，运气转圈。第一刀，孟马刀以雷霆之势，挟龙虎之威，飞跃三尺，劈头砍来。程方明双手将刀横举，上前半步，身子微微一仰。当！金铁交鸣，火星飞溅。程方明虎口震痛，头脑晕沉，出现了几秒钟的空白，向后连退七八步，安宁连忙从后面将他扶住。

程方明站稳身子，耳朵嗡嗡作响，手里的刀仿佛重逾千钧，心里想说"孟大马刀，名不虚传"，却说不出来，仿佛一张口，那股气就会立即泄完，然后砰然倒地。

孟马刀恢复原状，站稳把式。约莫过了分把钟，程方明才缓过劲来，回头望了安宁一眼，轻轻说了声谢谢，然后昂首挺胸，又来到场子中央。

这次，孟马刀不再力劈华山了，而是横扫昆仑。只见他左脚轻轻迈出半步，随即一个前跃，将马刀横扫过来，犹如雷鸣电闪，又似万马奔腾。程方明连忙扎稳马步，双手将刀直立，就像一根擎天玉柱。又是当的一声，程方明摇摇晃晃，差点摔倒在地，但双手依旧紧紧攥住刀柄，鲜血却从虎口慢慢渗出。

众人屏住呼吸，紧盯现场。过了半分钟，程方明再次站稳身子，示意对方进攻。孟马刀的招式不再那么平实厚重，只见他身子一转，就像脱缰的野马、出水的蛟龙，一片刀光让人眼花缭乱。程方明也舞出一片刀光，将全身紧紧护住。叮叮当当，众人看时，孟马刀已经收刀站立，程方明紧握刀柄，摇摇晃晃，但还是勉强站住了，嘴角沁出鲜血，朝孟马刀深施一礼："前辈大恩，终生不忘。"

孟马刀先是一脸惊讶，随后举起拇指赞道："鄙人自出师以来，未逢对手，程公子小小年纪能硬接三招，确实令人佩服。何副官，传我命令，机枪连抽调一排加强侦察连，炮营再抽调一门山炮和两门迫击炮配合作战，今晚三更造饭，明日拂晓出发。"

何副官领命而去，孟马刀吩咐卫兵领来三支勃朗宁手枪和六盒子弹，分别赠予程、熊、安三人："戎马倥偬，别无长物，手枪一支，聊表心意。"

三人连忙拱手致谢，孟马刀又各给他们一人一张亲笔签署的名片，并交代说："今后如若有事，请持名片前来找我，凡我军中，无人敢拦；如我不在，他们也会全力相助。"

第十章　古道热肠

按政府规定，古定苗民是不能持有枪支弹药的，一旦暴露，就要被抓去关监坐牢。拿到手枪，熊飞既害怕又兴奋，全身不由自主地颤抖。孟马刀用宽大的手掌扶着他坚实的肩膀说："我送你手枪，是让你匡扶正义、防身自保，千万别逞能好强、误伤无辜。收好我这张名片，就没人敢为难你了。"

接着，孟马刀把他们带到临时靶场，进行实弹射击。三人之中，只有安宁用过手枪，程方明和熊飞都是新手，分别按照孟马刀的教导，对着三十米外的枪靶开了两枪，居然全都打中了，程方明的是两个八环，熊飞的是七环和八环。孟马刀哈哈笑道："初次打枪，就有如此成绩，日后都是神枪手。"然后把目光望向安宁。

安宁上前两步，侧身而立，熟练地拔出手枪，打开保险，砰砰两枪，全都打进十环。众人鼓掌叫好，安宁嫣然一笑，向大家鞠躬致谢。孟马刀赞道："听说安小姐文武全才，果然名不虚传。如今已领略枪法，不知能否展示文采。"

孟马刀能够做到城防司令和黔军师长，凭的不只是一手凌厉刀法，其带兵方略、指挥艺术以及书法诗词等，均有颇高造诣，能够得到他的点评和赞美，也是一件极其舒心的事情。安宁环顾四周，微笑着说："可惜没有文房四宝。"

孟马刀笑道："这还不简单？回到指挥部，什么都有。"

返回文昌阁，副官已备好笔墨纸张。安宁略一沉吟，挥毫写道：

水西八部，已初秋，瓜熟蒂落。
看长空，雁羽成行，愁云如昨。
蝉闷声高情难禁，林幽虫唱苦为乐。
望远山，虎豹常出没，强凌弱。

> 盼除恶，止掳掠；滚地龙，怎擒获？
> 出奇兵，忽抵油黑洞脚。
> 弹雨纷飞击贼寇，大炮轰鸣震沟壑。
> 愿硝烟，莫再空弥漫，捍山河！

安宁书完，众人围观，孟马刀叹道："字迹虽娟秀，怒发亦冲冠；我等号神勇，此时情何堪？安小姐，请转告令尊及水箐百姓，不攻下油黑大洞，我部绝不收兵！"

安宁放下毛笔，躬身致谢，然后转身飘然离去。熊飞连忙告辞，紧随其后。

第二天早晨，部队集合完毕，在程方明的引路下直奔油黑大洞。连续行军四小时，于中午时分抵达小街丫口，放出警戒，做饭休息。饭后兵分三路，齐头并进，悄悄地朝油黑大洞摸来。

程方明几次上山报仇未果，却把山上的情况摸得一清二楚，与带兵的何副官和侯连长经过认真研究、反复推演，最后制订出周密的作战计划。

离油黑大洞还有三四里，侦察连放出尖刀班，诱杀了六名游动哨。至二里处，又解决了两道暗哨。参战各部均已到达指定位置，随即从三面（背面是燕子大箐，不可用兵）架设机枪大炮，构筑简单工事，形成战斗队形。

下午五点，侯连长一声令下，炮营调来的山炮和迫击炮同时开火，连续发射几十枚炮弹后，油黑大洞附近的明碉暗堡以及地雷阵、竹签阵、陷阱阵等几乎全被摧毁，悬崖前的马厩里，五六名马夫与二三十匹骏马，同样死的死，伤的伤，逃的逃。烽烟滚滚中，滚地龙和茄儿腿腿眼睁睁地看着自己精心构筑的防御工事，不到二十分钟全被对方摧毁，震惊之余，唯有仰天长叹。

炮击停止后，十余挺轻重机枪密集的子弹，就像飞蝗一样漫天而来，气得滚地龙哇哇大叫："孟马刀简直就是个魔鬼，一下手就派出这么凶猛的部队，连炮营和机枪连都搬出来了，简直是想要老子的命！弟兄们，大难不死必有后福，大家打起精神，给我狠狠还击！"

三挺机枪全被炸毁，外线已经无法坚守，所有匪徒全部撤回洞里。茄儿腿腿清点了一番，只剩下六七十人。滚地龙阴沉着脸说："都怪老子太过大意，听说孟马刀生性凶残，惯使马刀，所以一直防着他的马刀，处处避其锋芒，以免和他遭遇，谁知这个常败将军如此不讲风度，更不按常理出牌，一开始就用机枪大炮来对付咱们。"

茄儿腿腿建议，对方人多势众，火力又猛，死守不是办法，唯一的出路就是逃。滚地龙则认为，孟马刀不可能有那么多炮弹，再过两小时天就断黑了，大家坚守一会儿，等天一黑，便可突围。于是命令："大家都听好了，强敌来袭，炮火猛烈，咱们不能乱了阵脚，更不要幻想对方主动撤退。十几天前，我就预感到了不对，将一半家当与十几名弟兄搬到凹乌大洞隐藏，大家给我好好坚持两小时，等天一黑，能滚的都给我滚下山去，然后到凹乌大洞集合，以图东山再起；不能滚的，就在山上打掩护，你们的父母妻儿，我和出去的弟兄一定会替你们好好赡养照顾。"

一通炮击和扫射之后，侦察连一边喊话，说只要将匪首滚地龙和茄儿腿腿交出来，其余的都可以宽大处理，一边在机枪的掩护下，步步逼近，不到半小时，就来到洞口下面，隐蔽起来。

侦察连也不强攻，只是时不时地用机枪扫射一下，以示警告。同时开展政治攻势，表示两小时内再不投降，就要采用非常手段。不过这招对这群土匪并不灵验，因为他们知道自己血债累累，即使杀了老大老二投降孟马刀，最终也难逃一死。横竖都是死，还不如负隅顽抗，等天断黑，强行突围。土匪们也懒得还击，分派几人把守关卡，其余的收拾好东西后，全都待在洞厅里喝酒吃肉，养精蓄锐，准备拼死一搏。

天色渐渐暗了下来，何副官与侯连长吩咐大家填饱肚子，准备在夜暗的掩护下，运来柴草，采用火攻，将土匪全部逼进洞底，然后强攻上去，将其消灭。他们刚开始搬运柴草，突然从山上的荆棘丛中滚出几十名土匪，一边手脚灵活地翻滚着，一边舞刀开枪。另有几十名受伤土匪，根本就不打算突围，而是在悬崖之上开枪或扔手榴弹，进行干扰掩护。

一个小时后，战斗宣告结束，打扫完战场才发现，还是让滚地龙和茄儿腿腿带着二十余名土匪逃走了，天涯茫茫，他们逃往何方，只有老天爷知道。费了这么大的力气，牺牲了六名优秀士兵，油黑大洞是彻底摧毁了，杀害父母的仇人却逃走了，程方明难免心灰意冷。

何副官安慰道："程兄弟，对付这种土匪，孟将军从未舍得下这么大的本钱，不但动用了他亲自训练出来的侦察连，还分别从机枪连和炮兵营抽调火力，消耗了几十发炮弹，足以证明我们已经尽力了。在如此严密的火力打击下，滚地龙和茄儿腿腿还能突围逃走，说明他们确有过人之处。生死有命，富贵在天，很多事情不能急于一时，如果愿意的话，可以随我去入伍当兵，以你的资质本领，必定前途无量。"

程方明叹了口气，说："大仇未报，心事未了，我真无意从军，同时更加愧对那六位英烈，所以就不跟你们回去复命了，请代我向孟将军诚挚致谢。今后无论天涯海角还是刀山火海，不手刃仇敌，我誓不罢休。"

何副官见他无意从军，也不勉强，集合队伍，清点人马物资，扔给他小半袋银圆（战利品），上马而去。提着钱袋，看着大队人马抬着战友遗体下山远去，程方明才踏着凄清的月光，心事重重地离开战场，往木城方向走去。

听说滚地龙和茄儿腿腿竟然带着二十余名土匪成功突围，孟马刀半晌无语，便以清乡司令兼保安旅长的身份起草电文，说古定西部五区，土地广袤，人口众多，远离县城，非设县不足以图长治，恳请省府尽快统筹，设立新县。

电文发出不久，便收到回复，说数年之前已上报国民政府核准，不知何因，久拖不决，上头没有明确意见，省府不能擅自做主。孟马刀阅罢电文，微闭双眼，仰在一张行军椅上，思考了十几分钟，然后起身来到办公桌前，草拟了一份关于滚地龙和茄儿腿腿突出重围，隐匿逃窜，要求各地加强防范、协助捉拿的电文，通告水西八县并转发各区乡公所。

做完这一切，孟马刀对身旁的何副官说："年纪大了，难道真的有点不中用啦？"

何副官道："将军何出此言？您今年才五十周岁，正当壮年哪。"

孟马刀一脸怅然："区区百余名土匪，竟然让他逃了二十几个。"

何副官安慰道："滚地龙武艺高强，为匪已逾十年，一直占据油黑大洞，对地形地物异常熟悉；茄儿腿腿虽是土司后裔，为人却异常歹毒，同样学会了一身本领，已是五六年的惯匪。匪首逃逸，固然可恨，但天网恢恢，疏而不漏，他们终究难逃一死。"

孟马刀叹道："当今时局，风云变幻；国难当头，豺狼当道。真是'世人皆醉我独醒，披肝沥胆一马刀'。"

何副官欲言又止，孟马刀又说："刚刚接到电令，上峰命我部七日之内移师木城，肃清红军遗留之伤病人员与通共分子，然后驻防乌西，阻击红军后续部队。你通知部队，准备明早开拔。"

何副官起身离去，孟马刀神情落寞，站立良久。

孟部进剿油黑大洞的第二天，安庄主再次找安宁谈话："宁儿，黑二奶奶生前对你关怀备至，你还是去打理她的遗产吧。"

她没说话，只是默默地流下两行泪水，然后轻轻地点了点头。安庄主打开一只铁箱，将程家的房契地契以及金银珠宝、玉器古玩等全部清点一遍，郑重地交给她说："从此，你就是程家的人，就是黑二奶奶的儿媳妇了。"

安宁放下箱子，跪在地上拜了三拜。其实她早就知道，六年前黑二奶奶就预感到会有麻烦，于是将这只箱子交给她父亲，托他保管，并交代说："如果将来发生意外，请在安宁十八岁生日那天，将这些东西交给她吧；如果她不接受，请转交给我未来的儿媳。"

如此说来，程方明已经是她的未婚夫，她已经是程府的当家人，却不知道他去了哪里，身在何方。她最担心的，是他的安危。她已经从父亲口里知道，油黑大洞虽已摧毁，但土匪并未剿灭，滚地龙和茄儿腿腿已经逃走。她心里也非常明白，这两人不死，程方明就会一直奔走在复仇的路上，永不回头。

她再也无法忍受了，于是大声呼喊："程方明！程方明！你在哪里？"

数月时光一晃而过，转眼又是一年新春，程方明始终没有回来。整个春节期间，安宁一直魂不守舍，正月初九这天终于对安庄主说："爹，我还是出去找找他吧，他都已经出去好几个月了，不知现在是死是活。"

安庄主提着一根红刺莓烟杆，沉默了半分多钟才说："这个娃儿，既聪明好学，又勤快孝顺，如果不发生这些不幸，肯定能读到北平或南京去，然后成就一番事业。可是他性格过于偏执，看来这辈子不手刃滚地龙和茄儿腿腿，是不会善罢甘休的。"

安宁问："爹，难道他做错了吗？难道他不应该找他们报仇吗？"

安庄主无奈地摇了摇头："父母之仇，不共戴天，他当然没有做错。但君子报仇，十年不晚，总得创造机会，讲究策略，像他这样着急蛮干，怎么能成大事？那两个杀千刀的，早已罪该万死，我要是蒙川镇长，一定会将他们处以极刑。"

安宁不解地问："蒙川镇长？蒙川镇长不就是蒙举人嘛，他有那么大的权力吗？"

安庄主道："他当然有了，他是古定西部五区的圣人，如果蒙川建县，他一定是首任县长。我要是县长老爷，一定会号召全县军民，合力捉拿这两个恶魔，然后将他们点天灯，下油锅，扬灰挫骨沉潭底。"

"爹，您的意思是叫程方明去投靠蒙举人？"

"不，现在时机还未成熟，蒙举人也没那么多兵马。连孟马刀都收拾不了那两个败类，难度可想而知。现在，我看谁都靠不住，最好的办法是让他与熊刚联手，或许会有点把握。"

"为什么？为什么是他们两个？"

"因为他们两个，一个要清理门户，一个要报血海深仇。"

安宁喃喃自语："清理门户？什么清理门户？哦，我明白了，我明白了，滚地龙曾经认水箐苗乡的前苗王禄寨老做干爹。"

安庄主指着手里的烟杆说："你知道这根烟杆的来历吗？"

安宁一脸茫然地摇头。安庄主接着说："这根烟杆，原本是我们家四十五世祖安然老万代的心爱之物，已有三百多年历史了。安然老万代曾经是倮伟长官司长官，正七品官阶，管辖范围就是今天的西部五区，名列水西八部之一，势力比黑戞官家大多了，可惜在传到第四十六世祖时，天下再次大乱，吴三桂指挥十几万兵马，全力进剿水西。覆巢之下无完卵，水西败亡后，倮伟长官司再也不复存在。吴三桂灭亡后，朝廷将原来的倮伟长官司划分为九堡二十七仲，分封给几十名有功人员，以前的黑戞仲，也就是现在的水箐乡，是黑戞官家吞并了两仲三堡而成。"

"爹，还是说说这根烟杆的来历吧。"

安庄主顿了顿，继续说道："我们家四十五世祖，原本是一名巫师，为宣慰使大人成功预测了很多事例，避免和挽回了不少损失，宣慰使申报朝廷，特设倮伟长官司，也就是水西八部之则溪部，任命安然老万代为长官司长官。而巫师，俗称马脚，又叫弥拉，是水西八部正神的代言人。"

"噢，原来这不是普通烟杆，而是一件神器。"

"这根烟杆长二尺六寸九，一共有五十四道结，每道结都可以根据不同的方位、形状、大小、颜色、光泽等等，来预测将会发生的事情。它们还会在冥冥之中，暗示补救措施以及发展态势，关键在于如何正确解读并付诸行动。"

"爹爹，今天您把这件神器请了出来，是想告诉我什么呢？"

安庄主看了安宁一眼，有些无奈地说："你跟程方明的婚事，可能会有波折。"

安宁的心往下一沉，不由得一阵冰冷，好半天才问："还有呢？爹。"

"至于你们的将来，我实在无法判断。"

见安宁一脸黯然，安庄主又说："程方明目前正遭遇危险，只有你和蒙莹才能救他。按照烟杆第五十二道结的暗示，程方明应该在东南方向的凹乌大洞，你带上护寨队所有的枪支弹药，抓紧时间去吧，晚了怕来不及，留你哥与安诚带领梭镖队守护村庄就行了。"

安宁冲出房门，敲响铜锣，集合护寨队，扛着担架及抢救用品，跨上一匹枣红马，急匆匆地往东南方向疾驰而去。

看着安宁匆匆离去的身影，安庄主握着烟杆，喃喃自语："哪有什么烟杆显灵，不过是故弄玄虚，掩人耳目而已，安然老祖凭的是胸中所学，根据精心收集的情报，进行严密推演、大胆判断，才成功为宣慰使大人预测了不少事例，辅助宣慰使大人完成了几件功德，最终成为水西功臣，获得'神巫'称号与倮伟长官司长官的职位，被人视为'水西八部正神代言人'。"

见安宁已经带领人马走出寨门，安庄主叫来安诚，小声问道："蒙家那边有何反应？"

安诚躬身道："信鸽刚刚带回消息，蒙莹已带领数十人马朝凹乌大洞赶去，一切均按老爷的谋划进行。"

安庄主吩咐："继续收集和打探各方情报，千万注意保密。"

"是，老爷。"安诚躬身退出。安庄主放回祖传烟杆，拿起一副竹卦，摇了几下，随手一扔，又是个"顺卦"。

天气不是很好，还飘着毛毛细雨，安宁带着黑家庄的子弟兵，沿着五百多年前奢香夫人主持修建的古驿道出了箐门关，然后离开官道，沿着海子湖，绕过倮宝俚，进入水东乡，再翻过水牛大坡，直插凹乌大洞。

起身时，安庄主指着烟杆上的第五十二道结对她说："救起程方明后，不要回头，径直往乌西县城奔去。"

安宁问："到了乌西，然后会怎么样？"

安庄主："烟杆预示到此为止，卦象也没有交代下文。三分天注定，七分靠打拼，如果事事都依靠神灵指示，人就失去了思想和价值。车到山前必有路，船到桥头自然直，到时候你会知道应该怎么做。"

驾！驾！天气凌寒，道路崎岖，但安宁管不了那么多，一边催马前行，一边鼓励护寨队员们奋勇争先。哗哗哗，二十一名全副武装的护寨队员一路小跑。十里，二十里，当跑到三十里时，大家头晕了，脚软了，腿麻了，气喘吁吁地停了下来。

安宁下马问："弟兄们，安老爷对大家怎么样？"

大伙齐声回答："如兄如父。"

安宁又问："黑二奶奶在世时，对大家如何？"

大伙回答："如姐如母。"

安宁大声宣布："那我就不瞒大家了，我不但是安家小姐，还是程家媳妇，黑二奶奶是我婆婆，现在我夫君有难，大家说该不该帮他？"

大伙回答："有福同享，有难同当；刀山火海，万死不辞！"

这是安庄主拟写的寨训，此刻大伙齐声高诵，有着宣誓之意。安宁拔出孟马刀赠送的勃朗宁手枪，大声说道："或许此刻，程公子正与滚地龙和茄儿腿腿展开殊死决斗，咱们再苦再累，也要跑步前进，早一秒钟赶到，就多一分胜算。"

副队长安葵吼道："大家跟着我，打起精神，走！"

大伙疲惫不堪地重新上路。安宁咬紧牙关，翻身上马，冲上前去，回头对安葵说："安葵，我先行一步，你们赶紧跟来。"

安葵大喊："小姐，小姐。"

但蹄声嘚嘚，安宁已经跑远了。安葵挥着盒子枪招呼大家："快跟上，快跟上，如果小姐有个三长两短，如何向庄主交代？那还不如死了算了。弟兄们，自从背上钢枪，成为护寨队员，咱们就已经将生死置之度外，一心只想保卫家园与亲人平安，咱们连死都不怕，还怕什么累？"

大家再累也只得拼命向前，并纷纷表示："副队长请放心，小姐的命就是我们的命，如果她有三长两短，我们也不打算活了，一定要和土匪血战到底！"

凹乌大洞其实不是一个洞，而是一个非常巨大的天坑，长三里多，宽一里许，深有百余丈，除了朝南的开口处，其余全是悬崖绝壁，飞鸟难渡，猿猴难爬。天坑周围的悬崖下面，共有大大小小、深浅不一的溶洞一百多个，其中最小的只有簸箕大，最大的可以容下一个几百人的村庄。

天坑内并不平坦，七十多年前，里面同样有村庄、田园、树林、溪流、草地、荒丘，曾一度作为苗王陶大帅的秘密指挥部。以苗民为主的义军被清军镇压后，古定知府带领三千人马，将凹乌大洞划为禁区，将天坑里的所有建筑全部销毁，从此田园荒芜，人烟不在。

再后来，就有了闹鬼之说，凡是胆敢进入凹乌大洞者，不是莫名其妙地失去踪影，就是被豺狗或野狼将尸体拖出，五十余年无人敢踏入一步。几个月来，程方明在水西八县不停地奔波，心里毫无过年的概念，于大年初九这天，在凹乌大洞附近发现滚地龙和茄儿腿腿的踪迹。这群土匪也察觉到了有人跟踪，数十人将他包围起来。

程方明终于明白，这群天杀的土匪真是无所畏惧，胆大包天，居然藏进禁地天坑。他知道对方都是神枪手，自己一露头就会遭殃，心想大仇未报，绝不能做枉死鬼，于是找个阅头岩隐藏起来，伺机而动。

滚地龙举着一支步枪，砰的一声，打落一只苍鹰。众土匪各种鬼喊辣叫。程方明见土匪越来越多，很快就增加到五六十名，预感到凶多吉少。

茄儿腿腿喊话道："程方明，你是不是吃了熊心豹子胆，敢一个人前来送命？告诉你，凹乌大洞不是油黑大洞，就算孟马刀把他的三个团全部开来，老子也不虚火。何况几个月来，老子们的队伍又发展壮大了，比在油黑大洞还雄振。再说了，老子好歹也是个正牌正照的土司后裔与官家少爷，不像你只是个鹊巢鸠占的冒牌货。"

半天不见程方明的动静，茄儿腿腿大声吼道："程方明，你不要再期盼谁来救你，还是乖乖出来受死吧，我刚才说过了，这次莫说孟马刀，就算三千罗汉、十二金仙亲自前来，你也不可能活着回去。"

"哼！"滚地龙接话道，"何况现在孟马刀也只是个下坡兔子，自从中央军进驻黔省，他们二十五军就被蒋光头编散了，他那个少将旅长也就是个安慰而已，手下三个团全是乌合之众。眼下红军大举进攻，他泥菩萨过河自身难保，哪里还有闲心管老子们的事。程方明，你不是学会了安家的飞刀蛊毒和白老人的猴拳风车吗，有本事就站出来和老子决一死战。"

这不是胡编乱造吗？我什么时候学会飞刀蛊毒和猴拳风车啦？那是人家的不传之术，即使要传也只能传给有缘之人，有缘无分，想学也学不会。但转瞬之间，程方明又懂了，这都是土匪的激将法，目的是想将他激出去送死。反正他们有的是精力和时间，慢慢耗下去也无所谓，不想再冒险死人。

过了十几分钟，程方明还是没有动静。茄儿腿腿又开口了："程老弟，咱俩好歹也是在同一个屋檐下长大，上一代的恩怨已经了结，只要你站出来说句矮话，我就可以饶你不死。"

程方明知道，答话就会暴露藏身地点，出去无异于找死，有话也只能憋着，静观其变。最低要求，至少要干掉茄儿腿腿，否则连个垫背的都没有。

天色渐渐变暗，对方有点不耐烦了，开始用火力试探。几记枪声响过，缕缕硝烟伴着从凹乌大洞吹来的冷风，在枯草丛中弥漫开来。早上吃的那碗汤圆和半碗腊肉早已消化殆尽，尽管穿得还算厚实，程方明也难熬这森森寒意，忍不住打了个喷嚏。这一声喷嚏将他彻底暴露，随即引来一阵密集的枪弹。

枪声在山谷里激荡，子弹嚓嚓嚓地击中身旁的岩石，打得火花四溅、石屑纷飞。程方明知道，此刻就算自己是一只飞鸟，也不可能逃得出去，因为滚地龙有枪打飞鹰之能，何况对方还有茄儿腿腿和几十个武艺高强、心狠手辣的土匪。

第十章 古道热肠

茄儿腿腿再次喊话："程方明，虽然我害死了你父母，但你也应该知道，我黑戛官家的万贯家财全都变成你们程家的了，他们不仁，你也不能怪我不义。上次你带着孟马刀，又是机枪又是大炮的，将我们油黑大洞炸成一片废墟不说，我的弟兄们也死了十之八九。这下已经扯平了，你尽管站出来，我不杀你就是。"

程方明知道，这群凶残的家伙，想要将他击毙简直易如反掌，一个猛攻就行了，但这并不是他们想要的结果。他们想要将他捉住，然后慢慢折磨，让他生不如死。

时间一分一秒地过去，程方明饥寒交迫，慢慢失去了知觉。突然一阵枪响，程方明从迷糊中清醒过来，于枪声之中听见安宁的呼唤："程方明，你在哪里？"

茄儿腿腿冷笑道："安宁，你来得正好，瓜分我黑戛官家财产的，也有你安家，没有你爹这个忘恩负义的叛贼，怎么能引来那么多外鬼？原本龙爷是不许我去招惹你们安家的，但今天情况不同了，是你自己找上门来送死，不是我找上门去惹祸，真是天堂有路你不走，地狱无门你偏来！弟兄们，给我狠狠地打！"

程方明辨明茄儿腿腿的方位，轻轻地活动四肢关节，突然从闹头岩下面一跃而起。可惜他在寒风之中卧伏太久，全身早已僵硬麻木，还没跃出半尺，就重重地摔倒在地，握在手里的枪也掉在了地上。他奋力捡起手枪，再次活动关节四肢。他不敢跃然而起了，趁双方正打得火热，连忙滚向一旁，大吼一声："茄儿腿腿，拿命来！"

程方明朝着茄儿腿腿隐身的方位，接连开了三枪。安宁听到他的声音，一边指挥护寨队员们开枪射击，一边喊叫着朝他靠拢。程方明一边射击，一边朝茄儿腿腿藏身的方位挪去。茄儿腿腿早已成精，怎么会轻易被他击中。这么多年的摸爬滚打，程方明也积累了丰富的作战经验，学会了在战斗中利用地形地物躲避子弹，一时之间谁也奈何不了谁。

嗒嗒嗒，外围突然响起机枪声，接着一声巨响，一发炮弹从几百米外画着一道优美的弧线，直接落到滚地龙和茄儿腿腿之间。轰！又是一声巨响，震耳欲聋，弹片纷飞，三名土匪被当场炸死。

土匪们被反包围了。前不久刚刚被孟大马刀修理了一番，这群土匪对机枪大炮心有余悸，以为安宁带来的是孟马刀的部队。滚地龙心里有些发虚，传令道："弟兄们，留得青山在，不怕没柴烧，撤！"

125

茄儿腿腿也觉得程方明翻不了天，对方来了大队人马，又有机枪大炮，还是保命要紧。连忙紧随滚地龙，朝着凹乌大洞的方向，翻滚着开始突围。程方明不能再次眼睁睁地看着对方逃走，情急之中忘记隐蔽，刚刚站起身来，就被两粒子弹击中。一枪击中肩胛，另一枪洞穿左胸。安宁哭喊着扑了过来，抱着血泊中的他傻眼了，一时不知如何是好。

密集的枪弹追撵着滚地龙和茄儿腿腿，让他们再无还手之力。轰隆，轰隆，又是两声炮响，震得群山隆隆回应，五六名土匪也当场报销。一旦让土匪逃进凹乌大洞，就算有千军万马也无可奈何。

毛毛细雨夹着白沙一样的冰晶，这种天气比下雪还冷。夜幕即将降临，天气更加寒冷，一名机警敏捷、英气逼人的娇俏女子，带着两名手持冲锋枪的女孩，突然出现在安宁身旁。娇俏女子把枪插回腰间，迅速从挎包里掏出救生包，蹲下身给程方明包扎起来。一个救生包不够用，娇俏女子带来的两名女孩，也连忙把随身携带的救生包取了出来。

战斗还在继续，但土匪已经陆续逃进坑内。娇俏女子对身旁的两名女孩说："传我命令，停止进攻，注意警戒！"

血是止住了，程方明却昏迷不醒，安宁这才想起父亲的嘱咐，连忙吩咐安葵："快，上担架，去乌西县城！"

安葵等人连忙抬来担架，在娇俏女子的指挥下，小心翼翼地将程方明搬了上去。娇俏女子给了他们一些急救药品，并告知用法用量和注意事项。安宁俯身向她跪拜，娇俏女子将她扶起，说："安小姐，不必多礼。"

安宁猜到她是谁了，激动地说："'蒙川公主'，您就是'蒙川公主'？"

娇俏女子答道："是的，我是蒙莹。今天早上有人来说程公子正在跟踪一名形迹可疑之人，而且就在黄鹤坝附近。闻讯后，我立即派人盯梢，然后带着一队人马尾随而来，还算来得及时。我们另有任务，需要即刻转移，你们也赶紧走吧，此去乌西还有一百多里。"

孟马刀的部队磨磨蹭蹭，走走停停，三个月后才进驻乌西。

刚刚过完春节，孟马刀就接到上峰电令，"赤匪"余部已经渡过猫跳河，正向乌西逼近。另外两个团也已到位，根据上峰提供的情报并通过全盘研究，孟马刀认为红军将从乌灵渡进入乌西，于是命令一团和县保安大队前往布防，自己亲临指挥，另调三团守卫县城。

乌水河只有两百多米宽，但两岸全是悬崖峭壁，易守难攻。孟马刀下令将船只全部收到西岸，视察了一遍防守关隘及牢固工事，站在崖边说："如此天堑布防，除非红军是天兵天将，能从对面飞过来。"

一切准备就绪，红军果然来了。上峰的电令说，后面还有十几万中央军尾随，他只需坚守一天一夜，就能将"赤匪"余部全歼于此。

黄昏时分，战斗打响，孟马刀突然发现，波涛汹涌的河面上竟然出现两只小船。孟马刀举起望远镜，只见三百米外的河对岸，一位身材高大、身穿土布军装的红军首长，左手叉腰，右手掌宛若一把菜刀向自己迎面劈来，凛凛刀锋，凌空而至，孟马刀不由得打了个寒战。突然，望远镜中出现数千百姓，他们和红军战士一起，拆毁地主大户与土豪劣绅的房屋，冒着炮火硝烟，将木枋、梁柱、门板等运往岸边，准备实行强渡。

孟马刀对身旁的何副官说："你看到没有？老百姓都在冒死帮助他们。"

何副官举着望远镜观察了半天，问："打，还是不打？"

孟马刀无奈地说："不打不行啊，不打就是死罪，要被杀头。"

何副官道："保安大队直接由县长控制，咱们不便插手，但他们鱼龙混杂，贪生怕死，战斗力非常有限。"

孟马刀下令："通知一团，停止炮击，抬高枪口，逐连撤离阵地。"

硝烟弥漫，地暗天昏，新一团实际上已经放弃防守，红军战士在当地百姓的支援下，很快就架起一座浮桥。

何副官道："走吧，旅座，咱们先回县城。"

孟马刀一脸黯然地说："孟某从军三十年，经历大小百余仗，今天输得最窝囊。国破如此，独木难撑；内忧外患，何日结束？"

何副官道："其实，如果咱们想要坚守，三天三夜也没问题，但得民心者得天下，无谓的牺牲完全没必要。"

孟马刀叹息一声，说："走吧，我的军旅生涯，马上就要结束喽。"

回到县城，夜幕即将降临。一名副官报告说，今天中午有人持名片来访。

孟马刀兴奋地问："是蒙先生吗？"

副官摇了摇头。孟马刀又问："难道是周老先生？"

副官又摇了摇头。孟马刀叹道："在水西地界，我只送出五张名片，一张送给蒙川镇上的蒙举人，一张送给乌城的周老先生，另外三张，则送给了三位年轻人。我知道是谁来了，让他进来吧。"

当副官把访客带来，孟马刀却一脸愕然："安小姐，怎么会是你？"

安宁一脸哀伤地说："他负伤了，是滚地龙和茄儿腿腿干的。"

孟马刀惊问："重不重？刀伤还是枪伤？"

安宁道："枪伤，肩胛和左胸，现在还昏迷不醒，需要将军设法救治。"

孟马刀着急地问："蒙军医在否？"

何副官匆匆走来说："程方明伤情很重，但未伤及要害，战场包扎还算及时到位，失血不是很多，蒙军医正在极力抢救。"

孟马刀说："走，带我去看看。"

一座大户人家的祠堂，被征用为临时医院，一批批伤员正往这里运送，蒙军医忙得不可开交，看见孟马刀，连忙放下手术刀跑过来报告："旅座，您的那位小朋友，弹头已经取出，得赶紧送往顺城或省城。"

看着担架上缠着绷带、气息奄奄的程方明，孟马刀果断下令："省城太乱，还是去顺城吧。何副官，你带一个排护送，连同一名军医，一名护士，立即出发，将这位小兄弟紧急送往顺城军医院救治。"

何副官一脸仓皇地说："旅座，我——我不能离开。"

孟马刀叹道："你还是走吧，带走你们的人，以后，就不用再回来了。"

何副官眼含热泪，敬了个标准的军礼，然后转身，叫住一名正在抢救伤员的护士："通知大家，立刻转移。"

年轻护士匆匆离去，很快就集合了三百余人，他们中有医生，有护士，有普通士兵，也有营连排长，抬着担架，携带武器，准备启程。

何副官问："旅座，您什么时候发现我们身份的？"

"大概有一年了吧。"孟马刀看了眼手里的马刀，沉吟数秒，将刀拔出，轻抚几下，再重新插入刀鞘，轻轻放在程方明身旁，然后和何副官握手道别："红军到时，我自会离去。去吧，兄弟，你在这里的任务已经完成，此后天各一方，万望保重。"

安宁看不懂他们之间的哑谜，但对孟马刀的深恩重义感激不尽，连忙向他鞠躬致谢，然后带着手下人马，跟着何副官，抬起程方明，匆忙离去。

二十年后，安宁旧地重游，作诗咏叹：

　　　　　　古道西风忆旧昔，硝烟弥漫暮云飞。
　　　　　　将军战马今何在？野渡帆桅故人稀。
　　　　　　鬼魅呜咽沉蹄印，月华如练继神威。
　　　　　　湘西梦碎殉国难，祈愿英灵有所依。

第十一章　情锁迷途

两天之后，程方明才能开口说话，有气无力地问："这是哪里？咱们是怎么来的？"

"这里是顺城军医院。"一直守护在他身旁的安宁轻声地说，"你孤身一人去寻找滚地龙和茄儿腿腿，在凹乌大洞附近打了起来，我带去的人根本不是对手；关键时刻蒙莹出现了，她带来了三四十人，还有机关枪和迫击炮，土匪害怕了，以为来了正规部队，连忙躲进洞里去了。你肩胛和胸部同时中弹，你不知道我有多担心害怕，我也不知道该怎么办才好，还好蒙莹及时赶来，用了三个急救包才给你止住血，然后连夜把你抬到乌西县城，由蒙军医主刀取出弹头，缝合伤口。红军势如破竹，很快就会攻下乌西。孟将军派了三十多人，连同何副官与蒙军医一起，将你送来这里医治。刘院长和孟将军是好朋友，派了最好的医生给你治疗，你很快就能康复的。"

对大名鼎鼎的蒙举人和蒙川公主，程方明仰慕已久，可惜无缘一见，今天居然承蒙他们父女以及孟马刀、何副官、蒙军医等人的大恩大德，才得以保住性命。想起这些，程方明不由得心生愧意，问："蒙军医呢？他在哪里？听说他是蒙举人的亲弟弟。"

安宁淡然道："走了。"然后扫了病房一眼，见无他人，才又低声说："我看出来了，孟将军无心与红军作对，一定会让出乌西县城。还有，何副官、蒙军医以及护送我们来顺城的这批人，都和红军是一伙的。他们还从孟将军的部队里拉出三百多人，迎接红军去了。"

程方明惊道："啊！怎么会这样？"由于用力过猛，牵扯到伤口，又疼得叫唤起来。

两名年轻护士和一名三十多岁的女医生闻声推门进来，查看了一番，再次叮嘱："程公子，你伤势严重，不能随便乱动，也不能大声说话。"

程方明已经没有力气说话了，只是用感激的眼神望着他们，微微点了点头。女医生又对安宁说："他恢复得很好，要不了两个月，就可以出院回家了。喏，你们留了几个人？"

安宁说："还有两个女孩，其余的我都打发回去了。"

医生道："两个够了。最近我们收了很多伤员，护理不过来，你们自己辛苦下。"

安宁难为情地说："林医生，医药费的事——"

林医生道："噢，忘记告诉你了，医药费何副官已经付过了。再说你们是孟将军的朋友，就算没钱，我们也会极力救治。你们安心养伤吧，其他事情不要操心，也不必过问，看到的听到的也不许说出去。医院里伤员越来越多，我得忙活去了。"

林医生吩咐完就走了，两名护士又给程方明打了消炎针和止痛药，交代了些注意事项才离开。果然，医院更加忙碌了，院子里和走廊上到处都是病床，到处都是缠着绷带的伤兵，有的甚至发出令人心碎的呻吟。只有程方明独享单间，这让安宁和他都很过意不去。

程方明缓过劲来，对安宁说："安二姐，你去找林医生说，我不能再住单人病房了，这样我心里很难受。"

安宁看着他的眼睛，一脸平静地问："你还是叫我安二姐？"

程方明一脸茫然地反问："我不叫你二姐叫什么？虽然你家只有一个女孩，但你们官家历来的规矩，排行是不分男孩女孩的，一律挨着往下排。"

安宁想起临行前父亲的话，一脸怅然地说："你爱怎么叫就怎么叫吧，我去跟医生说。"

几分钟后，安宁带着林医生回来了。林医生充满歉意地说："你们是孟将军的朋友，何副官又付足了医药费，按道理是不能给你们加床的，可是——唉，部队伤员太多了，刚刚又来了一位，也是孟将军的朋友。"

程方明虚弱地说："没事没事，多事之秋，大家相互担待嘛。快让他住进来。"

护工很快就靠墙搭好一张简易病床，一名军人和两名护士随即扶进来一名左腿中弹、架着拐杖的伤员。尽管躺在病床之上，但并不影响视线，程方明一看来人，大吃一惊。对方也认出是他，但并未说话，甚至没有任何表示，只是扶着拐杖在床上默默坐下。

安置好伤员，军人立即告辞，林医生给来人稍做检查并交代几句，也带着护士出去了。来人对着程方明咧嘴一笑，隐隐约约地露出虎牙："小兄弟，你也受伤啦？"

程方明不好意思地说："一着不慎，挨了两枪，还好福大命大没有报销。应先生，没想到咱们会在这里不期而遇。"

来人虽然腿缠绷带，架着拐杖，但并无痛苦之色，全身上下热情洋溢，表现出一种大无畏的英雄气概，高声吟道：

千里故园仍蹉跎，生死别离徒奈何。
神州大地烽烟起，豆萁相煎应止戈。

程方明瞬即领悟，喃喃地问："原来，那不是你的真名？"

来人哈哈一笑，爽快回答："我本姓郑，止戈二字，只不过是美好愿望而已。但豺狼当道，山河破碎，强敌入侵，要想化干戈为玉帛，简直是痴人说梦，所以从今往后，我就不叫应止戈了，应该叫郑从军才好，取誓死效忠祖国，从军镇守河山之意。"

安宁问："郑先生，听说你也是孟将军的朋友，请问将军他现况如何？"

郑从军摇头叹道："他这人哪，真是命苦。生逢乱世，选择行伍，当年追随周军长，做到了城防司令，无奈黄果树一役，周军长太过自负，亲临火线，结果被滇军流弹击中，不治而亡。后来又追随毛军长，做到了师长，黔军编散后，为了表示安抚，老蒋扔给他一个少将旅长的头衔和三个团的散兵游勇，好不容易才编练结束，红军又来了。红军乃虎狼之师，又有两万余众，他那三个团如何能够抵挡？只好弃城而走。这一走不要紧，旅长的帽子就被摘掉了。其实这只是一个圈套而已。"

程方明急道："如此一来，孟将军估计会有生命之忧。郑先生，咱们要如何才能帮助他摆脱危难？"

郑从军瘪着嘴巴，摇头叹道："咱们一介平民，怎么能帮得上？但我分析，老蒋只是免了孟将军的职，还不至于要他的命。再说他们也不敢，孟将军侠肝义胆、威名赫赫，又两袖清风、朋友众多，谁真敢要他脑袋，除非是连自己的脑袋也不想要了，所以这个你请放心。"

程方明再问："现在水西战况如何？"

郑从军道："红军占领乌西后，接着又向古定进军。拿下古定后，又朝乌城开去，目前估计已经入驻乌城喽。据我所知，共产党兵运人员早就渗入黔军与地方绿林部队，十几天前，就有一支假意投诚的队伍，至少有一千多人，占据乌城门外的制高点，频繁派人秘密化装外出，动机不明；而且在乌城外围，还有几支绿林队伍遥相呼应，因此我推断，第四专员公署与第四保安司令部，同样已经被共产党渗透，红军将不费一枪一弹，就能打开乌城大门，将乌蒙大地变为红色基地。"

程方明又问："郑先生，你是怎么负伤的呢？"

郑从军叹道："时运不济呗。最近我算命算到乌西城，听说外面正在打火线，两万多红军对战孟马刀的三个团，后面还有十几万中央军压阵，凶险得很，我不敢出门，只好待在旅馆里，但还是被流弹撞上了，真是倒霉透顶。幸好碰到孟将军的手下何副官，才得到及时救治，否则还真是个麻烦。"

又是何副官送来的。安宁和程方明不由得对郑从军充满怀疑，于是与他说话，也变得小心翼翼。郑从军虽被流弹击中，但并未伤及筋骨，加上抢救及时，止血得当，取出弹头后，十多天就出院了。

医院里的伤兵陆续被转移疏散，渐渐恢复安静。护工将郑从军的临时病床撤走后，房间里顿时宽敞起来，只剩下他们二人。

"安二姐，在茄儿腿腿的眼里，你家，我家，还有许多地主、财主、庄主、堡主、寨主等乡绅人士的土地房屋，全都是黑戛官家的，只不过被咱们联合丐帮，巧取豪夺，瓜分掉了。他接受不了这份打击，于是精神崩溃、满怀仇恨、极度疯狂。我想如果咱们像那些苗族人一样，将土地全部分给穷人，茄儿腿腿是不是会收敛点？毕竟没有谁敢与世界为敌。"

安宁当即反对："你说得有道理，但也不完全对。强盗不敬汉子，茄儿腿腿已经进入邪门歪道，当了土匪恶人，他才不管你是谁，只要落在他的锅里就是他的菜。"

"守着那么多田园房子，你说累不累？"

"觉得累可以卖掉一部分呀，再说普天之下，没有谁不爱土地房屋，也没有谁不爱庄园财产，除非你是圣人，不在三界内，跳出五行中，才有底气说这些都是身外之物。'采菊东篱下，悠然见南山'，如果陶渊明不是一名小地主，生活会有这么悠闲吗？还有李白，如果不是出生在富商之家，能有那么潇洒吗？"

"你还是不懂我的意思。"

"我要怎样才懂你？在整个蒙川地区，唯一被称为'圣人'的就是蒙举人了，你见他把土地房屋分给民众乡邻了吗？如果蒙家曾经不是土司或土目，如果蒙举人没有广袤的庄园田坝与利润丰厚的煤窑纸厂，他的两个儿子读得起军校、当得上军官吗？如果他没有万贯家财与成片的粮仓，开得起书院、养得起民团、称得上'圣人'吗？你再想想看，如果王羲之不是出生在门阀世家，有机会有条件成为书圣吗？估计连书都读不上，连笔都买不起，就算天资非凡、聪明绝顶，我看也是拐火的。"

程方明有点气短起来，讪讪地说："蒙举人是没有给老百姓分地分房，但是他创办了蒙川书院。蒙川书院的房子，是蒙家出钱修的，凡是在蒙川书院就读的学生，不但不收学费，笔墨纸张以及穿衣吃饭，全都由蒙举人独力承担。除了缴纳皇粮国税和供应那上百名学生外，蒙举人每年还拿出十几万斤粮食和几千块银圆，不是赈灾就是济民。我粗略算了下，蒙家基本没有余钱剩米，跟分给百姓没有区别，或许更有意义。"

安宁气道："原来在你心中，一直想过的就是蒙举人那样的圣贤日子。他家不是有个蒙川公主吗？你去娶她好了，或者入赘到他家也行，蒙家保商队人又多，枪又好，还有机关枪和迫击炮，两个儿子都是中央军的军官，正好可以帮你剿灭仇敌。"

程方明见她生气的样子更加好看，不禁一笑："谁说要娶她啦？人家贵为'公主'，看得起我这个孤儿寡崽流浪汉吗？要不是有孟马刀相助，就是有九条命也活不到现在了。"

程方明提起孟马刀，安宁打了个激灵说："孟马刀帮助的，都不会是普通的走投无路之人，要么大忠大孝，要么大仁大义，如果是普通之人，他一般都是出于同情，给点钱了事，没必要派人护送来这里，还给安排高级病房。你说这个郑从军，会是什么来路？"

程方明默想了分把钟才说："赤色分子。"

安宁放低声音，一脸惊讶地问："你是说，他是共产党，红军？"

"是的。不过你放心，孟马刀也跟蒙举人一样，是个大忠大孝大仁大义之人，连行军打仗都要带着老母亲，绝对不会稀里糊涂地帮助坏人，所以我断定，共产党也好，红军也好，都不是坏人，这个郑从军，也应该是个好人。"

"如此说来，他应该不是在旅店里受的伤？"

"这家伙精明如鬼，怎么会在旅店里被打伤，然后又恰好被何副官遇见？我想，他一定是在战场上受伤的，何副官跟他有着直接联系。"

安宁喃喃地说："我终于明白了，孟将军威名赫赫，那么能打，整个黔军都被解散了，蒋光头依然还委任他做少将旅长，他亲自训练出来的部队怎么会一触即溃，被红军打得落花流水？原因就在这里。"

"你是不是怀疑，孟将军也是共产党的人？"

"就算他不是共产党，也是偏向共产党的，他手下三个整团五六千人，说不定早就被共产党渗透了。何副官只带走小部分掩人耳目，大部分还留在那里做卧底。还有我听说，红军不费一枪一弹就进了古定和乌城，县长、行署专员、保安司令，全都带着部队逃跑了。"

"以目前的情况来看，国民党肯定是拐火的。喏，过段时间等我把伤养好，还得出去拜师学艺。我妈不是把田园房产都托付给你了吗？你想怎么弄都可以，最好是分给老百姓，反正我一不想管，二不懂经营，三还不知道哪天就没命了呢。"

"拜师学艺？你都能跟孟马刀打平了，还学什么嘛。再说要打败滚地龙和茄儿腿腿，光靠个人武艺是不行的，得靠武器和人多，最好能有一支部队。"

"这个我知道，所以我还得去找人来帮忙。上次孟将军派了一个侦察连外加机枪大炮，还是让滚地龙和茄儿腿腿逃走了。我已经打听好了，原来他们学会了一套名叫地龙滚荆的苗乡绝技，能够在枪林弹雨中滚地逃命。我要去苗寨结交朋友，学习地龙滚荆。只有将地龙滚荆学会，才有机会干掉那两个恶棍。"

安宁叹息一声，接着又说："我爹常说，天下好人必会行善，行善之人必然忠诚，忠诚之人一般都是孝子，这就是百善孝为先。但是，不孝有三，无后为大，你家只剩你一根独苗了，如果你有个三长两短，你家就此断根绝种，对得起天地良心、父母先人吗？程方明，我再问你一句，难道除了报仇，你就没有别的想法了吗？"

程方明依旧斩钉截铁地说："父母之仇未报，妹妹也没找到，我什么都不敢想。二姐，你不要再劝我了，还是找个好人家，早点结婚生子吧，我欠你们安家的恩情，看来只有来生再报了。"

安宁见他说得如此决绝，心里一酸，泪水模糊了双眼。

前尘往事，如烟似幻，但都历历在目，从未消散。安宁设身处地地思前想后，知道滚地龙和茄儿腿腿给程方明所造成的伤害，早已深深地根植在他的灵魂深处，融入他的生命之中，是别人无法理解更无法承受的，他能活到今天，并学会这一身本事，已经足够坚强，或者说已经算是奇迹了，而支撑他坚强活着的唯一信念，就是报仇！报仇！

想通之后，安宁平静下来，不再伤心彷徨，而是尽力照料以帮助他恢复健康,尽到"未婚妻子"的责任,并从书店买回几十本书,陪伴他阅读。

两个月后,程方明伤势痊愈,行动自如,就放下书本,开始练起武来,只是还不能舞刀。他再次申明,父母大仇未报,妹妹还未寻回,什么都不敢想,他心里早就布满了乌云,只有手刃仇敌并找到妹妹,心里的雾霾才会散开,才有心思去欣赏鸟语花香,才有余暇去谈情说爱,才有兴致去享受人生,才有资格去追求幸福。

安宁气得泪水直流。她也知道,这世上估计谁也劝不了他,就连蒙举人和孟马刀都不行。以上二人,前者是水西大儒,被蒙川人民奉为圣人;后者武艺高强,疾恶如仇,并且有恩于他。连这两人都说服不了他,也无法帮助他剿灭滚地龙和茄儿腿腿,看来他只能一条路走到黑,一口井挖到底,除非奇迹出现。

她很想回去问问父亲,他将会以何种方式结束目前的这种状态,回归正常人生。可是,她觉得,这些充满玄机的事情,都是冥冥之中由上天早就安排好了的,任何人都无法改变天意。既然是天意,那就听天由命吧。

想到这里,安宁叹息一声,隔着窗户望了一眼程方明在后院里施展拳脚的身影,然后擦干脸上的泪水,把那些高价买回的书收进箱子。程方明虽然行动自如了,但毕竟伤病一场,消耗严重,脚步还有些虚飘,动作很难到位。即使不到位,一招一式,依然有板有眼,认认真真,毫无敷衍痕迹。见他如此执着,安宁触动心弦,展纸研墨,写下一律:

骄阳暖暖小窗东,重伤初愈舞春风。
幻影飘摇花满树,前程难料志如松。
刀劈匪霸惊天地,炮打妖孽撼苍穹。
倘若他年时运转,白头到老两情浓。

待墨迹风干,程方明已汗湿衣衫,准备收功,安宁连忙将诗稿藏于箱中。程方明略显疲惫地回到病房,说:"二姐,我已经康复得差不多了,你给我买的那些书也基本看完了,我该上路了,你也该回家了。"

安宁明知结果,但还是说:"你应该再疗养一段时间,等身体完全养好再说。你想找他们报仇雪恨,他们也想找你斩草除根,你这样虚弱,万一狭路相逢,根本不是对手。"

程方明焦躁地说:"我已经休养两个多月了,不能再等了,今天就要出院,重返乌蒙山中，寻访精通地龙滚荆之人，然后拜师学艺，手刃仇敌，为民除害。"

安宁痴痴地望着他，好半天才说："方明，不是我不支持你，而是你的对手太毒辣、太强大，凭你孤身一人，如何杀此二贼？"

"这些问题我不是没有想过，但我不能就这样放弃。我无法拥有万马千军与机枪大炮，只能凭一己之力与血肉之躯，杀此二贼，救出妹妹，否则如何面对父母之灵，如何报答庄主的深恩？"

见他提到爹爹，安宁心里一热，忍不住流下泪来："如果你有个不测，我——我——以后怎么办？"

"不会的，既然我几次去找滚地龙和茄儿腿腿报仇都没被打死，证明我命不该绝。世间凡事由天定，举头三尺有神明，我有神明保佑，不会轻易死去。再说邪不胜正，我一不偷，二不抢，三不倚强凌弱，四不伤害无辜，一心只想惩办恶贼、为民除害，有何过错？既然没有过错，老天为何还要亏待于我？"

"要是老天真有那么公平，世上就不会有贪官污吏和土匪恶霸，就不会有冤假错案和屈辱欺凌，更不会有那么多冤魂和枉死之人。我真不希望你一直沉浸在仇恨之中。古言说留得青山在不怕无柴烧，再说爱刀刀上去，爱枪枪上亡，恶人自有恶人收。你看顺城多美，咱们可以变卖田产，到这里置业安家……"

程方明又开始焦躁起来，但还是耐着性子说："二姐，我知道你对我好，也非常感激你对我的关怀照顾，可是我死心塌地，必须手刃仇敌，也必须救回妹妹，就算粉身碎骨、九死一生也在所不惜。自从目睹爹妈被滚地龙和茄儿腿腿杀害，我就打定主意，抱着必死的决心，誓要复仇，所以你不必再劝我了，也不必有其他想法。你已经十八岁，是谈婚论嫁的年龄了，我非常赞成你来这里安家定居。顺城之大，也一定会有你落脚的地方，凭你们安家的财势，在这里买房买地、嫁入名门都不成问题。"

程方明说完，就开始收拾东西。安宁红着眼圈，怔怔地看着他。程方明收拾完毕，哽咽着说："二姐，你的恩德我无以为报，只能祝愿你一生平安，如果还有来生，我宁愿穿鼻衔环，任你驱使。如果我遭遇不测，请月半清明，替我尽尽孝道，我程家的所有房屋财产，既已托付与你，就任凭你处置。"

说完，程方明怀揣手枪，背着随身包袱和孟马刀赠送的马刀，走出病房，大步离去。那马刀连着刀鞘用麻布包裹着，显然他并不打算轻易使用。安宁站在窗前，眼睁睁地望着他的身影消失在院子尽头，突然身子一软，连忙拼命地往床边挪去，可惜脚步重如千钧，怎么使劲都不管用，于天旋地转中晕倒在地。

第十二章　处心积虑

晚春时节，安宁带着两名女伴，骑马返回黑家庄。安庄主一脸关切地问："宁儿，程方明都回来好几天了，你怎么现在才回来？"

安宁一脸怅然，沉默不语。老爷子也跟着沉默了半天才说："要不，先给你们把婚结了吧，也许只有这样才能拴住他，免得他到处乱跑。"

安宁轻轻地晃了晃脑袋，问："爹，咱们家的那根烟杆到底灵，还是不灵？"

安庄主道："在我手里只开过这么一次光，在你爷爷手里也只开过一次，你这次出去，灵不灵应该有所感觉。"

安宁说："我看他这样子，如果滚地龙和茄儿腿腿找上门来，随时都有被杀的可能。我也懒得管了，也不希望他以后是否能建功立业，我只希望他好好回家过日子。爹，既然把女儿的终身都寄托在他身上了，您有没有办法说服他？"

安庄主叹道："能用的办法我都用了，现在唯一能做的，就是派人暗中保护他的安全。但咱们毕竟财力有限、兵力不足，只能尽力而为，如果滚地龙和茄儿腿腿真要杀他，派多少人也不是对手。"

"爹，您是说，那两个恶霸根本就不想杀他？"

"不，他们是不把他放在眼里。"

安宁想想也是。滚地龙是什么人？茄儿腿腿是什么人？他们都是把杀人当成砍瓜切菜的魔鬼，哪里会将一个十五六岁的娃儿放在眼里？跟他打仗，只不过是耍耍好玩，解解闷而已。安庄主话锋一转，接着又说："当然这只是我的猜测，程方明能活到今天，或许是因为滚地龙和茄儿腿腿还算有点忌惮我，我现在唯一倚仗的就是虚张声势，让那两个恶魔以为我真掌握巫蛊之术，随时可以取他们的狗命，使得他们不敢再到黑家庄杀人放火，不敢跟咱们安家硬杠。我到处宣扬已将你许给程家，其实也是为了保他小命，只要不是撞上枪口，我想他们也不敢公然将他杀害。"

安宁终于明白了父亲的良苦用心，于是抛开那些不必要的担忧，说："程方明的性格咱们都知道，一旦认定的事情，万死不改，九牛难转，结婚之事，他会答应吗？"

安庄主道："我想请蒙举人保媒，他应该不会推辞。在整个西部五区，如果连蒙举人都劝不住他，我想恐怕再也没人能劝住他了。只要能挽救这孩子，哪怕只有一丝希望，咱们都要尽最大努力。这叫死马当成活马医。"

安宁脸上的阴云转开，欢天喜地地说："爹，那您就赶紧去吧。"

安庄主在心里叹道，唉，真是见鬼了，自己心心念念以为是牺牲女儿，成全他人，宝贝女儿却迫不及待，把他当成了真命天子，看来这一切都是天意。世间之事，不可逆天而行，否则不但异常艰辛，还未必能够成功。既然如此，那就趁早行动吧，于是吩咐道："蒙举人是个君子，视钱财如粪土，咱们也不用准备什么大礼，牵三只山羊和一匹马驹去就行了。"

安宁不解地问："爹，为何别的不要，只要山羊和马驹？"

安庄主道："山羊具有君子之风，马驹能衬托伯乐之美，只有这两样东西，才能送给一代大儒蒙举人，其他的都不合适。"

安宁开心地说："好的，那我现在就去准备，一定要挑选出最漂亮的山羊和最可爱的马驹，让蒙举人一眼就能看出咱们是真心诚意的。"

安庄主道："把山羊和马驹挑选出来，梳洗干净，披红挂彩，打扮一番。你也要亲自去一趟，一是向举人致敬，二是向'公主'致谢。"

安宁长这么大，还没去过黄鹤坝蒙家，更没去过大名鼎鼎的蒙川书院，再说也想当面去对蒙莹表达谢意，此刻听爹说可以同去，心里特别高兴，连忙去准备礼信。

第二天早上，伴着初升的朝阳，安庄主带着安宁、安葵和两名护寨队员出发了。

此时洋芋已经种完，阳光照耀下，到处都是光溜溜一排排的沟垄，看上去非常壮观，令人心情非常愉悦。那三只雄壮威武的公山羊，被梳洗得光滑油亮，坚挺的羊角之间还绑着朵二碗大的红花；那匹只有半岁的枣红色小马驹，来自内蒙古大草原，高扬的头颅和雄健的四肢，毫不保留地彰显着贵族气质。安葵骑着骏马，挎着手枪，牵着马驹，负责开路，同样扬扬得意，威风凛凛。安宁也特意梳妆打扮了一番，因为昨天派去送信的仆人回来说，蒙川公主非常热忱

第十二章　处心积虑

地邀请她去做客，想起她的绝代芳华与飒爽英姿，一直不喜欢打扮的安宁也不得不认真对待，穿上那套从顺城购回的绢麻盛装，再佩戴黑二奶奶赠予的金银首饰与珠宝挂件，全身珠光宝气，焕然一新，顷刻间从小家碧玉变成大家闺秀，娇艳之中又从骨子里透出一股凛然清冷的贵族气质，似乎与从前判若两人，让人不敢直视。

安庄主虽然穿戴一新，脸上却无兴奋之情，尽管看着这旖旎春光和自家规规整整的大田大坝，脸上依然一如既往地平静。那两名意气风发的护寨队员，虽然也长得周周正正，却没资格骑马。他们的任务就是牵羊断后，背着枪跟在庄主后面，牵着绳子左顾右盼，遇见熟人也会打打招呼，脸上的笑容将内心的欣喜与骄傲完美地呈现出来。一行五人沿着奢香古驿道，走了三个多钟头才来到黄鹤坝，骑马的赶紧下马，牵羊的赶紧拉紧缰绳。

黄鹤坝后面的山上，有块非常奇特的岩石，远远望去就像一只振翅欲飞的黄鹤，蒙川书院与蒙家大院就坐落在黄鹤坝子正北面的黄鹤岩下，依山傍水，风景绝佳。蒙家大院虽然没有黑家大院巍峨气派，但建筑更加精细，陈设更加讲究。蒙川书院和蒙家大院仅仅隔着一块空地，琅琅书声从高墙里面传来，是那样的和谐动听。

听说安庄主来了，蒙举人带着蒙莹和几名仆从远远地迎了出来。蒙莹还是那般光采照人，一身干净利落的彝家女儿装束，反而掩盖了战场上的英武之气，流露出来的只有大家闺秀的天生丽质和爽朗大方，让精心打扮过的安宁显得过于拘束，有些别扭，也有点不安。

蒙举人跟安庄主一样，永远都是读书人的打扮。尽管身为西三区区长兼蒙川镇镇长，但他身上穿的既不是民国的官服（中山装），也不是土目豪绅的斗篷羊毡，而是清末举人特有的长袍马褂，看上去有些迂腐，但迂腐中透着庄重和威严，安宁怀着崇敬的心情望了一眼，整颗心差点跳了出来。听说凡是中了举人的都是天上下凡的星宿，到底蒙举人是哪一颗星？只见他身材适中、神清气朗、面白无须，简直是个标准美男，怪不得能生出蒙莹这样公主般的姑娘。

安宁正胡思乱想，蒙莹已经走了过来。仆从恭恭敬敬地接过马缰，两位女孩也寒暄问候起来。安宁送给蒙莹的，是一张亲手织就的丝巾、一把从顺城带来的出自杭州王星记的绢扇、一套购自顺城三槐堂的绣像《红楼梦》，外加一幅自己的墨迹，书法内容是一首赞美蒙川公主的《鹧鸪天》：

秀美山川傍黄鹤，蒙川倩影笑干戈。
弹雨枪林君如虎，疑是天仙妙计多。

天黑尽，敌已遁，妙手春回挽沉疴。
千金难以酬公主，一瓣心香一段歌。

午饭过后，在那间清新雅致的会客室里，蒙莹展开安宁精心装裱过的那幅书法，禁不住赞道："素闻安小姐贤淑美丽、文武双全，未曾想到更是诗书双绝、七窍玲珑，真让我自惭形秽。本小姐枉自号称'蒙川公主'，实际上无论文才武艺还是书画女红，都比妹妹差得太远，甚至有天壤之别，从此再也不敢眼高手低，欺世盗名。"

这番话说得安宁面红耳赤，同时又有些沾沾自喜，心想谦虚几句，一时却想不出美好词句，只好胡乱应道："谢谢公主夸奖，我哪里有您说的那么好。"

蒙莹道："咱们两家世代相交，你我应该以姐妹相称才对，再叫我'公主'就生分了。再说这个'公主'名号都是那些好事者胡乱喊的，如清朝还在，肯定会被满门抄斩。"

"现在都已经是民国二十五年了，那些规矩老早就不作数了。"

"不管作不作数，咱们还是要讲点规矩的好，要不然君不君、臣不臣的，人心将会变烂，天下更加混乱。你看在《水浒传》里边，对于那些杀人放火的人官家都会画影图形，发布海捕文书，将他们缉拿归案。可是如今，在水箐杀人放火，跑到蒙川或者跑出县境就没事了，只要有个得力靠山或家族人多势众就可以横行霸道、肆意妄为，这样的江山迟早得垮掉。"

安宁没想到大名鼎鼎的蒙川公主居然会说出这番话来，只能瞪大双眼，吃惊地看着这位豪门千金。蒙莹毫不在乎她的反应，继续说："你看油黑大洞的那窝土匪，杀人放火、奸淫掳掠，可以说坏事做尽，恶事做绝，但就是没人敢管，专员也好，司令也罢，就算带着千军万马来到蒙川水箐，也从未听谁说要去把他们剿灭。高县长兵微将寡就不说了，马凌来过，孟醒来过，罗雄来过；红军来过，白军来过，保安团和中央军都来过，但就是没谁主动要去剿灭土匪恶霸，真正地为百姓申冤报仇。我们这些民团武装，想打也打不赢，有了伤亡还得自己出钱医治、安埋和抚恤，真是毫无办法。哪天我要是当上团长或司令，一定要跟他们拼个你死我活！"

"孟马刀不是派人去剿过了吗？只是没有将他们彻底消灭而已。"

第十二章　处心积虑

"哼！"蒙莹一脸不屑地说，"久闻孟马刀疾恶如仇、英雄了得，其实也是贪生怕死之辈、浪得虚名之徒。你不见他这次来蒙川，带了一个加强团，共有两千多人马，多少百姓乡绅结队请求派兵攻打油黑大洞，他非要拿人祭刀才肯出马。我爹到军营求见，说孟将军，只要您肯派兵剿灭油黑大洞，我宁愿挨你三刀。见有人愿意送死，他又变卦了，提出比武，而且还要赢他才行。我爹一介书生，怎么是他对手？还好你们黑家庄有个不要命的少年，和他对了三刀，据说还打成了平手，他才派了一个连。人家是守，而且是一百多人仗着悬崖峭壁和坚固工事防守，区区一个连怎么打得赢？"

安宁知道她误会了，但在她强大的气场下，又不知如何解释。蒙莹见她张口结舌、欲言又止，笑道："听说，你从小就许配给那个提着脑袋和孟马刀比武的少年啦？"

安宁红着脸说："不到十岁，他父母就被滚地龙和茄儿腿腿杀害了，他妹妹又被那帮天杀的土匪抢走，不知身在何处。他已经没有任何亲人，也没有任何牵挂，活着就是为了报仇。一个人被现实逼到如此境地，你说他还会在乎生命吗？只要有一丝报仇的希望，他都会豁出命来的。"

蒙莹愣了十几秒钟，眼眶变得湿润起来，有些自嘲地笑道："哦，原来是这样啊！传说中曾经多次独自上山去找滚地龙和茄儿腿腿拼命的，应该就是他了。"

安宁没想到在水西大地上叱咤风云、大名鼎鼎的蒙川公主，居然是个慈悲心软之人，见她双眼莹洁，泪光闪动，心里更加敬仰钦佩，特别是她灵机应变的那抹笑容，美得足以让枯树抽芽、寒冰开花，连忙激动地说："是的，是的，就是他，可惜没有成功过，还几次差点把小命栙脱。"

蒙莹依旧笑眯眯地问："暗中接应和保护他的，应该就是你啦？"

安宁摇头道："不，前几次都是我哥带人去的，我亲自出马的只是凹乌大洞的那次。那次要不是姐姐你来得及时，我和他都已经没命了。"

"区区小事，不足挂齿，只可惜我要不了那两个恶贼的命，要是有能力，我一定会将他们劈了，为那些被他们祸害的父老和姐妹报仇。他的伤好了吗？"

"好是好了，但还没有完全康复，又开始到处乱跑，说是要拜师学习苗家的武术绝技地龙滚荆，好找滚地龙和茄儿腿腿报仇，然后救出妹妹。他妹妹名叫小恬恬，被土匪抢走时还不到三岁，正处于懵懂之中。他发誓就算上刀山下火海，也要将妹妹找回来，可是抓不到那两个恶贼，他根本就无法寻找妹妹。"

"也就是说，他不是要当场击毙滚地龙和茄儿腿腿，而是要逮住他们，问出妹妹的下落。"

"是的,他一门心思就是报仇和寻找妹妹,别的一概不顾。家不管,业不要,他母亲生前预感到会遭遇不测,于是将所有家业托付给我,姐姐你说,我能抛下不管吗?"安宁说着说着,竟然哽咽起来,"我自幼丧母,黑二奶奶一直视我如亲生闺女,对我关怀备至,给了我所有的母爱,我们之间有着母女之情。"

蒙莹的身世与安宁相似,可惜她没有安宁幸运,生命中从未体验到母爱为何物。只有无法拥有,才会更加渴望,更懂珍惜。此刻她心里除了羡慕之外,还有无边的酸楚,却不能表现出来,只好转过身去,装着收卷字画,边卷边说:"他这个人有点特别,性格不但坚毅而且偏执,如果不好好开导,很难走将出来,这一生也就废了。"

"是的,是的,我们这次前来拜访的目的,就是想请令尊帮忙,将他引入正途。仇当然要报,妹妹当然要找,但是不能这样莽撞蛮干,得讲究策略,等待时机。"

蒙莹收好字画礼品,一边招呼安宁喝茶吃点心,一边笑意盈盈地说:"这事就交给我吧,我想我爹也不会袖手旁观。那两个挨千刀的,迟早会死在我手里。"蒙莹放低声音,"告诉你别乱传,我大哥已经当上团长了,他们的部队已经从湖南进入黔地,很快就会开到水西,到时候我缠着大哥,叫他多派些人马给我,再加上蒙川保警队和蒙、路、江、林、史等几家区长的团防,剿灭区区百十名土匪还不容易?"

安宁摇头苦笑:"关键是那群土匪已经学会了苗乡绝技地龙滚荆,打得赢就打,打不赢就滚,那次在油黑大洞,孟马刀其实已经尽力了,他虽然只派了一个连,但那是他亲自训练出来的精锐部队,个个都是以一当十的强将精兵,还从机枪连抽调一个排进行加强,战斗力相当于一个营。更重要的是,他还从不轻易使用的炮营抽调一门山炮和两门迫击炮配合作战,在强大炮火的猛烈攻击下,油黑大洞死伤惨重,防御工事几乎全被摧毁,滚地龙和茄儿腿腿毫无还手之力,只好退回洞里。当天晚上侦察连准备用火攻,可惜刚刚做好准备,那群土匪就分成两股,一股在山上掩护,一股翻滚着冲下山来,刀砍不着,枪打不中,很快就逃之夭夭。"

这简直是闻所未闻的奇闻怪事,蒙莹有点不敢相信:"是你亲眼所见?"

"不,是程方明亲眼看见,就是他带着孟马刀的部队去攻打油黑大洞的。后来,他不知从哪里听说,那群土匪学会的是水箐苗家的武术绝技地龙滚荆。"

第十二章　处心积虑

"看来是我得了臆想症,想得太多了。程方明此刻应该就在蒙川,因为今天蒙川逢集,很多苗族人都会来镇上喝酒聚会,要不要咱们去会会他。"

安宁双掌一拍,连声道:"好,好,我听姐姐的。"

茂春时节,两位富家小姐不但衣着光鲜,而且都带着刀枪随从,骑着高头骏马,于人欢马叫声中,踢踢踏踏地往蒙川镇上疾驰而去。

蒙举人有过规定,凡蒙川逢集,任何人不得在蒙川镇上骑马坐轿,只能步行。进了城门,来到蒙家别院,蒙莹和安宁换上普通衣服,将马交由两名保镖牵往马厩喂料,她俩则带着另外两名保镖,将蒙川镇上的大小商铺和街道全部逛完,还是没有发现程方明。

两人并排走着,安宁忧心忡忡地说:"这么大个活人,怎么看不见踪影?"

蒙莹想了下说:"唉,我差点忘了,镇内多是商铺百货,家禽牲畜以及农副产品都是在镇外交易。"

安宁迈开大步,率先往镇外走去,果然在牛马市场旁边的汤锅市上看见了程方明。

连续几天,程方明一直在西部五区兜兜转转,刻意结交苗族同胞。苗族同胞们不但热情豪爽,还有一个通病,那就是好酒贪杯,只要有酒喝有肉吃,谁来结交都愿意。喝到高兴处,你喊他苗子他也不生气。

程方明的父母虽然出身贫苦,但由于机缘巧合,他居然生长在曾经无比显赫的黑家大院,而且继承着黑夔官家败落后的剩余财产,也算是富家公子、有钱哥儿,似乎腰包里有花不完的银圆钞票,招呼起苗族朋友来更是大手大脚,从不吝啬,短短的几天里就在苗族同胞中留下了好名声。可是,无论玩得有多开心,喝得有多热闹,他一提地龙滚荆,苗族朋友们就嘿嘿嘿地傻笑,不是顾左右而言他,就是躲躲闪闪、脚底抹油,如果多提两遍,全都客客气气地放下筷子酒碗,挥手道别。

程方明无法生气,只能摇头叹息。但他依然不死心、不放弃,因为安庄主曾经对他说过"精诚所至,金石为开"的道理,他一直铭记在心。

为了不引人注目,到了蒙川镇上,安宁和蒙莹特意去蒙家别院换了着装,打扮成普通村姑模样,两名保镖也只是远远地跟着,以防不测。

此刻,程方明正和二三十名苗族男子把酒言欢,还算宽敞的露天酒肆,三张方桌拼在一起,每张桌子上都放着一坛老烧酒,汤锅肉已经不再论碗了,而是连锅端,开酒肆的大爷大娘笑得就像四山的杜鹃花,他们正值芳龄的小女儿,系着围裙，就像一只欢乐的小燕子，跑前跑后地热情服务。

在另外一边，则是一群身着盛装、头扎红绳的少妇或少女，安宁一眼就从服饰上认出是水箐苗乡的小花苗，心里突然有种亲近感。这群苗族女子同样占去三桌，应该是那群苗族男子的妻子或女友。她们也喝酒吃肉，但不会大碗大碗地起哄瞎闹，比对面的那群安静多了。不过这"安静"之中的眉飞色舞与窃窃私语，反而营造出一种难以言说的诡诈。

程方明大马金刀地坐在主位，笑眯眯地注视着已经喝得酒意微醺的苗族同胞们三拳四卖。有个十七八岁的小伙子卖不出去，因为大家觉得他出拳太慢，都不肯和他划。好不容易才有人愿意接招，但要他先自罚三杯。平时只要看见烧酒，苗族同胞们都是抢着喝的，生怕酒碗轮不到自己。但今天情况不同了，黑戛官寨的少当家程公子已经宣布过了，酒随喝，肉随吃，还拿出五块银圆，当面交给大爷。

呵！五块白花花的大洋！这群因为赶场上街才穿上半旧褡褡的苗族汉子，平时身上只能胡乱套几块麻布巾巾，谁也没见过这么多钱，他们中很多人的全部家当，也值不了五块银圆。他们兴奋极了，也放心极了，正因为太兴奋太放心太幸福，谁都不肯吃亏，反而追求起公平正义，开始斤斤计较、扯皮拉筋。

卖拳的小伙不愿自罚，程方明建议："不喝酒也行，那就跳舞吧。"

"嘿，跳就跳呗，我还怕谁？"小伙子欢叫一声，随手拿起一支六管芦笙。酒肆姑娘连忙收拾东西腾场地，呜噜呜噜，苗族小伙蹲在地上跳了起来，立马引来一群看热闹的赶集人，蒙莹和安宁也跟着挤了进去。小伙刚跳了两圈就被一名三十多岁的麻脸汉子喊停。

小伙子站起身，一脸不悦地望着麻脸汉子："大哥，你刚才说什么？"

麻脸汉子也有点喝多了，红着脸说："哼，你跳的这个叫'野兔出林'，但动作不太到位，拖拖沓沓，晃晃悠悠，没有兔子的机灵劲儿，反而变成'野猪出林'了，难看得要命。"

小伙不服："有本事你也来跳一曲。"

麻脸汉子摆摆手说："今天我是来卖花豆的，忘记带芦笙了。"

立马有好事者举着芦笙递过去，麻脸汉子继续摆手："我有三四年不吹六管芦笙了，老早就不习惯了。"

嘿，这不是故意耍赖吗？虽然苗家有规矩，按照芦笙管数排大小，但那是在过节、祭祀或出征与集会的庄严场合，平时走亲戚和赶场赶乐，用的都是普通六管芦笙。于是大家都开始鄙视他，嘲讽他，说他不懂装懂，冒充公鸡尾巴。那人不服气，高声叫道："谁给我一支八管芦笙，我马上就跳地龙滚荆！"

啊，八管芦笙！啊，地龙滚荆！程方明立马站起身来，爬上桌子，大声喊道："谁有八管芦笙？谁带了八管芦笙？"

吹八管芦笙的，一般都是千人苗寨的护寨队长或武术教练，武艺不会太差，肯定也精通地龙滚荆。程方明接连喊了好几遍，等他停下时，所有苗族同胞，无论男女老少，全都失去了踪影，只留下一片狼藉，那些想看热闹的汉彝人等，无不一脸失望，又一脸嘲讽地望着他，眼神之中既有讥讽，也有怜悯。

程方明一脸茫然，跟他一样茫然的就是酒肆店主一家。看着他那一脸懵状，人群中突然爆发出一阵哄笑，连蒙莹也忍不住笑了起来。安宁觉得非常尴尬，连忙冲进去把程方明从方桌上拽下来，嗔道："你看你出的洋相，丢不丢人？"

程方明甩开安宁，双手握拳，高高地举过头顶，大声吼道："为什么？这是为什么呀？"

人们被他吼声里的悲哀、无奈与愤怒所震慑，全都收敛起来，面面相觑，但没人能够回答。安宁扶住他说："你难道没看见吗？那些老苗一边骗吃骗喝，一边又处心积虑地防着你，生怕你偷学了他们的看家本领。"

程方明还是不理解："为什么滚地龙和茄儿腿腿就能学会？"

对于安宁来说，这个问题同样无解，也无法回答。人们听到他喊滚地龙和茄儿腿腿，还以为那两个恶贼来了，连忙一哄而散。牛马市场随即骚乱起来，牛哞马叫中，人们纷纷奔走呼号："土匪来了，土匪来了，滚地龙和茄儿腿腿来了！"

蒙莹见状不妙，连忙跳上酒肆旁边的一块大石头，拔出手枪，朝天连放两枪，大声喊道："乡亲们，我是'蒙川公主'蒙莹，这里没有土匪，大家不要乱跑乱喊！"

那两名安府保镖与巡逻到此的保警队员也赶紧将蒙莹和安宁护住，一起鸣枪警告，骚乱才平息下来。

安宁教训程方明："你看，这都是你惹的祸，要不是今天蒙小姐恰好在此，麻烦就大了。上次是她用了三个急救包才救回你一条命，还不赶紧过去道谢？"

刚才见人群骚乱，程方明六神无主，还好关键时刻蒙川公主及时现身制止，连忙上前对着蒙莹鞠躬施礼，朗声说道："感谢公主两次出手相助，程方明永生难忘！"

蒙莹收起手枪，跳下地来，微笑着打量着程方明。上次见到程方明时，天色已经很晚，而且又是在硝烟弥漫的战场上，加上程方明身受重伤，生命垂危，所以没怎么看清。此刻一见，不由得怦然心动：他虽然只有十六七岁，但已经长成一名精壮小伙，刚毅的面容依然稚气未脱、充满阳光、坦荡洒脱，看不出有丝毫阴霾，简直就是个无忧无虑的少年游侠，如果不是特别有心，根本不会想到他就是身负血海深仇、专与土匪作对的黑家庄黑家大院的程公子。

蒙莹将程方明打量了一番，见他眼眸清澈如水，毫无畏怯之意，知道这是个执着坚定之人，心里不禁为之一凛：原来只有心底无私，才会无所畏惧，才能这么安宁。见他眼里满含感激之情，于是又想，只有无所畏惧又懂得感恩，才是天底下最诚实、最善良的人，他们胸怀正义，值得信赖，任何时候都不会出卖朋友，更不会祸害人民。

这样想着，蒙莹立马生出一种惺惺相惜之意，拱手说道："程公子艺高人胆大，果然是英雄少年，小女子无限佩服。既然有缘再聚，还请公子赴寒舍一叙，不知是否唐突。"

对方是大名鼎鼎的蒙川公主，又于自己有救命之恩，他没有理由拒绝，于是爽快答应。店家畏畏缩缩地走上前来，退还三块银圆。程方明右手一挥，豪爽地说："算了吧，是他们不愿吃喝，又不是你不卖，这些钱就当打赏你们一家三口吧。"

老头欢天喜地，一个劲地赞美祝福："程公子真是个舍己为人的大好人，好人必有好报，一切邪魔外道都不敢挡道沾身。"

正在忙碌的酒肆姑娘听说程公子送了他们三块银圆，也想亲口道谢，他却已经跟着两位美女走了，其中有一位还是蒙川公主，姑娘心里既羡慕，又失落。

第十三章　不辞而别

　　尽管穿着普通村姑的衣服，蒙莹和安宁依旧仪态端庄，相貌身段就不说了，光那一颦一笑与举手投足，无不流露出大家闺秀的样范来，再说此时她们已经暴露身份，加上又带着两名全副武装的保镖和虎虎生威的程方明，那威风阵势，不知羡煞多少乡亲民众。

　　还有那几名持枪巡逻的保警队员，一来为了讨好蒙莹，二来为了保障她的安全，三人在前吆喝开道，三人在后警戒护卫，人们既争相围观，又不得不闪开让道，艳羡目光相互交织，咂舌之声不绝于耳。

　　有的人容易让人嫉妒，因为在别人眼里，他只不过是运气较好、上天眷顾而已，他能做到的，自己也能做到，为什么偏偏就他占尽好处，独领风骚？但有的人就不同了，你根本就嫉妒不起来，只有羡慕的份。

　　比如蒙莹，在整个西部五区，人们不单单羡慕，还愿意为她无偿付出，甚至不惜性命。比如上次，接到她发出的"蒙川公主令"，各乡各寨，成千上万的各族同胞揭竿而起，朝蒙川镇蜂拥而来。原因非常简单，因为她是蒙举人的千金，是蒙川地区的精灵，她的存在就是高贵与纯洁的象征。

　　近百年来，在整个西部五区能与安蒙两家相提并论的只有黑矍官家，因为他们家底雄厚，财力相当。可是如今，朝廷已被推翻，皇帝不知死活，财大气粗的黑矍官家早已败落，安家也跟着倒霉，幸好及时止损，余气依然可观。而蒙家，因为奉行耕读传家，高中末代举人，据说还是什么星宿下凡。而真正令人敬仰的，不是蒙家第二十七世孙蒙文正的举人身份，也不是蒙家的万亩良田、深宅大院和威武雄壮、武器精良的保商队，而是蒙举人创办蒙川书院的壮举与蒙家延续百年的仁厚与善行。

　　缘于以上种种根由，再加上蒙莹又是蒙家唯一的女孩和蒙举人的掌上明珠，人们都自觉或不自觉地把对蒙家所有的尊敬和爱慕寄予她，不但将她尊称为

"公主",还对她敬若神明。此刻目睹贵为"公主"、美若天仙的千金小姐居然穿着村姑一样的衣服行走在他们之间,感觉是那样亲切随和,心里竟然翻涌着延绵不绝的幸福。听说那位气宇轩昂、龙行虎步的少年,正是没落已久的黑戛官家的隔房公子,人们不由自主天马行空地胡思乱想。

这种夹道欢迎或欢送的仪式,于蒙莹来说早已司空见惯,而安宁既感到新鲜好奇,又有些惶恐不安。程方明则无所谓,一个心灵满载仇恨的孤儿浪子,早已将生死置之度外,什么荣耀屈辱,于他来说都已经毫不在乎。

保警队员将他们送进城门就返回城外巡逻去了,蒙莹带着安宁和程方明,径直往蒙家别院走去。蒙家在镇内的别院名为"缘庐",占地面积不是很大,只为方便蒙举人办公而设,只有两三个家仆管理照看和接待访客。西三区与蒙川镇合署办公,按照惯例,赶场天蒙举人一般都会待在区公所,但今天情况特殊,从未谋面的黑家庄安庄主前来拜访,只得将公务委托给副区长陈德贤。

蒙莹一行来到缘庐,换下衣装,四名保镖从马厩牵来马匹,骑马返回黄鹤坝。别人都是左脚登上马镫,再用右腿跨过马背,程方明则是单手按住马背,双脚腾空跃起,然后再来个大转身,轻盈地落在马背上。蒙莹见程方明上马的姿势非常特别,忍不住伸出拇指赞道:"程公子,你这身法是何人所教?"

程方明愣了下,眼前浮现出一个白色的身影,淡淡地说:"白老人。"

蒙莹惊道:"啊,白老人?传说中的水西第一高手?怪不得你小小年纪就能跟孟马刀打成平手,原来是白老人的关门弟子,小女子多有失敬。"

安宁只知道白老人家住萝卜坪的中兴村,是个性情古怪的老头子,身负绝艺但从未下山,前来挑战的武林高手无不铩羽而归,据说整个乌蒙山中,只有他会飞檐走壁,此刻见程方明坦言跟他学过武艺,也惊讶地问:"这就是传说中的风车?"

程方明这才明白过来,摇头笑道:"什么风车呀,我只是有幸见他表演过一套拳术,记住了这个动作而已。其实风车之术我也见过一次,就是用一根韧劲十足、七八尺长的白木棍子在头顶上快速旋转,借助风力向上飘飞。"

蒙莹叹道:"哇,那得有多大的力气和多快的速度?"

程方明说:"所以一般人是学不会的,没有非常扎实的气功作为基础,根本无法做到。我也只见过白老人一面,他说我报仇心切,心浮气躁,无缘习练他的功夫。唉,没想到短短不到两年,一代武林奇人竟然死于宵小之手,有生之年,我一定要为他报仇。"

安宁和蒙莹一齐惊问:"啊!白老人已经不在啦?"

程方明说："是的，被他一位远房亲戚的儿子，也是他唯一的徒弟杀害了，上次我就是为了追杀那个欺师灭祖的恶徒才来到凹乌大洞。"

安宁问："那恶贼已经投靠滚地龙？"

程方明黯然道："是的，从油黑大洞逃出来的二十几名恶贼中就有他。此人名叫左保桥，水东乡林箐村人，几个月前在南开街上，碰到他正举枪准备行刺孟旅长，被我扔石头阻止了。你们别再瞎吹我和孟旅长打成平手，他是故意让我的，要是凭真实功夫，我恐怕连他半招都接不了。一个农家子弟能够做到城防司令和少将旅长，没有过人之处怎么行？"

两位美女想想也是，三人不再言语，于是打马启程。春风浩荡，马蹄声声，看着北归的大雁与满目山花，蒙莹勒住马，等安宁跟上。两人并马缓行，蒙莹扬鞭吟道：

浩荡离愁白日斜，吟鞭东指即天涯。
落红不是无情物，化作春泥更护花。

安宁略一沉思，缓缓吟道：

百里鹃花漫过梁，春风纵马难收缰。
流泉飞瀑迎归雁，彩羽温声送溢香。
凤眼含情美人笑，白云抹汗农夫忙。
民安国泰江山稳，谁愿争强动刀枪？

蒙莹鼓掌赞道："春光无限，流光溢彩，突然想起前人现成诗句，有感而发。不料竟引发妹妹妙思如泉、佳句联翩，真是字字珠玑、玉润珠圆。程公子，得此才女娇妻，真是八辈子修来的福哇！"

程方明跟在后面，面红耳赤。蒙莹瞟了他一眼，嘿嘿嘿地笑了起来。太阳懒懒地悬在天边，温柔的春风轻抚着大地，青色的石板路面被吹拂得光溜溜的，踢踏踢踏的马蹄声，就像一曲晃晃悠悠、无止无休的乡村歌谣。

回到黄鹤坝，已经是下午五点，太阳依旧悬挂在西面的天空，无声无息地朝吊水岩方向缓缓移动。作为主人，蒙莹带着安宁、程方明及十几位随父母应邀来访的公子小姐，将蒙家大院游览了一圈，于落日夕辉中例行公事般地完成了简单介绍。

对那些县官的联句、知府的诗章、巡抚的题词，程方明走马观花，一晃而过，唯独在两副对联前停步不前。这两副对联，笔力遒劲，犹如刀刻，但无署名。一联为"三生三省三世界，一兵一卒一马刀"，另一联为"辗转刀冰忽梦醒，长驱血冷伴吾眠"。

安宁始终陪在他身旁，见他半天不肯移步，轻声说道："这两副对联极为神妙，公主竟然不予介绍，不知是否藏有玄机。"

程方明笑而不语，蒙莹远远地说："整个院子里，只有那两副对联没有署名落款，我爹爹说，是孟马刀的手笔。"

"啊，孟马刀！孟马刀不是一介武夫吗？还能写出这么好的字？"

听见有人惊呼，大家纷纷围拢过来。蒙莹介绍道："几次来蒙川清乡，孟马刀都不肯去油黑大洞剿匪，后来程公子跟他打成平手，才不得不派侦察连攻打，结果还是让匪首滚地龙和茄儿腿腿逃走了，因此我不但不喜欢他的为人做派，连带着也不喜欢他的字了。他曾经到过我家两次，第一次写了'三生三省三世界'，第二次写了'辗转刀冰忽梦醒'，我文学不行，也没当面请教过他，所以无解。安小姐诗书双绝，是咱们西部五区的第一才女，何不请她解析一番。"

大家鼓掌叫好，安宁红着脸说："这两副对联内涵神妙，藏有玄机，一般之人是解不透的，我也解不出来，只有等将来应验了，才能明白。"

蒙莹心内不由得一阵战栗："安小姐，你是说，这是传说中的谶语？"

"嗯，是的，他虽然没有落款，但对联中已经包含了他的名字，比如马刀、梦（孟）醒。此外还有刀冰、血冷、三生三省、一兵一卒等等，恐怕真的会一语成谶。"

大家听安宁如此一说，全都静默无语，只感到人生如梦，世态炎凉，一切都是未知之数。

当晚，蒙家摆下长桌，大宴宾客，蒙举人和安庄主坐在首席，蒙举人身旁依次是程方明、蒙莹、蒙川书院副院长陈德贤、五位乡长及蒙川书院的几位秀才；安庄主身旁是安宁，再往下则是其余各位乡绅与家眷。

程方明虽为晚辈，却被蒙举人请入上座，位于身侧，既让程方明局促不安，又让大家对他刮目相看。特别是那些富家小姐，之前游玩时见他衣着邋遢，一脸风尘，心里难免有些轻视之意，此刻见他居然作为贵客，入座副宾（主宾为安庄主），无不深感蹊跷，以为是蒙举人选定的乘龙快婿，无不偷眼朝蒙莹瞟去。只见她身着盛装，言笑晏晏，毫无扭捏之处，禁不住在心里赞叹，大家闺秀，果然不同凡响。

晚宴排场非常讲究，完全模仿古代宫廷宴，七八十个席位摆成一圈，中间设一舞台，蒙举人特意从古定请来乐班，奏乐助兴。

华灯初上，酒菜飘香，全体宾客肃然起立，在蒙举人的带领下，祭奠皇天后土与水西八部正神。敬神不能用杯，只能用碗。主桌后面就是神龛，蒙举人转过身去，举碗过顶，口诵祝词："皇天后土、水西八部、五方五老、过往诸神：今有下民信士蒙文正，统领合家大男小女，薄备佳肴酒礼，酬谢各方诸神，款待乡邻亲友，愿诸神保佑：五谷丰登、人畜兴旺、国泰民安。"颂完，将酒倾倒一半于地，其余半碗恭恭敬敬地放在神龛前面的供桌上，与各种水果菜肴排在一起。

大家也跟着蒙举人，面朝神龛举杯敬祝，敬完后将杯子里的烧酒倾出两三滴，然后才规规矩矩地坐下。

乐师们奏响音乐，乐音婉转低回。蒙举人举杯致辞：

各位乡贤亲友：水西遗恨，已逾百年；磅礴乌蒙，风物延绵；水箐蒙川，毗邻相衔；黑戛黄鹤，遥相呼应；安蒙二府，共祖同源；诸葛南征，相携拥护；皇恩浩荡，开司封土；世代相传，神交已久；今日续缘，情深谊长；邀集诸君，连气同枝；造福乡梓，共饮此杯！

红烛高照，宛如白昼；丝竹悠扬，气氛热烈。欢呼声中，所有宾客全体起立，以干为敬。

蒙举人再次举杯，面对众宾说："这第二杯酒敬给水西八部代言神巫之后、水箐黑家庄庄主安尚余先生。黑戛官家败落后，安庄主福泽深厚，慈悲为怀，团结乡邻，重振雄风，得到万千乡民真诚爱戴，的确是一位了不起的贤达士绅，文正钦佩已久，今日愿干此杯，今后相互提携，共同进退。"

说完，蒙举人仰脖干杯，安庄主同样以干为敬，众人相陪。

蒙举人又举起了第三杯酒说："这第三杯酒，敬给蒙川地区青年才俊程方明程公子。程公子年方二八，英勇豪侠，曾经三招战平孟马刀，促使其派兵强攻油黑大洞，将盘踞在此十余年之悍匪恶贼基本歼灭，虽有漏网之鱼，但此功德同样不可磨灭。"

蒙举人说完，仰脖干杯。程方明心内惶惑，连忙跟着干了一杯。对程方明的壮举，众人早有耳闻，还以为他是何等豪侠壮士，原来还是个乳臭未干的少年，无不啧啧称奇，让安宁父女也感觉脸上有光。

三杯烧酒下肚，酒量大的连呼过瘾，意犹未尽；酒量小的已经面红耳赤，神思恍惚。平常乡野之人聚会，必然会猜拳斗酒，闹闹哄哄，搞得乌烟瘴气，不亦乐乎。但今天情况不同，是德高望重的蒙举人宴请宾客，受邀者都是土目乡绅及其家眷，加上又有乐班助兴，岂能胡吃海喝？一切都得按照文明规矩来。

众人敬过蒙举人和安庄主后，陈德贤提议："今晚群星璀璨，群贤汇聚，何不请程公子登台献艺，演示武艺刀法？"

陈德贤年过五旬，曾经做过廪生，在西部五区久负盛名，加上又是蒙举人的得力助手、身兼数职，说话挺有分量。程方明有些犹豫，抬眼望向安庄主和蒙举人。安庄主以眼神示意，可以登台；蒙举人击掌叫好，表示赞同。

得到两位长者的同意，程方明起身离席，带着三分酒意，单掌一按舞台，身子腾空而起，一个非常漂亮的鹞子翻身，轻轻地落在四五尺高的台子上。公子小姐们齐声欢呼，蒙举人、安庄主及各位大小官员、土目乡绅，则露出赞赏的目光，纷纷鼓掌叫好。

程方明双手抱拳，朝四周长揖一圈，便开始表演起来。一般人在此场合都是表演拳脚套路，他的表演却比较特别，没有套路，只有绝招，先是单掌劈砖，然后脚踹木板，接着全是高难动作，虎虎生威。

陈德贤既是学富五车的老学究，又是精通技击的老拳师，曾经和孟马刀、白老人等交过手，根本不相信一个十五六岁的少年能扛住孟马刀，心想孟马刀只不过是想找个理由出兵而已，如今见他亮出架子招式，忍不住技痒起来，朗声说道："蒙举人、程公子，陈某不但习文，而且好武，如今即将垂垂老矣，依然文不成武不就，但见公子意气风发，功底扎实，激发起青年时代的壮志豪情，也想登台献丑，和公子一起为大家助兴，不知可否？"

蒙举人还未首肯，在场的公子小姐们早已欢呼起来。蒙举人只好说："那你们就切磋一下吧，点到为止。"

几分钟后，陈德贤脱去长袍马褂，换上短打劲装，一老一少两位拳师，便在蒙举人家的宴会厅里展开拳脚，较量起来。安宁既紧张，又兴奋。紧张的是生怕程方明一个闪失，败在老秀才手下，从此声威扫地，今后还怎么做人？兴奋的是这真是一个扬名立万的好机会，如果赢了，对今后的发展大有好处。

双方开始时还算友好切磋，几招过后都暗暗提神聚气，下起了真实功夫。三十回合过后，基本都亮出家底，毫不相让。陈德贤厚重沉稳，程方明血气方刚，双方见招拆招，一来一往，躲闪腾挪。很多人都把心提到了嗓子眼上，生怕陈德贤一招落败，毁了半世声名。

转眼斗到五十回合，陈德贤早已大汗淋漓，程方明跳出圈子，大声喊道："光打拳不过瘾，拿刀来！"

再斗几个回合，自己必输无疑，陈德贤连忙收手，喘了口粗气说："程公子果然年轻有为，英雄了得。给我拿剑。"

自从见到白老人，程方明方知天外有天、人外有人，武学之道博大精深，没有真正的天下第一。和孟马刀交过手后，程方明对武学之道又有了新的理解，那就是胸怀坦荡，必定无敌。其实孟马刀的武艺并没有传说中的那么高，只是他不记私仇，不谋私利，处事但凭公心，出刀只为道义，所以光明磊落，正气凛然，那些蝇营狗苟之徒和险恶奸诈之辈，一开始就被那股凛然正气所震慑，所以刀锋未至，气势已输，最后成了他的刀下游魂。

程方明认为，白老人毫无心机，天地一片纯洁，因此武功深不可测，任何人都不可能将他打败；孟马刀胸怀坦荡，刀锋浑厚威猛，因此世间少有敌手。然而眼前的这位长者，由于多了些迂腐迟疑，所以未能达到武学的最高境界，但作为一名拳师，已经绰绰有余。

程方明不想做拳师，也不想做英雄，他心心念念的，除了报仇雪恨，就是为民除害，所以公私掺杂，招式在浩然凌厉的同时，也有些阴毒刁钻，让人防不胜防。还好陈老拳师阅历丰富，经验老到，才勉强支撑到五十回合。

自从来到蒙家，程方明随身携带的马刀就交给蒙莹保管了。此刻他提出切磋兵器，蒙莹自然欢迎，连忙跑去帮他把布袋拿来。程方明接过布袋，唰地拔出刀来，雪亮的刀锋发出森森冷气和耀眼光芒。众人不由得打了个寒噤，蒙举人和陈德贤同时惊呼："孟马刀！"

陈德贤已经拔出长剑，摆好架势，程方明紧握马刀，沉思片刻，缓缓地朝陈德贤垂首躬身，深施一礼说："陈先生，晚辈承蒙指教，必将受用终身，真是感激不尽。"接着又向全场施礼，一脸真诚地说："行家一伸手，便知有没有，晚辈程方明已经领教了陈先生高招，自叹弗如，心悦诚服，谢谢大家！"

安庄主见他有礼有节，知进知退，心里非常欢喜。对于蒙举人和陈德贤来说，这也是非常完美的结局，于是顺坡下驴，重回酒桌。剑影刀光，虽未交手，但高下立判。众人没看成热闹，无不深感遗憾，不过心里全都明白，眼前这个少年不光武艺高超，而且很有风度涵养，的确不是一般人物，蒙家有此快婿，果然是天命所归。

酒宴继续举行，席间，蒙莹、安宁以及各位公子小姐，轮番上台展示才艺，最终蒙莹的武艺枪法技压群芳，安宁的诗词书法略高一筹。安宁写道：

  水绕山环映碧空，蒙川犹有古时风。
  狂刀壮士惊神鬼，驭剑书生赛虎龙。
  款摆腰肢如春柳，悠扬曲赋似云踪。
  黄鹤见证今盛景，笑语嫣然百代红。

  座中有一女孩，名叫朱芮，芳龄二十，系西三区青林乡乡长朱应时之女，因家境富裕、父母开明，曾就读于省城女中，被省师范学院录取，如今已毕业回乡，久闻"蒙川公主"大名，特随父亲做客蒙家。因其读过师院，自告奋勇，为安宁诵诗。只见她穿着独特，打扮时尚；亭亭玉立，卓尔不群；轻启朱唇，口齿溢香；在古琴琵琶的伴奏下，将安宁那首并不出彩的七律，朗诵得声情并茂，倾倒众生。一时掌声如潮，风头盖过了蒙莹与安宁。

  朗诵完毕，掌声已过，朱芮伫立台端，面朝主桌，于众目睽睽之下，朗声说道："程公子，我想请教您一个问题，去年您在过狮河畔文昌阁挑战孟马刀，当时心里有何想法？害不害怕？"

  程方明红着脸，站起身讷讷地说："我——我——为啥要害怕呀？"

  见他如此拘谨不安，那些公子小姐不由得哄笑起来。朱芮继续穷追猛打："孟马刀武艺高强，家喻户晓，听说孟马刀来了，匪盗遁迹，小儿止哭，公子不过十五六岁，如何不怕？"

  程方明说："因为我知道，在黔中大地，当今之世，他是独一无二的英雄人物，即使我血溅刀下，他也会替我完成心愿。"

  朱芮接道："难得程公子如此豪情，让我等大开眼界。刚才您那把马刀，杀气腾腾，冷气森森，据说为孟将军所赠，出手必将见血，足以证明你们惺惺相惜，肝胆相照，必将成为一段佳话。但我还有个问题，请问您有何心愿？"

  程方明昂首挺胸，中气十足地高声回答："铲除匪霸，血债血偿！"

  朱芮又问："难道，您心里只有恨，就没有爱吗？"

  程方明答："爱，就是恨；恨，就是爱。因为我深爱着我的父母家人，所以才如此仇恨滚地龙和茄儿腿腿；因为我深深地爱着这片土地和这片土地上的父老乡亲，所以我才甘愿牺牲，视死如归。"

  "好！好！"蒙举人带头，所有在场人员纷纷起立鼓掌，向程方明致敬。

第十三章　不辞而别

"为什么我的眼里常含泪水？因为我对这土地爱得深沉。"若干年后，当安宁读到艾青的这句诗时，回想起之前的那一幕，依然还会眼含热泪。

待大家安静下来，朱芮又说："小女子今日斗胆，开蒙川之先河，当着众位尊长和兄弟姐妹向程公子求婚：程公子，我崇拜您，喜欢您，愿意嫁您为妻，与您患难相扶、白头偕老，您——愿意娶我吗？"

全场默然，所有人都张大嘴巴，睁大眼睛，仿佛时间已经停止，空气已经凝滞，地球不再转动，安宁的心如撕裂般疼痛，泪水止不住奔涌而出。蒙莹也一样，无边的失落就像一个巨大的冰窟，山川倒悬，时空悠悠。程方明略一沉吟，微微笑道："对不起，朱小姐，虽然我也很佩服你的勇气，欣赏你的才学，却不能答应你，因为大仇未报，心事未了，我还不想成婚。再说——再说——"程方明说着，拿眼瞟向安宁。

朱芮大大方方地笑道："我知道了，其实您心里早就有人了，那就是安小姐，对吧？"

人们随即聚焦安宁。安宁又羞又急，幸福流遍全身，赶紧擦干泪水，露出笑靥。程方明同样羞红着脸，踌躇不安地站着，不知如何是好。

朱芮接着说："择日不如撞日，在如此庄严而又喜庆的宴会上，我等非常有幸见证了这双门当户对、青梅竹马的金童玉女订下终身，希望你们能够患难与共，生死相依。来，让我们全都举起酒杯，为他们祝福，为幸福干杯！"

突然，美女朱芮的手里变戏法般多出一只晶莹剔透的小酒杯，至此，安宁父女才知道这一切都是蒙举人暗中策划好的，一切都在不知不觉中按照他的安排向前推进，不得不对他又是敬佩，又是感恩。

烛光摇曳，乐音绕梁，在一串祝福声中，这场别开生面的宴会被推上了高潮。可是酒宴结束，程方明并未留宿蒙府，趁安宁不在，随便找了个借口，向安庄主和蒙举人父女拱手辞别，踏着暗夜离去。

安宁洗个手回来，就不见了程方明的身影，不免失魂落魄，黯然神伤。

第十四章　燕舞双飞

又是一年清明节，程方明来到父母坟前，挂上白纸幡后，一边烧纸磕头，一边安慰父母："爹，娘，你们安息吧，孩儿有生之年，一定会救出妹妹，为你们报仇。"

安宁也来了，摆下供品，磕头祭拜，然后对程方明说："方明，我不反对你报仇，也不反对你去找妹妹，可是，咱们先得把婚结了，等有个孩子延续香火、继承家业，你想怎么干我都支持你。你看你奔波了两年多，花了不少冤枉钱，还是没人愿意教你地龙滚荆，这样下去何年是个头？我前几天问过坡戛苗寨的熊二公子，他说滚地龙就是在坡戛苗寨偷学了地龙滚荆，然后到处为非作歹，为避免后患，他们苗家早就严禁与汉人真心结交，严禁带汉人进入苗寨，你别妄想从他们那里学会地龙滚荆了，要想报仇，还得另想办法。"

程方明说："我已经想到办法了，只要你肯帮我，一定能够成功。"

"什么办法？只要能做到，我都会帮你。"

"踩场。我想在黑家庄门前踩个乡场。"

"你是不是疯啦？"安宁嗔道，"在咱们水箐乡，离黑家庄七八里就是水箐街，海子湖南面又有个长阳街，一个赶三八，一个赶四九，都是五天赶一场的大集镇，你再踩一个有意思吗？不赶死才怪！"

"我不管它是死是活，我只需要热闹，然后把苗家请来跳花。"

"你算过了吗？需要花多少钱？"

"我算过了，租场子一年要三百块银圆，税银一年也要三百块，还要建造百十个摊位，至少要两百块，加上踩场热闹的花销，一千块银圆就够了。"

安宁语重心长地说："方明，你听我说，不是我小气，舍不得给你钱。你想想看，你爹妈已经去世七八年了，这七八年中，你只知道习武报仇，从未管过家业，而且花钱也是大手大脚，如同流水，前几年要不是我爹帮你经营，你所有的家业全都抛撒完了；十六岁那年，我爹就把你们程家的店铺田园全部交给我打理，你知道我有多艰辛吗？一个十六七岁的女孩子，又要雇人种地、收割，又要催收租子、各方协调、买进卖出，还要上缴各种税费、购买肥料农具等等，一年也就两三千块进润，你今天来要一百，明天来要两百，每年都入不敷出，都快到卖房卖地的地步了。你这次一要就是一千块，叫我到哪里去找这么多钱？要不是当初黑二奶奶求我给你家延续香烟后代，我才懒得管你呢。"说着说着，安宁委屈地哭了起来。

哭了一会儿，安宁招了招手，安葵带着两名长工，抬着一口沉重的铁箱走来。安宁淌眼抹泪，打开箱子说："今天，我把所有的东西都带来了。程方明你请看清楚，这就是你妈黑二奶奶遇难前让我替她保管的，房契地契、金银珠宝、古玩字画等一应俱全，反正我也当不成你们程家的媳妇，今天索性全都交给你，你要当掉也好，你要卖掉也罢，从此与我无关。"

安宁说完，对着坟墓磕了三个响头，然后站起身来，掏出手绢，擦干眼泪，带着安葵和长工，踏着青青野草，回庄去了。

程方明不言不语，傻愣愣地跪着，直到太阳偏西，才背着马刀，扛着铁箱，往水箐街上走去，然后雇辆马车，直到天黑才到蒙川镇外。原本城门已经关闭，但守门的兵丁早已跟他混熟，而且经常在一起吃肉喝酒，便给他开了个后门，让他入城。来到镇上，程方明先找家旅馆住下，仔仔细细地梳理了这些年的经历，觉得真是亏欠安家太多。但心想这样也好，反正父母之仇，不共戴天，迟早要和滚地龙及茄儿腿腿决一死战，一旦跟安宁成了亲，战也不是，不战也不是，万一真的死了，丢下孤儿寡母，岂不是更加造孽？为了报仇雪恨，他早已抱着必死的决心，一个决心赴死之人，还有什么放不下呢？

这样想着，他就迷迷糊糊地睡着了，第二天醒来，直奔麟龙钱庄。这个钱庄是林家开的，已有一百多年历史，原本开在古定和乌城，五年前才在蒙川开设分部，以林伯森土司后裔的名声和蒙川商会会长兼西四区区长的身份作保，应该还算可靠。

通过与林家协商，程方明把母亲留下的金银珠宝与古玩字画交给钱庄保管，而田园店铺及黑家大院则租给林家，每年一千五百块银圆，在不损坏流失的情况下，任凭林家经营管理。为了保险，程方明还找来蒙川书院副院长陈德贤和蒙川镇副镇长禄银旺做证，一旦自己身故，则由安宁继承。陈德贤和禄银旺，一个是蒙举人的得力助手，一个是蒙莹的亲舅舅，都是蒙川地区的著名乡绅与正人君子，完全可以放心。

办完一切手续，领取了五百块现洋，走出钱庄时，已经是第二天中午了。程方明头脑晕沉，脚步虚飘，有一种无家可归的感觉。黑家庄是回不去了，只好在蒙川镇上租了间房屋，暂且住了下来。几天之后，林家派人前来接收房屋土地，安庄主以为程方明已经将家产全部卖了，想起一年前在黄鹤坝蒙举人府上的情景，便一脸黯然地坐着，从来不吸鸦片的他，突然有种急需鸦片麻痹的感觉，但还是硬生生地忍住了。虽然忍住没吸鸦片，人却大病了一场，等病体痊愈，已是半个多月以后，身体衰老了不少。

安宁又悔又痛，提笔写道：

不肖子孙卖祖房，九泉之下愧对娘。
田园店铺归他姓，正值青春又夕阳。

踩不成五天的大场，踩个十天的小场也行。程方明得了钱款，找到海子湖西的海座村，以一百块银圆的价格租下一块场地，着手筹备踩场。在花了两百块银圆后，海座如期开场。开场当天，四乡八里的乡亲们牵猪拉牛、背粮挑菜地赶来，一大早就聚集了两三千人，与此邻近的倮宝俚路家还派了十几名护路队员前来维护秩序。

程方明指挥几名临时雇佣的人工，用石灰撒了一个大圈，作为跳花的场地。九点左右，太阳刚刚照平不久，一队队苗族青年，穿着节日盛装，吹着芦笙口琴，迈着轻快的脚步，欢天喜地而来。

水箐曾是黑戛官家的领地，却一直号称苗乡，有三十六个苗寨、两万多苗族同胞。程方明以海座村寨老的名义，向三十六个苗寨同时发出请帖，邀请他们选派代表前来参加四月初八的跳花盛会，并许诺每人发放一块银圆。除了出场费，还将评出一二三等奖，其中一等奖一对，奖金十元；二等奖两对，奖金五元；三等奖三对，奖金三元。水箐苗民跳花，都是男女结对，接到邀请后，全乡三十六个苗寨全都答应派人前来参赛。

这天上午十点，骄阳暖暖，微风习习，寨老宣布踩场开始，并摆出白花花的银圆和大坛大坛的好酒、大碗大碗的腊肉。可是那些欢天喜地、雄心勃勃的苗族青年看见程方明，全都尴尬地笑着，不肯上场。寨老再三邀请无效，熊飞只好对同胞们说："今天咱们受刘寨老盛情邀请，既然来了，钱可以不要，但礼不能缺失，不愿跳的请马上离开。"

坡戛是西部五区第一大苗寨，熊二公子的话还是有点分量的，不少同胞礼貌地同他打声招呼，然后就转身离去。看着一对对苗族青年源源不断地赶来，又不声不响地离开，程方明在心疼钱的同时，也只有苦笑的份，心想还是安宁说得对，那些银圆看来真是白花了，扔在水里连泡泡都不起一个。

海座村的村民们莫名其妙，全都以为是招待不周，把那些老苗得罪了。但看他们的表情，又不像是生气的样子，在深感扫兴的同时，觉得这些老苗脾气真怪。更加扫兴和不解的是刘寨老，这个活了八十多岁的汉族老人，原本想好好热闹一番，希望能把这个乡场踩活并赶下去，一是方便周边群众，二是可以给自己留下好名声，谁知这些好酒贪杯的小花苗，到了海座却变得如此乖张，真是不可理喻。

一切谜底都在程方明心里，但他有苦说不出。

时近中午，全乡三十六个苗寨的代表，最后只剩下熊飞和祝雯。他们都已经二十岁了，与他们同龄的青年男女，大多数业已成家，可他俩依然还是单身。其实早在十多年前，熊家也曾到祝家提过亲，但提亲的对象不是熊飞，而是熊彬，祝家不但爽快答应，还丢了把凭烧了香。从原则上讲，祝雯早已是熊家未过门的媳妇，但不是熊飞的未婚妻，而是他哥哥熊彬的。可是三年前，为了营救吃猪匠的养女小恬恬，熊彬被滚地龙一枪打死了。其实一直以来，祝雯喜欢的是二公子熊飞，熊彬遇难后，她在悲痛之余，决定嫁给熊飞。

可熊二公子并不这么想。那可是自己的亲哥哥呀，因此每当不明真相的小伙伴们将他和祝雯哄成一对时，他心里就会有着深深的疼痛与愧疚。熊寨主与祝明芳也一样，三年来一直刻意回避这个问题，所以才放任熊飞与祝雯，已经到了谈婚论嫁的年龄却隐而不发。他们一是在观望，二是在等待。观望年轻人是否有缘，等待适合的机会出现。

这次就是一个很好的机会，接到刘寨老的邀请，熊寨主与祝明芳略一合计，便把祝雯和熊飞给派了出来。祝雯喜出望外，兴高采烈，终于能和心上人一起搭伴表演、双笙合鸣了，看来这场婚事已经越来越近。然而熊飞的心里非常别扭，又伴随着淡淡的惆怅与伤悲，此刻看到程方明和刘寨老脸上的失落，总是感觉过意不去，便把祝雯叫到旁边，轻声地说："既然来了，咱们就随便跳几曲吧。"

见大伙纷纷散去，祝雯心里也挺失落的，听熊飞如此一说，连忙兴奋地答应："好的，好的，人家花了那么多钱，又准备得这么周到，一曲不跳很对不住人。哎，这些人也是，应该讲点信义嘛，答应得好好的，来了又不跳，难怪千百年来，那些汉人看不起咱们。"

熊飞远远地瞟了程方明一眼，压低声音说："这也不能怪咱们苗家不讲信用，我看肯定又是那个程公子想出来的鬼主意，目的就是想偷学滚山荆。"

祝雯一脸淡然道："苗王不是下了禁令吗？咱们只要不跳滚山荆就行了。"

熊飞说："这个我知道。他想学滚山荆不是为了干坏事，而是为了打败滚地龙和茄儿腿腿。可是，苗王的命令必须遵守，否则咱们苗家将会大祸临头。"

祝雯顿了顿，说："其实，我好几次都差点忍不住要将滚山荆教给他了，不为别的，就为他的那份执着与孝心。熊二哥，不是说百善孝为先吗，这么个大孝子，怎么会是恶人呢？如果我是苗王，早就收他为徒了，有这样的徒弟，将会是一生的荣幸。"

熊飞叹了口气，摇着头说："不管怎么样，咱们都要严格遵守禁令，一时的冲动与同情，有可能会给族人带来灭顶之灾，禄寨老就是最好的教训。做人难，做个好人更难，做个真正的好人，更是难上加难。我也觉得，程公子就跟蒙举人和安庄主一样，是个真正的大好人，甚至跟孟马刀有得一拼，是个顶天立地的英雄豪杰，可惜我什么都帮不了他，唯有将这一腔热血，与他肝胆相照，如果有一天机缘碰巧，我一定会与他并肩作战，生死相托。"

见祝雯一脸凝重，熊飞又说："待会先跳几曲普通芦笙舞，如果他不求就算了，如果他求咱们，就给他表演一曲燕双飞吧。"

燕双飞跟地龙滚荆一样，也是苗家严格管控的舞蹈，一般只能由夫妻或情侣共同表演。听说可以一起跳燕双飞，祝雯高兴得眉飞色舞，连忙笑道："好的，好的，熊二哥，我什么都听你的。只是——这算不算违规？"

熊飞笑道："怎么会算呢？苗王也好，总教练也好，虽然严格管控，但都没有明说不能在外人面前表演燕双飞。"同时他又在心里说："程公子，因缘有份，福泽有根，我们只能这样帮你了，能不能悟出道道来，就看你的造化了。"

熊祝二人商量完毕，随即吹响芦笙，呜噜呜噜地来到场中，欢快地跳起舞来。原本就是冲着看苗家跳花才来赶场的乡民看着一对对苗族青年纷纷离去，无不心灰意冷，但也不明所以，都在心里暗骂，这帮老苗真是吃饱了撑的，不想跳就不要来，来了就不要摆人，都说苗族人性格直爽，这样算什么直爽！此时看见最后留下的这对苗族男女居然旋转着跳了起来，而且舞技非常高超，甚至高到有些不可思议，全都欢呼着围拢过来。

熊飞原本就是一名潇洒公子，连续五年在一年一度的苗乡青少年武术比赛中获得冠军；祝雯堪称水箐苗乡的乡花，不知在多少花场上夺得了"舞后"称号，早已成为水西八县所有苗族青年才俊爱慕和追求的对象，特别是前两年，几乎每隔几天,就会有各地苗王的公子与各寨寨主的少爷牵着成串的山羊和牯牛前来求亲,但全都被她一口回绝。自从回绝了水西势力最大的花坝苗王的三公子后,人们才恍然大悟,这朵鲜花是许配人了的,再稍稍打听,才翻出熊祝两家订过娃娃亲的老本本。虽然熊彬早已亡故,但熊飞已经长大成人,麻绳断了草绳接,这场亲事依然有效。于是,祝家门前断了求亲的人迹,不少苗族小伙在深感遗憾的同时,又盼望这对青年早日结成连理,可这两家大户一点都不着急,他们的婚事迟迟不见落地,让人心里梗得难受。

虽然应邀跳花、盛装而来的苗族青年们纷纷莫名其妙地离去,但附近苗寨特意来赶场看热闹的苗族老乡依然大有人在,终于看见熊家二公子和祝家大千金结对起舞,而且是那样般配默契,堪称珠联璧合,全都摸出随身携带的芦笙,跟着伴起舞来。在场的苗族群众,不分男女老少,将整个舞场围了三圈,他们的舞姿朴拙简单,就是几个寻常可见的普通动作,但几百人一齐舞动,浩大的声势造成了震撼效果,不但程方明和刘寨老暗自庆幸,全场数千观众全都乐开了花。舞到精彩处,村民们突然放起鞭炮来,你买一串我买一串,噼噼啪啪的爆竹声此起彼伏,海座乡场宣告踩成了。

得到大家的喝彩与捧场,熊飞与祝雯也非常开心,同时拿出看家本领,将好几套苗族舞蹈发挥得淋漓尽致,全场观众心里一片澄明,即使那三十五寨的舞者全部在场,这一对也是绝对的冠军。大家都在心里猜想,或许,他们都是因为怯场才走的吧,笙王舞后在此,谁也不敢抢占风头,与其自取其辱,不如自动放弃。如此一想,大家又都佩服起那一对对苗族青年来。谁说他们不明事理?识趣和懂得放弃才最明事理,最有智慧。

乌蒙山的夏天来得较晚,春天很长,人间四月芳菲尽,此处杜鹃遍野开。正是草长莺飞、万花迷人的美好时节,但所有的花朵加起来,也没有祝雯的笑容美丽。所有的树影花枝与莺歌燕舞,也没有她的身材和舞姿动人,老乡们无不看得如痴如醉。只有程方明依然伤透了脑筋:如何才能让他们展示一下地龙滚荆,并乘机偷偷学会?即使学不会,亲眼见识了,也好想出破解的办法来。

他们连续变换了五六种舞曲,直到把圈场伴舞的苗族同胞全都跳得双腿发软,才停下来擦汗歇息。程方明逮住机会,觍着脸蹭过去询问:"熊二哥,请问你会跳地龙滚荆不?"

腿扎绑带、身披战袍的熊飞先是佯装一脸茫然地摇头,继而做出恍然大悟状,眼睛忽闪忽闪地问:"你说的是不是滚山荆?"

在坡戛苗寨,自从禄寨老被滚地龙杀害后,地龙滚荆就不叫地龙滚荆了,而是改叫滚山荆。程方明不由得一怔，先是摇了摇头，突然有所醒悟，说："是的，就是滚山荆，举着砍刀，在地上滚来滚去，刀砍不中，枪打不着，悬岩陡坎照样翻滚，转眼就失去了踪影。"

祝雯瞟了熊飞一眼，熊飞脸色微微一变，说："那个舞太难学了，我们真跳不来。"

程方明非常失望，但还是以央求的口吻说："听说你们会跳滚山荆的很多很多，三岁孩子都会，麻烦你跳一个嘛，熊二哥，让我开开眼界好不？你看别人跳三天大花才能挣到一块银圆，只是请你们来跳个小半天，我就开了两块大洋呢，此外还有奖金。喏，只要肯跳一曲滚山荆，我就把今天所有的奖金全都奖给你们。如果这还不够，咱们可以结成异姓兄弟，我把你当成亲哥，今后无论上刀山还是下火海，只要二哥你吆喝一声，我必定会两肋插刀，万死不辞。"

熊飞见他说得情真意切，有点蠢蠢欲动，都把芦笙塞进嘴里了。祝雯连忙干咳一声，说："程公子，我们跳不来滚山荆，要不，给你表演一套燕双飞吧。"

花了这么大的力气，费了几百块银圆，到头来连地龙滚荆的影子都没看见，程方明心里不由得空落落的，但还是抱着侥幸心理，点头答应道："那好吧，生意不成仁义在，你们就表演燕双飞吧，奖金一分不少。"

熊飞和祝雯对视了一眼，又吹起芦笙，面对面地转着圈圈跳起来，他们越跳越快，越跳越快，最后还真像两只轻盈的燕子，在花场中央上下翻飞。这些年，为了报仇，程方明四处拜访名师，勤练武艺，单凭刀法已经可以和孟马刀媲美，在水西八县乃至整个乌蒙山中，几乎已经没有对手。熊飞和祝雯先前的表演精彩是精彩，但全都是以前见过的，其他地方踩场或苗家的主要节日，不管有多远，他都会赶去看跳花，看多了也就觉得稀松平常起来，反正都是吹着芦笙蹲在地上跳着转圈圈。

可是，他们一开始表演燕双飞，程方明的眼睛就被点亮了，心里的那根弦也跟着绷得紧紧的，因为他们的动作、姿势与力道，只有武林高手才能做到。

熊飞和祝雯先是面对面地跳，不管怎么旋转翻飞，始终两两相对。跳着跳着，他们就并排在一起了，熊飞身上的战袍，从前胸到后背，全是用五色丝线绣成的城池、山川、森林、河流以及通衢大道。祝雯也同样披着战袍，只是腰上多了条五彩缤纷的百褶短裙，头上还扎着一团红艳艳的头绳，看上去真像一只五彩斑斓的燕子，加上她容颜秀丽、身姿婀娜、动作娇柔，简直美妙至极，乡民们无不看得如痴如醉，连喝彩都忘记了。

程方明从未想到世间还有如此绝妙的芦笙舞，不由得放下心事，也看得入迷起来。突然，那对翩翩起舞的苗族青年，一边舞着一边翻起筋斗来，有的筋斗要在空中连翻几个才落地，可见弹跳之高、速度之快。在连续翻了几十个筋斗后，小伙子突然扎稳马步，姑娘轻轻一飘，就飘到他的腰腿上，再一飘，便飘到了他的肩膀上，又再一飘，就飘上了他的头顶。好一个燕子三飘！只见那苗族姑娘，左脚轻轻地点在小伙子的头上，右脚向后平平地抬起，展开，芦笙与身体形成一条直线。小伙子吹着芦笙，轻松地迈开舞步，转起圈来。

雷鸣般的掌声再次响起，那只五彩斑斓的燕子也在小伙子的头顶上旋转起来，就像一架美丽的风车，突然一个倒翻，连续翻了三个筋斗，才飘飘悠悠地落在地上，又接着翩翩起舞。在此过程中，他们的双手一直握着芦笙，不停地舞动，芦笙曲子也一直未曾停歇。又再舞了几圈，一曲燕双飞才宣告完成，鞭炮声与鼓掌声混杂在一起。

乡民们从来不兴鼓掌，今天算是破了先例，一个个眉开眼笑，仿佛所有的沧桑和愁云都从脸上一扫而光。程方明连忙上前两步，对着熊飞和祝雯抱拳致谢："熊二哥、祝小姐，你们刚才的表演真是精彩绝伦、如仙如幻、美不可言，虽然没能看到梦寐以求的地龙滚荆，但海座村的踩场使命已经完成，非常感谢你们。"

能与心上人如此默契、如此完美地共同完成苗家最为精妙的舞蹈，并赢得了空前的赞誉与喝彩，祝雯既激动又开心，脸上绽放着幸福的笑容，把四山的花朵全都比了下去。熊飞潇洒地摇了摇头，甩落几滴汗珠，对程方明说："程公子过奖了，按照规矩，我们是不能在汉人面前表演这种舞蹈的，即使是在我们苗家的花场上，也要先清场才能表演，今天见你心诚，就破例表演了一回。回去，估计又要被寨主骂了；骂还是轻的，估计还会被关被打，要吃黄荆条跪破碗呢。"

程方明不好意思地说："其实，我请你们来跳花，就是想欣赏地龙滚荆，既然你们不会，那就算了，不为难你们了。我也是个说话算话的人，今天的奖金全归你们。"

熊飞看了看一脸幸福地傻笑的祝雯一眼，又向程方明使了使眼色，问："程公子，哪里有茅厕？我想解个手。"

程方明立刻会意，连忙说好的，我带你去，请跟我来。

走出五六十米，看看四下无人，熊飞一脸歉疚地说："你说的地龙滚荆，也叫作滚山荆，自从有人偷学了这门功夫并在外面为非作歹，苗王就严令禁止在外人面前表演了，所以程公子，你不要怪我不讲仁义。"

程方明深深地叹了口气，问："偷学你们功夫的，是不是滚地龙？"

熊飞一脸气愤地说："是的，就是那个天杀的土匪。他不但偷学了地龙滚荆，还杀害了好几个苗家人，我们与他也有不共戴天之仇。唉，教训哪教训，我们水箐苗乡的老苗王禄寨老，因与其父是好友，好心将他收为义子，将他带到苗寨居住，他却偷学了地龙滚荆，出去杀人越货，禄寨老前去劝阻，反而被他所杀。"

程方明再次厚着脸皮问："熊二哥，那你跟我说句真心话，你会不会跳地龙滚荆？"

熊飞难为情地说："不会，我真的不会。"

程方明道："滚地龙和茄儿腿腿不但害死了我父母，还抢走了我妹妹，我要找他们报仇。可他们学会了地龙滚荆，又能打又能逃，你能教我怎么办吗？"

熊飞说："我们也想找滚地龙报仇，可那狗家伙现在受了招安，当上了保安大队长，有人有枪又有靠山，真是难上加难哪！"

程方明咬牙切齿地说："父母之仇，不共戴天，我不擒杀他们誓不为人。还有，我只有这么个妹妹，却被他们抢走了，就算九死一生，就算以命换命，我也要把她救出来！"

熊飞动情地说："兄弟，世上无难事，只怕有心人，总有一天你会成功的。"说完，便转身往花场走去。

熊飞回到场边，祝雯把脸一沉，劈头就问："你跟他说了啥？"

熊飞嘿嘿一笑："没说啥子，没说啥子，他问你舞跳得那么好，有婆家了没有。嘿嘿，嘿嘿。"然后降低声音说，"他想追你。"

祝雯脸一红，白了他一眼，就不再说话了。程方明的豪爽是出了名的，尽管没达到目的，还是把封成六份的二十九块银圆全都捧来，要全部奖给他们。熊飞摆摆手说："对不起，程公子，无功不受禄，没完成使命，这个钱我们不能收。好人自有好报，恶人自有恶人收。俗话说不是不报，时辰未到，哪天时辰到了，一切都会如你所愿。"

说完，熊飞提着芦笙，牵着祝雯，挥一挥衣袖，连出场费也不要，就这样潇潇洒洒地走了。走出老远，祝雯才回过头来，朝捧着银圆目送他们远去的程方明嫣然一笑。

程方明含着眼泪，如痴似傻地站着，不知如何是好。安宁轻轻走到他身旁，重重地在他肩上拍了一掌,他才吃了一惊,回过头问:"你——你怎么也在这里?"

安宁说:"你大张旗鼓地踩场,还遍撒英雄帖,不惜重金邀请三十六寨的苗族青年来跳花,结果怎么样?那些苗人是那么容易上当的吗?人家宁愿分文不收,也不会为你所动,还是死了这条心,去过正常人的日子吧。"

程方明摇头说:"这条路不通,还有其他路可走。常言道,精诚所至,金石为开,只要我还有一口气在,就不会放弃。"

第十五章　智斗恶徒

转眼又是几年过去，蒙大公子蒙卫江在长沙保卫战中为国捐躯，蒙川县正式成立，蒙举人被任命为首任县长。

通过多年交往，程方明知道不管交情有多深，苗族人都不会在他面前展示绝技，因为他们吃过的亏实在太多了，鲜血淋漓的教训已使他们不敢再对汉人敞开心扉。但是，为了报仇雪恨，程方明只好豁出去了。

这天清晨，他又早早地来到牛场。牛场位于戈戛梁子下面，梁子后面就是戈戛苗寨。戈戛苗寨是水箐乡的四大苗寨之一，有两千多苗民居住于此。太阳懒懒地爬上山头，露出红彤彤的笑脸，远远近近的庄稼都已经收割完了，正是天高云淡的农闲季节，穿红挂绿手握芦笙的苗族同胞三个一群，五个一伙，吹着芦笙，踏着舞步，优哉游哉地走在乡村大道上。

站在乡场旁边的一个土包上，程方明远远地看见几十位苗民，簇拥着一名六十余岁的长者踏歌而来。长者身材魁梧，须发飘飘，脚步稳健，穿着白色麻布衣衫，肩膀上同样披着绣有田园、山川、河流和道路的战袍，背上插着一把三尺多长的砍山刀，手里还握着一支一丈多长的十二管芦笙，看上去不但飘逸潇洒，而且威风凛凛。

苗王来了！传说中雄霸一方的苗王张恒宣来了！程方明激动起来，因为他知道，水箐苗王不但精通地龙滚荆，还深谙破解地龙滚荆之道，如果有他提携，得他指点，他早就可以与滚地龙和茄儿腿腿一决高下并手刃仇敌了。可是这么多年，尽管想尽千方百计，花了不少钱财，耗费了不少精力，别说接近张恒宣了，连戈戛苗寨都进不去。那苗寨处于两县交界处，山高林密，悬崖陡峭，易守难攻。因为曾经遭到滚地龙袭击，最近几年更是加强防范，设立了三道哨卡，禁止汉人进入。

一般情况下，苗民们牵来赶场的黄牛都是用于交易的普通耕牛或打戛（祭祀逝者的仪式）专用的祭牲，可是今天，他们手里牵着的，全是高大威武、雄伟健壮的牯牛。更奇怪的是，他们并没有往乡场上走来，而是绕过乡场，沿着石板铺成的大路，往神仙坡方向走去。

程方明连忙跑下土山，来到汤锅市上，问一个正在烧柴火炖汤锅的中年彝族汉子："大哥，今天那些苗家怎么不来赶场，而是绕着朝别处去啦？"

彝族汉子头也不抬地说："今天是水箐苗乡五年一届的苗王大赛，三十六个寨主中谁的芦笙舞跳得最好、武艺最高、人气最旺，加上所养的牯牛又在大赛上获得冠军，谁就是新一届苗王，统管水箐苗乡两万八千多苗民。听说苗王大赛热闹得很，但只有苗民才能参加。"

程方明说："我也想去看热闹，但是怕被赶出来。"

彝族汉子说："这还不简单？你搞件麻布褡褡穿起，整支六管芦笙提起，跟着路上的那些苗族人去不就行了？"

程方明恍然大悟，心想早知道我也如此装扮一番，说不定早就将地龙滚荆学到手了。愣了半分钟后，他又长叹一声，说："我怕被认出来。听说汉人冒充苗人，是要被活活打死的。"

彝族汉子抬头打量了程方明一眼，问："你会说苗话吗？"

程方明答："当然会了，从小就会。"

彝族汉子问："格雅阿奇木？"

程方明先是一愣，然后笑了起来，用苗语说："我也想上神仙坡。"

彝族汉子哈哈大笑，连声说："好！那就好！我本来也想去看热闹的，昨天有条半大猪不小心摔坎死了，不来卖汤锅不行。这样吧兄弟，我把我的家什借给你，你就跟着他们去玩吧，明天回来摆给我听听。"

彝族汉子从夹箩里拿出一个麻布缝制的伞笼口袋，拉开取出一件麻布褡褡，说："你穿上它，看看合身不。"

程方明连忙接过麻布褡褡穿上，还真合身。彝族汉子又从伞笼口袋里摸出几个小瓷瓶，倒出些粉末和汁液，往程方明的头和脸上抹了几下，然后拍着手哈哈笑道："再有一支芦笙就更像了。"说完又从伞笼口袋里摸出一个杉木笙斗和一根根竹管簧片，熟练地组装起来，不到两分钟，一支六管芦笙就组装好了，还扎上头绳，拴了根红绸带子。

彝族汉子呜噜呜噜地调试几下，然后蹲着身子跳了起来。程方明没想到这家伙不但会说苗语，芦笙舞也跳得不错，于是对他佩服起来。彝族汉子跳了两圈后把芦笙递给他，一脸慎重地叮嘱说："你拿着装扮装扮就行了，千万别吹，要是吹露馅麻烦就大了。"

程方明连忙点头致谢。彝族汉子笑道："还有，这把马刀早已成为黑家庄程公子的标配，见刀即见人，如果放心的话，先让我帮你保管，下次见面再还给你。"

程方明犹豫了下，伸手摸向腰间，六年前孟马刀赠送的手枪还在，心想一支手枪加三十发子弹，足以应付一切了，于是放心地取下马刀，交给彝族汉子。

彝族汉子接过刀说："兄弟，赶紧去吧，错过时辰就不安逸了。"

程方明赶紧辞别彝族汉子，离开戈戛牛场，拐上通往神仙坡的大路，尾随苗王带领的队伍而去。走了两个多小时，才翻越朳坐大山，来到黑洋大箐斜对面的一座荒山上。这座荒山名叫神仙坡，因形似神仙而得名。神仙坡高耸入云，山上铺满了青青的野草，几个土包把一片两百余亩的草坪围了起来，形成一个天然赛场，成千上万的苗族同胞穿着节日盛装，男的肩披战袍、背插砍刀，女的头戴红绳、腰挂彩裙，人人手里都握着一支拴着红绸带子的芦笙，密密层层地站满了赛场四周的土包，看上去就像花的世界，红的海洋。

程方明提着芦笙，心情紧张地站在人群中，仔细一看，还真有不少苗族小伙跟他一样，只穿褡褡，没穿战袍，心里悬着的石头才落下地来。在人群中逛了一圈，遇见了不少熟人，甚至还遇见了打过几次交道的熊飞与祝雯。可是，那位彝族大哥的易容术真神，谁也没认出他来。既然连熊飞与祝雯都认不出来，程方明就放心大胆地玩，心想这真是个千载难逢的好机会，如果还学不到地龙滚荆，那就真是无缘了，从此就死了这条心，另寻别的法子报仇吧。

赛场四周的山包下，站立着三十六头威武雄壮的大牯牛，每头牯牛的旁边，还站着一名高大健壮的苗族汉子，看年龄从三十岁到五十岁不等，坡戛苗寨的熊寨主也在其中。这些大大小小的寨主，一个个摩拳擦掌，斗志昂扬。

马上就要到中午了，苗王登上位于赛场北面的土台，喧哗的人群随即安静下来。苗王一手举着镶金嵌银的砍山刀，一手举着那支充满神秘感的十二管芦笙，转了一圈，用极其洪亮的声音说："各位同胞，水箐苗乡第十四届苗王大赛马上就要开始了，跟往常一样，最终获胜者就是咱们水箐苗乡的新苗王。我已连任三届，决定不再蝉联，所以今天就不参加比赛了，而是担任主评委。本来，主评委应该由武术总教练担任，但他今天因为有特殊任务，无法来到现场，只好由我代劳了。下面，请三十六寨长老上台就座，参加评判，任何人都必须服从裁决！"

苗王说完，把象征苗王地位的砍山刀和十二管芦笙放在面前的架子上，三十六寨长老也一脸严肃地依次上台，在事先布置好的竹椅上坐下。

评委全部坐定，八个号手一齐举起五六尺长的弯牛角，卟喔——卟喔地吹了起来，号角声传出很远，在人们的耳际久久萦回，仿佛回到了数千年前。随即，十八名鼓手擂响簸箕般大小的战鼓，咚——咚的战鼓声和着卟喔——卟喔的牛角声，一阵紧似一阵。

鼓响三通后，三十六对身着盛装的青年男女从土台两边进入赛场，吹着芦笙跳起舞来，牛角、战鼓和芦笙曲混杂在一起，各种各样的舞姿让程方明看得眼花缭乱。按照既定程序，这段开幕式过后，就是比试芦笙舞和拳脚刀术，只有进入前三名，才有资格竞争苗王。可是，正在开幕式即将结束之际，突然响起啪啪的枪声，三百余名全副武装的保安团士兵乌鸦般地扑上山来。

现场随即慌乱起来，所有观众尖声叫喊着四散逃命。士兵们端着枪冲进赛场，扣押了所有牯牛，还把苗王和各寨寨主以聚众叛乱的罪名抓走。程方明也看清了，带领保安团冲上山来的，正是滚地龙和茄儿腿腿！程方明拔出手枪，正要冲上前去，祝雯和熊飞突然出现，一左一右把他夹在中间。熊飞压低声音说："程兄，对方人多势众，千万别冲动。"

祝雯也说："君子报仇，十年不晚，我们也想为老苗王禄寨老和熊彬哥哥他们报仇，但今天时机不对，只能白白牺牲，还是再等机会吧。"

程方明一时无法脱身，见滚地龙和茄儿腿腿在士兵们的保护下已经走远了，只好插回手枪，问："你们怎么知道是我？"

祝雯抿嘴一笑，说："其实熊飞也没认出来，是我告诉他的。别人认不得你，我还认不得？至于我为什么能认出你，以后再告诉你吧。苗王和三十六寨寨主全被抓了，目前救人要紧，我们得先走一步了。"

熊飞和祝雯走后，看着兴致勃勃赶来、悲悲戚戚散去的万千苗民，程方明仰天长叹，同时也明白了一个道理：人多有什么用？学会了地龙滚荆又有什么用？这些苗族同胞，至少有两百人精通地龙滚荆，但还是眼睁睁地看着自己的苗王和寨主被抓走，眼睁睁地看着自己的兄弟姐妹被践踏，眼睁睁地看着自己的财产被掳掠。

灰心失意中，程方明晕晕乎乎地离开一片狼藉的神仙坡，慢慢悠悠地往黑家庄方向走去，直到日落黄昏才走到小街丫口。往前直走，是坡戛苗寨；折转向南，就是黑家庄。他不可能去坡戛，但也不想回黑家庄，好在正值月中，天气又好，月白风清的，正好赶夜路。

在离黑家庄不远的岔路口，程方明举目怅望，那个曾经风光无限的黑褒官寨，如今依然气势恢宏。可是，现在茄儿腿腿当上保安六团一营长并坐镇蒙川，已经和各区区长平起平坐，甚至还可以盛气凌人，颐指气使，因为他手里有枪，三百多人的队伍，一个区长算什么，随便找个通共资敌的罪名，就可以把你灭了。

果然，安宁就等在路边的凉亭里，幽幽叹道："你，终于回来了？"

程方明头也不回："是的，回来了，铩羽而归。"

"但是，你已经回不了家了，因为茄儿腿腿也回来了，曾经的官家大院已经住满了保安团士兵。"

程方明失魂落魄，但还是假装镇静："暂时回不了就算了，改天我回来，一定要取他的脑袋。"

"还有，你家的所有田园店铺都被他强行收走了，林柏森林会长前来交涉都没用。他说，这些原本都是他的，他要无条件收回。"

程方明平静地说："这些都是身外之物，收走就收走吧，等我要了他小命，再把它们拿回来，分给无地的乡亲们。"

"就在今天中午，乡里的几家大户，比如木家、丁家、王家，人被抓走，房屋财产全被没收，罪名是通共资敌。他还说，那些曾经属于黑褒官家的所有山林、田园、河川、草场、荒山等等，他都要无条件收回。"

程方明勃然大怒："胡闹！简直是胡闹！我要去找蒙县长，不能让他瞎搞下去！"

"赶紧去吧，蒙莹也在找你，两个钟头前，她还来过黑家庄。她说，蒙川县刚刚成立就被搞乱，她已经待不下去了，她要组织一支人马，支援前线抗战，要求你我和她一起，并肩作战。"

程方明怒火中烧："抗战抗战，有何意义？保安团凶得很，怎么不上前线？你看咱们水箐乡，木家、丁家、王家、盛家、李家、陈家，哪家不是十几人追随蒙二公子奔赴抗日战场，哪家不是十几人为国捐躯？他们的父母家人，却被诬陷为通共资敌，全被抓走，房屋财产也被没收，这还有没有天理？要抗日他们去，我是不会去的，我只想杀了这群土匪恶霸，为爹娘报仇，为含冤蒙难的乡亲们报仇！"

"半个钟头前，坡褒苗寨的祝雯也来找过你，就是她告诉我你去了神仙坡，还装扮成苗族小伙。"

第十五章 智斗恶徒

程方明终于降下火气问:"她找我有什么事?"

"她说你跟蒙县长私交不错,求你去找蒙县长把苗王和熊寨主他们救出来。"

"蒙县长因为博古通今,德高望重,才被推举为蒙川首任县长。可是他的这个县长当得太艰难,偏偏遇到这两个恶霸煞星,真是倒了血霉。"

"据我推测,上面一定有人要跟他过不去,才特意让滚地龙和茄儿腿腿回来与他作对。"

"无论谁跟蒙举人作对,总有一天,我都要取他的狗命。二姐,你先回家吧,我现在就去黄鹤坝找蒙举人,看看有没有办法把苗乡各位首领以及被茄儿腿腿和滚地龙抓走的乡绅们救出来。"

"我想跟你一起去,有福同享,有难同当。方明,寨伍乡亲们谁都知道我是你的未婚妻,你不能扔下我不管。"

程方明始终没有朝凉亭这边看一眼,只是抬头望着天空中的那轮明月,一脸怅然地说:"我已经一无所有了,手里莫名其妙地多了支芦笙,却弄丢了孟马刀的刀。没有那把刀,我好像全身都没有力气,得去把它找回来。你还是好好在家待着,遇到有适合的人家,嫁掉算了,我不适合你。我这样的人,成天提着脑袋耍,谁都不适合,也不值得你牵挂。"

安宁早已习惯了他的态度,依旧不喜不怒:"如果你娶蒙莹,我就另嫁他人。"

程方明冷笑:"人家贵为'公主',我是一介草民,这不是癞蛤蟆想吃天鹅肉吗?我程方明别的没有,骨气还是有的。"

"那我就等着你。哦,我听蒙莹说,孟马刀放走红军后丢了官职,在军队混不下去,就回老家组织民军抗日去了,据说已经拉起七八百人,打了几次胜仗,日本鬼子闻风丧胆,路过他的家乡都得绕道走。"

程方明沉默了半分钟才问:"日本鬼子离这里还有多远?"

"前不久我听蒙莹说,正在长沙会战,打得不可开交,双方都死了很多人,当然更惨的还是咱们中国人,因为对方是禽兽不如的侵略者,又是在咱们的国土上作战,受苦受难的都是咱们的老百姓。如果长沙沦陷了,鬼子就会趁机西进南下。蒙大公子已经壮烈殉国,蒙二公子发过毒誓,宁可战死沙场,也不会让鬼子杀到自己的家乡。"

"如果有一天日本鬼子真打进了本省,我也会放下家仇,先雪国恨,可现在我做不到。我还没找到妹妹,她那么小就被土匪抢走了,一定吃了不少苦,遭了不少罪,不杀尽这帮恶贼,我寝食难安。好吧,你还是回家去吧,我现在就去找蒙举人，问问他有没有办法。"

程方明说完，扭转身子，踏着明月，望东而去。自始至终，他都没有朝凉亭里的安宁瞧上一眼。

程方明在水箐街上寄养了一匹白马，等他绕过三道哨卡赶到黄鹤坝时，夜已经很深了，月亮早已偏西。还未到蒙家大院，祝雯和熊飞从路边蹿了出来，把他吓了一跳。

祝雯焦急地说："程公子，终于把你等来了。"

程方明问："你们怎么也在这里？"

祝雯说："我们也是骑马来的，比你先到个把钟头。蒙举人已经从蒙川城里回来了，但我们和他素无交往，不好前去相求，就在此地等你。"

程方明说："我和他也只有一面之交，但我相信他的为人，一定不会见死不救。"

祝雯好奇地问："听说，他还想招你做'驸马'？"

程方明笑道："这是谣传，一点都不可靠。"

祝雯："我想也是，在整个蒙川县，谁不知道你跟安小姐是订了婚的。"

程方明扫了熊飞一眼，说："你们年纪也不小了，我正等着喝喜酒呢。"

月光下，熊飞的脸颊微微一红，故意把话岔开："蒙莹不是正在拉人入伍支援前线吗？只要能把我爹放出来，我就跟她去。"

祝雯拉着他的衣袖说："我也要去。要去咱们一起去，要死咱们一起死。"

程方明充满敬意地看了祝雯一眼，对熊飞说："熊二哥，也许过了这个村就没有这个店了，你跟我不一样，好好珍惜眼前人。"接着又对祝雯说："祝小姐，你们都很年轻，又那么优秀，请别轻言生死。相信这个世道一定会变的，相信我们的下一代，一定不会生活在这样兵荒马乱、匪盗如麻的年月。"

祝雯问："何以见得？"

程方明说："我已经感觉到了，自从见到蒙莹与朱芮，我就感觉到了。还有上次在顺城养伤，见到了很多形迹可疑的人物，他们来去匆匆，无所不在。我在心里断定，这些人一定会做出惊天动地的事情来，一定会彻底改变这个世界，只是时机未到而已。我虽然不知道他们是些什么人，但我感觉到了他们的执着与自信。"

熊飞焦急地问："程公子，你说我爹会不会有生命危险？"

程方明说："我想不会，你爹是坡戛苗寨的寨主，不但德高望重，而且武艺高强,在水箐苗乡接任苗王的呼声很高,滚地龙和茄儿腿腿后台再硬,胆子再大,也不敢未经审判就将他杀害。再说,我相信蒙举人一定会全力营救他的,因为他是蒙川圣人,最敬重你爹这样的汉子。为了争取时间,咱们现在就去蒙家吧,我来叫门。"

三人牵马来到蒙家门前,两名荷枪实弹的哨兵拉响枪栓问:"什么人?"

程方明答:"我是黑家庄的程方明,有事求见蒙川公主。"

哨兵说:"小姐还没回来。"

程方明:"那就见见蒙举人。"

哨兵不敢做主,说要先请示一下。几分钟后出来一名管家,将他们带了进去。管家先将他们带到会客室,说:"举人有话要对程公子讲,二位请喝茶。"

祝雯忍不住道:"管家大叔,我们有急事求见蒙举人。"

管家打量了她一眼,说:"如果我没猜错的话,您就是水箐苗乡武术总教练祝明芳祝大爷的千金。蒙举人和祝大爷虽从未谋面,但神交已久,经常夸赞说祝大爷是一个真正的男子汉,身上有种英雄气概和苗王气质。祝小姐,我知道你们为何而来,蒙举人正在商谈此事,稍后一定会有结果。"

祝雯深深地鞠躬致谢,熊飞也激动地打躬作揖。程方明跟着管家,在院子里七拐八弯,又经过三重岗哨,才来到一间非常隐蔽的屋子里。除了蒙举人,屋里还有三位客人。

将人带到后管家迅速离开,蒙举人对另外三位客人介绍道:"这位就是曾经和孟马刀打成平手、数次单枪匹马独闯油黑大洞与凹乌大洞的程公子。"

那三位客人连忙起身抱拳致意,其中一名四十来岁的彪形大汉说:"久闻程老弟大名,今日方得一见,果然是自古英雄出少年!"

此人形貌粗莽,却出口不凡,举止有礼。程方明正感诧异,蒙举人介绍道:"这位就是传说中的绿林好汉熊朴熊大哥。"

啊,熊朴!一位充满传奇色彩的苗族汉子,据说其父母曾是蒙家佣工,蒙举人见他资质不凡,为人朴实,不但资助他上学读书,还介绍他到黔军部队当兵。熊朴作战勇猛,屡立战功,六七年间就从普通士兵干到特务营长,因怜悯百姓坐过大牢。后因反对军阀混战,带领部下拖枪脱离军阀部队,回到蒙川老家,以杉木箐为大本营,杀富济贫,打家劫舍,但从不骚扰平民百姓,对开明绅士与普通工商业者秋毫不犯。

程方明也连忙抱拳致敬:"熊大哥英勇豪侠,称雄一方,小弟景仰已久,今日得见,真是三生有幸!"

蒙举人继续介绍："另外两位都是熊大哥的得力助手，左边这位名叫华永前，因排行第二，大家都叫他华二哥，他爷爷和我是好朋友，这些年一直在蒙川书院教书；右边这位大名叫毛孝民，小名叫毛三，同样是一名久经沙场的老战士。"

这两人还真没听说过，因为他们的名声全被熊朴的光环罩住了，再说他们行事非常诡秘，外界不得而知。

程方明突然问道："华二哥，那个经常化装成中央军'马营长'的，是不是你？"

华永前笑而不答，蒙举人说："是的，就是他。他是龙家庄龙秀才的亲孙子、海子湖畔河西村华秀才的亲外孙，也是滚地龙的堂侄，五六年前从龙川书院毕业后投奔熊大哥，因聪明机智，作战勇敢，现已成为熊大哥的得力助手。华秀才膝下无子，龙秀才的二公子入赘华家，继承华府基业，所以华公子是随母姓。"

程方明与三位客人客套了一番，大家坐下喝茶。蒙举人说："程公子，我以长辈的身份，有三句话对你说：第一句话，尽快成家立业，你已经二十出头了，要勇敢地承担起一名男子汉的责任；第二句话，外界传闻你是我的乘龙快婿，如果你和蒙莹都有这个意思，不管你之前是否订过婚，我都不介意，但和安家姑娘要妥善处理；第三句话，目前敌我双方决战长沙，形势非常紧张，我准备组建一支民工队伍，由蒙莹带领，支援前方，如果你愿意，就请参与其中，主要负责民工们的安全，如果不愿意，我也不勉强。"

程方明面露难色地说："蒙老前辈，请恕方明无礼直言：一、我身负血海深仇，大仇未报，不敢言他。二、我妹妹不到三岁就被土匪掳走，至今还未找到，找不到妹妹，我也没心思做其他事情。三、我敬佩蒙小姐的武艺胆识和为人处事，一直感念她的救命之恩，把她当成亲姐，如果您老人家不嫌弃，就请收我为义子。义父在上，请受孩儿一拜。"

程方明说完，真的跪拜下去。熊朴立即朝蒙举人拱手道贺："恭喜恭喜，年过六旬，又添一子，真是越老越有福。"

蒙举人愣了下，连忙哈哈一笑，伸手将程方明扶了起来，说："既然如此，我就倚老卖老了。你与蒙莹的婚事按下不提，今后你们以姐弟相称。既然都是一家人了，我就直接跟你说吧，我已经与滚地龙打过招呼，叫他两天之内放人。他可以收点钱财，但不能害人性命。"

程方明问："如果他不放人呢？"

熊朴接道："我手下弟兄们也不是吃素的，两天后还不放人，我就不惜一切跟他火拼，到时候不管他靠山是谁，先把他打残再说，大不了我带着队伍，冲破封锁，奔赴前线抗日去。"

程方明瞬间热血沸腾，激动地说："如果要打滚地龙和茄儿腿腿，算我一个。"

蒙举人说："这是最坏的打算。恶人自有恶报，但目前还不到收拾滚地龙和茄儿腿腿的时候，等时机成熟，我蒙文正一定不会放过他俩。蒙川建县以来，群众同仇敌忾，抗日情绪高涨，目前已经募集了一批支前物资，有布鞋、袜子、被服、绷带等，也有不少粮食，后天就要起运。"

程方明问送到哪里，蒙举人说送到省城交割，但为了保证这批物资能够送到前线官兵手中，需要有人跟随监督，顺便考察战况，慰问官兵。

程方明沉默无语，蒙举人知道他不愿出马，便把脸转向华永前。华永前连忙站起身说："县长您请放心，既然熊头已经把押运物资的重担交给我们哥俩，我干脆一不做，二不休，和小姐一起跟到前线，保证这批物资能够顺利发到官兵手里，同时保护小姐安全归来，如有任何闪失，请将我毙于蒙川城门前。"

毛孝民也站起身说："县长，还有我，如果完不成任务，我也无颜再见蒙川父老，同样愿立军令状。"

熊朴对毛孝民说："你到省城就行了，还要把乡亲们带回来。"

蒙举人朝熊朴等人抱拳："我谨代表蒙川全县的开明士绅与抗战群众感谢诸位。"

熊朴也起身抱拳道："哪里哪里，只要是为国为民，我部弟兄万死不辞。我们这就回去准备，一切按计划行事，后天早上准时开拔！"

熊朴他们走后，蒙举人对一脸落寞的程方明说："一块宝贵的石头，只有遇到高明的鉴宝师，才能鉴定出它里面真的有宝；鉴定出来后，还要经过能工巧匠，非常细心地将石头解剖，才能取出里面的璞玉；璞玉还要经过精心雕琢，才能彰显更大价值。你就是一块含在石头里的璞玉，只有积极地、主动地投入滚滚潮流，在滚滚红尘与大浪淘沙中接受洗礼，才能去掉粗糙的外壳，露出自身的润泽与光芒，然后再经过一系列的打磨和雕琢，才可堪为大用，否则就是一块普通顽石，浪费材料。"

程方明心怀感激地说："义父说的，句句都是真理，但方明大仇未报，心结难开。"

烛光摇曳中，蒙莹推门进来说："我知道，你是在逃避现实，怀疑人生。"

程方明不敢面对她的眼睛，连忙低下头说："姐姐批评得对。"

蒙莹愣了下，惊讶地问："姐姐？你——何时改口叫我姐姐啦？"

蒙举人摆摆手说："莹莹，从今以后，你们就是姐弟了。刚刚，我已经把程公子收为义子。"

蒙莹又愣了下，随即嘻嘻一笑，上前拉住程方明的手说："好哇好哇，我终于有个弟弟可以指挥了。"但程方明分明看见她眼里闪烁着晶莹的泪花，便心怀愧疚地轻声说："姐姐，只要方明还有一口气，一定会用生命保护你。"

蒙莹说："父母之仇，不共戴天，我理解你的想法。"

程方明道："如果抓不到滚地龙或茄儿腿腿，就无法救出我妹妹。连父母之仇都难以得报，连亲妹妹都保护不了，我程方明还有什么资格去报效国家，还有什么心思抵御外敌？"

蒙莹轻嘘了一声，转身对蒙举人说："爹，三百个民工已经找齐了，全都是年轻力壮的贫民子弟，听说是运送支前物资，个个都满口答应，还说不要分文报酬，连盘缠都自己带。他们无钱支援打鬼子，但有的是力气，随时准备出发。"

蒙举人说："通知他们，后天早上八点准时出发，我要亲自给他们壮行。去到省城交割清楚后，由熊叔手下的华永前陪你去前线，代表蒙川百姓慰问参战官兵。"

蒙莹问程方明："你去不去？"

蒙举人替他回答："他不用去，他还有事要做。"说着把头转向程方明："方明，你我父子之情，不宜对外公开，否则有些事情不好处理。我知道你的家产已经被茄儿腿腿霸占，今后但凡需要花钱，就直接到蒙家账房领取，领取额度和蒙莹同等。我也没什么职位安排给你，今后的道路还得靠你自己去闯。现在你就出去跟你的两位朋友说，明天中午到县府门前接人。"

程方明再次跪下，磕了个响头，才起身开门出去。

第二天上午，滚地龙召集手下三个营长，开会研究下一步的行动计划，有副官来报："蒙县长前来求见。"

滚地龙问："几个人来？"

副官道："单人匹马。"

茄儿腿腿对滚地龙说："肯定是为那帮老苗求情来了。"

滚地龙问茄儿腿腿："你们黑家和蒙家，谁家势力大？"

茄儿腿腿道："在民国之前，不相上下。"

滚地龙再问:"蒙二公子的那个团长和我的这个团长,谁大?"

茄儿腿腿一脸愕然:"都是团长,何来大小之分?"

滚地龙一脸严肃地说:"这个你就不懂了,人家毕业于黄埔军校,不但是中央军,还是委员长的学生,俗称'天子门生';而咱们只是保安团,并且是招安的,出身来路有着天壤之别;人家做得好可以升旅长、师长、军长、战区司令、国防部长,而咱们呢,做到保安副司令就已经顶天了,因为司令就是专员,专员只相当于旅长,大不过师长。"

茄儿腿腿道:"老大,我不这么认为。蒙大公子还出国留过学呢,不也是个团长吗?南京一役,早就见阎王去了,什么中央军,在日本人面前都是遭殃军,还是咱们保安团安逸,有吃有喝有女人,杀人放火无人敢管,别看我只是个小营长,拿个中央军的团长我也不换。所以,中央军的团长没什么了不起,说不定明天晚上就报销了。"

滚地龙转过弯来,嘻嘻一笑,说:"对呀,我怎么没想到这一茬呢?哈哈,还是黑老弟聪明。走,强龙不压地头蛇嘛,既然县长老爷单枪匹马地来了,咱们就出去会一会。"

保安六团团部设在蒙川城内的苏家会馆。苏家曾经是蒙川镇上的第一大姓,原乌撒知府苏青峰就是蒙川苏家的同族宗亲,相隔不过五代,因此保安六团进驻蒙川的第二天,茄儿腿腿就带着一连兵力,以通共资敌为名拿下苏家,抄没家产,年轻力壮的男丁送往乌城壮丁营,准备押赴战场,年老体衰的收进监狱,严刑拷打。至于妇女和小孩,在蒙举人的强行干预和暗中保护下,得以逃出蒙川,逃离魔掌。

大门外,看见滚地龙带着三个营长迎了出来,蒙举人身穿长衫,临风伫立,远远地抱拳施礼,朗声说道:"龙团长、黑营长、朱营长、刘营长,各位长官钧安,本县有事请求:君等贵为天兵,下境安民,文正代表蒙川百姓感激不尽;至于水箐苗王及三十六寨寨主,一向安分守己,从未为非作歹,聚众叛乱与通共资敌,乃是捕风捉影,无凭无据,还请放过他们,交给本县带回处理;此前被捕的土目乡绅,全部都是抗战烈属,也请一并开释。"

滚地龙哈哈一笑,说:"蒙县长太客气了,你我一为团长,一为县长,级别官阶一般无二,又都是柳专员柳司令的直接下属,只是文武有别,分工不同而已,因此不必如此自谦,有损地方长官之威严。我们弟兄向来说话慷慨,做事果断,没有证据也不会拿他们开刀。再说兄弟我历来做事自有原则,蒙县长不必多说。"

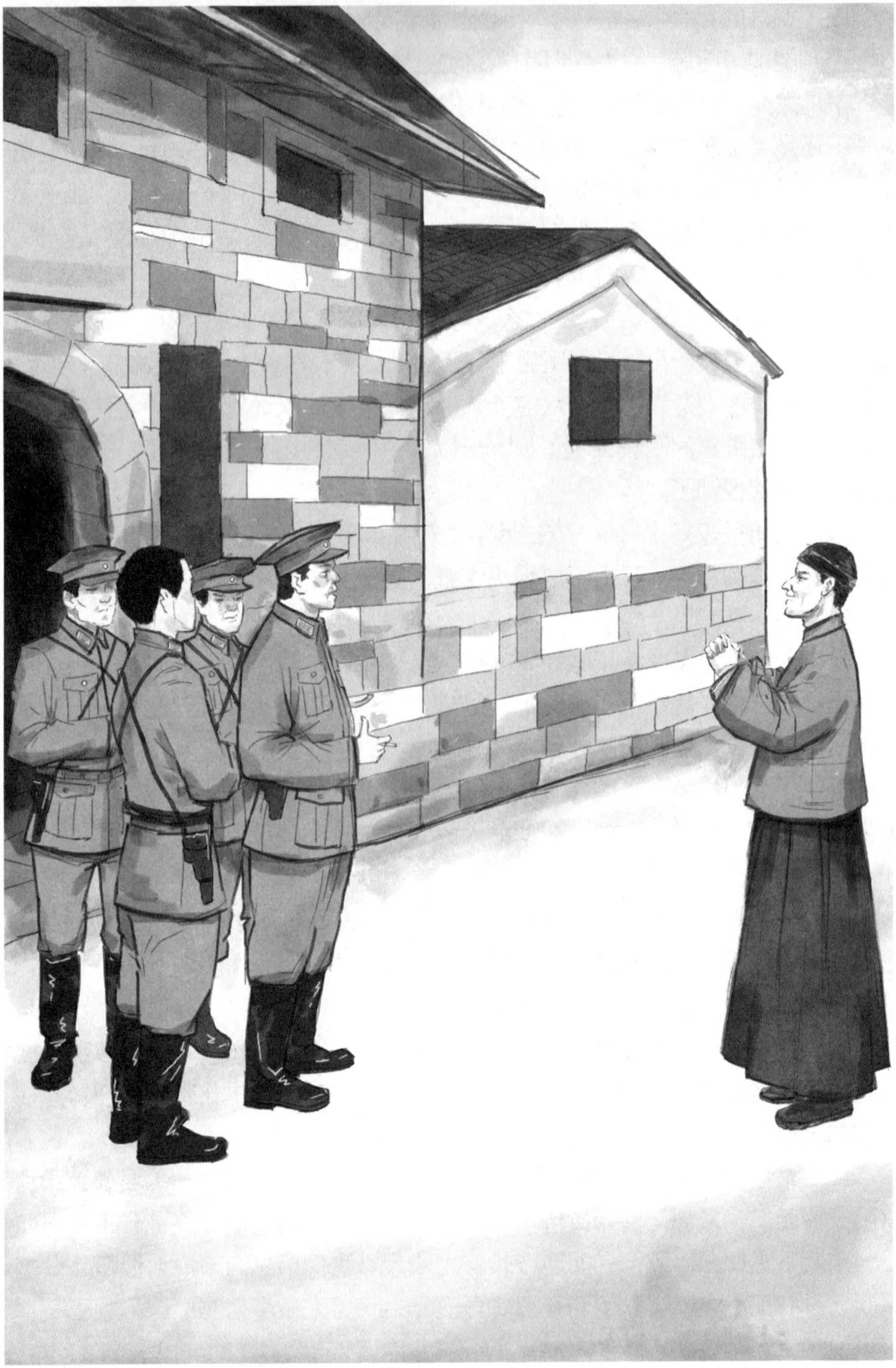

第十五章　智斗恶徒

滚地龙说完，一名副官匆匆来到身旁，递上一张字条。滚地龙展开扫了一眼，全身战栗了一下，接着又说："咱们军民一家亲，既然蒙县长亲自上门求情，龙某要是不答应，就有点说不过去了。不过缴获的牲口物资已经上缴第四保安司令部，蒙县长您是知道的，一般交了上去是拿不回来的；至于人嘛，无论是苗乡首领还是其他乡绅，每人交三千块银圆，就让他们保释回去，有蒙县长亲自担保，希望他们今后都能做个良民。"

蒙举人："三千块太高了，但也不能让保六团的弟兄们白干活，两百元一个怎么样？咱们都站着别动，由我通知苦主筹钱，你通知监狱放人，什么时候交割完毕咱们什么时候散伙，否则大家同归于尽。"

茄儿腿腿轻蔑地说："匹夫酸儒，简直不知天高地厚！"

滚地龙连忙制止，轻声训斥："黑小茄，千万不可造次！蒙二公子血战疆场，守土有功，已被蒋委员长火线提拔，当上了师长。这还是其次，最主要的是苏家会馆地下挖有多条地道，咱们脚下全被埋了炸药，只要蒙老头一声令下，百丈之内将被炸为焦土，咱们谁也逃不出去。现在莫说地龙滚荆，就是神龙飞天也不顶用了。"

茄儿腿腿脸色骤变，蒙举人又说："如果嫌两百元太多，那一百元如何？"

滚地龙连忙赔笑道："县长，蒙县长，两百就两百，成交，我马上放人。钱嘛，不急不急，相信以蒙举人的威望，也不至于赖账。"

说完掉头面对副官："放人，赶紧给我放人！"

双方又对峙了半个多钟头，城门外三枚爆竹同时升空，蒙举人才淡定地说："三十七位苗族首领，外加十七名土目乡绅，既然已经交割完毕，咱们就各自抽身。至于那一万零八百块银圆算是在下欠各位的，随时欢迎来我府上支领。"

蒙举人说完，转身飘然而去，依旧单人匹马，依旧步履从容。滚地龙看着蒙举人即将消失在街角的背影，不由得咬牙切齿："蒙文正，咱们走着瞧！"

第十六章　深山传艺

　　张恒宣从蒙川监狱回来后，宣布成立水箐苗民自卫队，由自己亲任队长，武术总教练任副队长，三十六个苗寨各自成立分队，由寨主担任分队长。

　　蒙举人出任蒙川首任县长后，颁布的第一条政令就是解禁苗民武装，实行民族平等，允许组建苗民自卫队。六百多人的苗民自卫队很快就组建完毕，不过除了坡戛苗寨有二十来支步枪外，其余各寨都只有刀矛弓弩。尽管苗家的毒箭见血封喉，但因射程限制，真实战力并不理想，难以和土匪、保安团及其他民团与地主武装相抗衡，张恒宣号召全乡苗民捐钱筹款，购买枪弹，保卫家园。

　　滚地龙一边派人跟踪监视水箐苗民，一边暗中布置兵力，准备向四大苗寨下手。获悉水箐苗乡组建了六百余人的自卫队，还偷偷摸摸到外地购买枪支弹药，滚地龙觉得机会来了，连忙通知连以上军官开会。会议以宴会的形式举行，滚地龙举杯说道："弟兄们，想当初老子也是出生在书香门第、富裕之家，只因被人欺诈，家破人亡，才拿起刀枪，逼上梁山，通过昼伏夜出、杀官劫富，慢慢聚集起百十名志同道合的小弟兄，一步步迎着枪口、踩着刀尖，穿过黑洋大箐，走出油黑大洞，走进蒙川县城，才博了个团长职位，与县长老爷平起平坐。如今虽然谈不上功成名就，但也创下一番基业，置下万亩田庄，开出三四口煤窑，迎娶七八房妻妾，生下十几个大男小女。三贫三富不到老，坎坷曲折是人生，一时的挫折算不了什么！黑戛官家本为土司后裔，称雄百年，富甲一方，二当家十年磨一剑，已基本收回全部家产，相信再干几年，完全可以像当年的黑戛老爷一样称雄一方，光宗耀祖。来，弟兄们，为了预祝咱们前程更添锦绣，黑戛官家再振雄风，干杯！"

　　滚地龙的这一席酒话不但鼓舞了茄儿腿腿的斗志，还令所有军官群情激昂，大声喝彩。在一串拍马屁声中，所有人高举酒杯，仰着脖子，咕咚咕咚地将杯中之物一饮而尽。

酒过三巡，随即进入主题。滚地龙兴奋地说："根据可靠消息，水箐苗乡成立了一支六百余人的苗民自卫队，三十六个苗寨正积极筹钱捐款，购买枪支弹药，目的就是为了对付咱们。民国伊始，政府有令，古定治下之苗民，不得购买一枪一弹，否则格杀勿论。如今这三十六家苗寨胆敢反天，咱们必须秉公执法，来个人赃俱获、当场拿下，让老苗们心服口服，让蒙腐儒无话可讲。"

有人低声说："团座，好像蒙县长颁布的第一条政令，就是允许苗乡群众购买枪弹，组织民团，实行自卫。如果执意蛮干，说不定蒙莹会像上次对付马专员那样，发布'蒙川公主令'，号召万千百姓前来围攻咱们。"

滚地龙脸色微微一变，随即冷笑一声说："民国初年，为防苗民拥枪造反，古定县的禁枪令是经省政府审核批准的，蒙文正私自颁布的政令，不能算数。不过为了慎重起见，咱们大家都要装着不知道有这个政令。反正咱们是后来的，鬼晓得他有这个新政令。"

众人随声附和：老子们是后来的，哪个晓得他有这个什么新说法，到时候生米做成熟饭，蒙文正还会丢石头打天？上次是马专员粗心大意，合该倒霉，才被蒙家父女抓住把柄，着了道道，堂堂行署专员兼保安司令，被搞得狼狈不堪、丢官罢职。

接着，滚地龙宣布行动部署，整个计划无懈可击、环环相扣。

为保密起见，坡戛苗寨在黑洋大箐中开辟出一处崭新的练兵场，从护寨队员中选出六十名年轻力壮者，组建水箐苗民自卫队坡戛分队，又叫二分队，由熊寨主亲任队长，拿出蒙举人与路区长赠送的所有步枪，从水东乡聘请两名曾在黔军中当过连长的乡绅做教官，由熊飞和祝雯主持训练。

水箐苗乡统一采购的一百多支步枪、两万余发子弹刚刚运回戈戛苗寨，还未及发放，滚地龙就带领保安六团二营围攻过来，用迫击炮轰开寨门，将所有枪支弹药全部没收，将苗王张恒宣及各寨前来领取武器的代表当场抓捕，以通敌通共、武装叛变的罪名就地枪决。

在向戈戛苗寨下手的同时，滚地龙各派一个连，分别向白泥井、神仙坡和坡戛等三大苗寨大举进攻。由于缺乏防备，白泥井和神仙坡很快就被攻破，苗民惨遭杀戮，只有坡戛苗寨奋起抵抗，正在林中操练的自卫队闻讯赶来，在两名教官与熊飞祝雯的指挥下，狠狠地开枪还击，打得来敌哭爹喊娘，抱头鼠窜。听说苗王已被杀害，坡戛苗寨的勇士们怀着满腔仇恨，呐喊着冲出寨门，跳下寨墙，挥舞雪亮的砍刀，犹如滚滚波涛，排山倒海地冲杀过来。

保安六团三营九连的官兵们瞬间被打得晕头转向，愤怒的苗民一个反冲锋，他们纷纷扔下武器，夺路而逃。但所有道路都被苗民堵死，哪里还逃得出去，一场恶仗下来，一百余人的队伍全军覆没，其中被毒箭射死十三人，被子弹击毙十七人，其余的全被乱刀砍死。坡戛苗寨缴获轻机枪一挺、手枪六支、步枪八十六支、机枪和步枪子弹共三千多发。

坡戛苗寨也遭受了重大损失，十九名护寨队员和十二名自卫队战士在保卫家园的战斗中英勇牺牲，三十多名正在野外劳作的无辜群众（其中一半以上为妇女儿童）惨遭杀害。

这次惨案，水箐苗乡以苗王为首的遇难苗民一共有三百四十七人。蒙举人获悉后，先是震惊，继而震怒，随即命令蒙川保警队火速出动，与保安团持枪对峙。刚从前线回来的蒙莹，再次发布"蒙川公主令"，号召全县民团及其他所有武装立即出动，就近讨伐屠杀苗民的保安六团。

"蒙川公主令"在蒙川大地及相邻各县迅速传播，各族人民拿起刀枪，分头驰援水箐苗乡的四大苗寨。未及天黑，保安六团便被两千多民团士兵和七八万民众分割包围，数十名官兵被愤怒的群众当场打死，消息通过电报迅速传到省城，省府长官立即发报给第四行署专员兼保安司令柳仁生，将其训斥一顿，令其立即赶赴蒙川，做出果断处理。

柳仁生不敢怠慢，一边发报训斥滚地龙，安抚蒙县长，一边骑着骏马，带着卫队，连夜往蒙川方向疾驰，同时命令保安一团和二团迅速赶往蒙川，实施弹压。

柳仁生赶到蒙川时，已经是第二天黎明了，大规模火拼一触即发，他连忙命令保安六团放下武器，交出凶手。滚地龙为了自保，只好将两个营长和十几名军官交了出来，说他们谎报军情，私自下令对苗族民众下手。柳仁生为了平息事态，当即下令将这两名营长及参与屠杀苗民的十几名军官就地枪决；同时宣布对不幸蒙难的苗族同胞进行厚葬，按阵亡将士的标准抚恤；准许建立水箐苗民自卫队，但不能超过二百人；同意返还苗民枪支弹药；答应苗民缴获的武器归苗民自卫队所有。

思虑再三，熊刚与祝明芳商量，决定将从保安六团缴获的武器上交县政府，由蒙举人处置。问题得到解决，万千民众逐渐散去。经此一役，水箐苗乡元气大伤，保安六团被撤销建制，降为保安大队，调离蒙川，协守乌城。滚地龙也被从团级降为营级，手下得力干将除茄儿腿腿外，几乎丧失殆尽。

水箐惨案发生后不到一个月，柳仁生就被免去行署专员兼保安司令职务，调回省城担任参议，逐渐淡出政军两界。

连续蹲守了几天，程方明都没有等到那位彝族大哥，以为他不会来了，只好闷闷不乐地离开。几个月后，程方明返回蒙川，再次来到牛场，又在汤锅市上遇到了那名彝族汉子。

看见程方明，彝族汉子连忙把刀还给他，热情地说："兄弟，几个月不见，我以为你落黑手了呢。"

程方明叹道："那天在神仙坡亲眼看见保安团抓捕苗王和三十六个苗寨寨主，我真想扑过去和他们拼命，后来被两位朋友死死拉住才没干成。当天晚上，我又去了黄鹤坝，请求蒙县长帮忙营救苗王和各位寨主乡绅。"

彝族大哥悲痛地说："可惜，后来苗王还是被害了，与他同一天被害的，还有三百多名苗族同胞。这帮天杀的，一定不得好死！"

程方明愤恨地说："有朝一日，我一定要亲手宰了这帮恶贼！"

彝族大哥问："这段时间，你跑哪里去啦？"

程方明说："我想杀滚地龙和茄儿腿腿报仇，他们也想杀我斩草除根，要不是有人暗中通风报信，说不定我已经被他们杀了。我知道凭自己的实力，跟滚地龙或茄儿腿腿单挑都没有必胜的把握，何况他们手下还有那么多人、那么多枪。于是我想去找孟马刀，他经验丰富，武艺精湛，能得他指点一段时间，肯定会有不小的进步，然后再找那两个匪头算账。我暗中尾随蒙川公主，一面保护他们的安全，一面打听孟马刀的下落，一直跟到湖南怀化，才打听到他的消息。"

彝族汉子惊讶地问："啊，你一直暗中护送蒙莹到湖南前线？"

程方明现出一脸悲怆的神情："是的，后来我又把她从湖南护送回林城，才又倒回湖南，继续寻找孟马刀。可是，等我找到他的时候，我心目中的刀神已经长眠地下了。"

"啊！"彝族汉子惊叫道，"孟将军他——不在啦？"

程方明含着眼泪说："是的，他已经不在了，非常令人痛心的是，他不是死于日本鬼子之手，而是被叛徒暗杀于自己军中。在军界失势后，孟马刀回到自己的家乡，组织了一支六百多人的抗日民军。孟马刀带着这支民团武装，打得日军晕头转向，于是悬赏三万大洋要他脑袋。有人贪图那三万赏金，在一场恶战之后，趁其不备，朝他开了黑枪！"

彝族汉子又是悲愤，又是叹息。程方明接着说："那叛徒也没得好下场，被闻讯赶来的士兵开枪击毙。孟马刀牺牲后，他老家周边几个县的百姓几乎全都自发行动起来，积极投入到声势浩大的抗战中去。孟马刀虽然牺牲了，但他精神永驻、浩气长存，入侵他老家的那个日军联队，面对漫山遍野嗷嗷叫着扑来的当地军民，不得不狼狈撤离。"

彝族汉子拍着巴掌说："就要这样才对，前段时间保安团屠杀苗民，蒙举人登高一呼，成千上万的蒙川百姓滚滚而来，同样吓得滚地龙和保安团屁滚尿流。一个国家也好，一个民族也罢，关键是要团结，只要团结一致，没谁敢来欺侮，如果内部不团结，一切都是拐火的！"

程方明完全沉浸在对孟马刀的缅怀与悲痛中，好半天才缓过劲来，提起筷子，端起酒碗，和彝族汉子对饮。彝族汉子说："兄弟，你不是一直都想学地龙滚荆，然后铲除茄儿腿腿和滚地龙吗？苗族人非常忌生，要学会这门绝技看来有点不可能。我爷爷跟一个苗寨寨主是生死之交的结拜弟兄，从他那里学会了几套芦笙舞，相逢就是有缘，干脆找个清静的地方，我把它们全都教给你吧。有这套芦笙舞做基础，有朝一日遇见有人表演地龙滚荆，你模仿起来就容易多了。这件苗褡褡和这支小芦笙嘛，就送给你做个纪念吧。"

程方明心想，反正也没地方好去，直接就去找滚地龙和茄儿腿腿报仇也不现实，先学两套芦笙舞打打基础也好，于是便点头答应。

彝族汉子说："离此地一百多里有个地方叫剑园村，位于两省三县的交界处。剑园村是个只有两三百人的小村庄，村后有座剑园山，因形似宝剑而得名。剑园山上有个黔云洞，黔云洞中有个白永庙，住持是我的亲表叔，要不咱们去那里吧，那里是佛门净地，与世无争，正好学艺。"

程方明问："那你家中的活路怎么办？"

彝族汉子说："不瞒老弟说，我原本就是个浪荡子，三年不回家都没问题。"

程方明说："既然如此，那咱们就立马启程吧。"

两人说走就走，理起褡褡走出不到十里路，茄儿腿腿就带着十几名杀手飞马赶到牛场了。他们找遍整座乡场都没发现程方明的踪影，向老乡们打听，都说没看见这么个人。

走了差不多两天，两人才来到黔云洞，找到执事僧，献上礼物，彝族汉子还捐出了小半袋银圆。

黔云洞高三四丈，长宽各十余丈，洞中建有云房、禅房与观音殿。穿过观音殿，又是个宽七八丈、长二十余丈的洞厅，厅中香烟缭绕，灯火忽暗忽明，供着上千尊佛像，据说五百罗汉及所有菩萨尊者应有尽有。穿过洞厅，走出洞外，就是云南地界了。放眼望去，彩云之南，千山重叠，万木苍翠，残阳如血。可惜壁立千仞，无路可走，程方明和彝族汉子临风站立，极目眺望，突然身后传来一声佛号，转身观看，一名须发皆白的老和尚正双手合十，慈眉善目地望着他俩。

程方明连忙合掌躬身，彝族汉子打躬行礼道："请问大师，智灵住持在否？"

老和尚答："阿弥陀佛，智灵师兄上个月已经圆寂了。"

彝族汉子不由得一阵发呆，程方明也颇感失落和意外。老和尚说："智灵师兄生前交代，如果蒙川县水箐乡有人找来，由我负责接待。不知施主如何称呼？"

彝族汉子说："我叫阿布俫六，是智灵住持的俗家表侄；他叫何万明，是一名土司的后代，因被仇家追杀，想到这里躲藏一段时间。"

老和尚说："既然如此，请随我来。"

他俩跟着老和尚重返洞里，老和尚在东壁的一座佛像前按了几下，佛像自动移开，露出一个四五尺高、两尺来宽的门洞，三人猫着腰鱼贯而入。洞道无灯，高有六尺，只有微弱的光线折射而入，走了数十步，转了两道弯，里面是一个三面被悬崖包围，唯独南面敞开的小小庭院，一栋两层石板小屋静静地立于绝壁之下，里面书房、客厅、卧室、厨房、厕所等一应俱全，对面则是即将落山的太阳和莽莽苍苍的山野。

老和尚说："这里是世外桃源，粮食、蔬菜、柴薪、水源等一应俱全，右边的悬崖后面还有几块菜地，必要时可以自给自足，即使寺庙被毁，也不会被人发现，你们就安心住下吧，有需要帮助就请拉门枋上的绳子，遇紧急情况也可以放绳梯逃生。"

老和尚说完，又宣了声佛号，转身走了。彝族汉子说："这个秘密庭院，已经存在几百年了。黔云洞隐藏着三大秘密，这是其中之一，咱们先住下来吧。"

石屋里锅碗齐备，铺盖齐全，程方明和彝族汉子一人一屋，住了下来。

当晚一夜无事，第二天天刚蒙蒙亮，彝族汉子便起床生火。随着炊烟袅袅升起，朝阳将这座小小庭院照亮了半边。程方明一直保持晨练习惯，等他练完一趟拳脚刀法，饭已经快煮熟了。

彝族汉子从厨房里钻出来说："这个位置无比奇特，虽视野有限，但从这里可以望到外面，而外面根本无法看到这里，所以非常隐蔽，简直是逃灾避难者的天堂。小时候，为了躲避一场劫难，我和我爹曾经在此居住了大半年。那时的空气比现在清爽多了，野生动物也比现在多得多，每当睡到半夜，到处都是豹子、狼群和野猪的叫声，听得人心惊胆战。好在这里山高谷深，四围绝壁，任何盗贼猛兽都找不到，也上不来。据说当年吴三桂的十万大军踏平了乌撒、乌蒙和水西大地，安绅的妻室遗腹就是藏身此处，才有后来反攻的机会。"

见程方明对这些历史掌故不感兴趣，彝族汉子直奔主题："咱们就从今天开始练习苗族芦笙舞，每天早晨先练一个时辰再吃早餐；早餐后休息半个时辰，接着再练一个时辰；午餐后休息一个时辰，然后练到天黑，再吃晚饭。如此练习半年，估计就会有所小成，希望你能坚持下来。"

交代清楚后，他们拿出芦笙，彝族汉子从握管、发音开始，整整教了半个月，程方明才基本掌握芦笙的演奏技巧并学会了几谱曲子。接着，彝族汉子又教他吹着芦笙甩臂、踢腿、劈叉、旋转、叠罗汉、翻筋斗等。掌握以上动作要领后，彝族汉子才开始教他跳燕双飞。彝族汉子说，燕双飞的表演难度非常高，几乎涵盖了所有芦笙舞的表演技巧，不但要求底盘功夫相当扎实，其腰劲、手劲、韧劲、速度、重心等必须拿捏到位，否则就会功败垂成。

这样练了一个月，程方明也初步掌握了燕双飞的动作要领。彝族汉子说，因为燕双飞是双人舞蹈，要成为真正的高手，必须一人能演两人角色。于是在往后练习的过程中，他们交替扮演男女角色。又练了差不多一个月，程方明才把这套舞蹈学会。第三个月，也就是春节来临之前，他已经像祝雯一样，能在彝族汉子的头顶上身轻如燕地表演了。

春节即将临近，庙里也给他们准备了一些年货，不过全都是素食。除此之外，那位住持还给他俩每人送来两套新衣和一件棉袄。

自从上山，他们寸步不离这个小小庭院，难得是新春佳节，彝族汉子在请示过住持和尚后，才带着程方明从原路下山，在周边乡镇耍了几天。

整整闭关修炼了三个月，程方明就像脱胎换骨一般，全身的骨头、关节、穴位、肌肉等都发生了明显变化，不但身子变轻了，整个人也变得飘逸起来，来到山下的村镇上，还真有种恍若隔世的感觉。

过完春节，彝族汉子接着教他练习朝天蹬。苗族芦笙舞中的朝天蹬跟一般武术表演中的朝天蹬不太一样，在表演的过程中不但要一边翻筋斗，还得一边踢腿吹芦笙。筋斗有正翻、倒翻、侧翻、侧后翻等，双手在演奏乐曲的同时，还要不停地舞动，往往会在观众意想不到之际，朝天一脚蹬去，在一曲芦笙舞中，至少要蹬二三十次，每次蹬出去的动作、角度、力道都各不相同。

这套芦笙舞的动作难度远远超过了燕双飞，由于有燕双飞做基础，学习起来就容易多了。即便如此，程方明还是整整练习了两个月，才将朝天蹬学会。

最后，就是旋头风了。开始练习前，彝族汉子砍了六根一尺多长的刺棍，钉在地上形成一个直径一米多的圈子，然后吹着芦笙倒仰下去，把头放在圈子中央，弓着身子形成一座拱桥，以避开刺棍，同时芦笙不离口，曲子不断调，双手还得舞动，根据曲子节奏，绕着圈子旋转翻滚，时不时还会来上一脚，并将其他武打动作插入其中。

尽管习武多年，前面又有燕双飞和朝天蹬做基础，程方明学习起来依然异常吃力，前胸后背、手脚肩膀，无不被刺棍划得伤痕累累，直到两个月后才将旋头风练成。

光阴似箭，大半年时间匆匆而过，彝族汉子见程方明已把那三套芦笙舞跳得非常娴熟，于是说："一般人至少要学五年才有这个火候，我已经无法帮你了，今后的事就靠你自己了。耽搁了大半年时间，我也该去做自己的事情了。"

说完，彝族汉子自顾自地走了，什么也没带。

柳仁生被撤职后，何如槐继任第四行署专员兼保安司令。此君乃广西南宁人，清末秀才，出身黄埔。何如槐就任第四行署专员兼保安司令后，觉得第四行政督察区下辖九个县，竟然有五个保安团（原本有六个），不但人员复杂、纪律散漫，而且装备极差、缺乏训练，很有必要进行整顿，于是经省政府批准，准备调整保安团队。滚地龙闻讯，连忙拉上茄儿腿腿，拿出掠夺而来的财宝，在专员公署和保安司令部挨个打点，最后通过层层保荐，何如槐答复：保留保安大队的编制可以，恢复成保安团不行。

滚地龙也明知恢复成团暂无希望，心想能够保住凹乌大洞时期的老底子和保安大队的编制就已经不错了。果然不到半个月，调整方案正式公布：五个保安团缩编为两个保安团，四个保安大队缩编为两个保安大队，人员和编制调整后，两个保安团须补充装备，加强训练，作为机动作战部队；两个保安大队为司令部直接领导的武装力量，专门负责保卫行署驻地及司令部安全。

调整办法正式出台，滚地龙有喜也有忧，喜的是自己的老底子总算保住了，而且还成为新专员的"御林军"，显然是欣赏和重用；忧的是自己不能再像以前那样，带着队伍横行霸道、鱼肉百姓。

又过了半个月，西风骤起，漫山红遍，乌蒙山中呈现一片肃杀景象。两个保安团各定员八百六十人，补充和换发了部分装备，战斗力大幅提升，原有团长全部调离，安排虚职养老，新团长全部换成何如槐的亲信和老乡。两个保安大队各定员三百八十人。遣散老弱病残，再补充新鲜血液，更换过时武器，三百多人的保安大队，看上去比以前七八百人的保安团还要精神。

滚地龙继续担任第二保安大队大队长，茄儿腿腿任副大队长，不但保住了凹乌大洞的老班底，还换发了不少新武器，补充了不少新弹药，再看看之前那些曾经不可一世的团长营长，调离的调离，退隐的退隐，自己能有这样的结局，简直是上天的恩赐，滚地龙和茄儿腿腿的心底，一股骄傲之情油然而生。

虽然早在五年前就实行国共合作、全民抗战，但在乌蒙山中，由于国民党地方政府的打压和反共顽固势力的积极运作，乌蒙山游击队和国民党的地方部队一直处于敌对状态，北面的川军和西面的滇军也不时参与进来"围剿"。

接到上峰命令，滚地龙、茄儿腿腿及保一团团长姚继军，制订出一份十分周详的计划，调集部队，秘密部署，对乌蒙山红军游击队采取两头夹攻、四面合围的策略。

当茄儿腿腿带着大队人马赶到杉木箐时，熊朴早已带着部队转移了，保一团和第二保安大队扑了个空。他们不敢把气撒进附近的彝族寨子，更不敢违抗省政府的禁令进攻苗寨，于是就拿牛场镇上曾经掩护过游击队、伏击过保六团的陇家楼出气。端着冲锋枪对着大门扫了一梭子还不解气，茄儿腿腿下令："给老子烧！把它全部烧成灰！"

手下军官不敢违令，只好安排士兵去搬苞谷草。正要点火，一队滇军匆匆赶来，啪的一声，一个非常响亮的耳光干脆利落地扇在茄儿腿腿的脸上，扇得他耳朵嗡嗡作响。茄儿腿腿捂着生疼的左脸刚要发作，发现十几个阴森森的枪口一齐对准自己的胸膛，一脸茫然地问："你是搞哪子嘛，陇连长？"

膀大腰圆、胡子拉碴的陇连长瞪着一双死鱼眼睛，满脸杀气地反问："他奶奶的，谁叫你要烧我家的房子？"

"噢——"茄儿腿腿这才明白过来，连忙笑脸相迎，点头哈腰地赔礼道歉，"对不起对不起，陇连长请息怒，小弟不知这里就是您家，是小弟错了，是小弟错了。"抬头望了眼不知所措的手下，大声喝道："看什么看？还不赶紧把草搬走！"

第二保安大队的士兵们怀着一肚子窝囊气，连忙把架在木楼下的苞谷草搬

第十六章 深山传艺

走。茄儿腿腿吩咐身旁的副官："去，取三百块大洋来，交给陇连长，作为大门赔偿费。"

陇连长这才消去怒气，说："知道错了就行，赔偿费交给我哥。"

茄儿腿腿继续当孙子："好的好的，小弟一定照办。"

陇家称霸滇东北，做了十几年"土皇帝"，名义上只有一个独立营，实际兵力不下三个团，没想到这陇家楼是滇东北陇家的产业，茄儿腿腿再亡命也惹不起，只好自认倒霉，从此再也不敢到这方撒野。滚地龙听说后也暗自吃惊："还好当初老子只盯着戈戛苗寨，要是把牛场镇外的那个小村庄也捎带了，那就麻烦了。"

消停了半年多，听说保安团又开始"剿匪清乡"，安庄主以西二区彝民互助会会长的名义给全区三十二个彝寨分别发出警示："天下最大的土匪就是保安团，保安团出动，绝非好事！大家要高度警惕，一不要招惹是非，二不要洞开寨门，各寨护寨队要做好保卫家园的战斗准备，一方有难八方支援，要深刻理解唇亡齿寒的道理。"

各寨接到警示后纷纷回复："会长请放心，我们已经做好准备，如果保安团敢来侵犯，一定会团结一致，血战到底！"

安庄主还是不放心，让安宁留守，派安忠带着两名护寨队员到各寨巡视，指导防务。路恒源也以区长身份，要求全区所有村寨做好防范措施。

在第四行政督察区的九个县长中，滚地龙最为忌惮也最为头疼的就是蒙举人了，要不拉拢又不行，要去拉拢又不敢，在与其他几位县长打得火热的同时，每当想起蒙举人那张刚毅的脸庞以及蒙莹威力强大的"蒙川公主令"，始终如芒在背，如鲠在喉。他一直在想，这个蒙家大小姐，已经二十五六了，怎么还不嫁人哪？细细一打听，才知道前来求婚的官少爷和富公子曾经络绎不绝、踏破门槛，可这位假公主比真公主还傲气，对谁都不搭理，眼里心里只有一个程方明。

滚地龙傻眼了：原来程方明是有后台的，这个后台就是蒙举人，怪不得多次追杀围捕都没成功！在乌蒙山中，蒙家的势力虽然比不上滇东北的陇家和安家，也比不上黔西北的杨家和张家，但起码有个在中央军当师长的儿子，还有个为国捐躯的团长，这身份与殊荣所带来的社会影响力，又远远超过诸多地方豪强，何如槐更是望尘莫及，真要把蒙家惹翻，下场只有一个：滚！

一念及此，滚地龙赶紧给茄儿腿腿下达指令：别再打程方明的主意了，反正他也翻不了天。茄儿腿腿不解，巴巴地从十几里外的驻地赶来城里问，为什么？滚地龙说，要不了多久，他就会成为蒙家的乘龙快婿。

茄儿腿腿不信："老大你开玩笑吧，这怎么可能？姓程的小子和安家姑娘是订了婚的，安宁才是他的未婚妻。"

滚地龙冷笑道："订了婚又如何？结了婚又如何？再说三妻四妾又不是不可以。"

茄儿腿腿恍然大悟："怪不得这小子一直活得顺风顺水，原来后台很硬，硬到连龙老大也不敢招惹了。"

滚地龙继续苦口婆心："蒙家的后台不说你也知道，目前在乌蒙山，陇家、杨家、蒙家、安家、张家、禄家等几大家族咱们谁也惹不起。别说陇臣尧、杨礼中这样的'土皇帝'，就连老奸巨猾的安尚余，也是咱们的克星之一，啥时候他整一勺蛊毒，几百人的队伍分分钟都会被拿下。成大事者不拘小节，等大业成功后再去算小账，千万别阴沟里翻船。"

茄儿腿腿思前想后，最后心悦诚服地说："还是大哥有智慧、有眼光，小弟听你的就是，再也不会蛮干了。其实据我所知，安尚余并没有你说的那么厉害，说不定他们家的巫蛊之术早就失传了，这么多年也不见使用过。"

滚地龙一脸凝重地说："这种东西是封过咒、发过誓的，一般不会轻易使用，他不使用并不代表已经失传，或许是因为咱们还未触犯他的底线，所以宁可信其有，不可信其无，还是小心为妙，免得吃亏，后悔莫及。"

茄儿腿腿虽然不以为然，但也不敢跟滚地龙较劲，只好说："好的，我听大哥的，尽量不去招惹安尚余。听说，他家的巫蛊不出手则已，一旦出手，立即要命，当年吴三桂手下死于安家蛊毒的士兵，据说成千上万。由于招数狠毒，死人过多，安家也付出了惨重代价，从此不再轻易施展。"

滚地龙赞道："兄弟有进步，大哥就更有信心了。"

茄儿腿腿问："组建新三团有消息了吗？"

"什么新三团，大丈夫在哪里跌倒的，就要在哪里爬起来，老子要的不是新三团，而是恢复保六团，那样才有面子。"滚地龙说着又亲切地拍了拍茄儿腿腿的肩膀，"到时候你就是保六团团长，后面还得有个垫底的，那就是保七团。"

茄儿腿腿嘴上笑呵呵的，心里暖烘烘的，不由得谄笑道："那我就提前喊你一声司令噻。"

滚地龙说："到时候保安团全都归老子管，再进一步就是专员，再差也是个保安旅长，整个水西都是老子的。到那时蒙举人已经老了，再让你兼任蒙川县县长，嘿嘿，然后收拾掉姓程的，那蒙川公主不就是你的了？"

尽管已经娶了五门妻妾，玩弄了无数女子，此刻想起蒙莹的天生丽质与雪肤花貌，茄儿腿腿还是馋得直流口水，心想：那老子就非得整死程方明不可了，免得他先占了便宜。

可他的小心思马上就被滚地龙识破："你小子先别胡思乱想，这次必须稳住阵脚，否则连小命都玩完了，哪里还有什么团长县长和蒙川公主？"

茄儿腿腿连忙保证："大哥你要相信小弟，我一定不会乱来，如有二心，你随时可以一枪毙了我！"

滚地龙盯着茄儿腿腿的脸足足看了半分钟才说："你是什么人我还不知道？你还没立尾巴我就晓得你要拉屎。如果敢坏我的事，到时候别怪我手下无情。"

茄儿腿腿语气坚定地说："跟随大哥十几年，小弟什么时候没听大哥招呼过？自从我把程小杵出卖给油黑大洞，就一心一意，誓死追随大哥一辈子！"

滚地龙骂道："你还敢讲！那次帮你不要紧，害得老子肠子都悔青了。打劫黑家庄，杀害程小杵，得罪安尚余，结仇程方明，简直是老子一生最大的错误。不信你等着瞧，将来送你我上西天的，不是坡戛的老苗，就是程方明那短命私儿。你给老子听好了，小不忍则乱大谋，如果计划失败，老子第一个要枪毙的就是你这个狗东西！"

相处十余年，滚地龙从未对他发过如此大的火，茄儿腿腿不由得心里发虚，冷汗直流，连忙双脚并拢，啪地敬了个军礼："大哥请放心，我用项上人头保证，绝不会误事！"

第十七章　保家卫国

屈指算来，程方明已在这深山古庙隐居了大半年，不知外面发生了什么惊天动地的大事。拜别住持后，程方明决定先回蒙川看看，刚好赶上蒙川中学的成立大会与开学典礼。令人难以置信的是，蒙川中学首任校长，竟然是朱芮。

这位几年前毕业于省师范学院的高才生，投笔从戎没人接收，投奔延安被堵了回来，只好安下心来，在一家省城中学任教，凭着高度的责任心和严谨的治学精神，得到校方的欣赏和认可，年纪轻轻就当上了教务主任，在蒙举人的感召下，毅然回乡办学，并带来了她的"新婚丈夫"与十几名大学同学和校友。

程方明不便逗留，连忙朝水箐黑家庄赶去。安庄主见他失踪将近一年后，已经成长为一名成熟干练的小伙子，开心地说："方明，你能有今天，我真为你父母感到欣慰。"

程方明简单说了近一年来的经历，然后问："安宁呢？"

"她呀，先是找你找了几个月，然后就随蒙莹率队支前去了。咱们黑家庄，已经有十几名青年跟随蒙二公子上了战场，她要和蒙莹一起，做当今的花木兰。"

安庄主还告诉他，茄儿腿腿重返黑家庄后，强行将几十年前黑夔官家公开拍卖或转让出去的田园店铺无偿收回，导致很多人无家可归，但他恶名昭彰，无人敢去告状，怕遭到报复。安家的财产也因此大幅缩水，至少损失了三分之一。

"三十年河西，四十年河东，世道如此我也无话可说，最让我难以接受的是，如今你已经变得一无所有了。"安庄主叹息一声，接着又说，"不过也没关系，滚地龙和茄儿腿腿原本就是十恶不赦的土匪，他们雄不了几年，一定会遭报应的。"

第十七章　保家卫国

程方明安慰安庄主："那些房屋财产,生不带来,死不带去,我早已置之度外,如果还在我名下,最好是学习苗乡,把它们分给佃户贫民,免得成为累赘。噢,听说您老有根祖传烟杆会显灵,请问最近有何喻示?"

安庄主一脸沉重地说："据我分析,长沙即将沦陷,蒙家兄妹凶多吉少。"

程方明惊道："啊,怎么会这样?"

安庄主说："这是上天注定,谁也无法改变。"

程方明沉默了一会儿,问："坡戛苗寨的熊二公子和祝家千金,最近可好?"

安庄主神色黯然地说："他们俩,都已经不在人世了。"

"啊!他们——都不在了?"程方明张着嘴巴,睁大眼睛,傻愣愣地望着安庄主。

"不光他俩,就连一代苗王熊刚,也去世了。"

程方明这次不是吃惊,而是震惊了,泪水慢慢地从眼眶里溢出。沉默了好半天,程方明才用衣袖擦干眼泪问："安伯伯,请您毫不保留地告诉我,我不在的这段时间,水箐苗乡发生了什么事情?"

安庄主缓缓地说："苗家有个规矩,答应的事一定要做到,做错了一定要改正,他们认为滚地龙和茄儿腿腿之所以如此猖狂,就是因为学会了苗家的地龙滚荆。尽管滚地龙是采取卑鄙手段偷学的,苗族同胞们依然觉得难辞其咎,于是把铲除滚地龙和茄儿腿腿当成苗乡第一要务。熊刚就任苗王后,曾多次组织刺杀行动,但都失败了,只好派熊二公子亲自出马。这次熊飞是瞒着祝雯出征的,祝雯知道后立马赶去帮忙。等她赶到乌城时,刺杀行动已经失败,熊飞和他带去的三名弟兄负伤倒地。为了救回熊飞,祝雯孤身奋战,舍命一搏,在击毙五名保镖,打伤十几名保安团士兵后,滚地龙出现了。他狂傲地哈哈大笑,笑够了才说:'看你这么漂亮,本来想收了你的,但可惜你是坡戛的苗姑娘,白给我也不敢要,你们不是信誓旦旦要取我性命吗?今天我就成全你,用地龙滚荆公平决斗,是生是死,自有上天决断,绝不反悔。'"

程方明吼道："无耻,真是无耻!人家一个小女子孤身奋战了那么久,他还好意思说公平决斗!"

"既然是土匪,还讲什么廉耻礼仪。接着他俩展开决斗,一人一把刀,翻翻滚滚一直打到城墙上,上百名保安团士兵追着看热闹,直到祝雯被滚地龙一刀劈倒为止。唉,真是可恨、可叹、可惜!在丧失爱子爱媳后,熊刚没沉住气,亲自带队复仇,结果还没到乌城,就遭到保安团伏击,不但带去的十几名弟兄全部阵亡,他自己也被炮弹击中。这还不算,何专员借此机会,以苗王叛乱为由,上报省府后下令解除苗民武装,解散苗民自卫队。"

程方明长叹一声,眼含热泪说:"这次,水箐苗乡真是损失惨重。"

安庄主也长声哀叹道:"他们不光失去了一批热血青年和一代苗王,连苗民自卫队也被解散了,这下,苗乡的安全更加没有保障,真是岌岌可危,岌岌可危呀!"

程方明握着拳头说:"我一定要帮助他们,让他们重新振作起来!"

"你拿什么帮助他们?给他们买枪买炮,组建部队?这些都不现实,而且这样一来,还会让保安团抓到把柄,再次屠杀苗民。我还为此事拜访过蒙举人,他说那帮土匪早已丧失人性,杀红了眼,如果苗民能够忍气吞声,不再轻举妄动,苗乡的安全还有保障,如果再去寻仇,那就没办法了。"

"难道,'蒙川公主令'不管用了吗?"

"所谓'蒙川公主令',其实就是蒙举人的威信加蒙小姐的个人魅力,并且只能在生死存亡与大是大非面前,煽动民情,调动力量,目前情况还没危急到那种关头,如果你是蒙莹,会这样干吗?"

程方明当然理解安庄主说的这番道理,但还是咽不下这口气:"水箐苗乡就这样群龙无首了吗?"

"新苗王已经推选出来了,就是祝雯的父亲祝明芳,也是一条响当当的男子汉。我有一种预感,他一定会复仇的,并且一定会成功,因为这个人不但武艺高强,而且很有智慧,看似忠厚老实,其实心思非常缜密,属于大智若愚型,容易麻痹敌人。"

程方明和祝明芳从未接触,只是听说老苗王禄寨老遇难后,由他接任苗乡武术总教练。苗乡武术总教练一般都是由卸职苗王担任,心想此人能够养出祝雯这样的女儿,又是武术总教练,一定不是平庸之辈,但愿他能在有生之年,为自己的亲人同胞报仇雪恨,但无论如何,滚地龙和茄儿腿腿,一定要死在自己手里才对。因为,他比谁都想手刃仇敌!

安庄主问程方明今后的打算,程方明说:"我当初想得很简单,以为学会地龙滚荆就能杀掉滚地龙和茄儿腿腿,如今看来,我真是太天真了,这两个恶魔早已灭绝人性,用常人的思维根本无法理解他们,也杀不了他们。我本来想去坡戛苗寨一趟,但又怕他们不肯让我进门,因为他们已经被滚地龙害惨了,不会再让汉人进寨。我无法与他们联合对付滚地龙和茄儿腿腿,只能远走江湖,投靠江湖帮派,借助他们的力量。反正我已经一无所有了,索性放开手脚,大干一场。"

安庄主心里有些发酸，但还是表示赞同："事到如今，我已无力反对你的选择，但还是希望你先把安宁接回来。她跟随蒙莹去湖南慰劳部队，长途跋涉，异常艰险，我只有这么个女儿，容不得半点闪失。"

程方明知道安庄主的话外之音，但他目前还做不到。不过寻回安宁，也是当务之急，便点头答应："好的，我先跑湖南一趟，把她找回来再说。"

经过十多天的长途跋涉，程方明风尘仆仆地赶到怀化。三次惨烈会战后，敌我双方依然犬牙交错地对峙，长沙周围集结了几十万大军，随时准备参加战斗，从云贵两省过来的部队，主要集结在怀化至娄底一线，呈阶梯状分布，蒙二公子的部队始终处在第一梯队。这支部队虽然隶属于中央军，但兵员大多为水西人，而且是第三次长沙会战后补充的，因此水西民众募集而来的支前物资，大部分直接划拨到这支部队。

经过多番打听，程方明获悉蒙莹和安宁押运的物资，主要为蒙川全县苗族同胞从口粮中省出来的荞麦，一共有七八万斤。为了运送这批粮食，蒙川苗族动员了两百多人，通过人背马驮，分三次送到林城，然后装车运到娄底。

荞麦属于粗粮一类，有甜荞和苦荞之分，主要生长于云贵高原上的苦寒之地，生长周期较短，营养较差，却是大部分苗族同胞的主粮。他们大多住在高山之上，生产不出小麦和水稻，就是玉米也因山高水冷而产量低下，因此每年夏季挖洋芋时，就会播撒荞种，秋后收割。进入冬季，洋芋快吃得差不多了，苦荞粑粑与甜荞糊糊就接替洋芋成为主粮，偶尔吃一两顿苞谷饭增加营养，提提精神。

即使生活如此艰辛，在几位苗王的号召下，成千上万的苗民还是捐出了他们赖以生存的口粮，支援前线。在去林城的途中，程方明遇见了最后一批运粮民工，他们告诉他，蒙川公主和安宁小姐带着十几名苗族姑娘，要亲自去前线慰问，给抗战官兵做苦荞粑粑。

苦荞虽然有一股苦味，但荞粉含有黏性，而且非常耐腐，一般可以保存七天以上，是战场上非常理想的食物。战斗一旦打响，所有官兵必须全身心投入，哪里有时间做饭和送饭，每人背上几斤苦荞粑粑，至少可以应付两三天。

程方明紧赶慢赶，还是没赶上她们。他到怀化时，她们早已到达娄底，进驻蒙二公子的防区。程方明搭乘滇军的运输车，又花了两天时间才找到蒙莹她们的驻地。看见程方明的那一刻，蒙莹和安宁都愣住了，半天才反应过来。虽然满心欢喜，但蒙莹还是克制住了，推了面前的安宁一把。安宁上前几步，激动地问："你——怎么找来啦？"

程方明嘿嘿一笑："你们能来，我怎么不能来？"随即又对蒙莹说："县长叫我来接你们回家。"

蒙莹粲然一笑："应该是安叔叔催你来接小宁子回家成亲吧？"

安宁娇声应道："蒙莹姐，咱们已经做了上万个苦荞粑粑了，炊事班的兵哥们都已经学会了，还是一起回去吧。"

正说着，蒙二公子检查部队回来了，穿着军呢大衣、佩着军刀手枪与少将军衔的他，看上去精神抖擞，英武非凡，程方明有些不敢直视。

蒙莹连忙介绍："二哥，这就是黑家庄的程公子。"

蒙二公子向前两步，把手伸了过来。程方明愣了下，连忙伸出双手，紧紧握住蒙二公子说："二公子，您代表蒙川数十万民众抗日救国，方明敬仰万分。"

蒙二公子颔首微笑，谦逊道："听闻程公子小小年纪，就一心要剿灭滚地龙和茄儿腿腿，这份勇气和胆量，也令我万分佩服。愿不愿意加入我的部队？等把小鬼子赶走，咱们再掉转枪口，一起回乡剿匪。"

程方明说："现在他们已经不是土匪了，是政府军、保安团，中央军能去打他们吗？"

蒙二公子不由得语塞。程方明又说："所以，打鬼子是你的事情，消灭滚地龙和茄儿腿腿，为无数含冤死难的乡亲报仇，就包在我身上吧。"

蒙二公子略一沉吟，说："好吧，就这样说吧。你来得正好，请帮我把这帮女孩全部平安带回老家，一个都不能落下。"

程方明挺身立正，大声应道："请二公子放心，方明用性命担保，一个都不会落下！"

蒙二公子拉着他的手，拍拍他的肩，爽朗地笑道："你的事情，爸爸已经来信告诉我了。三弟，二哥相信你！"

程方明激动地叫了声二哥，两人随即拥在一起。看着眼前这两位最亲最爱的男人，蒙莹心里五味杂陈，但总的来说，还是兴奋多于失落，激动大于忧伤。安宁见他们以兄弟相称，虽然不明底细，但也由衷高兴。

程方明诚恳地说："二哥，只要滚地龙和茄儿腿腿人头落地，我马上就来找你，咱们哥俩一起打鬼子。"

蒙二公子大声说道："好，国恨家仇，同等重要，我雪国恨，你报家仇，咱们两不耽误，同时进行。林副官——"

一名副官连忙跑来，垂手肃立。蒙二公子问："蒙川姑娘们都集中好了吗？"

林副官回答："都集中好了。"

蒙二公子下令："准备三辆卡车，从警卫连抽调一个排，明天一早出发，将她们送往怀化，交给回黔休整的部队，必须确保她们的安全。"

林副官立正敬礼，答应一声，然后匆匆离去。看着林副官离去的背影，程方明突然想起来了：在顺城疗伤期间，此人也到过医院，他一定认识郑从军与何副官。

第二天上午一早，程方明与蒙川慰问团一行十八人，在一排士兵的护送下，离开娄底，前往怀化。途经新化附近，突然遭到一队日军的袭击，两发迫击炮弹险些将前车击中，护送官兵立即下车还击，掩护载着蒙川慰问团的汽车快速离开。

汽车驶出九十公里，又遭到一股土匪武装的袭击。这次没有官兵护送，程方明、蒙莹和安宁凭着三支冲锋枪，打退土匪，脱离险境。

从娄底到怀化，路上一共遭到了三次袭击，好在有惊无险。事后获知，护送他们的士兵牺牲了十几名，让他们心里难过了好一阵子。

到达怀化后，他们再次搭乘滇军的运输车返回林城，又徒步走了四天，才回到蒙川。将这群姐妹护送回蒙川，程方明告别蒙莹和安宁，踏上了寻访江湖帮会与武林豪杰之路。

程方明刚走几天，就传来长沙失陷，蒙二公子阵亡的消息。接着鬼子驱兵南下，攻下衡阳，占领广西，进犯黔境。蒙举人清点家里囤积的武器装备，足够武装八百余人，决定组建蒙川抗日敢死队，开赴前线，保家卫国。

蒙莹再次发布"蒙川公主令"，数千青年纷纷响应，报名应征。蒙举人亲自挑选出八百壮士，熊朴也带三百余人前来会合，蒙川抗日敢死队正式成立，蒙莹任队长，熊朴任副队长。

敢死队下设三个营，原熊朴部为一营，营长华永前、副营长松武；新招的士兵分为二营和三营，二营长由曾在黔军中当过连长的水箐乡乡长王明阶之子王昱灿担任，副营长为史家护路队队长史达方；三营长由蒙川保警队队长林耀先转任（蒙川保警队队长由蒙山接任），副营长为陈德贤之子、陈家护矿队队长陈道旺。

此外还有八十二名女兵，蒙举人将她们组建成女兵连，由安宁任连长兼一排长，祝菲任二排长，一区区长江传孝之女江云鹤任三排长。

新兵训练结束，在蒙川城外举行了声势浩大的出征仪式，数万群众前来送行。没有任何交通工具，蒙莹和熊朴带领部队徒步进发，所到之处民众夹道欢迎，并向部队捐赠粮食物资。

经过十多天的长途跋涉，部队来到黔南境内，大批中央军也急调入黔，准备南下参战。二十九军的王师长派人前来联络，送给敢死队十五挺轻机枪、五挺重机枪、三门迫击炮及一批弹药物资，意欲将蒙川抗日敢死队收归麾下，授予独立团番号。蒙莹和熊朴商量后，电告蒙举人。蒙举人回复，不明该部底细，不忙接受收编，但可以配合他们作战。

谈判正在进行，惊闻日军已沿黔桂公路发动进攻，部队立即南下迎敌。蒙莹将大部队交给熊朴，自己带着二营及女兵连随师南下，在黑石关与敌先头部队遭遇，随即展开激战。日军先头部队为一个大队，有七八百人，在飞机、大炮和坦克的掩护下，肆无忌惮地横冲过来，朝黑石关发动猛攻。

黑石关号称为"关"，其实并非真正意义上的军事关隘。为阻击日军，黑石关前临时构筑起简单工事，在敌人强大的火力攻击下，根本无济于事。我方虽然在人数与地形上占据优势，但武器装备实在太差，一开始就处于被动地位。

战斗异常惨烈，蒙川抗日敢死队在飞机大炮的狂轰滥炸下伤亡惨重。飞机轰炸过后，敌人的坦克形成滚滚铁流，就像一个个移动的钢铁堡垒，一边缓慢行进，一边不停地用机枪大炮扫射轰击。鬼子们端着三八大盖，嗷嗷叫着跟在坦克后面，步步逼近。上峰果断下令，一队队士兵握着反坦克手雷，抱着集束手榴弹，在战友们的掩护下，冒着枪林弹雨，奋勇向前，可始终无法靠近坦克，一个个牺牲在前进的路上。

"蒙莹姐，他们要去干什么？"祝菲不解地问。

"他们要去炸坦克。"蒙莹回道，"咱们没有装甲部队，也没有有效的反击武器，唯一的办法就是冲上去用反坦克手雷或集束手榴弹炸断它们的履带，履带一断，坦克就不能跑路了。"

安宁在旁边补充："如果能够爬上坦克，掀开顶上的那个圆形盖子，把手榴弹丢进去，坦克就彻底报废了。唉，要是我们安家的巫蛊之术能够传到今天，就不用打得这么辛苦了。"

祝菲激动地说："蒙莹姐，我知道要怎么做了，请你跟上级说一声，给我二十颗手雷和二十捆手榴弹,让我带队解决这几辆坦克。"

"不行,没有进行过战斗训练,上去就是送死!"

祝菲吼道:"队长!我再也不能眼睁睁地看着咱们的战士白白牺牲,你不去要我自己也要!"然后回过头去,大声喊道:"二营的苗族弟兄和女兵连的苗族姐妹,凡是学过地龙滚荆的,都跟我来!"

四五十名苗族男兵和七八名苗族女兵立即向祝菲靠拢。蒙莹明白了,她想用传说中的苗乡绝技地龙滚荆来对付敌人的坦克,也知道滚地龙和茄儿腿腿就是仗着这一绝技横行水西,虽然不知道管不管用,但也只好奋力一试,于是跑去找到王团长,说明情况,调来二十枚反坦克手雷和二十捆集束手榴弹。王团长也亲自跑来向祝菲他们讲解动作要领。

王团长讲解完毕,祝菲左手抱着一捆集束手榴弹,右手拿着一颗反坦克手雷,点了十九名苗族勇士,大声问道:"兄弟姐妹们,准备好了没有?"

大家齐声回答:"准备好了!"

"那就冲啊!"祝菲大吼一声,就地一滚,率先朝敌人的坦克冲去。

王团长大声下令:"全体开火!全力掩护!"

我方阵地上的所有机枪、步枪、山炮、迫击炮等轻重武器,一齐愤怒地开火,不少战士因身体暴露,纷纷倒地不起。祝菲带领她临时组建的爆破队,在枪林弹雨中左冲右突,冒死前行。蒙莹和安宁早已忘记开枪,紧张地看着他们艰难地朝前滚去,一个、两个、三个……勇士们一个个不幸地倒下,她俩一边哭着,一边不停地在心里祈祷。

硝烟弥漫中,枪炮声震天动地,但此刻对她俩来说,仿佛一切都已经慢了下来,也安静下来,她们眼里只有敌人的坦克在吐着火舌,慢慢推进。近了,更近了,蒙川二十名苗族勇士,在冲锋的路上已经倒下了十一名,但祝菲还在,依旧滚在队伍的最前头。到了,祝菲终于滚到第一辆坦克前,进入敌人的射击盲区,所有人的心都提到了嗓子眼上,王团长猛地站起身来,大声喊道:"祝菲!快炸!"

可是,此刻的祝菲什么也听不见,但心里一片澄明,只见她一个翻滚,用嘴巴咬住引线,随手一扔,将冒着浓烟的整捆手榴弹扔向身旁的坦克,然后连翻两个筋斗,飘上另一辆坦克,掀开了圆形盖子。轰!轰!两声巨响传来,两辆坦克同时报废。紧接着又是几声巨响,几名勇士几乎同时扔出了手雷,另外几辆坦克也跟着趴窝熄火,安宁和蒙莹激动得跳了起来。王团长一声令下,战士们潮水般拥来,和敌人短兵相接,将祝菲等九名勇士接应回去。

敌人进攻受阻，只好撤出五里之外，等待援兵。蒙川抗日敢死队参加的第一场战斗，激战不到两小时，就已经伤亡七八十人，营长王昱灿负伤，副营长史达方阵亡，兵员严重不足。

王团长来到蒙莹身旁，着急地说："蒙队长，我刚刚接到情报，一队鬼子骑兵，约有一百骑，已由黎明关远道迂回窜到咱们后面，我部正处于腹背受敌的威胁之下，正面迎敌的任务交给我们，请你带领贵部后撤，迎战鬼子骑兵。"

蒙莹随即下令："蒙川抗日敢死队的兄弟姐妹们，这里交给中央军，咱们转身后撤，迎战鬼子骑兵。"

蒙莹和王昱灿带着二营和女兵连，紧急后撤二十余里，选择地形设伏。蒙莹清点人马武器，整个二营和女兵连，共有九挺轻机枪、两挺重机枪、两门迫击炮，含轻伤在内，能参加战斗还有三百零二人。此外还有二十匹战马。蒙莹将轻重机枪和迫击炮分别布置在道路两旁的半山上，将战马集中起来，由精通骑术的彝族战士临时组成一个骑兵队，自己亲任队长。

水箐苗乡参加敢死队的勇士，几乎都在二营和女兵连，祝菲将他们抽调出来，组成苗族决死队，人人身背砍刀，只等敌人到来，就拼死一战。

由于自幼习练飞刀绝技，在这支队伍中，安宁枪法第一，百米之内，百发百中。她将三十余名枪法较好的士兵集中起来，组成一个狙击队，负责在第一时间狙杀第一波敌人。

除了武器分配与兵力布置，蒙莹还指挥战士们埋设地雷，设置路障。一切准备就绪，蒙莹下达作战部署："这是二营和女兵连的最后一战，待会儿敌人到来，所有机枪和迫击炮猛烈开火，不要吝惜子弹；敌人一旦冲破封锁线，骑兵队先上，然后苗族决死队跟着，最后大伙一齐上，宁愿流尽最后一滴血，也不能让敌人阴谋得逞！"

蒙莹刚吩咐完毕，日本骑兵远远地来了，一百多骑的马队，果然气势凶猛，蹄声如雷，尘土遮天。蒙莹问大家："兄弟姐妹们，你们怕不怕？"

大家齐声高吼："保家卫国，血战到底，绝不后退！"

蒙莹大声命令："准备战斗！"

几分钟后，气势汹汹的日本骑兵进入敢死队的伏击圈。按照战斗部署，安宁负责开第一枪，因为她和她所指挥的狙击队只有一次最佳出手机会。只见她凝神静气，紧紧握着一支汉阳造步枪，牢牢锁住冲在最前面的那名日本少佐。近了，更近了，等敌人进入有效射程，等机枪手封住敌人后路，安宁轻轻扣动扳机。

砰！那不可一世的日本少佐中弹落马，所有射手同时开火，几乎没有落空。紧接着，机枪、步枪、卡宾枪、冲锋枪、迫击炮等轻重武器，一齐朝敌人怒吼，炮弹、手榴弹纷纷在马队中间炸响开花。这群来势汹汹的敌人果然训练有素，战力非凡，虽遭此伏击，损失惨重，但并未慌乱，依旧往前冲锋。

可惜前面等着他们的，是地雷、绳索、木桩、陷坑、巨石等路障。冲锋受阻，又陷入包围，敌人急得哇哇大叫。在敢死队的猛烈攻击下，日军尽管骁勇，此时反而受累，未能组织有效反击。眼看胜利在望，不料后面烟尘滚滚，蒙莹带着蒙纯蒙艺，爬上一座小山岗瞭望，又有大批日本骑兵赶来，看样子不下两三百骑。

蒙莹她们刚刚跑下山岗，数架敌机呼啸而来，朝着道路两侧的山坡上进行低空扫射并倾泻炸弹，敢死队伤亡惨重，迫击炮和重机枪全被炸毁，轻机枪也只剩五挺还在吼叫。

为了掩护蒙莹，蒙纯被弹片击中，鲜血汩汩地流淌。蒙艺悲痛地哭喊着，将她从血泊中扶起。她却使劲推开蒙艺，大声吼道："快去保护小姐！"

"不！我不能扔下你！"蒙艺一边哭着，一边为蒙纯包扎止血。可蒙纯伤势太重，血怎么也止不住，没多久就停止了呼吸。

敌人还剩六七十人，全部下马清理路障。眼看仅有的几枚地雷全被引爆，七八名鬼子被炸得血肉横飞，安宁心里一个劲地叫苦，想着要是有用不完的地雷该多好。

敢死队的子弹不多了，后面还有大批日本骑兵赶来，蒙莹命令停止射击。敌人清理完路障，重新上马。蒙莹上马扬刀，带领马队冲杀过去，和敌人展开对决；马队刚刚冲过第一波，祝菲高举钢刀，大声喊杀，苗族同胞们奋勇争先，纷纷滚入敌群，专砍马脚。这个战术还算奏效，敌人一旦落马，瞬间就被砍杀。

前后不到一小时，第一场战斗宣告结束，只有三十多骑敌人撤退逃走，但容不得敢死队喘气，因为还有更多的日本骑兵即将赶到。蒙莹指挥剩下的两百余名战士迅速打扫战场，收集敌人留下的枪支弹药，重新设置路障。

刚刚准备完毕，日本骑兵的大队人马杀到了。没有了重机枪和迫击炮，蒙莹将剩下的五挺轻机枪，两挺安排在正面，三挺安排在侧面，敌人一到就猛烈开火，埋伏在两面山坡上的战士们抵近道路，先不忙开枪，只管扔手榴弹和缴获的手雷。

战斗再次打响。这批敌人已有准备，不少战士刚把手榴弹或手雷投掷出去，人就中弹倒地；有好几个战士还未完成投弹，就被敌人击中，手榴弹在自己手里或脚下爆炸，五名机枪手也牺牲了三名。

形势已经发生变化，不能再复制前一场战斗的打法，蒙莹命令大家做好准备，预防敌人快速冲破封锁。

敌人即将突破封锁线，蒙莹翻身上马，高举战刀，正要下令攻击，突然传来几声枪响，蒙莹身中数弹，栽下马来。安宁、祝菲以及所有做好准备、等待冲锋杀敌的战士们全都惊呆了。安宁翻身下马，和祝菲一起，大声哭喊着奔向蒙莹，从血泊中将她抱起。卫生员冲了过来，拿出急救包进行紧急抢救。可是，三发子弹有一发命中心脏，已经无力回天。

安宁将蒙莹逐渐变冷的躯体交给卫生员和两名女兵，然后提刀上马，含泪下令："杀！"

安宁率先冲了出去，蒙艺和十五名骑手紧紧跟随。一个日本少尉纵马直冲过来，安宁怒吼着挥刀猛劈，鬼子应声落马，紧接着又是一个。祝菲带着苗族决死队随后跟进，一片刀光滚滚而来，先砍敌人马腿，再取敌人性命，日本骑兵从未见过此种战法，一时乱了阵脚。

山地异常崎岖，日本骑兵无法施展，只好下马作战。敢死队其余战士也端着刺刀，杀入敌群，展开肉搏。敌我双方杀得天愁地惨。

战场上，蒙艺悲恸欲绝，挥舞战刀，疯狂砍杀，在砍死五名、砍伤三名鬼子之后，自己也身负重伤，倒地不起。

日本骑兵异常悍勇，战至最后，二营只剩二十七人，女兵连包括安宁和祝菲在内，只剩下五人，其余全部壮烈殉国。中央军的一个主力团紧急赶来增援，以牺牲四十三名弟兄的代价抢回蒙莹遗体，一路护送至深河桥。过桥后，蒙莹遗体由安宁和祝菲带领二营及女兵连幸存队员护送回乡，熊朴则带领另外两营人马参与深河桥阻击战，流尽了最后一滴血。

接到史达方、蒙莹、王昱灿、熊朴、华永前等相继阵亡的消息，蒙川全县陷入悲痛之中，何如槐亲自前往慰问悼唁，蒙举人不吃不喝，静坐了三天三夜。三天后，形容枯槁的蒙举人以年过六旬为由申请辞职，省府不予批准，再三挽留，勉励他继续为蒙川发展献智献力，并上报中央，晋升他为第四行政督察区督察专员兼保安司令，授予少将军衔。

再三坚辞不掉，蒙举人只好继续担任蒙川县县长，至于专员与司令职务，他回复省府说，一因年纪太大，二因身体受损，三因精力有限，无法承担如此重任。省主席兼全省保安司令深感敬佩，亲笔题赠"文正人忠"，制作成牌匾，亲自送到蒙川，悬挂于黄鹤坝蒙家大院的正门头上。

在两位哥哥的墓旁安葬好蒙莹后，蒙举人将名下的田地、草场及山林悉数分给蒙川抗日敢死队阵亡队员家属，蒙家的煤矿和造纸厂也由县政府全面接管，利润全部作为办学经费。蒙川书院依然存在，但已不再承担教学任务，专门从事文物调查、保护及文史资料的收集、整理与古今典籍的研究工作。

曾在乌蒙山中水西八部叱咤风云的蒙川公主，永远地成为一个美丽的传说。

第十八章　袍哥解散

打退鬼子回来后，因抗战有功，安宁被任命为蒙川县警察局长。但她不愿当官，蒙举人再三劝说，才勉强同意担任警备队长，兢兢业业，恪尽职守，为蒙举人减轻了不少负担。

安宁就任警备队长后，王明阶因病去世，水箐乡乡长拟由安庄主继任。安庄主不愿接任，蒙举人多次登门烦请，他依然坚辞不受。又是一个草长莺飞的二月天，水箐乡乡长依然空缺，蒙举人携副县长林伯森等，再次来到黑家庄，造访安府。

席间，蒙举人诚挚相劝："安兄，我知道你品格清贵，不愿沾染官场泥污，但官场能够多一分正气，就会少一分邪恶，你不当自然有人来当，与其让豺狼当道、鱼肉百姓，不如自己勇敢地承担起责任，以减轻百姓疾苦。二十多年来，我从区长当到县长，从满头青丝当到须发皆白，从家财万贯当到两袖清风，也累了、倦了、厌了、老了、烦了，但依然无法卸掉这份责任。在这漫长的宦海生涯中，我也有过愧疚、绝望、彷徨和迷茫，曾经一度怀疑人生，几次想退隐山林，但想想山河破碎、百孔千疮，如果我退下，滚地龙和茄儿腿腿就会恃强钻营，前来接替。真要如此，我就是犯罪，我虽无力除此二贼，但勉强还能阻止他们继续危害蒙川——这就是我年过六旬依然继续担任蒙川县县长的原因。"

安庄主叹道："世道艰辛，百姓受累，我知道蒙兄绝非贪恋权力之人，兄之品德威信，自古蒙川无人能比。至于我嘛，读书不行，经营无方，历经数代好不容易积累的家私又被强人无理划走，怎么还敢抛头露面，贻笑大方？"

蒙举人道："茄儿腿腿横行乡里却无法将他绳之以法，这不是你我的问题，而是整个国民政府的耻辱，但我相信要不了多久，多则三年，少则两载，滚地龙和茄儿腿腿之流，必定会被一举扫除，到时必然还我清平世界、朗朗乾坤。"

第十八章　袍哥解散

安庄主心有所动，沉思片刻后才说："水箐号称苗乡，苗族人口最多，汉族次之，彝族紧随其后，间杂白、蒙古、布依等，共有五万余众，占了二区的一半，与其他几个区相当，乡长等同于区长。水箐乡海拔较低、地势开阔、土壤肥沃、气候温和，加上又有海子湖的旖旎风光、箐门关的壮丽景色、吴王大坪子的迷人草甸，此外还有神仙坡的苗舞花场、白泥井的十里杜鹃、三岔河的九曲回旋，不但物产丰富，而且人民淳朴，简直是人间天堂。以前人民安居乐业，到处欣欣向荣，只可惜大清运数已尽，世道遭逢变迁，黑夔奶奶心性刻薄，歹念丛生，一饭撬扇走了百年祖业、千载根基，从此播下孽根恶种，祸害乡邻，真是罪过。"

蒙举人道："这是乱世怪象，应劫而生。清政府腐败无能，中华民族积弱积贫，不过如今抗战结束，日寇投降，虽有外蒙独立之耻，但有夺回台湾之功。等到民族得以独立，政权得以稳定，接着就是整饬社会、剿匪惩霸、扫黑除恶、发展经济、巩固国防，中华崛起之期不远矣。"

安庄主笑逐颜开："这样好，于国于民均有利。国家兴亡，匹夫有责，既然蒙兄不嫌小弟老丑笨拙，小弟就勉为其难，干他两年。"

"哈哈哈，来，为了蒙川百姓的福祉未来，为了水箐苗乡的兴旺发达，咱们干！"

在蒙举人的提议下，安庄主及陪同而来的陈德贤、朱应时、江银汉、林伯森、路恒源等一起，跟着举起了酒杯。诸位长者举杯畅饮，一旁端茶倒酒的安宁和朱芮脸上漾着笑容，心里却涌动着丝丝牵挂与浓郁的悲伤。半年前，朱芮的"婚姻"生活已然结束，"男方"被军统查出"共党"嫌疑，先是被抓去乌城关押，随后和乌蒙山游击队的领导人一起被执行枪决。

看着陈德贤、朱应时、江银汉、林伯森等几位头发花白的老人，安宁的脑海里总是浮现出蒙莹和江云鹤的身影。她俩一个英姿飒爽，一个温婉动人，更为可贵的是，她们都是女中豪杰，满怀拳拳报国之心，凭着一腔热血毅然奔赴战场，如今却阴阳两隔，真是令人万分痛惜，又心存无限哀思。

同时，安宁和朱芮又都想起了程方明。这些年来，他销声匿迹，无影无踪。朱芮曾经在蒙川抗日敢死队宣誓出山的当天看见过乔装改扮的他，但距离那时已过去整整四年了。这漫长的时间里，他浪迹何方，过得如何？他的人生到底发生过什么际遇，找过滚地龙和茄儿腿腿报仇吗？安宁也曾多方寻找和打听，但始终毫无消息。

偶尔，安宁还会想起曾经一起共赴国难、并肩作战的祝菲，她做梦也没想到被苗乡群众奉为"苗乡公主"的她居然会自甘堕落，忘记恩仇，嫁给新任保六团团长茄儿腿腿为妾，并随军进驻蒙川，担任作战参谋。

酒过三巡，菜过五味，蒙举人、安庄主等人的话题自然而然地转到了滚地龙和茄儿腿腿的身上。

安庄主说："我之所以不愿当水箐乡的乡长，主要与一个人有关。"

朱应时接道："你不说我也知道，茄儿腿腿呗。"

安庄主咂咂嘴皮，一脸不屑："自康熙十八年以来，我家祖辈与黑戛官家，一正一副，共同治理一方，不说大家丰衣足食、共同富裕，但至少各族群众还能安居乐业、和睦相处。大清末年黑戛奶奶一饭撬打死叫花子后，世道就翻转过来了，清朝也灭亡了。这是一个时代的结束，也是另外一个时代的兴起，这时代更替之期，必然风云际会，产生变局，适应者生存，不适应者淘汰。原本就是社会发展的必然规律，但黑小茹就是想不通，一直认为是我勾结地方豪强与官府谋害黑家，如果我不是安氏后人，与安邦才等豪强同祖同宗，早就被他除掉了。当今世道江河日下，国共相争将更加惨烈，之前两位长官的治黔方略已被颠覆，党国危亡之秋，乱世用人之际，滚地龙和茄儿腿腿重新得势，一为司令，一为团长，皆手握兵权、生杀予夺，并大张旗鼓、耀武扬威地进驻蒙川，如何应付这场灾难、保护这方百姓，我的确伤透脑筋。"

陈德贤叹息一声，盯着安庄主面前的烟杆问："听说你家有根祖传烟杆，能够知未来、卜生死，最近有没有神灵暗示？"

安庄主道："那都是谣传，岂能当真？咱们的当前要务，是如何节制茄儿腿腿和保安团，尽量不让他们在蒙川境内横行霸道、残害百姓。"

蒙举人道："祝菲是祝明芳之闺女，老祝为人踏实、深谋远虑，祝菲那孩子我也见过，秀外慧中、知书识礼、深明大义，她能抛弃恩仇、嫁贼为妾、化敌为友，足见心思之缜密和意志之坚强远在你我之上。有她在彼周旋，苗乡应该无事。苗乡安宁，则蒙川安定。"

安庄主赞道："如此说来，此女的确不简单。"

陈德贤道："岂止是不简单，而是牺牲自我、保护族群的真英雄、奇女子、伟丈夫！"

听到陈德贤用伟丈夫夸赞祝菲，尽管心事重重，朱芮也忍不住扑哧一笑。安宁如醍醐灌顶，恍然大悟，插话道："如此说来，祝菲岂不是身处险境？一旦滚地龙或茄儿腿腿翻脸，那就凶多吉少，后果不堪设想，咱们一定要设法保护她。"

蒙举人道："办法只有一个，立即加强团防力量，把各村各寨重新组织武装起来，各区成立保警队，各乡成立保乡队，由县府统一号令、统一指挥，一旦保安团恃强生事，由安宁代理蒙川公主，立即发布公主令，号召全县百姓，团结一心，开展自卫！"

安庄主沉吟道："这个办法好是好，只是安宁——"

陈德贤哈哈一笑，向蒙举人拱手称贺："恭喜蒙兄，年近七旬，喜添一女。"

安宁愣了下，连忙走到蒙举人座前，双膝跪下，磕了三个响头，大声说道："义父大人在上，从今天开始，我就是您老人家的——"

蒙举人摇手止住，一脸慈祥地说："我不要你做我的女儿，我是要你做我的儿媳。"

众人一脸愕然，面面相觑。蒙举人解释说："五年前，我已收下一名义子，名叫程方明。"

众人释然，长长地吁了口气。朱芮突然上前两步，跪下磕头，诚恳地说："我与蒙莹情同姐妹，如今她已为国捐躯，我愿代她尽孝一生。义父大人在上，从今往后，我就是您的女儿。"

蒙举人眼含热泪，目光转向安庄主和朱应时。朱应时连忙拱手致意："蒙兄，以你的恩德威望，蒙川小辈都愿做你的儿女，小女能捷足先登，是她三生有幸。"

安庄主也抱拳施礼，激动地说："我真没想到程方明那小子能与蒙兄有此缘分，既然如此，你我从今往后就是儿女亲家啦。好！好！我老安舍下这条老命，也要奉陪诸位与滚地龙和茄儿腿腿周旋到底！"

蒙举人哈哈大笑，起身离座，一手拉着安宁，一手拉着朱芮，朗声说道："贤媳闺女，今天是我五年来最开心的一天。滚地龙和茄儿腿腿，你们就放马过来吧，自古正义必能战胜邪恶，我们已经做好准备，来高接高，来低接低！"

陈德贤举起酒杯，招呼大家："来来来，今天双喜临门，大家都举起酒杯，热烈庆祝。"

众人刚刚碰响酒杯，一名身材苗条、手脚矫健的女子，在一名警员的带领下，悄然来到饭厅外面，站在门旁张望。

安宁一眼瞥见，赶紧放下酒杯，退到门外。此女姓王名春，二十三岁，曾任蒙川抗日敢死队女兵连二排一班班长，因机警干练，战后随祝菲进入国民党军部队。

安宁出来，警员回避。王春见左右无人，压低声音说："祝菲让我告诉你，已经确认蒙小姐和熊副队长均丧命黑枪，系军统特务策划，滚地龙手下执行，执行队长为军统渗入共产党的奸细。"

王春将一只金属盒子递给安宁，接着交代："滚地龙早已投靠军统，姓廖的正是军统乌城站站长、滚地龙的顶头上司。这是祝菲冒着生命危险从滚地龙手里窃取的，不但有廖承黔枪杀蒙小姐和熊副队长的手令，还有滚地龙和军统渗入共产党内部的特工的联络函。祝菲说滚地龙严密防范，此件系偶然而得，迟早会被发现，如果她遭遇不测，请为她洗雪冤仇。"

安宁接过盒子，语气坚定地说："请转告她三句话：一要好好保护自己，注意安全；二要打探滚地龙和茄儿腿腿的下一步行动，我们好做防范；三是她的仇就是我的仇，滚地龙和茄儿腿腿无论如何都跑不掉！"

"祝菲还说，她并非苗族，两岁多时父亲被人杀害，自己被土匪劫掳，是现任水箐苗王收养了她。为了救她，苗寨里牺牲了好几位年轻人。她还说，当初掳走她的，正是滚地龙。滚地龙不但武艺高强，而且异常机警，她几次暗杀都没成功，还白白被其玷污了身子。滚地龙不但奸污了她，还要将她处死，以绝后患，关键时刻茄儿腿腿闯了进来，因倾慕她的身材相貌，不惜与滚地龙拔枪相对，才将她救了出来。"

"也就是说，现在滚地龙和茄儿腿腿之间，已经心生龌龊？"

"是的，现在他们之间已经有了隔阂，但毕竟命运相连，利益相牵，要想彻底离间并让其火拼还有些困难。还有，祝菲说滚地龙与那名军统特务的联络函用的全是化名代号，对方的真实身份需要核对笔迹才能确认，一旦有结果我会设法告诉你。"

安宁心怀感激地说："祝菲妹妹为了铲霸除恶，真是受尽了人间屈辱。"

王春又说："听祝菲说，最近几年，程方明曾多次带人行刺滚地龙和茄儿腿腿，同样没能得手，白白牺牲了好几名弟兄。要杀他们，还真不容易。好了，咱们就说到这里吧，我得赶紧回去，要是被滚地龙或茄儿腿腿察觉，那就麻烦了。"

安宁一脸关切地叮嘱："注意隐蔽，注意安全，保重，保重！"

看着王春矫健的身影迅疾离去，安宁紧紧握着手里的金属盒子，喃喃自语道："难道，她就是小恬恬？"

第十八章　袍哥解散

这么多年，除了朱芮那惊鸿照影般的匆匆一瞥，谁也没看见程方明回过蒙川，也不知道他是否安在，他就像一朵飘浮的云，悠悠忽忽地飘走之后，再也没有飘回来过，也很少有人关注他曾经的过往以及是否还会回来。

四年前，蒙二公子殉国后，听说蒙举人组建蒙川抗日敢死队，要开往黔南阻击日军，他从四川匆匆赶回，暗中参加了誓师大会，目送蒙莹与安宁率队而去。那一刻他也曾经冲动过，想要跟着她们一起出征，不为别的，只想保护她俩的安全。但他转而又想，好不容易才打进长江沿岸的袍哥组织，舵头答应派十三名武艺高强的弟兄协助他回乡报仇，但他必须恪守会规，不得加入其他任何组织，不得擅自行动。他以回乡探亲为由，舵头才给了五天假期，五天之内必须赶回销假，接受新的任务。

身在江湖，消息自然比较灵通，程方明获悉国民政府担心日军沿黔桂线北上，进而威胁陪都安危，将会加派重兵防守。而蒙莹他们只是民军，缺乏训练与装备，一般不会担任正面防务，只是协助作战，加上又是女子，不可能亲上前线，应该不会有多大危险。想到这里，他决定还是赶紧回去销假，然后带领一群高人前来找滚地龙和茄儿腿腿算账。

这次回到蒙川，尽管经过了乔装打扮，他还是发觉有人认出了他，那就是蒙川中学校长朱芮。对于这个清秀可人的千金小姐，他既有几分爱慕，又在心里充满疑惑：她曾经投奔共产党，为何又半路折回？她曾经大胆表白，非他不嫁，为何时隔不久却嫁与他人为妻（其实朱芮与那名男子，只是以"夫妻"之名作为掩护的地下工作者，并非有婚姻之实），还双双回到蒙川任教？她任性、复杂，不像安宁和祝雯那样心思单纯，也没有蒙莹的热情似火与光明磊落。他觉得她心里藏着很多秘密，而这些秘密中又隐含着无奈和辛酸。他甚至在心里想，等大仇得报，心事得了，我一定要打开你的心扉，解开你的秘密。

可是，临别时她那满含幽怨的眼神却又仿佛在告诉他，她与他之间的约定依然有效，她可以为他守候千年。他暗骂自己过分解读，然后匆忙离去。几个月后，一直密切关注南方战况的他正在江上执行任务，突然噩耗传来：蒙川民军伤亡惨重，队长蒙莹、副队长熊朴等营连以上军官几乎全部阵亡。

他头脑一晕，四肢无力，险些栽倒。冷静片刻后，随即电告舵头，要求回家一趟。自入帮以来，程方明表现非常积极，执行任务干脆利落，舵头特别欣赏，见他执意请假，知道事情紧急，于是又批了十天，并再三要求，必须按时归来。

程方明劫持了一辆军用吉普，从荆江一路狂奔，不舍昼夜，两天时间就赶到了黔南，找到安宁。安宁正要护送蒙莹遗体回乡，看见程方明又哭又骂："程方明，你这个铁了心肠蒙了心智的狗东西，现在你好了吧？良心疼不疼？"

程方明又是悲痛，又是愧疚，又是自责，跪在蒙莹的灵柩前久久不肯起来。安宁痛心地说："莹姐告诉过我，蒙举人已经收你为义子，你们是姐弟。姐姐惨遭毒手，看你这个弟弟能不能为她报仇。"

说完，安宁打开棺盖，解开蒙莹的衣衫，将她的遗体翻转过来，让程方明观看。程方明只看了一眼，便擦干眼泪，郑重地说："这个世界上我最对不起三个女孩，第一个是你，第二个是我妹妹，第三个就是蒙莹。如今蒙莹已经殉难，我妹妹依旧下落不明。我天生疾恶如仇，路见不平，必定拔刀相助，可惜历尽千辛万苦，走遍千山万水，想尽千方百计，说尽千言万语，还是难报家仇。没想到旧仇未报，又添新仇！日寇退出黔南之后败象已露，不久必将全盘崩溃、缴械投降，你回去之后再也不用出来了，安心等我消息。"

安宁哭道："事到如今，你还不跟我回家，要去哪里？"

程方明语气铿锵，斩钉截铁地说："报仇！就算上天入地，我也要找出杀害蒙莹与熊朴的凶手，这是民族败类，无耻匹夫！父母之仇不共戴天，诛杀汉奸义不容辞！"

安宁哽咽着说："好吧，你去吧，一定要把这人找出来，千刀万剐！"

程方明继续开着那辆吉普，一直开到林城，然后步行返回乌城，住进一个秘密落脚点。接连等了三天，那位神秘的送信人还未出现，却在吃饭时听见人们悄声议论，说滚地龙手下有一名心腹，居然是共产党，身份暴露后已被公开处决。

程方明悄声询问："请问老伯，那位被枪毙的人姓什么？"

老头警惕地打量了程方明一眼，见是个身穿麻布褡褡的年轻人，有些轻蔑地说："听说姓左，蒙川水箐人。看你这身打扮，应该是水箐苗乡来的吧？"

程方明摇头反问："难道，只有水箐才有苗族人？"

老头无言以对，程方明起身离去。来到郊外刑场，只见旷野荒丘，一派悲凉。步行上山，找到一个新堆的坟茔，铺开油纸，摆上菜肴供品，烧化檀香纸钱，跪下磕了三个响头，喃喃祈祷："左兄，感谢你多次暗中相助，程方明永生难忘，以后每年今日，小弟必然造访。如你在天有灵，请保佑方明出师得利，将旧恨新仇，一齐了结。"

原来，白老人的徒弟左保桥是奉命打入滚地龙部的中共地下党员，身份暴露后惨遭杀害。离开蒙川之前，因为有他通风报信，程方明才数次摆脱滚地龙和茄儿腿腿的追杀。

程方明知道，欲除蒙莹而后快的，只有滚地龙，因为茄儿腿腿虽然嗜杀，但好色成性，对蒙莹这样国色天香的美女，必然要留着慢慢享用，即使得不到，也不会急于杀害。这不是他怜香惜玉，而是天性使然。滚地龙就不一样了，有点姿色的女子落入手里，必定会先奸后杀，而且绝不拖延。

程方明通过分析认为，杀害蒙莹和熊朴的，必定是滚地龙的手下，而且是油黑大洞时期的老土匪，因为只有精通地龙滚荆，才能干得如此干净利落，还不会被人发现。如今左保桥已经被害，他在保安部队中又无内线，如何才能找出凶手？

打了十多年交道，前后交手几十次，程方明对油黑大洞的土匪了如指掌，返回秘密住处后，拿出纸笔，将那群土匪的名字——默写出来，然后又将这些年来死去的划掉，最后还剩下七名。这七名土匪，大的四十余岁，小的三十来岁，人人手上沾满鲜血，个个曾经伤天害命，如今全都当上了军官，继续欺男霸女、耀武扬威。

接下来的三天时间里，程方明乔装改扮，浪迹街头，终于打听出这七名老土匪，还有五名继续留在保安司令部直属一大队，分别担任小队长、中队长等，另外两名，一个叫刘沿清，一个叫郭保发，同在纠察队担任副队长，蒙川抗日敢死队出征后神秘失踪，再未回来，他们的职务也由凹乌大洞时期的土匪接替。

摸准情况后，程方明随即离开乌城，开展追杀行动。可是整整两年，他利用袍哥的关系和力量，在周边数省深入各行各业，还是无法查到这两人的下落，甚至连他们的家眷也无影无踪，不得不彻底佩服滚地龙和茄儿腿腿的狠辣无情。

断定刘沿清与郭保发连同家眷已经被滚地龙和茄儿腿腿灭口后，已经取得舵头信任的程方明带着十三名弟兄，悄悄潜入乌城。但连续三次都没有成功，因为滚地龙和茄儿腿腿也得到风声，加强防范，清除了内部一切可疑对象，身边的卫兵都是武艺出众、枪法一流的心腹死党，程方明无从下手。

那十三名弟兄，虽然身怀绝技，但毕竟来自社会底层，均系引车卖浆之流，有的是船上的水手，有的是岸边的纤夫，有的以打铁为生，有的贩卖牲口，各自都有妻儿父母要养，在牺牲了几名弟兄后，程方明只好长叹一声，放手作罢。

再次返回荆江，程方明终于明白，依靠袍哥组织毫无胜算，于是提出退会。舵头已经五十六岁，经历了半世风雨沧桑，看透了人间阴谋诡诈，沉默了半天才对程方明说："按照规矩，一旦入会，终生无悔，既然无心追随，念你这么多年风雨奔波、出生入死，我就成全你吧。不过只有三条路可供选择，第一条是加入川军队伍，从连长做起；第二条是滚出刀山，与袍哥断绝关系；第三条是接替我的职位，统领九县四十八区的三千名同袍弟兄。如果选择第三条，我两个女儿均未出嫁，大的小的随便你挑，两个都要我也同意。"

程方明说："我素来对入伍从军不感兴趣，再说当个连长，远隔千里，也难报家仇国恨；至于两位小姐，方明一直把她们当成妹妹，从来不敢造次，我还是选择第二个吧。"

舵头满心欢喜，开怀大笑："好！好！真是郎才女貌，天作之合，快叫二小姐，今天先举行交接典礼，然后再择日成亲！"

程方明连忙纠正阻止："舵头您弄错了，我说的是选择第二个条件，不是选择二小姐。"

舵头恼羞成怒："程方明！你虽然武艺高超，身怀绝技，又为本堂立过数次大功，但也不能如此狂妄，戏弄本堂。"

程方明连忙鞠躬解释："舵头，方明自入会以来，一直规规矩矩做事，堂堂正正做人，剿土匪、除恶霸、杀汉奸、救同袍、闯敌营、送情报，每次不是闯刀山火海，就是下龙潭虎穴，对舵头敬若神明，对两位小姐情同兄妹，岂敢戏弄舵头。"

舵头不管不顾，大声喝道："好吧，我就成全你吧，备刀山！"

随着舵头一声令下，立马有人抬来一块插着三十六把尖刀的木板。这三十六把尖刀，每排四把，一共九排，每把尖刀之间相隔五寸。昏暗的煤油灯下，刀光闪闪，令人不寒而栗。

舵头命令执事人员摆坛烧香，让程方明对着祖师牌位与关二爷的画像跪下，语气决绝地说："程老弟，入舵三年，你就从十排老幺做到了五排执事，这对旁人来说，非十年之功不可，可见你还是挺有本事的，奈何本舵池小水浅，留不住你这条飞天神龙。并非我绝情，这是祖师爷传下的规矩。滚吧，只要你滚出这片刀山，从今往后就与本舵毫无牵涉，任何同袍都不会为难于你。"

程方明回头望了一眼，站起身束紧腰带。一名英姿飒爽的姑娘闯进茶馆，大声说道："这样对待程五哥很不公平。按照惯例，凡本舵人员，每次立功，都得披红挂彩，离舵之时，所披的红和挂的彩，都可为其免难消灾。入舵三年，程五哥剿匪七次，除霸八名，成功刺杀了两名汉奸营长和三名维持会长，九次帮助同袍解除危难，四次闯入日本军营，六次成功向抗战部队传递情报，这些功劳累叠，所披的红布足有几寸厚，滚刀山的仪式完全可以免除。"

大家先是面面相觑，然后交头接耳，最后达成一致意见，由掌管钱粮的三哥为首求情："舵主，自入舵以来，程五哥刀山火海，在所不辞，的确为本舵凝聚人心、巩固码头立下了汗马功劳，桩桩件件，历历可数，非常人能够做到。因此我代表大伙恳求，人各有志，去留请便，这滚刀山的刑罚，确实该免。"

舵头怒道："本舵兄弟，一向同德同心，入舵只为抱团取暖、保家卫国。而这位程老弟，入舵理由本就不太单纯，他是想利用袍哥力量，为其报仇雪恨，无奈仇家人马众多，势力庞大，非本舵能够完成，他就想另投他方。如此自私忘义之徒，如何能免除刑罚？程方明！凭着良心说一句，你当初入舵的目的，是不是想借助本舵力量，报杀害父母之仇？"

程方明向大家抱拳致歉，态度诚恳地说："是的，小弟入舵之初，只是想借助码头力量，报仇雪恨。九岁那年，我父母就被土匪残忍杀害，妹妹也被他们掳走，这么多年来，我一直都在寻机报仇，无奈那两名匪首武艺高强，奸诈机警，纵横水西无人能敌，还当上了保安团长，掌管着上千人马，都是些无恶不作的亡命之徒，就连大名鼎鼎的孟马刀也无法将其剿灭。面对如此心肠歹毒、手眼通天的仇家，我在走投无路之下，只好出此下策，实在有些不妥，在此向各位袍友赔礼告罪。"

舵头又说："为了帮他报仇，本舵牺牲了七名弟兄。如果他的冤仇是发生在入舵之后，那就算了，可是他的那些仇恨，都已经快二十年了。如今一切根由恩怨全都抖搂明白，要想脱离本舵，必须按照规矩，从刀山上滚出去。"

既然此劫难逃，程方明索性豪放一些。正要作势滚刀，两名年轻女子叫声"慢着"，齐刷刷走进茶馆，进入香堂。舵头吼道："荞枝荞叶，这里没你们的事，赶紧出去。"

年龄稍长的荞枝回道："爹，怎么会没我们的事？你不经我们同意，就私自将我们两姐妹许配他人，还说大的小的随便挑，两个一齐要也行，结果白送人家都不要。普天之下，哪有亲爹如此作践女儿的？今天我们不服，特意来把这位程五哥送走，免得人家说我们两姐妹的闲话，让我们无法嫁人。"

荞枝说完，向妹妹使了个眼色。众人阻拦不及，姐妹俩就仰面躺在刀尖上，荞枝微微抬起头，一脸惨白地向程方明说："程五哥，既然看不上我们两姐妹，请你就此离开吧，不许再回头。"

众人手足无措，舵主闭上双目，眼泪直流。程方明朝两位姑娘双膝跪下，磕了几个响头，然后眼含热泪，怅然离去。

　　众人连忙将荞枝荞叶扶起，两人双腿后背，渗出了斑斑血迹。舵头睁开双眼，有气无力地说："三哥，请你打扫码头，清算资产，按职级功劳分给众位弟兄。现在我宣布，本舵封坛解散，弟兄们各自回家，该打鱼的打鱼，该务农的务农，该经商的经商，该拉纤的拉纤，从此不得再涉及帮会门道。"

　　说完，舵主朝香案跪下，磕了三个响头，然后在众人的惊呼声中，从刀山上滚了出去。

第十九章　省城奇遇

　　三年时光一晃而过，程方明脱离袍哥组织，重返乌蒙大地。水西地区大肆扩军，保安六团恢复原有建制，茄儿腿腿如愿当上了团长；通过多方运作，滚地龙也成功上位，成为第四保安司令部副司令。程方明也探听明白了，蒙莹之死与军统特务头子廖承黔有着很大关系，便想要将其绑架，并问个明白。

　　程方明化装成一名流浪艺人，在乌城的大街小巷各处转悠。民国十年，乌城才被确定为水西八部首府，但建筑规模早已超过古定县城，用花岗岩垒砌的城墙高达三丈，厚达丈余，其艰险程度堪比当年滚地龙和茄儿腿腿盘踞的油黑大洞，又有两个保安团和三个保安大队协同防守，除非动用机枪大炮与千军万马，否则无法攻破。

　　这也是程方明多次带着袍哥弟兄复仇未果的主要原因。在乌城转悠了十几天，程方明多次遇见廖承黔。此人黄埔出身，又是老牌特工，自然心思缜密、身手不凡，身旁的八名保镖，全是经过特殊训练的特工人员，无论骑马还是步行，都将廖承黔护在中间，毫无破绽，暗杀此人比暗杀滚地龙和茄儿腿腿还难，凭程方明孤身一人，要想将其绑架，希望更是渺茫。

　　程方明愁肠百结，终日苦闷，一日刚想靠近，差点就被廖的卫兵识破，只好打消念头。

　　水西地区不通公路，要去省城开会述职，只能骑马或坐轿。三月十六这天，程方明一大早就远远地盯着由四名保安团士兵持枪守卫的行署大门。太阳刚刚升起，两扇朱红大门徐徐打开，四名卫兵连忙持枪立正，一队全副武装的卫兵列队走了出来，大概有一个排。这一排警卫走完，廖承黔才骑着高头大马，在八名保镖的护卫下走了出来，后面还跟着一个排。

　　如此阵仗，程方明知道廖承黔又要出远门了。除了八名保镖，廖承黔在本城活动一般只带一个班的警卫，出城的话只带一个排。现在是一个排开道，一个排后卫，还带着一门迫击炮和两挺轻机枪，真是威风八面。

　　沿途还有保安团队与民团武装参与护送，要想凭一己之力刺杀或劫持此人，估计神仙也难办到，程方明只好一路远远地尾随。他心里想，只要一直跟着，就一定能找到机会。这次跟踪，竟然跟到了省城，并亲眼看见廖承黔进入省府大院，而廖的卫队随从，除了几名亲随与贴身保镖，其余全部留在外面，分散入住各旅馆客栈。

　　程方明知道，要在警卫森严的省府大院刺杀或绑架一名前来开会述职的专员，简直比登天还难。但他仍不甘心，继续蹲守在省府大院门前，希望机会能够出现。一连蹲守了几天，程方明身上的钱钞快用完了，想起经常有人在省师范学院门前卖艺，干脆也转悠过来，从随身携带的口袋里拿出七八年前彝族大哥赠送的麻布褡裢穿上，再掏出杉木笙斗和竹管簧片，组装成一支六管芦笙，然后呜噜呜噜地吹起芦笙曲，跳起了芦笙舞。

　　一个人是无法表演燕双飞的，只能表演朝天蹬或旋头风。由此路过的男女老少很快就围成一圈，程方明刚刚表演完一套朝天蹬，就迎来一阵噼噼啪啪的掌声，有人开始往地上扔钱。当时物价飞涨，法币贬值，人们只能使用金圆券和银圆。看着那些花花绿绿的钞票，程方明知道，若要挣下一个月的生活费，还得再表演一套旋头风。

　　他抱拳朝四面观众致谢，然后将地上的钱钞捡起，到附近一家粉面馆借来一把水壶和十二只瓷碗，把六只瓷碗碗口朝下分六个方位成梅花状摆在地上，再把另外六只仰着放在上面，倒满清水，才呜噜呜噜地吹着芦笙，绕着水碗舞了几圈，突然身子一仰，慢慢地把腰杆弓起来，把脑壳弯下去，一直弯到水碗圈起来的场子中央，形成一道优美的弧线，并笙不离手、曲不离口地翻滚着跳了起来。

　　掌声再次响起，观众一边鼓掌欢呼，一边啧啧称奇，纷纷往地上扔钱。叮当叮当，几名看似阔绰的观众于兴奋之中还扔下好几枚银圆。一曲终了，六碗清水依旧满满当当，程方明身上毫无半点水渍，三名十八九岁、穿着师范学院校服的学生，朝气蓬勃地从观众群中跑出来帮他捡拾地上的钞票和银圆。

　　初次出手就收获颇丰，程方明高兴得眉欢眼笑，在心里暗想：既然苗族芦笙舞这么受人欢迎，他年得报大仇，了却心愿，就收几名徒弟，组成一个草台班子，到全国各地巡回演出，不但可以将这套苗舞发扬光大，还能创造经济收入，养家糊口。

　　收拾完场子后，观众陆续散去。那名阳刚帅气的师院男生对他说："师傅，两人为伴，三人成团，你芦笙舞跳得这么好，怎么不组团表演呢？那样的话效果会更好，收入会更高。"

两名女生也跟着附和："是呀，师傅，你应该成立一个艺术团，正正规规租场子表演，那样一是收入高，二嘛，名声也比在街头卖艺好得多。"

程方明摇着头说："不，现在还不到时候，我学艺不是为了挣钱，而是为了报仇。"

那三名学生不由得一愣，相互交换了一下眼神，男生接着问："师傅，请问你的仇人是谁？"

程方明将他们打量了一番，见他们年纪轻轻，却一脸正气，特别是左边那位娇小玲珑、一脸清纯，身材长相与祝雯有几分相似的女孩，水汪汪的大眼睛里流露出诚挚的钦佩与脉脉的关切。只对望一眼，他全身就像遭到电击一般，仿佛他们已经认识了很久很久，辗转千年又重逢。

程方明怔怔地站着，痴了一般。另一位女孩微微一笑，轻咳了一声，程方明的脸不由得通红。但他毕竟已经二十八岁了，又经历了那么多风浪，于是稳住情绪，平静地说："我叫程方明，来自乌蒙山中的蒙川县，家住水箐乡黑家庄，不到十岁父母就被恶人杀害，未及三岁的妹妹也被恶徒掳走，至今下落不明。如此血海深仇，真是不共戴天。杀我父母、抢我妹妹的恶贼，原是乌蒙山巅油黑大洞的土匪头子，现在一个是第四保安司令部副司令，一个是保六团团长。这两个无恶不作、血债累累的匪首，不但心狠手辣，而且武艺高超，连孟马刀都无法将他们拿下。后来，又增加了一个，这人更加厉害，不但是督察专员兼保安司令，还是特务头子，亲手下令杀害了我在抗日战场上指挥作战的义姐。"

那名娇小玲珑的女孩"啊"地惊叫一声，忽闪着眼睛问："程大哥，你义姐是不是蒙川县蒙县长的千金，人称蒙川公主的蒙莹？"

程方明迎着她的目光，含着眼泪说："是的，就是她。与她同样遭遇的，还有另外一名抗战英雄，名叫熊朴。更加令人发指的是，他们不但暗杀了熊朴，还要追杀他的妻女！我每天起床第一件事，就是对天发誓，必须手刃以上仇敌，告慰爹娘、义姐与熊朴大哥的在天之灵。"

三名学生的脸色倏然一变，又交换了一下眼神。娇小女生接话道："程大哥，你说的那几个恶贼，真是民族败类，丧尽天良，我等也欲除之。可是，仇家那么厉害，凭你一个人的力量肯定是无法对付的。我们都是师范学院的学生，组织了一个星火艺术团，课余时间到处演出，结识了不少能人志士，如果你愿意加入的话，就有机会认识他们，或许能助你一臂之力。"

程方明说："我——我出身贫苦，只读了几年私塾，粗通文墨而已，你们都是富家公子小姐大学生，怎么能加入你们的队伍？"

男生说："程师傅，有句古话叫'王侯将相，宁有种乎'，意思就是英雄只讲本事，不问出身来路。我叫杨万达，她们俩一个叫方瑰红，一个叫盛梅春，都是同班同学，因意气相投，组建了一个艺术团队，课业之余排练表演，一是为了追求艺术，二是为了锻炼自己，三是为了结识更多志同道合的朋友，做一番惊天动地的事业。我们的艺术老师肖云汉，是个非常有能力，又非常讲义气的好老师，黑白两道通吃，遍交天下豪杰，与军方、官方和绿林都有来往，要不我们带你去见见他，他一定能够帮你出主意、想点子，让你早日报仇，完成心愿，然后成家立业，享受天伦之乐，才不枉为人在世。"

祝雯的笑容和身影不停地在脑海里翻腾，那位娇小玲珑的女孩睁着一双秋水般明澈的眼睛，温情脉脉地注视着他，缕缕春风将他重重包围。程方明绽放出久违的笑容，兴高采烈地说："好的，你们帮我约个时间地点，我一定要和肖老师会会面。"

春夏之交的季节，薄薄晨雾就像柔软的轻纱，轻轻地飘在省城上空，让人总是捉摸不透。程方明来到饭馆门口，方瑰红和盛梅春已经等在那里了，连忙上前迎接。娇小玲珑的方瑰红笑靥如花地说："程先生您好，请稍等片刻，杨同学和肖老师马上就到。"

看着方瑰红眼里流露出的脉脉温情，程方明心里怦然一动，十年前祝雯和熊飞表演燕双飞的情景突然展现在眼前。光阴似箭，一晃就是十年，但伊人已逝，只留下历历往事与漫天仇恨。十年来，为了报仇雪恨，他一直东奔西走，直到此刻才蓦然惊觉，已经二十九岁了，依旧孑然一身，四处飘零。

程方明忍不住叹息一声，安宁和蒙莹的身影又飘摇而来。想起安宁，他心里既充满内疚，又有些气恼。安宁长他两岁，老早就是大龄姑娘了，早在十年前，他就已经明确表态，不手刃仇敌，是不会立业成家的，请她别再耽误青春年华，趁早找个合适的人家嫁掉。可安宁说既然已经答应了黑二奶奶，怎么能背信弃义，于是就一直等到如今。好在她出身名门望族，还是参加过抗战的女兵，从黔南归来后，进入县警察局，当上了警备队长，穿上制服，别着手枪，走到哪里都英姿飒爽，威风凛凛，旁人岂敢议论，她也乐得逍遥自在。

可是，自从看见方瑰红，程方明就被她娇小的身材、如花的笑靥、温柔的性格和高雅的气质所征服，并瞬间豁然想通，原来结婚与报仇并不矛盾，他之所以一直敷衍拖延，根本原因就是没有遇到自己真正喜欢的姑娘。蒙莹和安宁都非常优秀，不知有多少土豪大少与富家公子惦记着，但在他眼里，她们一是性格执拗，二是杀气太重，都不适合他。

程方明双眼痴痴地望着方瑰红，盛梅春扑哧一笑，用眼神暗示他说，跟着我们，一切都会成为现实。程方明听见女孩的笑声，一张脸腾地红到耳根，抬起眼来，刚好看到盛梅春满含奥妙的眼神。他猛然一惊，嗖地出了身冷汗。因为他顿然惊觉，自己此刻的表现与安宁、蒙莹、朱芮等并无区别，令他更加汗颜的是，自己枉为男人，二十八岁了才进入这般境界，不知之前是心智发育迟缓，还是被深仇大恨蒙了心窍。

程方明羞愧交加，但还是抑制不住脚步，跟着两位姑娘来到她们预先订好的包厢。此刻莫说只是会见一个在大学里教书的老师，就是叫他上刀山下火海，他也会毫不迟疑。进入包厢后，盛梅春以主人身份招呼他坐下喝茶，坐在一旁的方瑰红仰起那张清纯如水的笑脸问："刚才先生长声叹息，是不是因为大仇未报，空耗年华？"

程方明说："是的，整整十八年了，我一直都想亲手宰了滚地龙和茄儿腿腿。为了收拾他们，我勤练武功，四处学艺，找过孟大马刀，拜过袍哥码头，但每次寻仇都难以成功，好几次差点送命。"

方瑰红微微一笑，说："快了，认识肖老师，你的大仇很快就会得报。哦，我已经听到他们的脚步声了。"

方瑰红刚刚说完，杨万达就推开包厢房门，带着一名精神抖擞的中年男子走了进来。杨万达介绍道："肖老师，这就是流落江湖的武林高手程先生；程先生，这就是我们星火艺术团的指导老师。"

肖云汉一步跨了过来，非常热情地握着程方明的手说："程先生您好，您的身手和冤仇我都了解过了，真是可叹、可恨、可敬。叹的是山河破碎，民不聊生；恨的是豺狼当道，好人受罪；敬的是程先生您为了伸张正义，坚定执着，不畏艰辛。来来来，咱们真是三生有幸，才能在此相逢，应先痛饮三杯！"

肖云汉不但气宇轩昂，而且学识丰富、平易近人，一席话不但让人听得舒舒服服，还激起了胸中的熊熊烈火与万丈豪情。程方明原本就是个爽快之人，立时生出相见恨晚之意，于是也哈哈一笑，大声说道："好！那就先痛饮三杯！"

酒过三巡，程方明把他的身世与经历简要说了一遍。肖云汉说："据我了解，现在乌蒙山水西地区一共有四个保安团（分别为保一团、保二团、保六团、保七团）和三个直属保安大队，此外还有上百支反动民团和地主武装，在廖承黔、滚地龙和杨礼中的指挥下，他们相互勾结，残害人民。你要报仇，谈何容易。"

程方明颓然放下碗筷，问："难道，老天就真的眼睁睁看着他们如此作恶吗？为什么我每次去报仇，都是徒劳而归？"

肖云汉说："因为仇家太过强大，又有反动政府和当地军阀撑腰，你要报仇雪恨，靠一个人或几个人的力量肯定不行，得把成千上万同样遭受他们欺凌压榨的穷苦百姓组织并武装起来，才能将他们彻底打垮。也就是说，必须要依靠一个强大的组织，组建自己的部队，才能消灭土匪，铲除恶霸，否则一切都是幻想。现在咱们要做的是，丢掉幻想，团结一切可以团结的力量，并将他们组织、武装起来，和那些奸诈邪恶的土匪恶霸与反动势力斗争到底！"

程方明圆睁双眼，唰地站起身来，对肖云汉深深地作了个长揖，激动地说："肖老师，你说得太对了，只有把与滚地龙和茄儿腿腿有着深仇大恨的千万人联合起来，才能干掉他们！我十多年来一直没想通的道理，今天突然就想通了，真是听君一席话，胜读十年书。可他们一个个如狼似虎，心黑手狠，有枪有炮，咱们如何才能把他们打败？"

肖云汉说："在水西地区，我掌握着三四百条枪和几万发子弹，如果你有雄心壮志，我可以拨一部分给你，回去组织训练一支自己的队伍，配合大部队作战。"

程方明语气坚定地说："好的，肖老师，只要能报仇雪恨，我什么都听您的！"

肖云汉摆摆手让他坐下："那咱们就一言为定。不过回去之前，你得加入星火艺术团，接受训练，参加演出，宣传和鼓动更多的人加入咱们的队伍。只有队伍不断壮大，才有必胜的把握。"

程方明点头答应道："好！只要能干掉滚地龙、茄儿腿腿和廖承黔，无论上刀山还是下火海，我都服从安排，万死不辞！"

肖云汉和杨万达、方瑰红等人相视而笑，说："那你就住进师院来，我已经给你安排好了，先当个杂役吧，白天正常上班，晚上参加训练，此外还要学习军事、经济、行政管理等知识。从今天开始，你就是我们星火艺术团的正式成员了，杨万达同学是团长，你得服从他的指挥和调遣。"

程方明连忙点头答应，住进省师范学院，白天打扫卫生、侍弄花草，晚上和杨万达、方瑰红等人一起排练节目，秘密参加肖老师组织的军事训练与管理知识培训，系统地接受思想改造与文化深造。

第十九章　省城奇遇

从第二个月开始，程方明跟着星火艺术团，到林城大学、达德中学、黔阳电厂、林城纱厂、林冲煤矿等学校和厂矿开展演出，只要他和方瑰红穿着苗族服装吹着芦笙曲子出现在舞台上，喝彩声、口哨声和鼓掌声就淹没了整个现场。每当这个时候，星火艺术团的其他成员就悄悄混入观众群中，散发各种传单和小册子。

每隔一段时间，他们还会接受其他任务，比如护送重要人物、清除重点对象、营救被捕人员。在一次营救行动中，程方明遇到了十三年前结识的郑从军，并从押运途中将他解救出来。可郑从军就像不认识他一般，连招呼也不打。当时情况紧急，程方明无暇多想，任务完成就立即转移，直到蒙川解放，他们才又再次见面。谁知郑从军就像失去记忆，对之前的事情似乎毫无感觉，并且不大爱笑了，他那两颗隐隐约约的虎牙，再也没出现过。

在星火艺术团的日子过得美好、充实而又飞快，不知不觉，一年时间匆匆流逝，程方明已从单纯的复仇者变成了坚定的革命者。这天肖云汉通知杨万达、程方明、方瑰红、盛梅春等人召开紧急会议，说："咱们的百万大军已经打过长江，准备进军西南，敌人也察觉到了咱们在省城的活动，军警已经开始搜查，星火艺术团光荣地完成了历史使命。下面，我代表组织命令你们，立即分赴各地，发动群众，组织力量，迎接解放！"

方瑰红报告："肖老师，我想跟老程去他的家乡乌蒙山。"

肖云汉严肃地说："你们不但是星火艺术团的重要骨干，更是一名共产党员，必须服从组织命令，放弃个人感情。你的任务是暂时留在省城，负责联络工作，等全省解放了，我就批准你们结为革命夫妻。"

交代完毕，肖云汉转身离去。师院门前，程方明与方瑰红相互拥抱，洒泪惜别。

方瑰红把头埋在程方明胸前，细语呢喃："此去山高路远，荆棘遍地，你一定要小心谨慎、步步为营，我会寻找机会来看你。"

程方明搂着方瑰红的肩膀，也轻声地说："你也一样，要特别注意安全。等全省解放，我大仇得报，咱们就永不分离。"

说这话时，安宁的身影一直在脑海里萦绕，既让他愧疚惶恐，又让他果断决绝。

缠绵了一会儿，盛梅春就来催促了："程方明同志，时间紧迫，请赶紧启程。"

程方明只好放开方瑰红，背着背包，消失在茫茫夜幕中。

第二十章　严阵以待

　　茄儿腿腿带兵进驻蒙川，气氛陡然紧张起来。祝明芳召集苗乡各寨寨主，开会讨论对策。会议还未正式开始，其他几个区的苗族首领也派人前来联络，希望蒙川全县的苗族人民能有一个核心组织，然后同心同德，保卫家园。

　　祝明芳深表欢迎，邀请他们前来参加会议。蒙川首届苗族代表会议定于四月初八在神仙坡苗寨举行。这天，全县一百多个苗寨寨主，以到神仙坡赶花场为名，秘密聚集在一起。祝明芳为尽地主之谊，拿出多年积蓄，买来大米好酒，杀猪宰羊，热情接待。

　　会上，祝明芳历数滚地龙和茄儿腿腿在水箐苗乡犯下的滔天罪行，百余名寨主无不义愤填膺，另外几位首领也分别列举了这群土匪在他们苗寨留下的斑斑劣迹与欠下的累累血债，最后大家一致推举祝明芳为蒙川苗王，统领全县一百二十八个苗寨。

　　祝明芳有些为难地说："历史以来，水西大地上只有一个真正的苗王，那就是陶大帅。陶大帅不但本领高强、心胸广阔，而且德高望重、一呼百应，我祝明芳乃山野匹夫，只希望大家团结一致，在蒙县长的带领下对抗邪恶，保卫家园，至于蒙川苗王的称号，我何德何能，岂敢窃取？"

　　众位首领和各寨寨主纷纷表示，茄儿腿腿带着保安六团重返蒙川，上千号人要吃要喝要粮饷，还横行霸道、欺男霸女，将会给蒙川人民造成极大的伤害。数千年来，苗家一直都是被欺凌压迫的对象，茄儿腿腿卷土重来，苗家人的苦难将会更加深重，咱们必须团结起来，才能对抗茄儿腿腿与保安六团的倒行逆施。要想团结一致，没有一个核心怎么行？没有核心就没有统一领导，没有统一领导就会是一盘散沙。在蒙川全县的六个苗族首领中，只有祝兄有这个能力和威信，我们心甘情愿、心悦诚服地尊你为蒙川苗王，统一听从你的调遣和指挥。

第二十章 严阵以待

祝明芳推辞不掉，只好答应道："既然大家都有这个愿望，我就承担起这副重担吧。蒙川全县的三十多万百姓中，有十万是咱们苗家人。我想从这十万苗家人中，挑选三千个出来，组成一支自卫队。这三千人的队伍，全部要求四十周岁以下，男的两千名，女的一千名。咱们没有枪，没有炮，但有保卫家园的决心和信心，还有弩箭、砍刀和地龙滚荆。"

来自五区的首领问："祝兄，你是想排练一个滚天大阵？"

祝明芳说："是的，水箐苗乡已经排练出六百人的滚天大阵，但还是太小，威力不够，难以对付滚地龙、茄儿腿腿和保六团。"

来自一区的首领说："好！好！看来只有如此，才能跟他们决一死战。我们一区总共只有八千苗民，应该是最少的一支了，只要祝兄一声令下，要多少人我就派多少人。"

其他首领和寨主纷纷表示同意。祝明芳说："一旦开战，三千人马全部披挂上阵，男的挥舞砍山刀，施展地龙滚荆，女的只管围着，吹奏芦笙就行。芦笙不停，前进不止，飞龙滚滚，地动天惊，管他机枪大炮还是万马千军，咱们都勇往直前，杀他个片甲不留。"

三区首领为难地说："可是，地龙滚荆是水箐苗乡的镇乡之宝，我们另外几支人马全都不会。"

祝明芳哈哈笑道："既然六宗合一，亲如一家，我也不再保留，统统教给大家，但必须谨记三条铁律：一、未经我和总教练同意，不许传给他人。二、加入自卫队者，必须勤学苦练。三、接到命令，迅速集结，战斗到底。"

四区首领带头鼓掌，其他首领纷纷附和，表示赞成。

这边苗族人正在秘密集会、组建队伍，那边彝族人在安庄主的召集下，也在开会结盟，统一防范保安团。蒙川彝族只有苗族的三分之一，但彝族大户都是土司后裔，有权有势，有粮有枪，一旦团结起来，力量不可忽视。

各位土目乡绅刚走，安庄主连忙朝堂屋奔去，安忠紧随其后。安庄主一脸肃穆，异常庄重，净手焚香，虔诚跪下，恭恭敬敬地向列祖列宗与水西八部正神磕头祭拜，然后小心翼翼地取下烟杆，凝视良久，一脸郑重地对安忠说："据可靠情报，程方明很快就要回来了。"

"他这次回来，还会走吗？"

"他是回来干大事的，不会再轻易离开了。"

"难道，这家伙在外面发迹啦？"

"发迹倒没有，只是找到了正道与归属。"

"您是说，程方明这次回来，滚地龙和茄儿腿腿的末日就要到啦？爹，这也太吓人了吧，"安忠战战兢兢地问，"我们该怎么做？"

"天地，万物逆旅；光阴，百代过客。万事万物皆有生命周期，属于土目官家的时代正在远去，永不复返。正所谓天下大势，浩浩汤汤，顺之者昌，逆之者亡，既然老天爷让我勘破天机，咱们岂能逆天而行？他一旦回来，就把护寨队交给他指挥，我们家所有的房屋田产，也统统交给他处置，自然可保无虞。"

"护寨队交给他可以，但房屋田产不行，因为那是祖宗基业。除非——除非他立马和安宁成婚，成为咱们安家的上门女婿。"

安庄主斩钉截铁、一字一顿地说："不行！你必须按我刚才说的做，否则就会像黑家那样，陷入万劫不复之地！"

安忠沉默了几分钟，长长地叹了口气，说："好吧，我一切都听爹安排。"

安庄主道："小心为妙，这第一步走错了，以后想要翻身，必将付出惨痛代价，所以千万谨记！通知安宁，迅速将祝菲冒死窃取的物件送来，我要亲手交给程方明。"

祝明芳刚从神仙坡返回坡戛，保六团三营营长张宝禄带着一连官兵，来到寨前，摆下阵势。祝明芳组织数百名护寨队员，与保安团对峙。

祝明芳身披苗王战袍，背着那把镶金嵌银、又宽又长的砍山刀，一脸威严地站在寨墙上，身旁站着圆睁怒眼、手握弓弩的三子祝标和四子祝捷，护寨队员们全都紧盯着张宝禄身后的保安团士兵，只等苗王一声令下，立即跳下寨墙，杀入敌阵。

祝明芳大声说道："我们水箐苗乡不归保安六团管辖，只听从蒙县长、路区长及安乡长的指令和派遣。省府有令，严禁保安团进入苗乡，违令者格杀勿论！"

张营长冷笑道："祝寨主，你也太不够意思了，要不是念在你家姑娘是我们黑团长十姨太的份上，老子只消两发炮弹，就可以将寨墙炸开，你们手里的那些标标杆杆，在机枪大炮面前又有何用？你跟我们团长好歹也是翁婿关系，一家人不说两家话，赶快打开寨门迎接，好酒好肉招待，才像个亲戚的样子。"

祝明芳只知道祝菲从抗日战场回来后正式入伍当兵，三四年过去已经当上了上尉军官，一直深感自豪，听张营长如此一说，连忙大声吼道："张宝禄，你少跟老子胡扯，我家姑娘身在中央军的部队里，前几天还刚写过信、寄过钱

第二十章　严阵以待

回来。"

张营长仰天大笑，用马鞭指着祝明芳说："祝明芳啊祝明芳，你真是英明一世糊涂一时。你家姑娘刚入伍时是在中央军不假，但没多久就调到了第四保安司令部，两年前被我们黑团长纳为十姨太。哈哈哈，你看你这个爹是怎么当的，女儿嫁了谁都不知道。以前嘛，我们油黑大洞与你们坡戛苗寨是有些矛盾嫌隙，但从今天开始，咱们已经是一家人了。如今兵荒马乱的，共产党马上就要打过来了，省府的命令还有个鬼用，谁手里有兵有枪谁就是大爷。蒙文正名义上还是县长，但实际上已经没权了，再也庇护不了你们了，蒙川县已经是我们黑团长的天下。很快，黑团长就会兼任县长，有这么个姑爷撑腰，你想当区长就当区长，想当乡长就当乡长，下半辈子逍遥快活，也不枉养了这么个如花似玉的女儿。大水冲垮龙王庙，千万别一家人不认一家人，要不你下寨墙来，我也上前一百步，咱们哥俩好好商量商量。"

见张营长说得有根有据，祝明芳一时慌了手脚，拿不定主意，低声问祝捷："你二哥不是说他和祝菲在一起吗，怎么会这样？"

祝捷低下头，一脸悲痛地说："其实二哥他——早就不在了，我怕您知道真相难以接受，才编了那些鬼话。"

祝明芳一把抓住祝捷，厉声喝问："为什么？这是为什么？！"

祝捷被吓得面无血色，慌忙解释："两年前二哥去找二姐，叫她退伍回家过安稳日子，二姐说要她退伍可以，但必须要先杀掉滚地龙，为死去的亲人报仇。其实那时二姐已经离开中央军，调到了第四保安司令部，目的就是接近滚地龙，怕您担心和反对，我们全都瞒着您。二哥答应了二姐，他们双双混进滚地龙的指挥部，结果滚地龙早就识破了他们的计谋，没等他们动手，就杀害了二哥，奸污了二姐。滚地龙正要对二姐下毒手，茄儿腿腿及时赶来，不惜与滚地龙反目，将二姐救下，带回去做了姨太太。"

祝明芳悲痛万分，有气无力地伏在寨墙垛口上，好半天才稳住情绪，擦干泪水，一步步走下寨墙。

祝捷惊道："爹，你怎么能够答应他？咱们可以把他们放进来，然后用滚天大阵，予以歼灭。"

祝明芳问："然后呢？等着保安团踏平苗乡，杀尽苗民？再说，祝菲还在他们手上，咱们一旦抗拒，他们就会将她杀害。"

祝捷无言以对。祝明芳走下寨墙，朝已经下马并上前一百步的张营长走去。

祝明芳绷着脸说："张营长，不管怎么说，保六团是从油黑大洞发展起来的，与坡戛苗寨有着血海深仇，就算我能放下这段冤仇，乡亲们也不会忘记怨恨，让你们进寨绝不可能。天下没有不疼爱儿女的父母，既然我家姑娘嫁给了你们团长，咱们就是亲戚了。古言说得好，冤家宜解不宜结，咱们也应该摒弃恩仇，相互扶持，共同发展。那就这样吧，只要你们放过全县苗民，要多少钱米，我都尽量满足。"

张营长笑道："好吧，既然一代苗王都这样说了，咱们就这样办吧。只要你能在十天之内上缴三万斤粮食和两百头肥猪，整个苗乡都会安然无恙。不过粮食不能全是普通荞麦或苞谷，得有一半是大米。"

祝明芳爽快地答应道："好，我十天之内保证交货。你们黑团长既然认下我这个老丈人，聘礼什么的就算了，他打算拿啥子孝敬我？"

张营长笑道："为了祝姨太，黑团长得罪了龙老大，两人已经不再是一条心。但龙老大的势力更强、根基更深，黑团长希望能够得到苗乡的支持。起身时团长交代，只要苗王肯认他做姑爷，他就拿出一百支步枪加一万发子弹武装苗寨，作为保安六团的预备队。"

祝明芳大声说道："好！十天之内，三万斤苞谷大米外加两百头肥猪，一定会按时送到县城交割。"

张营长满心欢喜，下令撤兵。看着保安团有序撤离，祝捷一脸茫然地问："爹，您真要给他们粮食？"

"你二姐还在他们手里，我不能不依。再说，他们还拿一百支枪与一万发子弹交换。"

"那一百支枪拿到后，咱们是不是就可以恢复自卫队？"

"不！咱们不能使用那批枪！我前两年结识了一位汉人朋友，替他藏了一批武器。反正咱们也不习惯用枪，索性不用，免得惹火烧身。这批枪支弹药，干脆秘密运到萝卜坪，和那位朋友交给我的藏在一起，将来一定会有大用。"

保安六团指挥部，茄儿腿腿召集连以上军官，召开军事会议。此时，祝菲的职务是第四保安司令部派驻保六团的作战参谋。会议正式开始，祝菲将一张作战地图挂在会议室正前方的墙壁上，用一根细长的棍子指点着，解释和说明蒙川地区的战略地位。

"蒙川县地处乌蒙腹地，到处都是悬崖峭壁和黑洋大箐，又有过狮河、箐门关、枪杆岩、乌云渡、打磨冲等五大天险，易守难攻。'共军'已经打过长江，占领了南京、上海、杭州，正以雷霆之势进攻华南和西南。西南三省是党国最

第二十章 严阵以待

后的反攻基地，蒙川又正处于滇东北门户区域，西走云南，北上四川，南下广西，东往林城，自古以来都是兵家必争之地，上峰确定将本县作为水西最后的大本营，严令我团必须坚守这片土地，若有差池，格杀勿论。再说了，如果共产党真打了进来，在座各位同样性命难保，甚至会全家遭殃，断根绝种。廖司令说了，与其束手待毙，不如严阵以待，拼死抵抗，迎来全线反攻，才能继续享受荣华富贵。"

接着，祝菲将棍子指向箐门关，提高音量说："根据第四保安司令部的意见，保六团必须分别以一连兵力扼守南面的箐门关、北面的打磨冲、东面的枪杆岩、西面的乌云渡和东北角的万寿桥，这五处关隘守住，蒙川可保无恙。这五处关隘同等重要，而且命运相连，只要其中一处失守，另外四处皆毫无意义，只得向县城撤退。目前'共军'攻势非常凌厉，犹如风卷残云，一旦被其包围，是没有任何援兵的，所以万般都要靠自己，唯一的办法就是：严阵以待，坚守到底，若有违抗，就地枪决。"

祝菲停了下来，扫视了全场一眼，只见这些末日来临的土匪恶霸，一个个双眼无神，面如死灰。祝菲微微冷笑一下，继续往下说："之前我听大家说，抗日不抗日与你们无关，日本人打进来后也需要有人协助统治，大不了当个汉奸背背骂名。可是如今不一样，共产党一旦坐稳江山，必然会清查历史，在座各位杀人放火、欺诈百姓、无恶不作，谁手里都有几条人命。所以，无论咱们之间曾经有过何种仇怨，如今都已成为一根绳上的蚂蚱，一荣俱荣，一损俱损，一旦倒霉，谁也逃不脱厄运，只能精诚合作。除去特务连与保障连，保六团还有十一个连队，五处关隘已经占去五个连，其余六个连，四个连队分别占领城外的公鸡山、母猪坡、猴子岩、黄包包等四大制高点，剩下的两个连队，一个连守护城门和城墙，一个连守卫指挥部，至于县政府，就交给保警队和警察局去吧。"

茄儿腿腿接道："老子真是倒霉，县长都还没抢到手，共产党就要打过来了。据说共产党最擅长召开群众大会，一旦他们打了进来，不用检举揭发，老百姓就会直接冲上台子，将咱们砍死。共产党一旦打进来，关监坐牢、杀头枪毙都是小事，最怕的是没收财产。对咱们这种当过土匪的，他们的政策是斩草除根。面对强敌来犯，为了避免全家遭殃，咱们必须抵抗到底，决一死战。现在我宣布，将五连划归一营。一营长！"

一营营长范长兴长得五大三粗，满脸络腮胡子，看上去非常凶恶，一般人不敢直视，平常百姓遇见他都会发抖。为了让自己看起来更加凶狠吓人，范长兴的腰上不但挂着手枪，还插着两把匕首，好似一尊凶神。只见他唰地站起身来，大声应道："在！"

"你早年参加过黔军，与'共军'打过交道，你的手下都是本团精英，现在一到五连全都归你管，箐门关、枪杆岩、万寿桥、乌云渡及打磨冲全都交给你守，只要被'共军'突破其中任何一个关隘，老子就先睡你老婆，然后再杀你全家！这五个关卡实在太关键，共产党来去如风、鬼神难测，谁也不知道他会从哪条大路进来，最好的办法就是严防死守！"

范长兴长相凶恶、脾气暴躁，但在滚地龙和茄儿腿腿面前，逆来顺受，乖得像只小猫。茄儿腿腿说要睡他老婆，他也不气不恼，规规矩矩地双脚并拢，大声保证："十几年前在遵义土城，老子一个排就干败了'共军'两个营，如今有团座神威庇护，又占着天时地利，多的不敢说，打垮他三千人不在话下。"

其实当年在土城对阵红军时，他还只是个小班长。

茄儿腿腿道："好，老子就等你这句话，如果来敌超过三千，输赢都不怪你，但必须保存实力，迅速收缩，加强县城防御。二营长！"

在三个营长中，只有姜贵友来自油黑大洞，资历最深。此人其貌不扬，但脑袋瓜比较灵光，地龙滚荆也练得最好，几乎可以与滚地龙和茄儿腿腿媲美。除此之外，他还很会带兵，为滚地龙和茄儿腿腿立下了汗马功劳，滚地龙曾经许诺，自己一旦统管水西八部，当上司令和专员，必然会给他个县长或团长，让其光宗耀祖、扬名乌蒙。原本前程似锦，如今却美梦成风，他心里比谁都急。

茄儿腿腿说："五连已经划归一营了，你的二营只剩下两个连。六连和七连，是老子在第二保安大队的老底子，全靠他们打天下，你带着他们，无论如何都要坚守蒙川县城，如有差池，别怨我心狠手辣！"

姜贵友立正答道："团座深恩，犹如再造。我愿用项上人头及全家性命担保，一定守住。"

茄儿腿腿目露凶光，剐了姜贵友一眼，最后转向真正的心腹大将："张宝禄，从今天开始，城外的四大高地就交给你了。除了拱卫县城，你还得继续履行剿匪清乡与征粮派款的职责，全团给养都在你身上。"

张宝禄站起身，一脸严肃地说："卑职遵命。"

散会后，茄儿腿腿单独留下张宝禄，轻声地问："那一百支枪和一万发子弹，已经交割清楚了吗？"

张宝禄回道："团座请放心，卑职已亲手交给苗王了，而且做得非常隐秘。"

第二十章　严阵以待

茄儿腿腿哈哈笑道："有苗王岳父的支持，蒙川将会固若金汤，老子就是一大功臣，省长军长不敢奢望，师长专员必不可少。老子当上师长或专员，你就是团长或县长。没有下不完的雨，也没有翻不过的山，只要挺过这道坎，前途将会一片灿烂！"

张宝禄做梦都想当团长，听了这番话心里美滋滋的，相信很快就能梦想成真。

藏好张宝禄送来的武器，祝明芳立即派出联络员，通知各地首领和寨主前来开会，并对祝捷说："帮我跑一趟县城，我想见你二姐。"

祝捷一脸愕然地问："直接去保六团？"

祝明芳道："不，你先去警察局找安宁，她一定会有办法。"

祝捷连忙换上彝族着装，骑马朝县城奔去。保安团盘查很严，祝捷不敢骑马和带刀进城，离城二里就将坐骑寄放在一位亲戚家里，徒步朝县城走去。

解放军打过长江后，乌蒙山中的气氛变得更加紧张，水西地区除了四个保安团和三个保安大队外，还驻扎着中央军的一个师，廖承黔手下的军统特务几乎每天都在抓捕共产党员和进步人士。在蒙川，廖承黔也好，滚地龙也好，都有几分忌惮蒙举人的影响力和号召力，气氛还算比较轻松。

但自从茄儿腿腿带兵入驻，就开始反常起来，保警队完全被晾在一边，城门站岗的、街上巡逻的、上山剿匪的、下乡征粮的、抓人逼款的，等等等等，全都是保安六团的人，由张营长负责协调指挥。以前城门口虽然也有保警队的士兵站岗，但除了晚上，蒙川百姓均可自由出入县城，进城游玩的、买卖东西的、表演杂技的、探亲访友的，来来往往，络绎不绝。可是如今，在八名荷枪实弹、如狼似虎的保安团士兵的把守盘查下，人们能不进城就不进城，能不出城就不出城。

祝捷走近城门，两名士兵持枪将他拦住，大声喝问："小伙子，给老子放老实点，好好回答问题。"

祝捷假装害怕地问："啥子问题？"

"你是哪里的，进城找谁？"

嗯，难道不找谁就不能进城了吗？祝捷心里愤愤不平，但还是老老实实地回答："我是水箐黑家庄的，去警察局找安宁姐姐。"

听说是黑家庄来找安宁的，保安团士兵不好阻拦，但还是将他全身搜了个遍，没发现任何疑点，才答应让他登记进城，还给开了张单子，告诉他说："这是出门条，离开时记得请安队长签字，否则你就惨了，出不了门不说，还得被当成'共党'分子抓捕，或充实到壮丁营，给中央军的大老爷们当杂役。"

祝捷心想，老百姓进趟县城保安团都如临大敌、严格管控，看来国民党的江山真是摇摇欲坠了。想到这里，祝捷深深吸了口气，在心里默念："共产党啊共产党，你们赶紧打过来吧，我们真是受够了。"

一名士兵见祝捷年纪不大，胆子不小，嘴皮还蠕动着，好像在念叨什么，厉声喝道："小狗崽子，你在说什么？"

祝捷连忙打躬作揖，赔着笑脸说："老总，不好意思，真是不好意思，我爹是个巫师，教了我几招巫术，我怕忘记口诀，时刻都在记诵，但又不能念出声来影响大家，只好这样了。"

千百年来，水西地方特别迷信，阴阳道士和神汉巫师谁也不敢轻易招惹，生怕被其作法放蛊。那几名士兵听说祝捷出自巫师世家，刚才又是在默念咒语，心里开始害怕起来，连忙挥手道："快走快走。"

祝捷嘻嘻一笑，赶紧跑进城去，一口气跑到县警察局。全县治安已经被保六团接管，安宁闲着无事，独自坐在办公室翻看历年旧照，翻到与蒙莹的合影，想起前尘往事、烽火硝烟，不由得泪眼迷蒙，轻声吟道：

　　　　蝶舞莺飞梦幻中，黄鹤冷雨尽蒿蓬。
　　　　蒙川痛失公主恨，黔岭空余杜鹃红。
　　　　血洒南疆非黩武，魂游天界为逐狄。
　　　　沉冤阵前谁能洗？静候方明唱大风。

安宁低声吟罢，用手绢擦拭泪水，陡然惊觉异样，猛地抬起头来，拔出手枪，大声喝问："谁?!"

"安宁姐，是我。"随着话音，一名十五六岁的小伙子出现在门口。

安宁惊道："祝捷，你怎么来了？赶快进来。"

祝捷走进房间，小声说道："外面查得很紧，我什么都不敢带，空手空脚地来。"

安宁连忙端椅子给他坐下，倒来一杯开水，拿来一盒饼干，微笑道："一口气跑这么远，应该又累又饿了吧？"

祝捷也不客气，端起水就喝，抓起饼干就吃，边吃边说："我是骑马来的，放在城外的龚家庄，也不是很累。"

第二十章　严阵以待

安宁又给他拿来一盒红烧猪肉罐头和一把起子，充满歉意地说："这是军供品，美国货，你吃一盒，走的时候再带几盒回去。唉，我一个人在县城生活，都是吃食堂，没开火，你来的又不是时候，已经过了饭点，只好将就一下了。"

祝捷虽然嘴馋，但还是克制住自己，咽了几下口水，伸手接过罐头说："这么好的东西，我怕带不出去。"

安宁说："没事的，待会儿我送你出去，看谁敢搜你。"

祝捷又咽了下口水，哂然一笑："那我更不能吃了，全都带回去。"

安宁知道他舍不得自己吃掉，要带回去给家人朋友分享，心里一暖，眼圈一红，柔声道："没关系的，你吃吧，我这里还有十盒，待会儿全都给你带回去。"

听说还有十盒可带，祝捷才接过起子，撬开盖子，一股香味扑鼻而来。安宁递来一把小勺，祝捷伸手接过，看着红油油的红烧猪肉，从未享受过此等美味的他迫不及待地挖起一勺，送进嘴里。那猪肉又香又软，不用牙咬，就滑溜溜地进了肚子。

安宁看着他吃完才问："祝捷，你这次进城，有什么重要事情？"

祝捷低声说："我爹想见二姐一面，不知姐姐你能不能安排。"

安宁也低声说："对滚地龙来说，祝菲就是一个危险分子、定时炸弹，茄儿腿腿既担心她被滚地龙暗杀，又害怕她与外界联系，所以管得很紧，几乎不让她走出团部，除了保安六团的连以上军官，整个蒙川城里再也没人能够跟她接触。"

祝捷叹了口气，问："连你也不能？"

"是的，连我也不能。"安宁顿了下，继续说道，"她现在的处境非常危险，就跟软禁一样。哦，我想起来了，还有一个姐妹可以跟她接触，老爷子有什么话，我可以请她转达。"

"其实也没什么话，就是担心她的安危。还有，请设法转告她，我们有了对付滚地龙和茄儿腿腿的办法，多则两年，少则一年，滚地龙和茄儿腿腿都得报销，叫她不要担心，我们迟早会救她出去的。还有，我爹说她的身世已经查清楚了，她就是——"

"嘘——"安宁在唇边竖起指头，警觉地示意了一下，祝捷连忙停下来。安宁转过身，打开书桌上的收音机，示意祝捷可以说了。

祝捷小声说："其实，我二姐也是你们黑家庄的，乳名叫小恬恬。"

"啊？她真的是小恬恬？！"安宁忍不住惊呼起来。

祝捷继续低声道："是的，她就是程方明的妹妹小恬恬。当年滚地龙贪财爱宝，收了茄儿腿腿三十两黄金，不惜破坏老鹰不打窝下食的规矩，亲率土匪抢劫黑家庄，不但杀害了她的亲生父亲，还将不到三岁的她掳走。幸运的是，半路上趁土匪不注意，她被小乌猪箩的吆猪匠救走。为了躲避土匪追杀，他们误入黑洋大箐，撞见了我爹。后来，吆猪匠被滚地龙杀害，我爹将她收为义女，取名祝菲。"

原来如此，原来如此！安宁正在心里感慨，祝捷又接着说："其实，我爹十年前就知道了她的身世，但一直不敢说出来，担心滚地龙和茄儿腿腿知道后会不顾一切地进行追杀。为了让滚地龙和茄儿腿腿消除疑虑，我爹故布疑阵，用我亲二姐替换了她。"

说到这里，祝捷忍不住哭了起来。安宁从未想过，一位响当当的苗族硬汉，为了一个汉族小女孩，竟然牺牲了自己的孩子，不由得眼含热泪，唏嘘叹道："苗王，真是个了不起的人物，要是换成我，真的很难做到。"

祝捷说："就这些了，拜托姐姐，一定要设法带到。但有件事情必须隐瞒到底，就是我那跟她同年同月出生的亲二姐，早已被滚地龙和茄儿腿腿杀害。"

安宁拍着胸脯说："请放心吧，我们两家同命相连，我又是她的亲嫂子，此刻就算要我的命，我也会把事情办好的。不过为了她的安全，我必须要选择一个非常合适的机会，才能将这些话告诉她，否则她一旦知道自己的身世，就会不顾一切地找滚地龙和茄儿腿腿拼命。以她目前的处境，一着不慎，将会性命难保。"

祝捷想要立即返回，安宁连忙把十盒罐头打包，并在中间夹了两把手枪和四盒子弹，说："这个年头，没有自己的武装就得任人宰割，这两把手枪和子弹，是我偷偷截留下来的，送给你们防身。"

第二十一章　秘密回乡

日落西山，一脸沧桑的程方明背着行李，风尘仆仆地行走在蒙川大地上。这次肩负特殊使命返回家乡，让他热血澎湃，步伐坚定，斜挎在肩上的蓝布包里，依然包裹着十几年前孟马刀赠送的那把宝刀。

蒙川县城已经遥遥在望，程方明没有衣锦还乡的荣耀，只是感到激动和紧张。站上一道山梁，眺望县城方向，敌人的炮楼、碉堡及其他工事依稀可辨，心想要是有一架望远镜多好。记得动身之前，方瑰红前来为他收拾行李，往他背包里放了一个小包裹，说是送给他的礼物，打仗的时候一定用得到。此刻看到被茄儿腿腿和保六团占领的县城，程方明想起方瑰红赠送的礼物，连忙将背包放下，掏出那个包裹，心里陡然一惊，打开一看，原来是架半新半旧、擦拭得一尘不染的望远镜。

程方明喜出望外。睹物思人，方瑰红娇小玲珑的身躯以及如花的笑靥，又在脑海里飘摇而来。包裹里还附有一张字条，方瑰红用娟秀的小楷写道："方明，这是我父亲的遗物，我父亲曾经挎着它，战军阀，打鬼子，所向披靡，希望在你手里也一样，如有神助。"

看着这张字条，程方明眼前一花，安宁、蒙莹、祝雯、熊飞等故人的身影相继浮于脑海。特别是安宁和蒙莹，一个与自己有过婚约，无法拆解；另一个曾经芳心暗许，却牺牲在抗日战场，而且死得非常可疑。程方明稳住心神，举起望远镜，稍微调整焦距，县城以及县城周围的守敌工事突然被拉到眼前，一切明面上的部署全都历历在目。

观察完敌人的布防情况，程方明装好望远镜，拐过县城，一路往西走去。过了黄鹤坝，天色就渐渐暗淡下来。进入水箐乡后，打着安庄主的招牌，找了家腰店住下。水箐是蒙川第一大乡，无论人口还是地盘，都不下于其他几个区，此时虽然已是茄儿腿腿的天下，但毕竟乡长还是安庄主，报出黑家庄安庄主的旗号，设有腰店的人家，无不热情接待。

程方明化装成一名四十来岁的中年汉子，但那把马刀无论如何隐藏都有些显眼，如果有人刻意联想，也许会看出端倪，于是草草吃过晚饭，就以赶路劳累为由，早早躺下休息。即便如此，程方明还是非常警惕，不但将门窗板壁检查了一遍，还把手枪放在枕头底下，以防不测。好在一夜无事，第二天天刚麻麻亮，又背着行李继续赶路，远远近近的森林、田野、山峰、草甸、村庄以及路边的一草一木、一石一坎都是那样熟悉，这么多年过去，仿佛一切都从未改变。

程方明没走水箐街，也不急于返回黑家庄，而是从羊肠小道翻过吴王大坪子，往海座方向走去。到了海座，又转头朝西。来到倮宝俚时，已经日近中午，肚中饥饿，口干舌燥。这里是路家地盘，路家贵为区长，根基深厚，寨墙高筑。最近几年在蒙举人的治理下，蒙川治安得到很大改善，各族人民安居乐业，倮宝俚寨墙外面的大路两旁，商铺林立，俨然街市。程方明随便找了家饭馆，点了几个小菜，要了一碗烧酒，酒足饭饱后稍稍休息，又继续赶路。

两个小时后，程方明才来到萝卜坪。萝卜坪跟吴王大坪子一样，是个天然牧场，方圆十余公里，四边都是陡峭的山峰和莽莽苍苍的森林，中间开阔平坦，水草丰盛，近百年来，一直由几家土目把持。萝卜坪的正中央有个小村庄，名为中兴村，住着三十余户人家，居民全为白族，除了几户杂姓，其余全部姓白。这里是白老人的家乡，程方明曾经前来拜访过，知道那是一位武艺精深而又与世无争的世外高人，最后却死得不明不白。

在中兴村的西北面，还有个更小的村庄，名叫云中寨，只有十几户人家，全是最近二十年逃进来的难民，不但有彝苗仡佬，还有白族和汉族，一直同舟共济，和谐相处。程方明绕过中兴村，越过庄稼地，再穿过一片草甸和一片树林，才在夕辉映照中来到隐藏在大山深处的云中寨。由于山高水冷、土壤贫瘠，这里广种薄收，而且只适合种植洋芋和荞麦，玉米、水稻等庄稼长势很差，一株株枝叶枯黄、弱不禁风，就像饥寒交迫、衣衫褴褛的穷苦孩子，让人一看就心里发酸。

村口，一位穿着破旧麻裙的老阿婆正在路边的菜园里拔草，程方明走上前去，弯下腰杆用苗语问："奶奶，这里是云中寨吗？"

老阿婆抬头看了程方明一眼，警惕地问："是的，是的。阿哥，你是干啥子的？"

程方明一脸温和地说："我姓向，名叫向太阳，是卖酒药的，要找冯德兴冯大爷，不知他在不在家。他上个月在牛场拿了我的五个酒药，我来看看效果好不好。"

老阿婆又再将程方明打量了一番，面无表情地说："哦，他家就在寨子后头。来，我带你去吧。"

太阳缓缓地落下山去，天空中出现一片片火烧云，那些红彤彤的云霞，有的像野狼，有的像奔马，有的像犀牛，有的像怪兽，也有的什么都不像，只是露出一副悠然自得的样子，随心所欲地飘浮着。

程方明知道，山巅之上，黄昏一般都很短暂，他得尽快完成第一项使命。可是，他越焦急，老阿婆的步伐越慢。尽管苗家从来不兴裹脚，但老阿婆实在太老了，加上生活又极其艰辛，不但弯腰驼背，而且脸上沟壑纵横，只能步履蹒跚地向前挪着。

向前走了十几分钟，老阿婆突然挺直腰杆，摘下假发，回过头来，露出一张年轻俊俏的脸。程方明大吃一惊，向后退了两步，伸手入怀，抓住枪柄，有些惊恐地问："你——你到底是谁？"

"老阿婆"呵呵笑道："程大哥，你别紧张，我不会吃人。我叫熊欣，曾经跟随祝菲姐姐参加蒙川抗日敢死队，到过前线，打过鬼子。赶走鬼子后，祝菲姐姐加入国民党军，两年前调到第四保安司令部，当上了上尉参谋；我不想继续当兵，也不想那么快就嫁人，于是回到坡夏苗寨，接受了苗王交代的任务，到云中寨等候一个名叫向太阳的人，没想到这个人居然是你。喏，我二哥叫熊飞，跟你是朋友。你的易容术源自苗家，别人认不得，我却认得。"

程方明做梦也没想到，这位陌生的姑娘，竟然是熊刚的女儿、熊飞的妹妹，一时惊得目瞪口呆。熊欣嫣然一笑，指着前面的一个独立小院说："这就是冯德兴老人的家，他是我奶奶的弟弟，我叫他舅爷，你也叫他冯舅爷吧。我曾经答应过安宁姐姐，一旦完成任务，就去找她弄个女警当当。"

熊欣说完，又恢复成老太婆模样，转过身步履蹒跚地走了。

天色渐渐变暗，月亮露出脸来，空中的云彩也逐渐恢复本来面目，回首往种种，仿佛一切都是白云苍狗。程方明长叹一声，大步朝那个篱笆围成的院落走去。刚要靠近，两条凶猛的狼狗不知从哪里钻了出来，不声不响地扑向程方明。

程方明发觉异样，刚想闪避，一个苍老但非常有力的声音从院子里传来："大龙二龙，不许乱来。"

那两条狼狗突然收住攻势，不声不响地悄然退下。程方明惊出一身冷汗，心想如果多有两条这种狼狗，武艺再好也无济于事。一名六十多岁的老人，于昏黄天光中神采奕奕地站在院门边。程方明赶紧上前几步，打躬作揖："请问，冯舅爷在家吗？"

老人偏着头问："我看你雄气昂昂的，肯定不是一般人。能不能告诉我，你是谁？"

程方明避而不答，而是轻声问道："你信不信神？"

老人神色一凝，平静地说："我只信火神。"

程方明再问："你信不信药？"

老人再答："我只信酒药。"

程方明说："我就是那个卖酒药的，名叫向太阳。"

老人做了个"请"的手势，说："既然是向老板，就请进屋吧。"

这是一栋比较传统的二层川派木房，一共有五个房间，中间是堂屋，两边是正房，正房各有前后两进，除了房顶上的瓦片，全部由木料构成，就连地面之上也钉了一层木板。正房两旁，还有厨房、晒楼、草楼、猪圈、牛栏、马厩等组合在一起，在这样的小山村里非常少见，可见它曾经的主人也绝非一般农民。

屋里光线暗淡，只点着一盏昏黄的油灯。冯德兴老人指着那盏油灯说："今天一点灯就看见三瓣灯花，我心里想一定会有贵客到来，果然不假。请问向老板，你有没有交割文书？"

程方明赶紧从怀里掏出临行时肖老师交给他的那张空白信笺。当时接过信笺，程方明一脸茫然地问："肖老师，这是什么呀？"

肖云汉说："介绍信。没有介绍信，你就拿不到那批枪支弹药。"

奇怪了，这明明只是一张空白信笺，怎么能说是介绍信呢？程方明正自纳闷，冯德兴老人凑近灯焰反复照看了半天，才将那张信笺折叠收好，端着油灯把程方明带进后屋，挪开一架木柜，再拆开几块木板，露出一个地下室入口。

老人指着地下室说："一共两批，全都在下面了。"

程方明从背包里摸出手电，顺着木梯走了下去。这地下室差不多有一楼深，一个房间大小，里面放着两堆用油布包裹着的物品，解开油布，露出十几只一米多长的木箱，清点下来，一共有一百八十三支步枪、六支手枪、五支冲锋枪、十三支卡宾枪和两万多发子弹，另外还有几百块银圆、几十公斤炸药、上百枚手榴弹和一些医用物资。

程方明将油布重新扎好,爬了上来。老人红着眼圈说:"这些武器装备,是几百条人命换来的,全都交给你了。"

程方明把木板重新装了回去,说:"暂时先放这里,等我召集好人马,再来搬取。"说完朝老人鞠躬致谢,转身走了出去。

老人跟了出来,站在房门口说:"拿了这些武器,你一定要消灭廖承黔、滚地龙和茄儿腿腿,为红军游击队报仇,为我的姑娘儿子报仇。"

程方明转过身来,紧握拳头,掷地有声地说:"会的,找他们算总账的日子立马就要到了,我们一定会彻底消灭这些土匪恶霸,还老百姓一个清平世界。"

熊欣走出寨子,打了声呼哨,一匹枣红色的骏马长啸一声,踏着天光从草甸上疾驰而来。蹄声嘚嘚,迅如奔雷。

熊欣叫了声:"红刺莓,站住!"

骏马立即停止奔跑,一声长啸,人立般站在原地。熊欣跑上前去,抱住骏马脖子,说:"红刺莓,你在这山野之中待得太久,早就不耐烦了吧?我今天要把你送给程大哥,以后跟着他驰骋疆场,建功立业,才不枉是一匹骏马。"

红刺莓好像听懂了一般,点了点头,眼睛里似有兴奋,又有依恋。熊欣把它带回村里,喂了五个鸡蛋和一碗大豆,给它披挂整齐,然后牵着它走出村庄,在月光下静静等候。

程方明查验过枪支弹药后,又踏着月光,急匆匆地上路了。刚刚走出云中寨,就遇见依然还是老太婆装扮的熊欣,牵着一匹雄健非凡的骏马站在路边,不由得脱口赞道:"宝马,真是一匹宝马。"

熊欣说:"它叫红刺莓,原为一匹野马,被我爹驯服后当成坐骑,堪称水西第一神驹。在抗日战场上,我骑着它斩杀了五名日本鬼子。我爹曾经说过,在整个蒙川,你是他最佩服也最敬重的青年。宝剑赠勇士,骏马配英雄,过段时间等你们把武器领走,我就要去县城找安宁姐姐,红刺莓就托付给你了,希望你能够照顾好它。"

这不但是一匹宝马,还是一名上过抗日战场的英雄,程方明激动地说:"你怎么不把它带去城里?那里条件更好。"

熊欣说:"不,如果把它带进县城,八成会被茄儿腿腿抢去。我干吗要把它牵去送给自己的仇敌?"

程方明拍着胸脯说:"好的,我保证,一定会像爱惜生命一样爱惜它。"

熊欣又说:"红刺莓最喜欢的,是御风奔驰、冲锋陷阵,千万别让它拉车驮煤，那样它会憋屈死的。"

程方明笑道："熊欣妹妹，你请放心吧，我程方明虽然粗野，但也不会暴殄天物。"

熊欣微微一笑，点了点头，轻轻地拍了拍红刺莓的颈部，说："红刺莓，你就跟程大哥去吧。程大哥胸怀大志，武艺高强，只有跟着他才能消灭滚地龙和茄儿腿腿，为我爹爹和哥哥他们报仇雪恨！"

红刺莓昂首长啸，把头伸向熊欣怀里。熊欣抱着马头，低声呢喃了几句，红刺莓才抬起头来，慢慢走向程方明。程方明跃上马背，熊欣朝他们挥了挥手。程方明夹着马肚，一抖缰绳，红刺莓冲向草甸，朝着中兴村方向，在月光下奔跑起来。十几年来，程方明先后骑过六匹马，但没有哪一匹如此精力充沛、平稳快捷、疾驰如飞。

呼呼风中，他们很快就跑过中兴村，跑下萝卜坪，来到陈家庄，进入古驿道。铁掌踏在已有数百年历史的青石板上，发出嗒嗒嗒的清脆声。这声音雄壮有力，隐藏着万马千军。乌蒙深山里，人们一直遵循日出而作、日入而息的自然规律，此刻大部分人家已经熄灯睡觉，偶尔还会有几个夜猫子，听见这马蹄声，以为是哪位官员或豪绅过路，吱嘎吱嘎地推开窗户，将头伸出窗外探看。可惜月色朦胧，马匹又快，什么也看不清。但也有眼尖的，晃眼看见一名威武汉子，骑着骏马，舞着钢刀，疾驰而过。那马那人那刀，在月光的映照下，犹如蛟龙出海，又似猛虎下山，好像闪电奔腾。

不消半小时，就从海座跑到了海子街。水箐乡以箐门关为界，分为关外和关内。黑家庄是关内最大的村庄，海子街是关外最大的村庄，两百多年前，吴三桂就是以海子街为前沿指挥部，调集数万大军攻打箐门关。但箐门关两旁都是斧劈刀削的万丈悬崖，中间是一条长达数里的山谷，关口处是一道高达七十余米的陡坡，古驿道只能盘旋而上，真有一夫当关万夫莫开之险，吴三桂的数十万大军从昆明一路杀来，却被挡在了关外，折损了上万人马，还是难以前进一步。吴三桂从宣威调来两门红衣大炮，安放在箐门关正对面的二道岩，连续轰炸了十三天，才打破箐门关，屯兵吴王大坪子，休整了一个月，养得兵强马壮，然后直扑古定，踏平水西。

如今，茄儿腿腿在此驻扎了一个连，以防解放军突袭。程方明毕竟是土生土长的水箐人，家就在箐门关后面的黑家庄，知道怎么躲避。为了绕过箐门关，程方明放弃适于跑马狂奔的古驿道，放慢速度，绕道小乌猪箩。

程方明到达黑家庄时，已是夜深人静。他怕暴露行踪，不敢骑马进村，远

第二十一章　秘密回乡

离三四里就在一个小村庄里找家亲戚，将红刺莓安排妥当后，才别着手枪，背着马刀，紧握拳头，甩着臂膀，迈开大步，昂首挺胸地朝黑家庄走去。

看着熟悉的道路、熟悉的山峰、熟悉的沟沟坎坎与花草树木，程方明在心底高呼："爹、娘，孩儿为你们报仇来了！被滚地龙和茄儿腿腿欺凌杀害的乡亲们，共产党为你们报仇来了！"

刚刚靠近黑家庄，迎面碰见两名护寨队员，举枪喝问："谁？不说话就开枪啦！"

程方明低声道："是我，程方明。"

那两名护寨队员吃了一惊，连忙收枪环顾，低声说道："方明哥，你终于回来了？"

程方明问："大枣，庄里驻了多少人马？"

大枣就是我爷爷。

我爷爷比安宁小三岁，比程方明小一岁，六岁进入安家大院，成为一名放马娃子。安庄主见他比一般长工的小孩健壮聪明，于是让他陪安宁练武。长大后，爷爷接替我曾祖父，成为安家长工，以勤劳勇敢博得安家父子赏识，被选拔为护寨队队员，后升任小队长，手下管着六七条枪。一九四四年冬，日军进犯黔南，我爷爷加入蒙川抗日敢死队，跟随蒙莹和安宁出征，在著名的深河桥阻击战中浴血战斗，杀敌报国。

我爷爷说："保六团派了一个班，主要任务是保护黑家财产。现在管控很严，茄儿腿腿下了死命令，一律收缴民间枪支，统一组建保乡团，以区乡为单位，区为连，乡为排，私藏枪支者以'共党'分子论处，就地枪决。我们黑家庄已经恢复黑戛官寨的村名，因为比较特殊，允许保留二十人枪的护寨队，依然由安忠哥任队长。"

程方明又问："保乡团组建多久了？"

"没多久，也就个把月，听说全县不肯缴枪的，不管是谁，抓到就杀，已经杀了十几人。如今全县除了黄鹤坝和龙家庄，只有咱们黑家庄保留护寨队，其余全都撤销了。"

"苗寨呢？那些苗寨的护寨队也撤销了吗？"

"那倒没有，不过他们没有枪，只有标标杆杆，构不成威胁。但保乡团只接收彝族、汉族和其他一些民族，苗族全被排斥在外，不许参加。"

程方明知道，最恨滚地龙和茄儿腿腿的就是苗族。他们怕这些苗族人一旦掌握枪杆子，就会掉转枪口，报仇雪恨。

我爷爷顿了下，压低声音说："方明哥，你说奇怪不奇怪，茄儿腿腿不许苗人摸枪，却又偷偷送给坡戛苗寨一百支步枪，一万发子弹。"

熊欣，一百支步枪，一万发子弹……程方明似乎明白了什么，连忙问道："大枣，你这消息从何而来？"

"我有个表哥，名叫刘才军，以前在黔军部队服役，现在保安六团三营当连副，是他偷偷告诉我的，绝对准确。"

程方明语气严肃地说："大枣，这个情报非常重要，千万别对第二个人说起。好吧，麻烦你带我去见庄主。"

水箐乡公所离黑家庄只有五六里路，这天入夜后，安庄主在乡公所食堂吃过晚饭，安排保乡团士兵照常巡逻放哨，自己挎着手枪，踏着月光，倒背双手，不疾不徐地步行回家。来自黑家庄的两名保乡团士兵，一前一后，端着步枪为他警戒。

自从茄儿腿腿当上保六团团长并重返蒙川，黑家庄寨门头上的牌匾再次被撤换，牌匾上的字重新变回"黑戛官寨"。为了让这几个大字更加气派，茄儿腿腿亲自去了趟省城，花了两百块银圆，请省内书法名家松逸堂先生题写。松逸堂故意把"黑戛官寨"写成了"黑戛宫塞"。这四个大字写得龙飞凤舞，力透纸背，气派非凡，茄儿腿腿心里欢喜，得意扬扬，但做成牌匾挂上去，明眼人一看就有些怪怪的感觉，仔细研究，原来"官"与"宫"和"寨"与"塞"都有些混淆不清，不禁哑然失笑，但也不想点破，随它去吧。

蒙川解放后，水箐乡从二区析出，升级为蒙川县第六区，也叫水箐区，原黑家庄所辖地域被划为一个乡，名为黑戛乡；稍后撤乡建镇，名为黑戛镇，镇政府与区公所同驻水箐街上；再后来，黑戛镇改称黑戛公社，人们想起一九四八年松逸堂老先生题写的那块牌匾，一致认为那不是一般人物，说不定也是星宿下凡，不然怎么会先知先觉？

返回黑家庄，茄儿腿腿派驻黑家大院的那名班长，照例带着两名士兵前来请安。安庄主知道，这是黄鼠狼给鸡拜年，请安是假，监视是真。两百多年来，安家与黑家，在黑戛仲平起平坐，不分大小。民国以后，黑家彻底没落，安家重新崛起，以安庄主的势力和影响，除非同归于尽，相信茄儿腿腿也不敢把他咋样，所以没把这十几名保安团士兵放在眼里，只是出于礼仪，见面打打招呼，客气客气而已。

第二十一章　秘密回乡

保安团士兵走后，安庄主对安忠说："如果我没有算错的话，程方明最近两天就会回来，这次他带回来的，一定是万马千军，风雷激荡。"

"爹，我已经把所有账目、银圆、存款及房契、地契整理好了，全都交给他处理吧。"

安庄主哈哈笑道："变天喽，马上就要变天喽。还有祝菲冒着生命危险派人送来的那几封信函，也一并交给他。"

安忠刚要转身出去，程方明就敲门进来，叫了声伯伯，然后恭恭敬敬地打躬作揖。

烛光下，安庄主看着化过装的程方明，欣慰地笑道："你，终于长大了，回来了，你父母的在天之灵，可以告慰了。方明，跟我说说，这些年你都去了哪里？"

程方明直截了当地说："这些年为报家仇，我找过孟马刀，也参加过袍哥组织，但都未能实现。现在，共产党的百万大军已经打过长江，占领了南京、南昌、杭州、上海，马上就会席卷而来，国民党很快就要彻底败亡了，廖承黔、滚地龙和茄儿腿腿等，很快就要完蛋了。"

"我已经感觉到了，你这次回来，有啥需要我帮忙？"

"我要带走护寨队，以此作为基础，组建蒙川农民自卫队，迎接解放大军，一举拿下蒙川县城。"

安庄主紧握拳头，激动地说："好！有志气！年轻人就要在历史潮流中干出一番惊天动地的事业来，只要能消灭滚地龙和茄儿腿腿，就算赔上这条老命我也愿意。我让白桥保带着护寨队跟你走，然后再把安家的所有财产交给你。兵马未动，粮草先行；没有钱财粮草，部队寸步难行。"

"谢谢伯伯，我只要现款粮食和护寨队，房屋地产请您自行分给佃户贫农吧。希望解放蒙川县城战斗打响前，安宁能够带警备队作为内应。"

安庄主摇头道："这不太可能，因为安宁和警备队还有一项重要任务，那就是保护蒙举人和蒙川书院。还有，保乡团的人马也被保安团控制了，我虽兼任排长，却毫无实权，而且随时都会被他们监控起来。听说为了加强蒙川防务，保七团也会驻扎进来。"

"好！那样更好，最好连第四保安司令部也搬到蒙川，我好将他们一锅端掉。"

安庄主走到床边，掀开铺盖，拉开床板，取出一只铁盒，递给程方明："这里面有两件东西，一件取自第四保安司令部，一件来自保安六团指挥部，或许对你有用。"

程方明迫不及待地打开铁盒，掏出两个牛皮纸信封。打开第一个信封，看到廖承黔以军统乌城站站长身份签署的杀害熊朴和蒙莹的命令，气得全身发抖，从牙齿缝里蹦出八个字："民族败类，血债血偿！"

安庄主说："这份密令我一直不敢交给蒙举人，怕他做出过激行为，性命难保，你是他的义子，由你决定什么时候给他吧。另外还有两封密函，是负责执行命令之人写给廖承黔和滚地龙的，上面只有代号，没有姓名，我让安宁在适当的时候交给蒙举人，他一定有办法把那名神秘特务找出来，就是他出卖了熊朴和蒙莹。"

"伯伯，如此说来，您已经知道了熊朴和蒙莹的身份？"

安庄主叹道："我也是见到这两封密函才知道他们都是共产党。哎，我做梦也没想到，蒙莹居然会是共产党，更没想到到头来你也是共产党。不过这样也好，真是天命所归。"

程方明打开第二个牛皮纸信封，里面装着的竟然是一张非常详细的水西地区军用地图和一张蒙川兵力部署图。拿着地图，程方明激动地说："太好了，太好了，这真是无价之宝哇，有了这两张地图，解放水西和拿下蒙川，简直易如反掌。现在到处都有廖承黔和滚地龙的密探，我不能在家待得太久，必须立马就走，先找地方把这两张图复制下来，然后再设法将原图交给上级党组织。"

安庄主说："我已经偷偷为你分别复制好了一份，你抓紧把原图送出去吧。还有那两封密函，我也用我们安家的复制秘术，复制了两份以供你参考。为了这一天的到来，我早就做好了两手准备，不但私藏了十几支步枪，造了一批假枪，还组建了三十六人的第二护寨队。第二护寨队除了队长白桥保，其余全是十八九岁的年轻人，分布在黑家庄及周边几个村寨，一个个头脑灵活、勇猛异常，而且全都练过武术，参加过军训，只要传个暗号，马上就能集合。你把他们连同真枪带走吧，我把假枪拿出来武装护寨队，照样由安忠带着巡逻，才不会被茄儿腿腿发现有诈。"

程方明不得不佩服，姜还是老的辣。

当晚三更时分，白桥保集合第二护寨队，换下真枪，背着干粮弹药，跟着程方明悄悄开进吴王大坪子，找到两百多年前吴三桂留下的古营盘，正式安营扎寨。

安庄主亲手制造的那些木头步枪，涂上黑漆，看上去跟真枪一般无二。从

第二十一章 秘密回乡

第二天开始，由安忠带领装备假枪的护寨队照常巡逻，廖承黔和滚地龙派来的密探以及茄儿腿腿派驻黑家庄的士兵，谁也没有发现异常。

太阳刚刚升起，坡嘎苗寨就响起了一阵急促的哨声，上百名身强力壮的小伙子不知从哪里冒出来，背着乌黑的步枪在寨子中间的院坝里集合，领队就是祝明芳的三子祝标。

"立——正！向左转！齐步走！"

五年前，十七岁的祝标参加了蒙川抗日敢死队，通过考核当上了班长。他所带领的那个苗族尖刀班，在黑石关阻击战中非常勇猛，打死打伤二十多名敌人；在阻击日寇骑兵队的战斗中，又挥舞大刀砍杀了十几名鬼子。祝标先是以一敌三，不到两分钟就将敌人悉数消灭，接着又斩杀两名鬼子，自己仅受轻伤。战后祝标拒绝了国民政府的征调与封官，毅然回到苗寨，继续担任护寨队长。

朝阳下，祝标带着那支上百人的队伍，迈着整齐的步伐，来到寨子后面的训练场，开始训练军事技能。茄儿腿腿派来的便衣躲在不远处的树林里观察了半天，才满意地离去。

几天之后，程方明在吴王大坪子的老营盘上竖起一面红旗，上书一行大字：蒙川农民自卫队。这行大字，潇洒飘逸，遒劲有力，原来是肖老师的手笔。

扎好营盘，安排下锅灶，倮宝俚的路家在安庄主的动员下，也由路恒源的堂弟路恒耀带领三十余人，扛着私藏的枪支弹药前来入队。

队伍一下子壮大到了七十人枪，程方明更加信心百倍，吩咐参加过蒙川抗日敢死队、在黔南与鬼子拼过刺刀的白桥保和路恒耀负责组织训练，自己则带着两名自卫队员，四处秘密活动。程方明走后，不少年轻人三三两两、陆陆续续地通过悬崖峭壁上或深沟密林里的羊肠小道，假装打猎或采药，秘密前往吴王大坪子。只要出示程方明开具的介绍信，自卫队均一一接纳，予以安排。

整整二十天，程方明走遍了蒙川全县及邻县部分乡镇，通过旧交好友，联络了三百余名深受滚地龙、茄儿腿腿及其他土匪恶霸残害的青壮年男子。这些血气方刚的年轻人，无一不想手刃滚地龙和茄儿腿腿，为惨遭蹂躏和杀害的父母、兄弟、姐妹等亲人报仇。此刻见有人出面组织武装，无不深表欢迎，毫不犹豫地加入队伍，为共产党也为自己扛枪杀敌。

这些年轻人，有的抛妻别子，有的放下家业，有的则孤家寡人、一无所有。

但无论何种情况，只要听说眼前这位气宇轩昂、浓眉大眼的汉子，正是传说中十五岁开始上山剿匪，十六岁与孟马刀打成平手的程方明，既心生敬佩，又充满信心。

如此游说了个把月，等程方明回到吴王大坪子时，已经聚集了六百多人，这些人中，有他多年前的老相识，也有最近才接触的新朋友，但差不多有一半，是在其他人的带动下主动前来投奔的。他们不光带来了自己私藏的大刀、长矛、弩箭、步枪等武器，有的还将全部家财捐给了自卫队。为了消灭滚地龙和茄儿腿腿，他们连命都可以不要，还在乎什么钱财？看着这群摩拳擦掌、血气方刚的年轻人，程方明更加坚定信心、热血沸腾，当晚就带人前往云中寨，取回那批武器装备。

程方明没想到自己登高一呼，居然应者云集，虽然效果没有蒙莹发布"蒙川公主令"那么明显，但已经非常满意了，人再多的话他就指挥不过来了。让程方明深感意外的是，安忠将护寨队队长的职务移交给安葵，自己也带着附近村寨的十几名年轻人以及长子安守道、家人安诚和我爷爷秦大枣，悄悄来到吴王大坪子，参加自卫队。

武器取回来后，程方明将原黑家庄第二护寨队改组为警卫排，由我爷爷带领，其余人马分为三个中队和一个保障连。三个中队分别由白桥保、路恒耀以及曾经在熊朴日部与蒙川抗日敢死队中当过副连长的共产党员毛孝民担任中队长。每个中队下辖三个分队，每个分队下辖三个班，每个班九到十二人、五到七支枪，班长以上全都是参加过蒙川抗日敢死队或蒙川保警队的老兵。遗憾的是，整个部队没有重武器，甚至连一挺轻机枪也没有。

保障连由安忠任连长，下设侦察排、通信排、运输排、工兵排与担架队、医疗队，其中侦察排长由安家最擅长刺探消息的安诚担任。这些队员中，各行各业的都有，还真把一个独立营的架子搭建了起来，程方明在省师范学院跟肖老师他们学到的军事与管理知识，此刻全都派上了用场。

部队组建完毕，继续开展军事训练，安庄主与二区区长路恒源和三区区长朱应时负责暗中为部队提供后勤保障与物资供应，其他几位区长以及蒙川镇镇长禄银旺，虽未直接参与，但也心知肚明，于是睁一只眼闭一只眼，偶尔也会以其他名义和借口，通过以上三位同僚向自卫队输送物资，并提供情报和掩护。程方明看在眼里，感激不尽。

程方明放出重重岗哨，将这支六百多人的部队隐藏在吴王大坪子的高山密林中，从停止间的各种转法与基本步法开始，将各种单兵训练科目及班、排、连等攻防战术全部训练成熟，战士们精神抖擞，斗志昂扬，只等机会到来，就与滚地龙和茄儿腿腿决一死战。

入冬后，解放军开始进军黔地，程方明带着两名自卫队员，秘密来到县城，找到安宁。

见到程方明的那一刻，安宁心里五味杂陈，既有惊喜，又有悲凉。程方明心里有愧，无言以对，还是安宁首先开口："听说，你参加了共产党？"

"是的，只有共产党才能救中国，才能打垮廖承黔、滚地龙和茄儿腿腿。"

"听说，你还组建了一支几百人的部队？"

"是的，有六百四十三人，三百二十条枪。如果不是共产党指引，我从来都没有想到过，只有将备受土匪恶霸欺压凌辱的各族人民组织起来进行反抗，才能报仇雪恨。我也没想到登高一呼，很快就召集了这么多人。"

"你是来叫我去参加你们的队伍吗？"

"不，我们很快就会攻打县城，希望你能做个内应，策反部分保安团士兵。"

安宁苦笑道："你知道吗？水西地区不但驻扎有中央军的两个师，还有四个保安团和三个保安大队，最近廖承黔和滚地龙又组建了一支'乌蒙山反共救国军'，廖承黔任司令，滚地龙任副司令兼教导师师长，茄儿腿腿升任旅长兼保安六团团长。保安七团也调到了蒙川，由茄儿腿腿统一指挥，目前已经布防完毕，你那点兵马只够他们塞牙缝。"

程方明说："你别忘了，我们还有十万大军，已经从湖南进军本省，排山倒海，犁庭扫穴，马上就要打到林城了，廖承黔、滚地龙和茄儿腿腿的末日很快就要到了。蒙川县城解放之日，就是他们覆灭之时。喏，如此说来，蒙川守兵是两个团？"

"不，还有'反共救国军'的教导二团，三个团加起来，一共有三千多人、四门山炮、九门迫击炮、十二挺重机枪、三十六挺轻机枪，此外还有一支五六十人的手枪队和一支神秘的预备队，全部归茄儿腿腿指挥。'反共救国军'都是由地痞流氓、土匪恶霸和大小民团临时拼凑起来的乌合之众，杀人放火、欺压百姓还行，打起仗来估计不堪一击。他们的布防简单明了，保安七团换防四大关卡，教导二团驻扎县城周边各乡镇，保安六团负责守护县城。现在整个蒙川县，除了那些苗寨，只有黄鹤坝和文昌阁还控制在我手里。县政府已经搬到黄鹤坝办公，文昌阁由警备队驻防。你别小看那只是一个小土包，站在那里全城尽收眼底，谁控制了文昌阁，谁就掌握控制县城的主动权。我可以把文昌阁让给你，但你没有重武器，连一挺轻机枪都没有，恐怕镇不住场子。"

"你手里有机枪吗？"

"没有。"安宁摇头道，"警备队只有三十六人，也就一个排的兵力，哪里来的机枪？保安团就是因为我们连一挺轻机枪都没有，对他们构不成威胁，才放心让我们驻守文昌阁。"

其实她私下藏了两挺轻机枪，但不到关键时刻，岂能轻易拿出来。

"现在城里全是滚地龙和茄儿腿腿的势力，你留在这里非常危险，必须立即撤走。"

"不，我还有件事情没有完成。"

"听说，蒙举人已经授权给你，必要时可以发布'蒙川公主令'？"

"是的，蒙举人是有交代过，但我不想那样做。我可以支持你报仇雪恨，但绝不能将蒙川人民带入战火，以免惨遭杀戮。"

程方明心里甚感宽慰，但还是有些担心："如果，蒙举人受到威胁呢？"

安宁不假思索地说："无论是谁，都绝对不能危及蒙川书院与蒙举人的安全，谁敢动他一根毫毛，蒙川保警队、警备队以及千千万万的老百姓，一定不会放过，必然会以死相拼。"

程方明静静地站着，等安宁平静下来，才缓缓地说："我这次潜入县城，就是来跟你商量如何保护蒙举人。蒙举人和安庄主，对我如师如父，恩重如山，我不能让他俩有半点闪失，受半点伤害。"

安宁道："蒙川保警队已经裁减得只剩五六十人了，但加上护寨队和警备队，保护蒙举人应该绰绰有余。我留在城里，必要时还可以发挥点作用，至少可以制造假象，迷惑茄儿腿腿，让他放松警惕。"

"不，你这样太危险，一旦他们翻脸，随时都有生命危险！"

"我知道，但我不留在城里，茄儿腿腿马上就会产生怀疑，然后派兵换防文昌阁。攻城之前，我一定会撤走警备队，你们要是有两挺重机枪和一门迫击炮就好了，可以直接轰炸和封锁茄儿腿腿的指挥部。实在不行，有两挺轻机枪也可以。"

"我们会有的，但你必须要保护好自己，等着我打下蒙川城。"

"是不是打下蒙川，杀掉滚地龙和茄儿腿腿，咱俩就可以成亲啦？"

程方明一脸惶然："再看看吧，我现在已经是革命军人，得服从上级命令。"

第二十一章　秘密回乡

安宁愣了下，身子晃了两晃，但还是强力支撑："我记得在顺城军医院时，发现你身上有张署名应止戈的字条，能否借我一用？"

程方明早已知道，应止戈（郑从军）也是地下党员，主要负责兵运工作，同时联络地方游击队和绿林队伍，发展地下武装，于是犹豫了一下，把那张小小的字条小心翼翼地掏了出来，交给她说："这人与我患难相逢、一见如故，我曾帮他送过几次书信，他也曾救我一命，所以这张字条就一直留在身边，你千万别弄丢了。"

安宁收下字条，一脸郑重地说："好的，一定不会丢失。"

程方明见事情已经办完，再三叮嘱安宁："滚地龙和茄儿腿腿良心泯灭，凶残成性，是不讲任何原则和规矩的，千万要小心。"

安宁双眼一热，泪珠差点掉了下来。程方明连忙拉开房门，冒着寒风，毅然离去。

第二十二章　山雨欲来

返回吴王大坪子，肖老师派来的交通员对上暗语，交代任务说，按照上级要求，蒙川农民自卫队要尽快抽调人员，组织宣传队，配合蒙川地下党组织，深入全县各族人民当中，宣传党的方针政策，迎接解放大军到来。

联络员走后，程方明召集十几名党员开会决定，抽调七十余人，组建五个临时宣传小组，由党员骨干带领，秘密开赴全县各乡镇，通过贴标语、发传单与口头宣讲等方式，向全县乡亲传递信息，讲解政策。

一夜之间，蒙川县城的大街小巷与各乡镇村寨，到处都贴有"打土豪、分田地""打倒国民党反动派，解放全中国""中国共产党万岁""解放军就是当年的红军""解放军是穷人的部队""解放军不拿群众一针一线"等标语，程方明还自己亲自拟了四条："击毙滚地龙，活捉黑小茄，抓捕廖承黔""消灭一切土匪恶霸""让穷苦百姓翻身做主人""为惨遭毒手的父老乡亲报仇"。

这些标语突然在全县各地同时出现，乡亲们奔走相告："共产党来了，解放军来了，滚地龙和茄儿腿腿的末日快到了！"

这让茄儿腿腿非常恼怒，立即召集保安六团和保安七团的连以上军官，拍着桌子大吼："你们是怎么搞的？突然来了这么多共产党，居然丝毫没有察觉！"

其实所有在场之人心里都有答案，但谁也不敢首先说出来，等茄儿腿腿发泄完毕，祝菲才说："我怀疑这就是程方明干的。"

茄儿腿腿猛然一惊，出了一身冷汗。好久没看到程方明的影子了，这个冤家对头，前些年偶尔还会带人前来寻仇，最近两年销声匿迹，原来是投奔共产党去了。

这是滚地龙和茄儿腿腿最为担心的，但还没有确认，也不必过于惊慌，于是布置道："整个蒙川，一下子贴出这么多标语告示，靠一两个人是无法做到的，十个二十个也做不到，他们至少有七八十人，这么多人同时活动，一定会留下痕迹。抽调两百人马，狠狠地给我查，限三天之内给我查清并将他们抓捕归案。"

保安七团团长由油黑大洞出来的老惯匪王银安接任。王银安是最早追随滚地龙的心腹悍匪，因心狠手辣和翻脸无情，人称王辣子，在蒙川县，只要听说王辣子来了，正在哭闹的小孩就会立即噤声。见上司发怒，王银安主动请缨："二哥，请暂息雷霆之怒，这几个小毛贼就交给保七团吧，哪怕掘地三尺，我也要把他们扒拉出来，交给您剥皮点天灯。"

要是真让这个魔头出马，蒙川百姓就遭殃了，祝菲赶紧制止："不行，当前要务是严防死守，防止解放军奔袭蒙川，咱们不能分散兵力。"

茄儿腿腿正要下令，旅部译电员匆匆走了进来，大声喊道："旅座，司令部急电。"

茄儿腿腿接过一看，是廖承黔与滚地龙联名签署的命令，说解放军已经进入林城，正准备向水西地区展开强大攻势，保七团立即东移，加强一线防卫，蒙川县的防务工作，全部交给保六团。

看完电文，茄儿腿腿长叹一声，将电报扔给王银安，有气无力地说："你走吧，出来混，迟早是要被算计的。"

王银安拿着电报，也有些傻眼了，喃喃自语道："他妈的，三万多人的中央军还守不住一座省城，看来也是吃干饭的。"

茄儿腿腿当即宣布："保七团走后，保六团立即恢复原来的布防方案，不到最后一刻，决不放弃！"

有人问："那散布谣言的'共党'分子，还要不要去抓？"

茄儿腿腿说："顾不了那么多了，解放军马上就要打过来了，咱们能做的就是坚守蒙川，以待外援。"

指挥部的作战室里，墙上挂着地图，桌上放着电话，柜子里锁着各种机密文件，屋角还烧着一笼沙缸煤火，火炉燃得正旺，暖烘烘的让人心摇神荡。

散会后，茄儿腿腿对祝菲说："看出来了吗？滚地龙在故意扯我的吊桥。"

祝菲道："怎么看不出来？他手下还有那么多部队，也要把保七团调走，明摆着就是要把你葬送在蒙川嘛。"

茄儿腿腿挥舞双臂，用近乎咆哮的声音吼道："真是量小非土匪，无毒不恶霸，就是因为我要跟你在一起，他才一直耿耿于怀。大敌当前，所有的弟兄情义都被他一笔勾销，抛到了九霄云外。"

祝菲感叹："是呀，几百万中央军都抵挡不住解放军，何况这区区千把人的保六团。我们苗家与保安团的所有仇恨，都是因滚地龙而起，现在他倒好，来个翻脸无情，只差割袍断义了。"

茄儿腿腿狠狠道："他妈的，先是调走教导二团，然后又调走保安七团，老子恨不得睡他老婆！自从调走保七团，我就与他恩断义绝了，从此一别两宽，车走车路，马走马路。"

祝菲乘机煽风点火："道不同不相为谋，跟这种小人打堆真没意思，还不知道他哪天会对你下毒手、打黑枪呢。"

"嗯！这个狗家伙就喜欢干这手，明整整不过蒙文正，就来阴的。吃不得煤炭子，就起不了黑良心，要不是大敌当前，老子真想找个机会把他干掉！从今天开始，咱们要提高警惕，做好防范，免得被这个贼头从背后下黑手。"

祝菲假装宽慰道："不要再想这些不高兴的事情了，恶人自有恶人收，那么多苦主正等着要他的老命呢。"

茄儿腿腿有些懊恼地说："早知道应该多送点枪支弹药给岳父大人。唉，现在大战在即，弹药吃紧，只能是有心无力了。"

祝菲暗自心惊，试探道："原来，你送枪给我们家，就是为了让我爹他们去对付滚地龙？"

茄儿腿腿将祝菲揽进怀里，哈哈笑道："没有现代武器，凭那些早在清朝就已经淘汰的大刀长矛和弓弩毒箭，怎么是滚地龙的对手？恐怕连衣裳角角都挨不上。"

"他们不是有地龙滚荆吗？"

"你也会地龙滚荆，怎么也无法逃脱滚地龙的手板心？地龙滚荆确实厉害，但也只是一种武术绝技，战力因人而异。再说面对拥有现代武器的大队人马，地龙滚荆学得再好作用也很有限，否则你们苗家早就将滚地龙除掉了。"

祝菲脸一红，不好再说什么了。

两天之后，乌蒙山中开始飘起雪花。

漫天飞雪中，方瑰红带着三名跟她一样年轻的女战士，化装成回乡学子，穿着棉袄，背着包裹，艰难前行。她们从林城出发，一路往西，晓行夜宿，整整走了五天，才进入蒙川县境，住宿海座街上。第二天早晨，她们根据程方明绘制的地图指引，找到一条羊肠小路，进入吴王大坪子。

第二十二章　山雨欲来

在山里走了个把小时，终于在路边发现自卫队留下的暗记：一根弯树枝上搭着一根直树枝，形成弓箭状，箭头所指的方向，就是自卫队的宿营地。

方瑰红一行沿着箭头指示的方向继续前进，十几分钟后，又再次遇到暗记，只是暗记更加隐蔽，像是大自然的原始样貌。继续行走了个把小时，终于接近自卫队的宿营地，两名持枪哨兵厉声喝问："什么人？"

方瑰红答："我们是省师范学院的同学，来找一位姓程的老师。"

哨兵问："你找那个程老师，是教什么的？"

方瑰红："教国术和民族舞蹈。"

暗语对上，问话的哨兵击了三掌，从暗处走出一名手握梭镖的自卫队员。哨兵交代说："这是娘家来的客人，赶快带去见程队长。"

手握梭镖的自卫队员将几位女孩打量了一番，心里暗道：我以为杀敌复仇只是我们男子汉的事，原来还有这么多年轻漂亮的姑娘，看来"刮"民党真的快要完蛋了。

走出不远，又是一道哨卡。过了哨卡，手握梭镖的自卫队员忍不住问："同志，你也跟滚地龙和茄儿腿腿有仇？"

方瑰红答："没有，我跟他们没有任何关系。"

自卫队员："那你年纪轻轻的，为什么还要来参加打他们？"

方瑰红又答："我参加革命，不是为报私仇，而是为了解放劳苦大众，建立一个强大的新中国。"

这句话自卫队员听起来有点绕，方瑰红补充说："说简单点，就是为了打倒蒋家王朝，消灭土匪恶霸，全心全意为人民服务。"

这话自卫队员听得懂，因为程方明也是这样培训他们的。自卫队员还想说什么，前面又是一道岗哨，对上口令后，手握梭镖的自卫队员说："同志，我只能带到这里了，前面就是大队部，我们程队长就在里边，再见。"

方瑰红朝他挥了挥手，那名自卫队员立即转身离去。方瑰红在心里赞叹：聪明的人就是不一样，一点就透。看来老程进步还是挺大的，大半年不见，就将一支地方队伍训练和管理得井井有条，简直跟正规部队一样，只是武器差了点，服装又不统一。

听说有娘家人到访，程方明赶紧出门迎接，出现在眼前的，竟然是自己朝思暮想的恋人。程方明大喜过望，连忙上前两步，将她紧紧抱住，激动地说："瑰红，想死我了，古人说一日不见如隔三秋，咱们已经好几个月没有见到了。

你们现在还好吗？"

方瑰红道："你先把我放开再说，外面冷死了。再说还有人看着呢。"

程方明连忙松手，把她带进房间。这是间临时搭建的木板房，虽然简陋，但很温暖。程方明询问离别后这段日子的情况，方瑰红说："省城已经解放，我们直接归新组建的省委群工部领导，肖老师现任省委群工部副部长，杨万达同学任联络处处长。喏，你在这大山里，组织了多少人马？"

程方明说："三个中队，六百多人，只是武器不足，一多半人还是用标标杆杆。"

方瑰红擂了程方明一拳，兴奋地说："好你个老程，一回乌蒙山就干了件大事。"

程方明做了个鬼脸，两人相视一笑，随即又拥吻在一起。稍后，方瑰红才告诉他说："解放军很快就会打到乌蒙山区，组织上让你今晚出发，于明晚占领文兴镇与万寿桥，接应解放军进入蒙川县境，然后协同作战，一举拿下县城，消灭顽抗之敌。"

程方明紧握拳头，高举双手，朝着黑家庄方向跪下，大声吼道："爹！娘！咱们的血海深仇，马上就要得报了！"

方瑰红瞥了他一眼，嘟哝道："就你这点格局和心胸，枉被党组织教育培养了一年多。我都快饿死了，你还在只想着自己那点事。"

程方明惭愧地站起身说："我格局是小，但也是一心一意跟定了共产党，叫我往西绝不会往东。如果不是滚地龙和茄儿腿腿杀害了我父母，抢走了我妹妹，如果不是国民党如此腐败黑暗、祸害百姓，我能是今天这个模样，会参加共产党吗？难说得很，搞不好早已娶妻生子，安安逸逸地做个小地主，收收租子放放贷，经营店铺开煤井，日子也过得很滋润。唉，这一切的一切，都是有根源的。"

方瑰红笑道："嗯，世道如此黑暗，谁也无法阻挡咱们追求光明的脚步，就算你父母不被杀害，妹妹不被抢走，你也会与滚地龙和茄儿腿腿为敌。因为你最敬佩也最喜欢的女孩被他们杀害了，并且还是在抗日战场上采取最卑鄙无耻的手段杀害的。"

这下程方明傻眼了，愣了半天才说："怪不得乡亲们都说我是滚地龙和茄儿腿腿的对头与克星，原来这是前世结下的孽缘。好吧，咱们先去把午饭吃了，然后再——"

方瑰红摇摇手，摸出怀表看了眼，连忙打开背包，掏出一面红旗递给他说：

"这是我亲手给你们绘制的五星红旗,看见解放军时,你们就打出这面红旗。打下蒙川县城后,就把它插在城门头上,表示这座县城已经属于新中国,属于人民大众。"

"然后呢?"

"服从组织安排,要么留下剿匪,巩固红色政权;要么加入大部队,继续向西进军,为蒋家王朝彻底送葬。喏,这里还有一支手电和一个信封,信封里写着与解放军部队接头的方式及暗语。"

说完,方瑰红开门走了出去,那三名女战士已经在列队等候。程方明心里一沉,连忙伸手把她拉住:"怎么刚到,立马就要走?"

方瑰红回过头说:"时间紧迫,我们还要去下一站联络地方队伍,所以必须立即启程。"

程方明心里一酸,眼泪不争气地涌了出来:"可是,你连口饭都还没有吃。"

方瑰红的眼里同样噙满泪水,但还是故作轻松地笑道:"你没看见吗,她们已经帮我带上了,我可以边走边吃。"

果然,程方明看见一名女战士的手里提着一只饭盒,饭盒里装着几个馒头和几片咸萝卜。方瑰红抹去泪水,对着他粲然一笑:"方明,我早已是程家人了,拿下滚地龙和茄儿腿腿告慰爹娘时,请别忘了带上我的名字。"

说完,方瑰红步履坚定地向前走去,和三位战友一起,很快消失在漫天风雪中。

方瑰红走了,犹如惊鸿照影。程方明叫来通信员,大声命令:"通知部队,立即集合,准备开拔!"

为了避免被保安团发现和包围,自卫队分散驻扎,几名通信员接到命令,连忙奔赴各中队。不到一小时,部队集结完毕,程方明大声说道:"同志们,咱们的大部队已经解放了省城,正奔走在通往蒙川的路上,滚地龙和茄儿腿腿的末日,马上就要来临了!"

战士们举起武器,大声应道:"杀!杀!杀!"

他们原本都是普通百姓,因与滚地龙和茄儿腿腿有着血海深仇,才成为一名红色士兵,此刻听说大仇即将得报,唯一想说的,就是一个字:杀!

程方明又说:"我再强调一遍,咱们是共产党领导下的革命队伍,咱们的宗旨是为人民服务,目标是推翻国民党的反动统治,解放全国还未被解放的所有穷苦百姓,然后建设新中国。所以,咱们即将要进行的,不是报一己私仇,而是一场严酷的硬仗，必须绝对服从上级命令，严格遵守三大纪律八项注意，打垮所有土匪恶霸和国民党反动军队。"

训话完毕，程方明下令开拔，六百多人的队伍，除一个分队留守外，其余分成前中后三队，每队相距一公里，冒着风雪，连夜往县城方向转移。

午夜时分，自卫队来到县城附近的村庄里，程方明命令部队不许扰民，只能在老乡们的房檐下和圈楼上休息待命，然后带上两名战士，骑着红刺莓往县城走去。接近县城时，与潜伏在守城卫兵中的地下党员对上暗号，在地下党员的帮助下潜入县城，来到安宁住所，轻轻叩响房门。

听闻省城已经解放，安宁在焦虑与矛盾中难以入眠，听见敲门声，知道是程方明来了，连忙翻身下床，打开房门。

昏暗的煤油灯下，安宁原本有许多话要说，程方明却抢先开口："安二姐，我的部队已经开到蒙川城外，需要你鼎力协助。"

安宁悄声问道："你们，要开始攻城啦？"

"是的，但不是此刻，因为我们的大部队正在赶来蒙川的路上，我还要带队前去接应。"

"你需要我做什么？"

"一、请你设法安排我的一个小分队潜入城里，作为内应。二、请你的手下让出文昌阁，由我派人接防。三、请你组织力量，保障蒙举人安全。"

"你们一共有多少人马？"

"正规军有一个六百余人的加强营，我的自卫队也有六百多人，加起来有一千三百人。但自卫队装备不足，一半人还是标标杆杆。"

安宁有些担心地说："你知道吗？教导二团已于昨日回防蒙川，廖承黔和滚地龙也来蒙川了，带来七八百人，现在蒙川城里的驻军，已经超过三千人，你那八九百条枪，怎么打得赢？"

程方明紧握拳头："打得赢要打，打不赢也要打！再说了，国民党的中央军也好，保安团也罢，都已经是惊弓之鸟，不堪一击，只消几发炮弹和一个冲锋，保证立马溃散。现在我只要一句话，你帮，还是不帮？"

"你是我的未婚夫，我不帮你还会帮谁？好吧，就按你说的办吧。"

程方明心头一震，大脑一阵轰鸣，但毕竟悬在心里的石头终于落下，很快就镇定下来。两人商量好进城和换防方案后，程方明立即告辞，消失在茫茫雪夜中。临行时，程方明掏出廖承黔下令杀害蒙莹与熊朴的密令，交给安宁说：

"这东西还是由你亲自交给义父吧,女孩子心思缜密,我怕控制不住情绪。"

天亮前,在安宁的巧妙安排下,侦察排携带全队最好的武器,进入城里,潜伏下来;二中队换下警备队,占领文昌阁;其余人马在程方明的带领下,继续往文兴方向运动,并沿途留下人员,负责接应和传递信息。

天色还未大亮,安宁和熊欣全副武装,带着所有警备队员,踏着厚厚的积雪,来到离城十五里的黄鹤坝。蒙川保警队和黄鹤坝护寨队,也在村庄四周构筑了防御工事,把仅有的两挺轻机枪搬进村庄后面的碉堡里,日夜防备。

蒙举人早已起床,正在扫过积雪的后院晨练,恍惚之间看见蒙莹笑盈盈地迎面跑来,甜甜地喊了一声爹。蒙举人略微迟疑,停下动作,然后转身,只见安宁楚楚动人地站在面前。

安宁微微颔首,柔声道:"义父,宁儿给您请安来了。"

蒙举人心里一热,差点老泪纵横,颤声问道:"有程方明的消息吗?"

"有,他的部队已经混进城里,并控制了文昌阁。他们没有重武器,连一挺轻机枪也没有,我想——"

蒙举人微微一怔:"他的部队?他的什么部队?"

"他组建了一支六百多人的队伍,昨天晚上突然进城找我,说他们要准备攻城了,叫我来保护您的安全。"

"好!好!好!我果然没看错,这孩子终于出息了!"

"最迟后天凌晨,解放军就会发起进攻。"

"解放军?不是程方明吗,怎么变成了解放军?"

"程方明说,他们与解放军联合攻城。现在,他已经带队接应解放军去了。"

"真没想到,这小子居然跑到共产党那边去了。"

"义父,其实熊朴叔叔和蒙莹姐姐都是中共党员。"

听闻此言,须发皆白的蒙举人嘴唇哆嗦,浑身颤抖。安宁又说:"正因为他们都是共产党,所以才被军统特务在抗日战场上实施暗杀!"

"无耻!国民党和蒋某人,简直毫无廉耻!"蒙举人一把扯下胸前佩戴的青天白日徽章,狠狠地砸在青石板上。

"正因为无耻,所以才腐败透顶,丧失民心。义父,我这里还有特务暗杀蒙莹姐和熊朴叔的证据,其中有一个军统特务混进了中共组织,程方明说一定要把他扒拉出来,在蒙莹姐和熊朴叔的坟前祭奠。"

安宁说完，双手递上一个信封。蒙举人看完，早已老泪纵横，好半天才说："我知道了，他们遭遇不幸，主要源于内部出了奸细。我当了半辈子区长县长，自认清廉无私，问心无愧。你请放心，我会顺应民心，妥善处理。你不是在我这里寄存有两挺机枪吗？此外我还私藏了十几支冲锋枪和五千发子弹，赶紧设法送去文昌阁，然后去你爹那里，看他如何打算。"

在蒙川，蒙举人被百姓敬若神明，自是一言九鼎、一诺千金。但安宁还是有些忐忑地说："我哥加入了程方明的队伍，我爹已把全部家产分给贫民，我们家老弱妇孺及熊朴家眷，已经转移到燕子大箐，黑家庄的安家大院，已是一座空宅。"

蒙举人高声赞道："好，这样挺好。既然天下归心，我也没什么好说的。如果程方明不是滚地龙和茄儿腿腿的对手，你就发布'蒙川公主令'，帮助他们。"

安宁躬身答应，领出枪支弹药，用马驮着，亲自和熊欣押送到文昌阁，交给中队长路恒耀。路恒耀向安宁立正敬礼，激动地说："嫂子，解放蒙川，首功应该归您。"

安宁笑靥如花。安宁的皮肤本来就白，样貌本来就清秀娇美，此刻在雪花的映衬下，那张笑靥足以温暖整个冬天。自卫队员们都知道这位身穿警服、英姿飒爽、名满蒙川的老姑娘是程队长的未婚妻，见她脸上鲜花盛开，也跟着春潮涌动。

久违的春风在雪地上悄然铺展，无限春光在阵地上无声蔓延，安宁和熊欣朝自卫队员们挥手致意，然后翻身上马，转眼消失在茫茫风雪中。多年后路恒耀在回忆录中写道：

那场雪很大很大，整整下了七天七夜，足足有两尺深；那天的天气非常寒冷，那是我有生以来遇到的最寒冷的冬天。可是我心里非常温暖，因为我看到安宁脸上的笑容，就像一个灿烂的春天，山河锦绣，鲜花盛开。

她已经三十二岁了，一生中最好的青春和最美的年龄已随风飘逝，可是她依然未婚，这在蒙川全县乃至水西八部都是绝无仅有的，因为我那一声充满感激的"嫂子"，仿佛让她找到了归属，充满了幸福。

原来这么漂亮这么刚强这么倔强这么能干的一名奇异女子，竟然如此容易满足，一声"嫂子"，包含着太多太多的想象，也包含着所有的等待、守候、无奈和酸辛。她不顾身家性命，给我们让阵地，给我们送军火，让我们更加坚定打下蒙川，解放全国，为滚地龙、茄儿腿腿和蒋家王朝彻底送葬的决心与信心！

安宁和熊欣返回黄鹤坝，带着警备队，朝水箐方向走去。此时的蒙川警备队，加上她与熊欣，也才三十八人，面对国共两军即将鏖战蒙川的汹涌潮流，无论放在哪里，都已经微不足道。大雪依旧纷纷扬扬地下着，毫无停止的征兆，十丈之外，根本看不清任何事物，这让安宁更加担心程方明。

熊欣安慰她："方明哥那么精明，应该不会出问题。你看他们一路走来，都是先放几个人在前面侦察，后面再安排人员沿途接应，以保障归途平安。"

安宁道："其实我们安家的那些步枪，早已调往自卫队，最近几个月护寨队员背着的，全都是黑漆木枪，要真打起仗来，比烧火棍还差。"

熊欣呵呵笑道："我们坡戛苗寨也一样，祝菲姐姐派人送来的真枪全都送给自卫队了，护寨队手里的，也是假枪。"

安宁吃惊地问："这是怎么回事？我原本还想把那批枪调过来，一起对付茄儿腿腿派驻黑家庄的人马呢。"

熊欣道："两年前，苗王祝叔叔带人到乌城刺杀滚地龙，不但没有成功，还被滚地龙派兵重重包围。危急关头，一队中央军冲杀过来，将滚地龙的人马打散，将祝叔叔他们解救出来。后来，那位中央军的连长秘密来到坡戛苗寨，交给祝叔叔一批枪支弹药，让我们帮忙隐藏保管，说他们会派人来取。后来在祝菲姐姐的争取下，茄儿腿腿答应送给我们一百支步枪和一万发子弹，祝叔叔认为一百支步枪根本无法对抗保安团，干脆用假枪换下，送往萝卜坪一起保存，那批木头步枪，还是你父亲安伯伯亲手制作的呢，简直跟真的一样。最近两年，我就是萝卜坪的守枪人，你知道前来取枪的是谁吗？他就是方明哥！"

安宁边走边说："嗯，我早就知道，你们苗家人跟共产党是一条心。"

"那位救过我们苗家人的'赵连长'，也在撤往萝卜坪的途中中弹牺牲了。"说到这里，熊欣的声音有些哽咽起来，"我们找到他的时候，他还剩最后一口气，断断续续地说，他是共产党，是帮穷苦百姓打天下的红军游击队，叫我一定要守好那批武器。安宁姐，方明哥哥拿到的那批武器，是几百名游击队员用生命和鲜血换来的，非常珍贵。"

安宁道："为了保护家产，茄儿腿腿又往黑家庄派了一个加强排，还携有重机枪和迫击炮，如果战斗打响，箐门关守兵也会前来增援，咱们必须要有把握，才能对他们下手。"

"我有一个办法，不知能不能用。"

"什么办法？"

"放毒！用我们坡戛苗寨的竹叶青毒死他们！"

安宁摇头道："这个办法虽好，但是太过歹毒，容易殃及无辜。算了吧，咱们还是见机行事吧，只要不让他们为非作歹就行。"

"反正他们还不知道方明哥哥已经回来，安伯伯依然还是水箐乡乡长，你也还是警备队队长，咱们带来的又是吃皇粮、穿警服的警备队，他们不会怀疑，要不待会儿咱俩表现亲热一点，跟他们好好套套近乎，双方混杂在一起，控制起来也方便得多。"

安宁还是摇头道："不，那样太危险了。那都是些毫无人性的土匪恶霸，死到临头肯定会拉人垫背，咱们警备队一半多是女兵，这不是狼入虎口，送货上门吗？"

熊欣愁眉苦脸地想了半天，突然停住脚步，一把拽住安宁："安宁姐姐，我想到办法了，安伯伯不是会放蛊吗？要不——"

安宁盯着熊欣的眼睛，一字一顿地问："你怎么知道？"

"安伯伯贵为一方土目，你家祖上又是正牌巫师，我想，他应该会放蛊才对。"

安宁沉吟一下后开口："好吧，我回去好好跟爹爹商量，但那种玄功密学，他不一定真会，我也从未见到过。"

寒风萧萧，飞雪飘零。前方出现一个岔路口，往左还是古驿道，直接通往黑家庄；往右穿过龙家庄，然后通往水箐街上，再折转朝南，才是黑家庄。龙家庄是滚地龙的旧居故地，刚刚当上保安大队长，他就趁势夺回龙家原来的所有房屋田产；当上保安团长后，他又通过巧取豪夺，将周边土豪大户的财产据为己有。为了保护这些财产，滚地龙也跟茄儿腿腿一样，派驻了一队人马，有三十多人枪，还建有两座碉楼，成天架着机关枪。

有人来问，往左还是往右。安宁不假思索地说："直接穿过龙家庄，到水箐乡公所。"

水箐是蒙川最大的乡镇，土地和人口堪比其他几个区。听说解放军马上就要打过来了，全乡的土豪乡绅无不人心惶惶。

为了社会稳定与安抚人心，安庄主以乡长的名义，将全乡所有保甲长及地主乡绅召集来开会，拿出那根油光闪亮的祖传烟杆说："两百年来，在我家八九代人的虔诚供奉下,这根烟杆重新恢复灵性,告诉我们只要少安毋躁、顺应潮流和拥护新政府,就会平安无事。所以我奉劝各位,回家后该干吗就干吗,不要听信妖言,最多三两个月,一切都会烟消云散;如果不听劝告,非要胡乱折腾,到时大祸临头,家破人亡也说不定。"

安庄主说得有板有眼,加上又身为土目乡长,从小自带权威,大家也就相信了。刚刚散会,安宁和熊欣就带着警备队走进乡公所。

"见到程方明啦?"安庄主一脸淡然地问。

"见到了,是他去找我的。"安宁淡定地说。

安庄主劝告女儿:"根据我的预感,他这次回来,一定会建功立业,你要好好看牢他,抓紧把婚事办了。你看你都多大年纪了,有些事情,还是要靠自己主动。"

见到爹爹又比几个月前苍老了许多,安宁心里一疼,说:"知道了。"

安庄主面带愁容地说:"现在最头疼的是,全县两大恶人均出自水箐,黑家庄与龙家庄几乎全被他们控制了,到时候如何向程方明交代?"

安宁宽慰道:"爹,其实这个根本不用忧心,咱们凭什么要向他交代?"

安庄主怔了下,心里豁然开朗起来,展颜笑道:"嘿嘿,他做他的自卫队,我干我的小乡长,虽然分工不同,但都是为了蒙川百姓,干吗要操这份心?好吧,不想这些乌七八糟的烦心事了。现在我把家产全都分下去了,连嫁妆都没给你留,你心里不会有想法吧?"

"爹,您能保重身体,平平安安地度过这次危机,就是我最大的心愿。我今天回来的目的,是想将您接往黄鹤坝,和蒙举人共进退。江传孝、路恒源、朱应时、林伯森、史升云等五位区长都要到那里集中,他们一致认为,水箐是蒙川第一大乡,您不在很有缺角的味道。"

安庄主哈哈一笑,说:"据我估计,最多三五天解放军就会打进来。马上就要变天了,我们这群老友聚会聚会,吃顿散伙饭也是应该的。"

"那事不宜迟,您把该带的东西带上,我安排警备队吃完午饭就立马启程。"

寒风怒号,大雪封山,水箐苗乡三十六寨寨主齐聚坡戛,秘密议事。

一个非常隐秘的房间里,在昏黄灯光的照耀下,祝明芳那张饱满的国字脸上,依旧是一副坚毅的表情。见人都到齐了,他才开口说:"天寒地冻的把大家喊来,主要是这么回事。黑戛仲的少官家回来了,蒙川县要变天了。"

众人一愣,脸色突变。祝明芳呵呵笑道:"看把你们吓的,一个个惊慌失措。我说的少官家不是茄儿腿腿那个恶魔,而是你们大家都非常敬佩的汉人侠客程方明。他不但已经回到蒙川,还秘密组建了一支六百多人的部队,目前已经操练纯熟。他手下的兵,大多是蒙川子弟,与滚地龙和茄儿腿腿有着血海深仇,可惜没有一个是苗家儿郎。"

众人更加不自在,无不心怀愧疚,全都面面相觑,不知苗王话里有何玄机。

祝明芳继续说:"可能就在最近两三天,程方明的部队就要攻城。黑狗官兵既怕死,又怕累,上上下下,无不贪图安逸,这场大雪帮了解放军的大忙。不知是天意还是茄儿腿腿昏了头,保安团以为守住五大关卡和蒙川城墙就万事大吉,连文昌阁那么重要的位置都放心大胆地让给警备队。哦,刚才忘了告诉大家,程方明已经加入共产党,他的部队跟当年的红军和今天的解放军一样,都是咱们穷人的队伍,专为老百姓打江山,专与贪官污吏和土匪恶霸作对。解放军是经历过大风大浪的英雄部队,'刮'民党的几百万遭殃军都被打得落花流水、望风而逃,滚地龙和茄儿腿腿的保安团算啥子洋芋皮,只要几发炮弹飞过去把城门炸开,成千上万的解放军一鼓作气,不用半小时,县城肯定就会被拿下。"

有人不解地问:"可是,我们家祝菲还在县城,还在国民党军部队,还是保安六团的作战参谋呢,听说刚刚晋升少校军衔。"

祝明芳说:"我实话告诉你们,祝菲原名叫小恬恬,原本就是程方明的亲妹妹,与滚地龙和茄儿腿腿有着不共戴天之仇。但她目前还不知道自己的身世,她之所以忍辱负重,潜伏在保安团里,就是为了寻找机会,砍下滚地龙和茄儿腿腿的人头,告慰那些曾经为了救她而倒在滚地龙枪口之下的苗寨英雄。"

众人唏嘘不已,有人甚至眼圈发红,眼眶湿润。

祝明芳继续说:"以现在程方明的武艺和枪法,乌蒙山中谁也无法阻挡,我最担心的是,万一他们兄妹战场相遇又毫不知情,程方明误伤了祝菲。因此,我已派出人员,设法告诉他俩真相。这么多年,程方明一直在寻找妹妹,祝菲也盼望叶落归根,可惜她当年被土匪掳走时年龄太小,根本记不住家人姓名,也不知道家在哪里。为了让她能够平安生活,我一直不敢告诉她真相。唉,生逢乱世,这孩子真是命苦哇!如今曙光初露,黑夜即将过尽,他们兄妹也该团聚了。"

听到这里,大家紧张的脸上才露出欣慰的笑容。但还是有人问:"祝王,那您把我们大家喊来,是不是要协助解放军攻城?"

祝明芳不紧不慢地说:"解放军要攻占县城非常容易,要抓住滚地龙和茄儿腿腿却很困难,祝菲在他们身边待了几年,一直都没机会下手,可见这两个贼头有多精明。解放军英勇善战,又有自卫队协助,加上城外的最佳制高点又是在安宁手中,只要安宁反水,保安团怎么抵挡得住?我猜想,战斗一旦打响,这两个恶贼肯定会弃城而逃,而他们逃命的方向,一定是水箐苗乡,因为这里山高林密,地形复杂,溶洞极多,便于隐藏。咱们要做的,就是动员全乡苗民,再邀请其他区乡的苗民前来协助,大家张网以待,一旦滚地龙和茄儿腿腿逃来,立即启动滚天大阵。"

有人激动地问:"原来飞龙滚天,就是用来对付他们的?"

祝明芳纠正道:"不是对付,而是消灭。咱们苗家与油黑大洞的最后决战,即将在水箐苗乡打响,张、熊二位苗王,还有禄寨老及无数被他们凌辱和杀害的亲人,都在冥冥之中看着咱们,这一仗不仅要打好,而且要打赢,拜托各位,务必做到生死不计,万无一失!"

寨主们纷纷起立,握拳宣誓。稍后,祝明芳宣布战斗部署,并正式发出苗王令。三十六位寨主热血沸腾,领命而去。

第二十三章　兄妹重逢

风雪交加，万山空寂，安宁父女骑着骡马，带着一队兵丁，在古驿道上快步前行。穿过龙家庄，熊欣在前面开路，安宁父女在后面随行。

回首望了滚地龙为保卫家财构筑的碉楼一眼，安庄主低声吟道：

一封朝奏九重天，夕贬潮州路八千。
欲为圣明除弊事，肯将衰朽惜残年。
云横秦岭家何在？雪拥蓝关马不前。
知汝远来应有意，好收吾骨瘴江边。

安宁问："爹，您是为龙家惋惜，还是为自己感伤？"

安庄主笑道："都不是，我是看见这漫天风雪，有感而发。几十年了，我还是初次见到这么大的雪。都已经两尺厚了，还在继续下。"

安宁开心地说："连老天爷都在帮助程方明，滚地龙和茄儿腿腿果然气数已尽。您看这雪下的，所有保安团士兵都躲进碉楼里烤火赌博，懒得出门，平日三步一岗五步一哨的紧张气氛已经消弭于无痕，好像被大雪埋了一般，我和警备队多次进出文昌阁，都没人看一眼、问一声，那么重要的阵地已经易主，他们依然毫不知情，这不是彻底败亡的节奏是什么？"

"这就是天意，老天爷要灭国民党的江山和土匪恶霸的老命。这么大的雪，举步维艰，寸步难行，的确不适于行军打仗，换成是我，也不用担心解放军会来攻城。但愿他们不畏风雪，奋勇前行，一举拿下蒙川，我这辈子的夹缝生涯，也算熬到头了。"

安宁宽慰道："爹，您别担心，他们一定会做到的。为了报仇雪恨与重获新生，程方明已经奋斗了二十年，如今胜利在望，岂能放弃？莫说下雪，就是下刀子，他也会奋不顾身，因为没有什么能够阻挡他走出黑暗，走向光明。"

"我不是担心他，我是担心共产党的大部队，这么大的雪，他们能按时到达吗？蒙川地形险要，易守难攻，进入蒙川的五大关卡及所有路口全有重兵把守，要想强攻进来，伤亡必然惨重。十几年前，有支红军在枪杆岩吃了大亏，伤亡几百人，如今大雪封山，他们还会从那里进攻不？还有箐门关、乌云渡、万寿桥和打磨冲，都是一夫当关万夫莫开的天险要塞，莫说这么大的雪，就是占据天时，也难敌地利，难怪茄儿腿腿如此放心。"

安宁骑在马上，边走边凝望天空，好半天才说："据可靠情报，我哥他们是往东北方向潜行，以此判断，解放军必然会从万寿桥进入蒙川。"

"万寿桥建于康熙年间，横跨木冲河两岸，已有两百多年历史。木冲河是乌蒙山中的第二大河，河谷深达数丈，两岸净是悬崖绝壁，万分险恶，大队人马绝无泅渡的可能，如果选择从此路进攻，必须要夺取万寿桥。据小道消息说，茄儿腿腿已经知道解放军的进攻方向，往万寿桥和枪杆岩各加派了一个连，要想顺利突破，简直比登天还难。"

"有程方明和我哥他们从内线配合，两面夹攻，应该不成问题。"

安庄主疑虑未消："别忘了滚地龙不但兼任第四行政督察区保安副司令，还是'乌蒙山反共救国军'的教导师长，除了四个保安团和三个保安大队，手下还纠集了成千上万的土匪恶霸与地痞流氓，这些人平时作恶多端，深知不会被人民群众饶恕，必然会顽抗到底。"

"自古天意难违，您看咱们一路上都没碰到半个保安团与'反共救国军'的鬼影子，自卫队与解放军只要冒雪前行，一定会畅通无阻。"

安庄主嘿嘿一笑："解放大军一定会长驱直入，解放蒙川。"

说完，安庄主抽了青骡一鞭，加快速度。也不知道从什么时候开始，他的坐骑换成了这匹骡子。

自茄儿腿腿重返黑家庄，安黑两家就正式决裂。二十年来，尽管茄儿腿腿恶贯满盈，对姓黑的却格外关照，从未下手。还好安庄主防了一手，最近几年的护寨队，从未让黑家染指。黑家仗着有保安团驻守，也未将护寨队放在眼里，双方各行其是，倒也相安。

黑家依照茄儿腿腿的吩咐，积极配合保安团，监视安家及其他杂姓的动态，但还是让他们在眼皮底下偷梁换柱，出了老千。更加令人捉摸不透的是，作为土司后裔与土目乡长，安庄主竟然散尽家财，解散长工，并将家眷转移到燕子大箐，秘密隐藏起来。

路恒源第一个效仿安庄主，遣散家奴长工，将土地房屋分给族人佃户。紧接着就是朱应时、林伯森、江传孝。五个区长中，最后一个分土地的是史升云，分得最彻底的也是史升云，简直毫无保留。

若干年后朱芮拟写回忆录，称蒙川县是乌蒙山中最早实行土改的，先是蒙举人，接着是安庄主，然后是各区区长和蒙川镇镇长。国民政府即将崩溃，滚地龙和茄儿腿腿指使手下四处派款抓兵，搞得民怨沸腾，安庄主和各区区长却纷纷散尽家财，让家眷进山躲避，让大大小小的土豪地主更加恐慌，一时分为三派。一派继续观望形势，如果解放军拿下蒙川，那就响应政策，交出房屋财产；一派解散家奴长工，实行减租减息，以待宽大处理；一派平时比较霸道，甚至作恶多端、欠下血债，知道难以蒙混过关，不如死心塌地地跟随滚地龙和茄儿腿腿，积极向保安团和教导师输送人员与钱粮、骡马等物资，要跟共产党顽抗到底。

带着"乌蒙山反共救国军"教导二团重返蒙川的滚地龙听说蒙川五个区长全都遣散长工、分散土地，不由得怒火三丈，大声吼道："他奶奶的，大敌当前，扰乱军心，罪无可赦，杀！"

茄儿腿腿也骂道："这几个狗家伙当了半辈子区长，政府没有亏待他们，听说共产党要打进来了，全都叛变了，是可忍，孰不可忍。"

自从保安团控制蒙川，警察局形同虚设，大部分警员处于失业状态，各自回家去了，只剩下三十余人的警备队在安宁和熊欣的带领下，负责守护文昌阁（其时警备队已经转移到了黄鹤坝，文昌阁由蒙川农民自卫队占领），茄儿腿腿只好从保安六团抽调人马，临时组成纠察队，分赴各区，实施抓捕。

临行，茄儿腿腿绕过滚地龙，请示廖承黔，廖指示："如遇拒捕，直接击毙。"

保安团内部也并非铁板一块，当即就有人走漏消息，五大区长接到密报，连忙冒着风雪，赶往黄鹤坝，与蒙举人、安庄主聚会去了。

纠察队气势汹汹，兵分五路，志在必得，可等他们冒雪赶来，却是人去楼空，五大区长及其家眷全都失去踪影。他们还想继续寻找，解放军攻打县城的枪炮声已经隐隐地传来。县城已被包围，这群狐假虎威的浑蛋合计了一下，干脆躲进深山老林，再见机行事。

安宁走后，蒙举人再次拿出那个牛皮纸信封，将里面的密令、信函、字条等再仔细研究了一遍，确认熊朴和蒙莹都是中共党员，而且死于军统特务之手，遂心如死灰，做出了人生中的最后一个重要决定。

廖承黔和滚地龙联名给蒙举人写信，要求他在解放军攻打县城时，以祝菲的名义发布"蒙川公主令"，号召几十万蒙川百姓行动起来，对解放军实施反包围。

蒙举人回复："蒙川公主，天命所归；小女已亡，再也不灵。"

老谋深算的廖承黔根据各方送来的情报，将解放军的进军态势分析了一遍，发觉情况不妙，对身旁的滚地龙说："龙兄，咱们误判形势了，原以为共产党占领省城，必然会四面开花，西线先攻占乌东、乌西、平坝，才能进军古定、蒙川、乌城，你我将绝大部分人马派往乌东、乌西到平坝一线。谁知解放军为了尽快入滇，向西线全力出击，已经快打到蒙川境内了，这下如何是好？"

滚地龙也大吃一惊，连忙说道："事已至此，唯一的办法就是赶紧将部队西调，坚守蒙川，等待后援。"

廖承黔刚刚下完各部队紧急驰援蒙川的命令，副官就送来了蒙举人的回信，不禁怒道："这个老不死的，真是迂腐到了极点。"

滚地龙道："他的性格我知道，想让他号召蒙川百姓帮助咱们是绝不可能的。"

廖承黔略一沉吟，做了一个杀头的手势。滚地龙连忙劝道："不，廖司令，在蒙川杀谁都可以，就是不能杀这个干老头。"

廖承黔一脸不屑地问："为什么？"

"因为他是神，不是人。"

廖承黔哈哈一笑，嘲讽道："没想到恶名昭彰的滚地龙居然也会敬畏神灵。老子双手沾满鲜血，神鬼从不挨边。顺我者昌逆我者亡，不听号令者，留他何用？秦副官，你再去一趟黄鹤坝，如果蒙老头胆敢违令，格杀勿论！"

秦副官走后，滚地龙连忙返回自己的办公室，叫来警卫连长杨谷生，低声说："我现在才发现，廖承黔竟然是个疯子！他已经派秦副官带兵赶往黄鹤坝，想要加害蒙举人。蒙举人一无通共嫌疑，二不贪赃枉法，一直被蒙川百姓奉为圣人，一旦将他杀害，肯定会激发众怒、民怨沸腾，咱们将会失去最后一块阵地，死无葬身之所。"

杨谷生并非来自油黑大洞与凹乌大洞，追随滚地龙是从保安大队开始，对蒙举人充满敬佩之情，焦急地问："龙司令，咱们该怎么办？"

滚地龙骂道："他奶奶的，他是老牌特务，我是资深土匪，他黑老子更黑。杨连长，你赶紧带一排弟兄，抄小道于半路设伏，将秦副官等人全部狙杀，一个不留！"

一个小时后，杨谷生带着警卫一排，冒着风雪，在蒙川县城与黄鹤坝之间的黄塘梁子布置好伏击圈。等了半个多钟头，身穿军呢大衣的秦副官才骑着一匹杂花马，带着十几名军统特务，趾高气扬地踏雪而来。杨谷生一声令下，众人一齐开火，那批特务还未反应过来，纷纷成了枪下游魂。

雪花纷纷扬扬，鲜血很快凝固，被积雪全部覆盖。秦副官追随廖承黔多年，早已修炼成精，枪声一响就赶紧卧下，拼命地往积雪里钻。秦副官阴险狡诈，身材瘦小，乌蒙山中这场百年不遇的大雪，给他提供了逃生机会。战斗很快结束，杨谷生清查来清查去，就是没有发现秦副官的身影，可谓活不见人，死不见尸。

黄塘梁子处于蒙川城与黄鹤坝的中间地段，两边都只有七八里，枪声一响，蒙川城里的守军与驻扎在黄鹤坝的保警队都以为是解放军来了，一时搞得风声鹤唳，战战兢兢，各自加强戒备。杨谷生心有不甘，命令士兵们扩大搜寻范围。可是雪野茫茫，四周并无可疑脚印。

"他奶奶的，"杨谷生骂道，"老子刚才明明还看见他骑在马上，怎么马死了，人不在？"

一名班长提醒道："长官，那个特务头子是不是藏到雪里去啦？"

杨谷生笑道："呵呵，还想跟老子玩雪藏。给我捅，捅不死他老子就不姓杨。"

士兵们端起刺刀，胡乱往雪地里扎去，突然一声惨叫，秦副官从雪地里爬出，鲜血迸流。杨谷生冷笑一声，斜着眼睛，歪着脑袋，砰的一枪，将其结果，然后让士兵们拖往荒山，扒开积雪，挖坑掩埋，不留痕迹。

从蒙川城到万寿桥，足足有八十里，自卫队冒着风雪，隐蔽前行，行动比较迟缓。

晌午时分，离万寿桥还有四十余里，程方明再次接到杨万达派人送来的情报，解放军将由古定绕道乌城，于明日凌晨从文兴进入本县，上级要求自卫队必须在午夜前夺下万寿桥。

程方明心里一沉，问联络员："小袁，见到方瑰红了吗？"

这名联络员只有十六七岁，名叫袁小蒙，原为达德中学的学生，曾是星火艺术团的成员，与程方明一起执行过任务。原本异常聪敏的他此刻衣衫褴褛，脚穿破鞋，完全像个小乞丐。

袁小蒙摇头答道："没有，我们是分开行动的，我接到任务就立即赶来这里了。"

程方明问："跟我们一起行动好吗？"

袁小蒙说："不，我还有其他任务。"

话音刚落，袁小蒙就匆匆走了，转眼消失在风雪之中，只留下一串浅浅的脚印。

程方明看着袁小蒙留下的脚印很快被风雪抹平，不禁在心里慨叹："来去匆匆，踏雪无痕；为了信仰，不畏艰辛。"

几个月后，直到程方明就任蒙川县人民政府首任县长，组织上才正式通知他，方瑰红在执行任务的途中遭遇袭击，壮烈牺牲；而那位化装成小乞丐的袁小蒙，正是抗战烈士蒙卫江之子、蒙举人之长孙，在这场战斗中侥幸突出重围，正在省城疗伤。

袁小蒙走后，程方明带领部队，继续前行。

好点的枪支全都集中起来，交给混进城里和控制文昌阁的部队使用，此时自卫队还有二百六十人，但只有六十多支步枪和三十多支套筒枪，其余全是梭镖、马刀、火铳等。

根据安宁提供的情报，万寿桥是保安六团的重点防御对象，驻有来自一营和二营的两个连队，归一营二连连长宋奇武统一指挥。守桥部队一共配有两挺轻机枪、一挺重机枪和一门迫击炮，火力非常强大。看来茄儿腿腿也并非毫无预感，几乎把家底都砸在这里了，要想成功夺桥，似乎并不容易。

赶到文兴镇上时，天已经断黑，远处传来零零散散的枪声，一队七八十人的保安团士兵，提着马灯，打着火把，越过万寿桥，往文兴镇行进。程方明停住队伍，伏在街道前面的雪地上，对战士们说："这是滚地龙的嫡系部队保七团，恶事做尽，坏事做绝。真是苍天有眼，今天撞在咱们手上，不能让他们轻松逃走，待会儿靠近了，大家给我往死里打！"

队员们接到命令后，无不摩拳擦掌，跃跃欲试，但大部分人还未上过战场打过仗，既激动，又紧张。十几分钟后，这群双手沾满鲜血的恶魔来到眼前，程方明扣动扳机，当场击毙一名敌军官。随后枪声大作，保安七团的士兵们鬼哭狼嚎，折转身子，丢下十几具死尸，顺着木冲河往上游逃去。

程方明挥舞马刀，带领自卫队员追了一阵，缴获了三十多支步枪、两支手枪和上千发子弹，然后趁热打铁，开始进攻万寿桥。万寿桥上的保安团士兵，见兄弟部队已经从乌城方向败退回来，又在文兴镇前遭遇伏击、四散奔逃，以为解放军不但拿下了乌城，还从别处进入了蒙川，感觉大势已去，一下慌了手脚，不少人趁乱逃走，只剩下一半人马。

嗒嗒嗒的机枪声中，轰隆一声巨响，一发迫击炮弹在自卫队中开花，当场牺牲了五六名队员，另有十几人受伤。这支无畏的队伍，一下子就被打蒙了，加上对方居高临下，火力很猛，贸然进攻只能作无谓的牺牲。

为减少伤亡，程方明指挥部队后撤二百米，重新组织进攻。他们隐蔽前进，靠近桥后先放两排枪，然后命令号兵吹响冲锋号。守桥的保安团士兵，有一部分来自原黔军队伍，听到冲锋号后有人大声喊道："弟兄们，不要打了，十几年前的红军又打回来了，咱们是打不赢的。"

一连长宋奇武听见有人动摇军心，掉转枪口，一枪将那名原黔军老兵击毙。几十名原黔军老兵在二营三连副连长（连长已经趁乱逃走）刘才军的带领下，先是干掉宋奇武，然后大声吼道："宋奇武杀了我们二营的弟兄，今天老子们反定了，愿意跟着我们投奔解放军的，我们欢迎，不愿投奔解放军的，赶紧放下武器，从乌城方向逃走。"

保安六团一营二连的士兵们，不得不放下武器，纷纷下桥往东岸逃离。

冲锋号响起，战士们前赴后继，呐喊着朝万寿桥冲来。桥上的枪声突然停了下来，有人大声喊道："红军弟兄们，滚地龙和茄儿腿腿的嫡系已经被我们赶走了，你们放心上桥吧。我们是原黔军士兵，因报国无门，走投无路，才被迫加入保安团，混口饭吃。现在我宣布，我和我的三十八名弟兄，真心实意地向贵军缴械投诚，请予接受。"

蒙川农民自卫队首次打仗就遇到敌军投诚献桥，程方明激动之余，连忙回话："放下武器，高举双手，走下桥来。"

三十八名保安团士兵在刘才军的带领下，排成二路纵队，高举双手，走下桥来。自卫队员们呐喊一声，拥上桥去，高举战利品欢呼雀跃。程方明吩咐抢救伤员，迎上前去，握着刘才军的手说："谢谢你，才军兄弟，你今天的表现非常出色。我一定要向上级汇报，将你们列入起义人员。"

刘才军说："程兄，我们不是贪生怕死之辈，也不想领功受禄，只想祈求一个机会，让我们远离战争，回家种地。喏，怎么没看到大枣兄弟？"

程方明爽快答应："好，我们共产党历来都非常尊重起义和投诚人员的意愿，既然不愿留下，我就发给路费，放你们回去，今后如果遇到麻烦，请来找我。哦，大枣和他的警卫排主要负责沿途联络接应。"

刘才军带着投诚士兵走后，程方明命令战士们迅速修复和加固桥上的防御工事，拆除桥下的炸药。看看时间，离午夜还有半个多小时。

天气实在太冷，程方明让大部分自卫队员撤到文兴镇上，在老乡家的屋檐下和篱笆脚宿营，自己则带着两个班的战士，围着篝火，守护大桥。

凌晨三点，朔风阵阵，大雪纷飞，天气更加寒冷，程方明隐隐约约地感觉到，几十米外有人在攀爬悬崖，吩咐战士们打起精神，提高警惕，自己则提着手枪，下到河岸，悄悄摸过去查看究竟。谁知刚走出十几丈远，就被人用枪指着脑袋。

自从十五岁踏上战场，程方明还是第一次如此近距离地被人用手枪指着脑袋。他蓦然一惊，随即镇静下来，慢慢地举起双手，身子突然向下一蹲，跳着芦笙舞步，向右滑去。

砰！对方开了一枪，子弹擦着程方明的肩膀击在河边的岩石上，打得火花四溅。

砰！砰砰！程方明身子向后一翻，一边开枪一边朝河岸边的庄稼地里滚去。

还算那人机灵，一击不中就连忙卧倒，才没被程方明的反击打伤。

砰砰砰，枪声再次响起，守护大桥的自卫队员连忙朝桥下开火。几十米外的岸边也有人开枪还击，密集的子弹打上百年古桥，尽管工事坚固完备，还是让战士们有点不知所措。借宿在镇上的自卫队员听到枪声，立即赶来增援。

程方明连续翻了几个骨碌，滚进河边的地里，才猛然醒悟：这不是地龙滚荆吗？于是又惊又喜，连忙冲上桥头，抓起一挺轻机枪，指挥战士们顽强射击。

自卫队人多枪少，很多人对枪械不是很熟，对刚刚缴获的武器用得不很顺手，重机枪与迫击炮根本无人会用，而对方都是精兵强将，武器装备又好，要不是占据天时地利，尽管有两挺刚刚缴获的轻机枪，还是很难压制对方。

程方明见对方作战勇猛，担心大桥失守，一边开枪一边朝文兴镇上喊话："同志们，赶紧过来增援！"

街那边传来回话："队长放心，我们马上就到！"

喊完话后程方明才发现，朝桥上开火的有两拨人，河这边只有四五个人，河那边还有七八个，除了一挺轻机枪外，其余全是冲锋枪，心想国民党的部队没必要也不会冰天雪地半夜三更地武装泅渡，不由得打了个激灵，连忙下令停止射击，从挎包里掏出手电，发出联络暗号。

下游岸边也立即停止射击，发出同样的暗号，有人朝桥上喊话："我们是解放军一六二团侦察排二班,你们是哪个部分的?"

程方明回答:"我们是蒙川农民自卫队,奉命前来接应解放军。"

对方高喊联络暗语"磅礴乌蒙",程方明大声回复"长夜曙光",然后站起身来,命令旗手打出红旗。那面方瑰红亲手绘制的五星红旗,在火光的辉映下高高飘扬在万寿桥头。

稍后,解放军侦察兵全部冲上桥来,与自卫队员一起举枪欢呼,庆祝会师。原来他们远远地看见桥上不但修着工事、燃着篝火,还架着机枪与迫击炮,以为自卫队还未赶到,不敢贸然夺桥,只好武装泅渡,来个出其不意,两头夹攻。

冻得直打哆嗦的侦察班长告诉程方明,大部队由郭副团长率领,正在后面行进,很快就会赶到。果然半个钟头后,六百多人的解放军队伍,冒着寒风暴雪,排着二路纵队,抬着轻重机枪与迫击炮,雄赳赳气昂昂地来到万寿桥头,程方明带着自卫队夹道欢迎。

郭副团长握着程方明的手,亲切地说:"省委群工部的同志介绍说,程方明同志不但武艺高强,而且为人豪爽,十五岁开始剿匪反霸,十六岁参加革命活动(帮地下党传递情报),在蒙川县一呼百应,威信极高,果然名不虚传。"

程方明连忙说:"哪里哪里,解放军同志英勇善战,所向披靡,是我们学习的好榜样。"

寒暄之后,程方明分派人员继续守护大桥,然后和郭副团长把大部队带到文兴镇上安顿下来。安顿好部队,雪停了,天也亮了,接下来的事情却让程方明和自卫队员们目瞪口呆:解放军战士并未坐下歇息,除炊事班架锅生火做饭外,其余的要么找来扫帚清扫街道和老百姓院子里的积雪,要么找来水桶帮老百姓挑水。

郭副团长笑道:"我们是人民的子弟兵,打到哪里哪里就是我们的家,我们是在给自家扫地,给自家挑水。"

程方明把手一挥,也带领自卫队员加入扫雪挑水的行列。有些自卫队员不理解,边干活边抱怨:"当兵不就是打仗嘛,这撮灰扫地、担水抬雪的事情让老百姓去干不就行了?"

程方明连忙喝住,小声训诫道:"人家解放军都能干,咱们怎么不能干?"

程方明如此一说,自卫队员就不再抱怨了,默默跟在解放军战士的后面,干得热火朝天。八九百人一齐动手,不到一小时,就把整个镇上打扫得干干净净,还把老百姓家里的水缸全都灌满了清水。

干完这些杂活，各连炊事班也把饭做好了，招呼自卫队员一起吃。吃好饭后，略显疲惫的战士们才打开背包，在老乡的屋檐脚或篱笆下休息。就是这个时候，奇迹开始出现，原本一听到枪声就牵猪拉牛上山躲藏的老百姓三三两两地返回家里，看见街道和院子里干干净净的，家里的水缸装满了水，鸡窝里的鸡蛋没有减少，囤箩里的粮食原封未动，墙上的腊肉也还好端端地挂着，地里被拔了萝卜割了青菜，也都有钞票放在那里，还写上字条：解放军一六二团购。站岗放哨和刷写标语的战士看见他们还笑眯眯地打招呼，大伙一激动，纷纷主动把家里的大米、腊肉等送往部队。

部队也不白拿，而是按照市价给钱。负责宣传的战士逢人便说："我们是解放军，是穷人的队伍，是共产党领导的部队。"百姓全都放开嗓子，对着四围群山喊话，有喊"小桂群，解放军是好人，赶快回家来呦"的，也有喊"爹，妈，解放军是好人，快点回家喽"的，不到中午，整个文兴镇上山躲藏的人全都回来了。老百姓来到部队驻扎的地方，嘴巧的和解放军拉家常，嘴笨的就观赏解放军架在院子里的各种武器，也有特别热情的战士，滔滔不绝地向他们介绍各种武器的名称与作用。

自卫队员们反而无事可干了，一个个学着文兴镇上的老百姓，围着解放军战士问长问短，有请教枪法和战术的，有询问各种枪械和迫击炮如何使用的。程方明被郭副团长请到一个临时布置的会议室里，与张营长、林参谋及其他五个连长一起研究如何攻打县城。

程方明对着地图介绍情况："这是一个成立不到十年的偏远县，县城虽然不大，城墙却很坚固，县城东、南、北三面均被几十丈深的天然壕沟包围，由保六团负责防守，'乌蒙山反共救国军'教导二团回师协防，再加上部分保乡团，一共有两千多人。大前天滚地龙和廖承黔各带一支人马，齐聚蒙川，使得蒙川敌兵多达三千余人。不过刚刚有消息传来，滚地龙和廖承黔只是路过，已于昨天各带原班人马撤往白泥屯，蒙川城防依旧保持两千多兵力。我估计，他们想以白泥屯为根据地，与占据木城、郎川、岩脚等地的敌人遥相呼应，顽抗到底。在蒙川县警备队长安宁的帮助下，我们战斗力最强的侦察排已经混入城中，作为内应，另派一个中队占领了县城侧面的文昌阁。可惜我们枪械不足，缺乏重武器，需要解放军携重机枪和迫击炮前去加强火力。"

郭副团长继续询问了一些情况后，当即制订作战方案，派一个排先行出发，由自卫队员带路，携重机枪和迫击炮抄小路赶往文昌阁，其余各部按照既定方案，在自卫队的配合下攻打县城。

当天午后，朔风再起，大雪纷飞，大队人马分三队踏着风雪走上茫茫征程，在石垭口、青枫林、复兴等地解决了敌人放出的游动哨，于黎明之前包围了县城。天刚拂晓，随着两发迫击炮弹飞往保安六团指挥部，解放蒙川县城的战斗正式打响。混入城内的自卫队员早就憋足干劲，听到枪炮声连忙跃身而起，在侦察排长安诚的指挥下，端着武器朝保安六团和"反共救国军"的指挥部杀去。

由于冰封雪锁，气候严寒，加上天刚麻麻亮，正是敌人麻痹懈怠的时候，解放军与自卫队突然发动内外夹击，教导二团仓皇出逃，遭到来自文昌阁的强力压制，伤亡惨重，全军覆没。保安六团很快也被击溃，正在睡梦中的茄儿腿腿被炮声惊醒，连忙带着贴身警卫，通过秘密地道，逃出县城去了。

不到一小时，解放军和自卫队就占领了整座县城，然后分兵追击逃散敌兵。程方明挥着手枪，带着几名自卫队员冲进茄儿腿腿的房间，可惜被窝里还有余温，人却早已不在。通过仔细搜查，才在他的房间里发现地下通道。通道出口就在县政府后面的偏坡上，偏坡旁边是十几丈高的悬崖，悬崖下面是一条深深的河谷，延绵十几公里。那里原本布置了一个班的解放军防守，防守的战士报告说，城墙下面突然钻出六个人来，我们打死一个，抓住一个，逃走了四个，那四个人是在地上滚着逃跑的，边滚还能边开枪，为此我们牺牲了六名同志。

战士们把俘获的敌军官五花大绑地押了上来，程方明不禁一脸愕然。那名佩戴少校军衔的敌军官，竟然是坡戛苗寨的祝菲。祝菲雪肤花貌，天生丽质，虽然人在保安团，穿的却是中央军的美式军装，看上去更加英姿飒爽。尽管没穿苗族服装，尽管只是惊鸿一瞥地打过一次照面，程方明还是一眼就将她认了出来。

由祝菲，他又想起了祝雯。这些年来，每当闭上眼睛，他就会想起她翩翩起舞的情景，特别是她表演的燕双飞，不但优美至极，而且韵味无穷，就是极具舞蹈天赋的方瑰红，也无法达到那种境界。

祝菲也还认得他，先是愣了下，接着淡淡地问："他们，都是你的兵？"

程方明半天才回过神来："是的，我们是中国人民解放军与蒙川农民自卫队，都是共产党领导的队伍，专为穷苦百姓打江山，专与土匪恶霸和贪官污吏做斗争。我与滚地龙和茄儿腿腿有着不共戴天之仇，从十岁开始，我就想抓住他们，救回妹妹，为父母报仇，为乡亲们雪恨！"

"我也跟你一样，做梦都想报仇。我的仇人不是别人，正是滚地龙和茄儿腿腿。可是你知道吗，要杀死他们谈何容易，在蒙川县乃至整个乌蒙山，想取他们性命的人多了去了，可一直都没人能做到。"祝菲眼圈微微一红，继续说道，"三年前，我去刺杀滚地龙，不但没有成功，反而被他玷污，是茄儿腿腿不惜与滚地龙翻脸交恶，才将我解救出来。"

"你做茄儿腿腿的女人，跟他混在一起，难道是为了报答他的救命之恩？"

"不！不是你想的这么简单！要不是我与茄儿腿腿混在一起，要不是滚地龙和茄儿腿腿的关系已经破裂，要不是我担任保六团的作战参谋，故意向你们提供军用地图与保安团的部署情报，凭你们这点人马，想要攻破蒙川县城，根本不可能！"

程方明愣了半天才问："你会地龙滚荆吗？"

"当然会了，我从小就会。"

"那你怎么不逃走？"

"滚地龙和茄儿腿腿都是练武的天才，他俩不但武艺高强，还将地龙滚荆练得出神入化，除非禄寨老再世，否则谁也不可能从他们手里逃走。"

"我是问今天。"

"我不想逃，我要留下来，协助你们去抓滚地龙。"

程方明把脸一沉，冷冷地说："现在天下已经是我们的了，就算他上天入地，也逃不出我们的手掌心。"说完高声命令看押她的战士："把她带走，先关起来！"

解放军战士连忙上前，准备把祝菲带走，她却抬头望着程方明，幽幽地说："程长官，其实我老早就知道了，你不惜钱财、千方百计地与苗族交往，目的是想学地龙滚荆，然后去找滚地龙和茄儿腿腿报仇。我可以帮你杀了茄儿腿腿，但你得和我一起对付滚地龙。"

程方明问："你又打不过茄儿腿腿，怎么杀他？"

祝菲冷笑道："你这么大年纪了，怎么还不懂？我已经是他的女人，在某些时候杀他易如反掌。"

程方明摇摇头说："不用了，我会自己亲手宰了这两个恶魔。"

程方明手一挥，那两名战士就把祝菲押走了。走出几步后，祝菲猛地回过头来，冲着程方明大喊："程长官，没有我你是杀不了茄儿腿腿的，更打不过滚地龙。"

那两名战士也停下脚步回头望着程方明，程方明淡淡地说："我早就学会地龙滚荆了，破地龙滚荆的，不就是朝天蹬吗？其实，朝天蹬就是地龙滚荆和燕双飞的'反谱',只是未经点化,一般人不可能将它们联系在一起。"

祝菲有点不敢相信地问:"你——你还学会了朝天蹬?"

程方明不再说话,而是从背上拔出马刀,跳了几个芦笙舞步,然后朝着六个方向连续翻了十几个不同角度的筋斗,筋斗与筋斗之间不但夹着滚滚刀光,还会出其不意地交换双脚朝天踢去。这套朝天蹬是在星火艺术团时改进过的,重新形成了另外一种风格和套路,不但刚劲有力,而且柔和优美,战士们纷纷叫好,祝菲也现出惊讶的神情。

程方明表演完毕,问:"你看我这套功夫,对付得了茄儿腿腿和滚地龙不?"

祝菲激动地说:"这套功夫我从未见过,因为在水箐苗乡,只有苗王和总教练才有资格习练。不过经您提醒,我用心领会,还真是地龙滚荆和燕双飞的'反谱'。您已经学会朝天蹬,就是苗乡之主,您的命令我无条件服从。其实,只要男女二人配合得好,燕双飞也能克制地龙滚荆,不过现在您已经用不着我了,相信凭您的本事,一定能亲手抓到滚地龙和茄儿腿腿,就算明天被枪毙,我也死得瞑目了。"

祝菲说完,大笑三声,踉跄着向前走去。程方明怔怔地站着,那名彝族大哥的身影飘摇而来,想起前尘往事,激动得热泪盈眶。

程方明回过神来,看着祝菲一步步远去的身影,含泪喊道:"等等。"

祝菲回过头问:"程长官,还有事吗?"

程方明红着眼圈走上前去,祝菲粲然一笑:"今天我虽被俘,却深感欣慰。"

程方明轻声地说:"我一定会向上级汇报,将你列为有功人员。请相信,我们共产党和共产党建立的人民政府,一定不会亏待你的。"

程方明说着,动手给祝菲松绑,突然拉住她的左手,激动地问:"你——你是不是叫小恬恬?"

祝菲猛然一惊,也激动地说:"是的,我小名叫小恬恬,您——您怎么也知道?关于小时候的事情,除了爹爹被土匪杀害,我只记得这个名字了。喏,其实我还有一个哥哥,可惜记不得他长啥样了,也不知道他是否还活着。"

程方明指着她的手腕说:"我妹妹小恬恬,左手腕上有一道淡青色的胎记,右肩窝还有一道。妹妹,哥哥找你找得好苦哇!"

祝菲愣了下,随即扑进程方明的怀里,叫一声哥哥,然后放声痛哭。

第二十四章　飞龙滚天

解放军和自卫队攻占县城后，大雪停止，天空放晴，全县一片欢腾。

蒙川城里，在地下党组织的发动下，家家户户都用红布或红纸剪成一面小红旗，挂在门前或窗户外面，表示拥护共产党和欢迎解放军。在朱芮的组织带领下，蒙川一小、二小和蒙川中学的千余名师生，高举红旗、敲锣打鼓地走上街头，高呼"共产党万岁"等口号。人们群情激昂，纷纷加入游行队伍，走在阳光照耀下的茫茫雪地上。

稍后，又传来古定、乌城及周边县城已被解放的消息，号称拥兵数万的第四保安司令部及"乌蒙山反共救国军"被打得七零八落，残兵败将纷纷逃进深山老林。

蒙川农民自卫队被改编为蒙川县人民服务团，由程方明兼任团长，保留一百余人，其余大部分转入解放军，补充到一六二团各连排或调往其他部队，小部分分流到各区服务队，协助解放军和服务团征粮剿匪，开展惩霸工作。

听说解放军英勇无敌，一个冲锋就攻破县城，驻守龙家庄和黑家庄的保安团士兵立即收拾金银细软，不知逃往何方，等程方明带兵赶来，早已踪迹难寻。

看着气势巍峨，曾在蒙川境内风光无两的黑夔官寨，程方明感慨万千。

连续晴了十几天，积雪才慢慢融化，在解放军与服务团的凌厉攻势下，大部分潜藏在蒙川境内的国民党残兵、特务和土匪已被歼灭，程方明带领县服务团和一连解放军战士，在当地服务队与民兵队的配合下，踏着残雪进行拉网式排查，均未发现滚地龙和茄儿腿腿的踪迹，他们就像泥牛入海一般，消失得无影无痕。

原蒙川县的五位区长，路恒源与朱应时继续回来履职，就任副区长，其余三位则留在黄鹤坝，陪伴蒙举人。安宁将保警队、警备队与黄鹤坝和黑家庄护寨队合并，继续打着蒙川警备队的旗号，以保护蒙川书院为名，无论是廖承黔与滚地龙前来联络，还是郭副团长与程方明派人联系，均不回应。

程方明亲自出面，蒙举人和安宁还是避而不见。有人主张强攻，程方明摆摆手说："他们这样做，一定有他们的道理，先将土匪全部剿灭，再来和他们谈判。省委有指示，一定要和平、妥善地解决。"

一名解放军排长不解，愤愤地说："什么人哪，居然不把咱们解放军放在眼里。"

服务团副团长白桥保说："聂排长，话不能这样说，他们不是坏人，全是开明绅士，曾经全力帮助过咱们，他们这样做一定有深刻含义。如果他们对解放军怀有异心，只要蒙举人登高一呼，或安宁发出'蒙川公主令'，莫说咱们这区区几十人，就是千军万马也无济于事。"

聂排长脸色微变："他这么厉害？"

白桥保解释道："蒙举人身为土司后裔，曾经富甲一县，但从不摆官家老爷的架子，一生都在报效国家、匡扶正义，三个儿女全是抗战烈士，只要他登高一呼，让安宁以他义女或儿媳的名义发出'蒙川公主令'，蒙川几十万百姓必然会纷纷响应，赴汤蹈火，万死不辞，曾经的第四行署专员兼保安司令马凌就吃过大亏，狼狈而逃。滚地龙也一样，那次要不是顾忌伤及无辜，滚地龙就被拿下了。"

聂排长有些难以置信："这——这还是人吗？"

白桥保道："在蒙川百姓的心目中，他已经不再是人，而是神。他是圣人转世与神明的化身，连滚地龙和茄儿腿腿都忌惮他三分，从来不敢在黄鹤坝撒野。"

聂排长问："如果'蒙川公主令'发出，你也会积极响应吗？"

白桥保呵呵笑道："我是共产党员，当然不会响应，但也无法阻止。目前已有组织证明，蒙大公子蒙卫江团长、蒙二公子蒙卫城师长以及蒙川抗日敢死队队长蒙莹，兄妹三人全是地下党员。能培养出如此优秀儿女的，会反对共产党吗？再说我们程团长还是他的义子呢，代掌'蒙川公主令'的安宁，正是程团长的未婚妻，蒙川县城能够顺利攻克，安宁功不可没。他们如此坚持，其中必有缘由，到时一定会水落石出，咱们不妨拭目以待。"

聂排长由衷感叹："这个蒙举人，真乃神人也，要是所有的国民党官员都跟他一样，我就用不着参军打仗了。"

第二十四章　飞龙滚天

程方明带队离去后，大家问蒙举人："县长，将来如何打算？"

蒙举人说："这就跟下棋一样，一步连着一步，一步牵制一步，目前谜底还未揭晓，咱们只能走一步算一步。听说共产党每解放一座县城，都会指派南下干部担任书记和县长，因为他们是经过战火洗礼和严格培训的，才能保持新政权不走样、不变色。"

安宁说："也有非南下的，但是极少。"

蒙举人叹道："得民心者得天下。共产党能够唤起万千民众，打倒军阀统治与蒋家王朝，足以证明他们是得民心者。但是，一个屯箩里装的洋芋，谁能保证个个都是好的？肯定会有一小部分不是带伤带病，就是中热中水，甚至已经烂掉了。也或许，这个烂洋芋原本就不是这个屯箩里的，而是别人故意放进来的，目的是要破坏、腐蚀、传染整箩洋芋，让它全部变烂。"

众人一头雾水，只有安宁心知肚明。蒙举人继续说："我这样做，就是要把那个烂洋芋揪出来，让他当众曝光，免得以后颠覆新政权，祸害老百姓。"

大家纷纷鼓掌，表示赞同。

又过了几天，程方明挎着手枪，背着马刀，骑着红刺莓，穿着苗褡褡，带着二十几名服务团与解放军战士征粮回来，正在吆喝驮满粮食的骡马进城。祝捷满头大汗地跑来，气喘吁吁地对守门的卫兵说："我——我要找程团长。"

卫兵向他努努嘴，说："你身后那个骑马的，就是咱们程团长。"

祝捷抬头转身，望向程方明，结结巴巴地问："程团长，您——您也是我们苗家人？"

程方明愣了下，随即反应过来，跳下马说："是的，是的，咱们都是一家人，你看我这匹马，还是来自坡戛苗寨呢。小兄弟，你家是哪里的？叫什么名字？"

祝捷急哈哈地说："这匹宝马我认识，名叫红刺莓，曾经是熊刚伯伯的坐骑。我就是坡戛苗寨的，名叫祝捷，我爹叫我送封信，说要亲手交给您，因为十万火急。"

祝捷边说边从怀里掏出一个粘着鸡毛的信封，双手递给程方明。信封上注明："凡我苗乡弟兄，无论谁发现这封信，请速转交县服务团程团长，十万火急！"

程方明一看信封，就知道情况紧急，连忙小心翼翼地撕开，里面却空空如也。

程方明脸色激变，连忙将信封拆开，匆匆扫了一眼，问："小兄弟，什么情况？"

祝捷说:"前几天茄儿腿腿派人到坡戛联络,要求我爹带人协助他们反攻县城,因为我二姐,他们之前曾经送过我们一批枪支弹药。我爹假意应承,然后派人跟踪,终于发现了那帮土匪的踪迹!"

程方明激动地对身边的战士说:"招待好这位小兄弟,我马上去找郭副团长。"

夕阳西下,已近黄昏,郭副团长正和营教导员一起,与上级派来接管的干部研究工作,见程方明风风火火地冲进来,连忙问:"方明同志,啥事把你急成这样?"

程方明道:"水箐苗族民兵在神仙坡发现了滚地龙和茄儿腿腿,他们力量不够,需要我们紧急驰援!"

郭副团长同意:"好!派一个连去!"

程方明又说:"人多行动迟缓,我想带一个班的解放军和服务团警卫排,立即出发。"

"好!那你先行一步,我随后赶来接应!"

昏黄的天光中,程方明带着队伍急匆匆地出发了,被管教干部带出来放风的祝菲望着程方明和那名苗族少年匆忙远去的背影,突然往下一蹲,跳起芦笙舞来。

管教干部大声喝道:"停下停下,你要干什么?赶紧站起来!"

祝菲充耳不闻,越跳越快,突然踢倒管教干部,夺下他的手枪,踩着别人的肩膀,就像一只轻灵的燕子,轻轻飘上墙头,翻出城外去了。

砰!砰!暮色苍茫,两声枪响引来了十几名解放军和服务团战士,等他们追出城外,早已不见祝菲的影子。

郭副团长听见枪声赶来,大声吼道:"找!赶紧给我找!"

教导员也跑来问:"怎么回事?这是怎么回事?"

郭副团长道:"我也刚刚才弄清楚,祝菲原名叫小恬恬,是程团长自幼失散的亲妹妹,参加过蒙川抗日敢死队,炸毁过日寇坦克,阻击过鬼子骑兵,还为咱们提供重要情报、作战地图与枪支弹药。为了刺杀滚地龙和茄儿腿腿,小恬恬忍辱负重,潜伏到国民党军队,程团长怕她报仇心切,盲目去找滚地龙和茄儿腿腿拼命,于是将她交给看守所的同志看管,并暂时隐瞒她的真实身份。"

"原来如此呀,我真是意想不到!"

第二十四章　飞龙滚天

郭副团长又说："我带一连接应程团长，你们抓紧寻找小恬恬，否则无法向程团长交代，也对不起这位为解放蒙川立下大功的巾帼英雄！"

紧急集合哨再次响起，郭副团长带着一连解放军往西追去。营长和教导员则组织人员，出城寻找祝菲。

米落仲以北、油黑大洞以西的黑洋大箐边缘，有条五六十米宽的夹皮沟，滚地龙和茄儿腿腿带领三四百人，将出口堵死，并在半山腰构筑工事，架设机枪与迫击炮。

夜幕降临，月白风清，滚地龙带着两名警卫检查了一圈，劈头就问："黑老二，你的情报到底准不准？"

茄儿腿腿拍着胸脯说："大哥你就放心吧，小弟办事何时有过闪失？今天下午发现咱们的踪影后，祝明芳这个老苗头，立即派小儿子祝捷前往县城，通知程方明去了。以前老子想得太天真，以为控制了祝菲，就能控制这帮老苗，结果算路不跟算路来①，这个祝菲竟然是程方明的妹妹小恬恬！这还不算，她还在关键时刻故意掉链子，没跟着老子逃出来，并且与程方明战场偶遇、兄妹重逢，让老子失去了控制苗乡的筹码。不过老天不亏无路之人，那群老苗玩手段斗心机怎么会是老子的对手！哼，要去神仙坡，只有这条路最便当，祝捷和程方明这俩草包，做梦也想不到会被老子们包饺子！"

茄儿腿腿嘴上是那样说，心里却想，当初一看见她身上的两处胎记，老子就知道她是程家的小恬恬，真不该贪恋她的美色，换来今日的下场！

滚地龙在心里骂道：黑狗崽子，还有脸在老子的面前说大话，之前你不是说程家姑娘已经被打死了吗，害老子也跟着上了祝苗头的当！嘴里却说："共产党其实也没多少部队，蒙川驻军也就一个营而已，再有就是百十人枪的服务团，就怕程方明不来，如果他敢来，无论带多少人马，老子们都吃得下。待会儿老子的枪一响，你们就往死里打，这次干不死他，以后就更加艰难了。"

茄儿腿腿指着山谷中的几块巨石说："就怕他们躲到那里去，不好收拾。"

滚地龙不屑一顾："那算什么玩意，只需三发炮弹，全都得报销。"

茄儿腿腿面露难色："咱们总共只有五发炮弹了，万一打不准，以后怎么办？"

滚地龙声色俱厉："大家记住了，今天的这场战斗由老子统一指挥，没有我

---

① 此为乌蒙山区俗语。

的命令谁也不许开枪打炮。如果计划顺利，程方明估计已经动身了；就算程方明识破计谋，祝明芳那个老苗头也会上当，前来送死。他们两个，今天要么一锅端，要么搞死一个算一个。弟兄们，打起精神，再坚持几个月，咱们的好日子又来了，到时候你们想喝什么样的美酒，想要什么样的女人，老子一概成全！"

这群土匪全是亡命之徒，一个个滴着口水，眼里凶光毕露。

月光皎洁，山高路险，程方明背着马刀，带着队伍，在祝捷的引导下紧急行军，四个小时走了六十多里路，来到黑洋大箐边缘的一道山谷中。

突然，祝捷几个闪跃，不见了踪影。程方明发觉情况不妙，连忙叫战士们停止前进，立即撤离。程方明话音刚落，突然一声枪响，接着枪声大作，子弹如飞蝗般从四面八方飞来。

自从发现自己早已身负地龙滚荆与朝天蹬等绝技后，程方明仿佛换了个人，每逢战斗，必然施展，无不得心应手，进退自如。弹雨纷飞中，程方明一边翻滚避让，一边开枪还击，指挥战士们寻找掩体。县城解放后的十多天里，程方明忙里偷闲，将地龙滚荆进行简化分解，传授给身边的年轻战士，让他们当作战术动作进行练习，尽管只有三招两式，此刻施展开来，还真管用。

硝烟弥漫，月色朦胧。敌人停止射击，茄儿腿腿站在西面的半山上，粗门大嗓地喊道："程方明，有本事就冲上来，老子只恨当初没有要你的小命。说嘛你别气，别人不晓得老子最清楚，你还是我的亲舅子呢！跟你小妹睡觉真安逸，哈哈哈！"

程方明又气又恨，怒火中烧，但并未中计。茄儿腿腿又毫无廉耻地说："老子当初就是想睡个苗姑娘，才从龙司令手里把她要过来，结果剥开衣服一看，全身白晃晃嫩噜噜的，该凸的地方凸，该凹的地方凹，哪里像个苗姑娘。直到看到她手腕上和肩窝处的胎记，老子心里才明白，原来是程家失踪了十几年的小妹妹。哎哟哟，这真是前世修来的福，干哥干妹子，同床一被子，虽然是被龙老大喝过头水的，但这二水货还是别有一番滋味。"

程方明恨得差点吐血，但还是咬牙坚持，一边翻滚着防备子弹一边察看地形，最后带领大家滚到那几块巨石下面，很快就布置出一个比较安全的石阵。

茄儿腿腿的话音刚落，滚地龙又在东面的半山腰上喊道："程老弟，你和黑老二虽然不是一母同胞的亲兄弟，但也是吃一个灶头长大的干弟兄，如今你又是他的亲舅子，我和你小妹也有过几夜缠绵，说来说去咱们都是一家人。冤家宜解不宜结，一家人不说两家话，当初我们有千百次机会让你灰飞烟灭，但还是不忍心赶尽杀绝，你就算恨我入骨，也应该懂得知恩图报。这江山还是我们的江山，天下还是我们的天下，你还是赶紧投降过来吧，本司令可以保你升官发财，同享富贵。"

茄儿腿腿又在西面的半山腰上喊道："大舅子，现在我已经是'乌蒙山反共救国军'的少将师长了，如果愿意到我们这边来，我保你做个正儿八经的团长，你那服务团长算什么东西呀，一个解放军的副团长就把你玩得团团转，也太没价值了吧！"

程方明见战士们毫发无伤且做好了战斗准备，这才高声应道："茄儿腿腿，滚地龙，你们阴险毒辣、恶贯满盈、两手血腥，最多也就是蒋光头的一条狗而已！不要再痴心妄想了，蒙川人民是不会放过你们的，国民党的几百万大军都抵挡不住，何况你们这几个跳梁小丑！你们的主子现在已经变成了丧家之犬、缩头乌龟，哪里还有本钱反攻倒算？有本事就出来跟老子单挑！"

滚地龙气急败坏地吼叫："程方明，看在你小妹陪我睡过觉的份上，老子苦口婆心，好言相劝，你却不见棺材不掉泪，老子今天晚上就要送你上西天！炮火准备！一、二——"

砰！砰砰砰！突然几声枪响，滚地龙的声音戛然而止。

接着，东面的半山腰上又响起几下枪声，一名女子断断续续地喊道："哥哥——茄儿腿腿就——交给你了——"

那女子的声音越来越小，程方明心如刀割，泪水喷涌而出，大声吼道："同志们，留得青山在，不怕没柴烧，给我撕开口子，撤！"

可是，敌人人多势众，又占据了有利地形，几次突围都失败了。程方明只好带着大家返回石阵之中，激烈的战斗暂时停歇下来。

程方明心里明白，这个石阵抵挡枪弹可以，如果敌人使用迫击炮，只消三发炮弹，就得土崩瓦解。突围，赶紧突围，一旦敌人重新调来炮手，突围的希望就更加渺茫了。

望着渐渐发白的天空，程方明更加焦急起来。突然，隐隐约约地传来呜噜呜噜的芦笙曲子。芦笙曲子古老而又苍凉，有着说不尽的苦难和悲怆，既像呜呜咽咽的唢呐，又像深沉辽远的号角。

芦笙曲越来越响，就像一张无形的大网，将整个战场笼罩起来。茄儿腿腿大声喊道："弟兄们，龙司令已经殉难，大家听我指挥。我们已经被反包围了，准备撤离！"

芦笙曲突然一变，变成地龙滚荆的舞曲，仿佛波澜壮阔的大海，从四面八方汹涌而来。茄儿腿腿发出一声尖叫,从半山上翻滚下来。程方明隐隐约约地看见,四周的山上有着数不清的人影,在清冷的月光下,挥舞砍山刀,翻滚着砍杀下来,树丛荆棘被砍得满天飞舞,气势犹如飞龙滚天。

土匪们惊慌失措,尖叫着冲下山来。程方明挥舞手枪大吼:"同志们,给我狠狠地打!"

作为服务团的警卫排长,那场战斗我爷爷也参加了,三十多年后跟我讲起,他依然热血沸腾:"程团长一声令下,我立即抱起轻机枪进行扫射,穷凶极恶的土匪已经失去昔日威风,一个个鬼哭狼嚎,抱头鼠窜,就像倒草把一样接二连三地倒下……"

芦笙舞曲形成共鸣,震天撼地,连绵不绝。茄儿腿腿滚到石阵前面,双手举着一把寒光闪闪的砍刀,高声大叫:"程方明,你不是想杀我吗?有种你就出来单挑!"

程方明高举右手,大声命令:"停止射击!"

枪声骤然停止,程方明把枪插回腰间,从背后拔出马刀,纵身一跃,从石阵之中跳了出来。茄儿腿腿身子一蹲,迈开芦笙舞步,接着以头着地,在地上翻滚起来,手里的砍刀忽左忽右,上下翻飞,刀刀都是致命绝招。程方明接连不断地翻着筋斗避让,在翻了十八个筋斗后,大吼一声,单脚撑地,身子悬空,霍霍刀光,密不透风;突然身法一变,双脚交替踢向天空,人和马刀宛如一条白龙,围着茄儿腿腿游走飘飞。

那一仗真是棋逢对手,看得别人心惊肉跳。五六分钟后,茄儿腿腿惨叫一声,砍刀带着手掌飞了出去,罪恶的鲜血从断腕处喷涌而出,就像喷洒无数苦主的仇怨和愤怒。茄儿腿腿疯狂地在地上翻滚着,一边翻滚一边号叫:"哎呀呀——吼吼吼——"

程方明向后一飘,连续翻了三个筋斗才稳稳地落地,然后把刀向前一掷,将茄儿腿腿钉在地上,战斗到此结束。一阵清风吹过,刀柄上红绸飘飘。

明月西坠,曙光初现,四周的山梁上站满了密密麻麻的苗族女子,她们身披战袍,腰系彩裙,头扎红绳,依旧一边吹着芦笙,一边跳着舞步。

上百名土匪放下武器,狼狈不堪地举着双手,向从山上滚杀下来的数千名苗族男子跪地求饶。郭副团长带着大队人马匆匆赶来,刚好看到这一幕,惊得瞠目结舌。

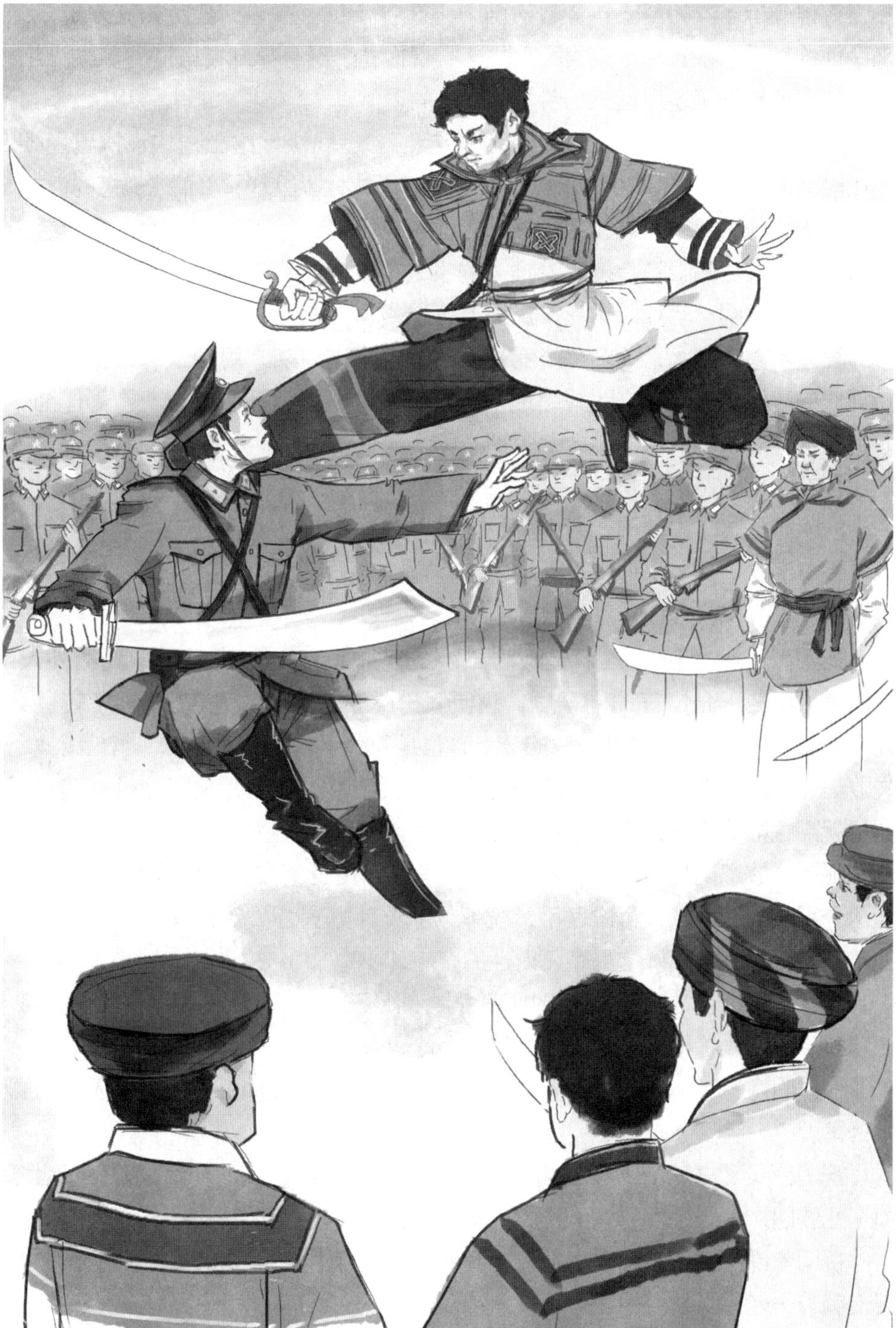

一位五十多岁的苗王，背着砍山刀，握着十二管芦笙，健步如飞地走下山来，他的身后，跟着水箐苗族民兵队队长祝标和一群身穿麻布褡褡的苗族青年，其中几名苗族青年还用担架抬着一名女子的遗体。

"小恬恬！小恬恬——"程方明大声喊叫着，飞快地跑上前去，扶着担架，跪在地上，痛不欲生。所有人伫立当场，眼含泪水，默默地看着情绪失控的他。

十五年来，为报家仇和寻找妹妹，他东奔西走，出生入死，大大小小经历了数十仗，最后却眼睁睁地看着唯一的亲人变成一具尸体，冷冰冰地躺在自己的眼前。程方明一时难以承受，直到十几分钟后，情绪才慢慢平复。

程方明擦去泪水，两名苗族女子噙着眼泪走上前来，用一匹白布将祝菲满是鲜血的遗体盖住。程方明缓缓地站起身来，发现那苗王似曾相识，再仔细一看，认出是七八年前教他跳地龙滚荆的彝族汉子。

程方明指着苗王："你——你——"

祝明芳一脸哀伤地说："程兄弟，我就知道，你一定会有出息的。"

程方明上前两步，伸出双手与苗王紧紧相握，激动地问："大哥，你——你不是彝族吗？怎么变成苗王啦？"

祝明芳说："精诚所至，金石为开，因苗乡规定不能把地龙滚荆传给外人，在取得时任苗王张恒宣的同意后，我便假扮彝族，传你功夫。"祝明芳转过身去，看着那副担架说："她是我的养女，也是我亲手教出来的徒弟，刺杀滚地龙失败后，不但遭受玷污，还差点送掉性命，关键时刻被茄儿腿腿撞见。茄儿腿腿早就觊觎她的美色，于是将她救了下来。为了报仇雪恨，她深入虎穴，委身茄儿腿腿，故意挑起两恶之间的矛盾和斗争，可惜世事难料，解放军打过来后，那两个恶魔不计前嫌，再次联手，祝菲的除恶计划宣告失败，我只好发动人海战术，用地龙滚荆围歼这群毫无人性的畜生。"

祝标纠正道："这已经不是地龙滚荆，而是飞龙滚天。为了消灭滚地龙和茄儿腿腿，我们操练了两个月，才练成这个滚天大阵。"

程方明愣了下，看着祝明芳问："难道，你是故意设局，把我们引入包围圈做诱饵？"

祝明芳叹了口气，说："如果不这样，祝菲就无法击毙滚地龙，你也无法抓捕茄儿腿腿。设局是真的，但诱饵不是你们，而是我自己。"

祝明芳说完，朝对面的山上挥了挥手，一群苗族青年又抬下一副担架，担架上躺着一名浑身是血的少年。

祝明芳悲痛地说："滚地龙能在水西地区称霸二十余年，的确不是等闲之辈，他故意泄露行踪，抛出诱饵，于半路设下埋伏，打乱了我们的行动计划。祝捷发觉情况不对，想偷偷出来报信，结果被滚地龙发现，挨了两枪，找到我们的时候，因失血过多，已经快不行了。"

程方明看着一脸悲痛的苗王，半天说不出话来。

有人把几个重要匪首押了过来，程方明看了一眼扎着绷带、缩成一团的茄儿腿腿，朝黑家庄方向跪下磕了三个响头，然后站起身来，挥手命令："带走！"

祝明芳恳求道："程团长，我们坡戛苗寨和祝菲一起身陷敌营的，还有一个名叫王春的女娃，战前被廖承黔带走，至今音信杳无，不知是死是活，请你设法救她。"

程方明含泪道："苗乡同胞，就是我的骨肉亲人，就算上刀山下火海，我也要将她解救出来。正因为有她传递情报，蒙川才得以顺利解放，她是人民的功臣，我们岂能不管。"

太阳缓缓升起，朝阳照耀着大地，打扫完战场，部队准备返回县城。

一群苗族姑娘端着米酒、腊肉和苦荞粑，来到队列前面，依次给每个解放军和服务团战士分发食物并敬酒，看着他们把酒喝干，把苦荞粑和腊肉吃完才肯放手。

祝明芳指挥数千名苗族同胞吹着芦笙、载歌载舞地夹道欢送。程方明经过他面前时，哽咽着说："祝菲是我从小失散的妹妹，小名叫恬恬，左肩窝和右手腕上各有一块淡淡的胎记，解放县城的当天被我无意间发现，于是我们就相认了。我怕她盲目寻找滚地龙和茄儿腿腿报仇，才派人将她看管起来，谁知她还是跑了出来，不但成功枪杀了滚地龙，还救了我们几十名战士。"

祝明芳鼻子一酸，泪水又夺眶而出。

两天后，接到王春传来的情报，程方明带领一连解放军和服务团全团战士，在水牛大坡与两百多名顽匪激烈交战，亲手击毙了土匪头子廖承黔，生擒"乌蒙山反共救国军"教导师副师长兼保七团团长王银安，将王春成功救出。廖承黔以军统乌城站站长的身份，在水西地区苦心经营了十几年，抗战胜利后，一直是水西八部的实际控制者，拥有生杀予夺之大权，杀害了无数进步人士与革命青年。

滚地龙和廖承黔先后毙命，茄儿腿腿和王辣子也被公审枪决，水西匪患基本肃清，水西人民喜出望外，奔走相告，把程方明当成顶天立地的大英雄，他的名声甚至超过了蒙举人，成为蒙川新时期的灵魂人物。

程方明击毙廖承黔、活捉王辣子的第二天，郭副团长带领部队踏上了新征程，服务团改称县大队（县政府成立后改称县公安局），程方明继续兼任县大队大队长。

同日，中共蒙川县委正式成立，程方明被任命为县委副书记。县委书记姓罗，川北人，由省委直接委派，他居然是程方明在省城做地下工作时的老战友。罗书记是一名爬雪山、过草地的老红军，为人正派，不苟言笑，性格与蒙举人颇为相似，为了追求民族解放与保家卫国，好几位亲人不是牺牲在抗日战场，就是被国民党残忍杀害。

程方明亲手击毙廖承黔的消息传到黄鹤坝，蒙举人带着安宁，身穿素衣，前往安葬蒙莹、蒙卫江、蒙卫城及熊朴的墓园焚香烧纸，以示告慰。

又过了两个星期，刚好是蒙莹的三十三岁生日，蒙举人再次来到蒙莹墓前，焚香祭奠。蒙举人刚从墓园返回蒙川书院，就有人来报告说，蒙川县人民政府即将成立，中共蒙川县委书记与省委统战部的郑处长前来拜访，已经在大门外等候。

旧政府不复存在，新政府即将成立，作为旧县长，理应出门迎接。蒙举人脱下素衣，换上青布长衫，带着安宁父女及林伯森、江传孝、史升云等部属老友，走出书院，躬身抱拳，以礼相迎。

罗书记怀着敬仰之情，和郑处长一起，由我爷爷带领一个班的战士负责警卫，前来拜访蒙举人，主要任务是收编蒙川警备队，并恳请蒙举人再次出山，为巩固新政权做统战工作。

前来拜访之前，罗书记已经派人送来信函，说明来意，但安宁还是不放心，让蒙山提高警惕，指挥警备队加强警戒。蒙举人思虑再三，取出一把异常精致的小手枪，压满子弹，藏在腰间。这把小手枪，还是十五年前应止戈做客黄鹤坝时送给他的礼物。

蒙举人谦恭有礼，伫立于台阶之上，一眼认出对方前排居中靠右的那位，就是省里来的郑处长，因为他们曾经有过一面之缘，并且还是在蒙家大院，由熊朴引荐。如今熊朴早已为国捐躯，蒙家大院已经分给贫民，然而这个当时名叫应止戈的算命先生，已经成为功勋人物与统战官员。

想起此人在蒙家大院侃侃而谈的场景，熊朴、蒙莹以及蒙卫江、蒙卫城的身影飘摇而来，蒙举人略微干瘦的身子晃了两晃。安宁眼里喷出仇恨之火，暗中吩咐熊欣与安葵，让他俩注意此人，只要她一声令下，立即将其制服。

蒙举人朗声说道："承蒙贵党抬举，罗书记亲来交涉，蒙某感激不尽。"

蒙举人并未相请入院，罗书记感觉有点不妙，连忙抱拳道："在下来自川北，以往不曾到过蒙川，但对先生之侠肝义胆与报国热情深感敬佩。今日前来，只为三件事：一是拜望您老人家，向您老及令爱令郎为国家民族做出的努力和牺牲表示崇高敬意；二是恳请蒙老县长解散蒙川警备队，由县大队收编留用；三是蒙川县人民政府即将成立，我代表中共蒙川县委，恳请蒙老县长出任人民代表大会副主席（主席一般由县委书记兼任）兼支前委员会主任，继续为建设新蒙川、解放大西南献策献力，并主持修建蒙川烈士陵园和编写蒙川文史资料。不知老县长意下如何。"

蒙举人婉言谢绝："贵党上顺天意，下得民心，取代旧政权已成定局。蒙某年事已高，只想归隐山林，无意继续从政。但有一条建议，程方明乃蒙川本土人士，十五岁开始反霸剿匪，又喜好仗义疏财、扶危济困，深得蒙川百姓爱戴，在贵党的引导下投身革命，组建民军，攻占县城，不但亲手活捉了匪首茄儿腿腿和王辣子，还击毙了敌特首脑廖承黔，无论凭出身和能力，还是凭功劳与人心，都应该出任蒙川新政权的首任县长。"

全场一片愕然，罗书记微微颔首，郑处长一脸凝重。蒙举人又补充道："只要答应采纳这条建议，我立即下令警备队缴械投诚，归顺贵党。"

全场肃静，鸦雀无声。蒙举人扫了全场一眼，指着罗书记身旁的郑处长说："郑先生，记得十五年前，你曾随熊朴苍临寒舍，饮酒吟诗，蒙某至今难忘。请上前一步，咱俩叙叙旧情。自古道，生意不成仁义在，许多事情，谋事在人成事在天，蒙某只是建议，不敢强求。"

郑处长有些疑惑地向罗书记请示，罗书记说："去吧，上级有令，蒙家满门忠烈，不可造次，必须敬重和争取，否则对蒙川工作不利。"

郑处长抱拳拱手，上前几步，来到阶前。蒙举人突然拔出那把玲珑剔透的小手枪，对准郑处长的脑门。全场一片惊慌，安宁大声喝道："都不许动，蒙举人有话要说！"

罗书记摊开双手，命令身后的战士们不要轻举妄动，静看下文。

蒙举人大声问道："郑先生，请问你还记得这把手枪否？"

郑处长神色慌乱地摇了摇头。安宁大声喝问："郑先生，曾记得十三年前，咱们在顺城军医院见过一面，请问你还记得当初的情景不？"

郑处长脸上冒出虚汗，摇头答道："时间久远，往事如烟，加之本人头部曾经负伤,早已记忆模糊,好多事情记不得了。"

安宁说:"遥想当年,我与郑先生在顺城军医院谈论时局战况,抒发爱国情怀,何其快哉。可是今天的这个郑处长,畏畏缩缩,反应迟钝,分明就是个冒牌货。郑处长,郑从军,如果你是真正的郑先生和曾经的'应止戈',请问你是何时改为现名的?改名时都说了啥?是否有诗为证?还有,郑先生开怀大笑的时候,会隐隐约约地露出两颗虎牙,也请你张大嘴巴,让我看看虎牙可在!"

郑处长一脸苍白。安宁从身上摸出一张字条,举着大声说道:"郑先生曾经化名为应止戈,为挽救民族危亡,奔走于川黔大地,开展兵运工作,联络各方志士。这就是他开展工作时发放的传单,上面有他的亲笔签名,持有者就是蒙县长的义子、我的未婚夫婿程方明。能否请郑先生也当场书写一下,验证笔迹是否吻合?"

郑处长咬牙切齿,浑身颤抖。蒙举人大声说道:"大家都看到了,虽然身材雷同,长相相似,但这个郑处长是冒牌的,真正的郑处长——也就是十五年前曾经到舍下做客的应止戈先生应该早已遇难。'郑从军',你这个民族败类、无耻敌特,别以为演技高超,加上风云变幻,时间久远,死无对证,无人能够识破。但你根本意想不到,偏居水西一隅的老夫及义子义媳居然和真正的郑先生曾经结下不解之缘,你与军统乌城站站长廖承黔及土匪头子滚地龙的所有勾当,我已经全部知晓。人证物证俱在,你还有何话可说?"

"郑从军"将头一偏,迅速拔出手枪,朝安宁猛扑过来,一把抓住她的衣领,想要将她劫为人质。众人还未反应过来,只见刀光一闪,"郑从军"惨叫一声,手枪掉落在地。安宁顺势一脚,将他踢倒,随即弯腰捡起他的手枪。

"郑从军"捂着插有飞刀的手臂,艰难地站了起来。蒙举人收起手枪,大声说道:"安家的飞刀绝技,果然名不虚传,要不是因为你这个民族败类,恐怕连我也难得一见。姑且不论你是不是汉奸与特务,凭你战场背后打黑枪,杀害抗日义士的丑恶行为,就已经严重损害了国家利益与民族大义,简直人神共愤,死有余辜!"

蒙举人话音刚落,程方明骑着红刺莓,带着几名战士风驰电掣地赶来,对罗书记轻声说道:"书记,省公安厅和省委社会部来电,根据我所提供的证据和线索,已查明郑从军同志七年前就被军统特务杀害,这个'郑处长'的确为特务所冒充。"

罗书记面无表情地说:"你是分管副书记,又是军管会主持工作的副主任兼县大队大队长,由你下令抓捕。"

程方明转过身来,大声喊道:"秦大枣!"

我爷爷连忙出列,大声应道:"在!"

程方明大声命令:"立即逮捕'郑从军',押赴县城候审!"

我爷爷一挥手,三名警卫战士立即猛扑过去,也不管"郑处长"是否受伤,立即将其五花大绑。

蒙举人默默地看着这一切,直到"郑从军"被我爷爷他们押到一旁,才大声喊道:"蒙川警备队听令,全队集合!"

一百多名训练有素、装备精良的士兵,立即从四周拥出,迅速在蒙川书院门前集结完毕,其声威阵势,俨然解放军的一个正规连队。

蒙举人走到队列前面,大声宣布:"蒙川警备队已经完成历史使命,从现在开始,我命令你们在队长安宁和副队长蒙山的带领下,正式归顺共产党和共产党领导的人民军队,认真学习,接受改编,为解放全中国和保卫新政权不畏牺牲,继续战斗!"

欢呼声中,罗书记来到队列前面,大声说道:"我代表中共蒙川县委和蒙川县军管会,热烈欢迎你们加入革命队伍。下面我宣布,原蒙川警备队整体改编为蒙川县大队直属一中队,任命安宁同志为县大队副大队长、蒙山同志为县大队直属一中队中队长、熊欣同志为副中队长。"

罗书记宣布完毕,在程方明的带领下,"中国共产党万岁""毛主席万岁""朱总司令万岁"的口号声响彻天地,新战士们的脸上洋溢着幸福的笑容。这些新战士中,居然也有安宁同父异母的亲弟弟乔银贵。

一个星期后,蒙川县人民政府正式成立,程方明被任命为首任县长,蒙举人当选县人民代表大会副主席兼支前委员会主任,安宁任县公安局副局长。

蒙川县人民政府成立后的第一件大事,就是公开为蒙莹、熊朴、华永前等英勇牺牲的地下党员召开追悼会,并为蒙川烈士陵园举行奠基仪式。追悼会结束,水箐区副区长祝明芳带领成千上万的苗民,来到蒙莹的墓前绕鼓吹笙,说要连吹三天三夜。

程方明接到报告,对我爷爷说:"让他们吹吧,这是蒙川苗族的最高葬礼,只有德高望重的苗王才能配享。"

结　尾

　　这天傍晚，爷爷端坐树下，凝望前方，久久不再言语。我忍不住问道："爷爷，龙舞苗乡的故事讲完了吗？"

　　"讲完了，昨天就已经讲完了。你要永远记住，翻身不忘毛主席，幸福不忘共产党，如果没有共产党，说不定现在的你，也是在给官家养马当娃子呢。"

　　"爷爷，程方明后来去哪里了呀？"

　　爷爷点燃一支香烟，抬头望向飘满彩霞的天空，深深吸了一口，然后缓缓地说："当了三年县长和三年县委书记后，他被调离蒙川，任地委委员兼地区公安处处长，之后又出任过省公安厅副厅长，最后官至副省。如今的他也跟我一样，办理离休手续，回家安享晚年。只是，他的家已经不在蒙川城里，不在水箐苗乡，更不在黑戛官寨。"

　　"那安宁呢？安宁后来跟他结婚了吗？"

　　爷爷不再说话，只是默默地望着对面那座气势恢宏的大寨子，似乎有许多心事萦绕心头，始终难以挥散。直到若干年后我也成为一名公安民警，才在蒙川县公安局的档案室里查到，原来安宁就是我奶奶，在四十二岁那年冬天因病去世。

　　奶奶去世时，我父亲秦为民八岁，姑姑秦培茹六岁，爷爷悲恸欲绝，未再续弦。

　　奶奶去世后，为了方便抚养一双幼小的儿女和照料年迈的父母，爷爷申请调回水箐，当了十几年派出所所长，直到我父亲与姑姑长大成人，他才重返县局，升任副局长。

　　后经多番打听，才知道程副省长的夫人竟然是曾任省师范大学副校长的朱芮。

2020 年 2 月动笔，2023 年 7 月改定